# 花の十郎太

柴田錬三郎



集英社文庫

# 目次

# 花の十郎太

## 戦国心意気物語

# 美女をもとめて

## 一

近江《おうみ》の山野が、暮れようとしていた。

春もたけなわの、野にも山にも、花が咲きみだれている季節であったが、城取り国取りにあけくれている戦乱の時代なので、花の美しさなど賞《め》でる余裕など、人間にはなかった。

小さな盆地に裾をひいた丘陵の斜面にも、山桜が咲きほこっていたが、それに、視線を向けた者が、幾人いたろう。

もう十日以上も、ここは、鯨波《とき》がどよめき、刀槍《とうそう》がひらめき、馬がはね、旗がひるがえる戦場であった。

寄手《よせて》は一万五千余。盆地をへだてて、丘陵と対面する山岳の小城にたてこもったのは、その三分の一にも満たぬ人数であったが、山険《やまさか》に拠《よ》って、凄《すさま》じい抵抗をしめしたのであった。

しかし――。

日が経《た》つにつれて、山城の士卒の頭数は、みるみる減ってゆき、寄手の計算では、もう三百人も残っていないようであった。

勇敢不屈の士卒は、ことごとく、討死《うちじに》した、とみてよかった。

寄手にのこされているのは、一気に総攻撃をしかけて、山城を焼きはらう――それだけであった。

丘陵そして盆地の彼方此方《かなたこなた》にちらばる寄手の陣地では、明日の総攻撃をひかえて、今宵は、さかんな酒宴がひらかれることになろう。

いや、もう、どの陣地からであろう、はやばやと野放図な歌声が、ひびいていた。

「ふうん、やり居《お》るわい」

その歌声をきいて、かぶりを振った一人の男が、丘陵の斜面を、すたすたとのぼって行く。

侍烏帽子《えぼし》をかぶり、革包みの腹巻をつけ、膝がしらまでの四幅袴《よのばかま》をはいた雑兵であった。

刀は持っていなかった。

目が細く、左右にはなれていて、どことなく愛敬《あいきよう》がある、憎めない風貌《ふうぼう》である。

身ごなしは、軽い。

平地を小走りに往《い》くような速さで、たちまち、頂上に達した。

「やはり、若は、ここでござったか」

頂上には、樹齢数百年とおぼしい山桜が、一本だけ、空いっぱいに、花の枝をひろげていた。

その根かたに腰を据えている人影に、雑兵は、声をかけた。

朱の胴丸をつけた具足姿は、まことに逞《たくま》しかったが、それよりも、人をおどろかせるのは、その顔の中央に突出した鼻であった。

中国の絵に、嵎《ぐう》を負うて、うそぶく虎のすがたが、よく描かれているが、その鼻は、いささか誇張すれば、そんなあんばいに、顔からそびえ立っていた。

眉目も口もとも、秀麗といっていい凜々《りり》しさであり、もし鼻の高さが尋常ならば、たぐいまれな美丈夫であろう。神の悪戯《いたずら》としかいいようのない巨大な鼻梁《びりよう》なのであった。

まだ二十歳になったばかりとみえる若さであった。

その視線は、まっすぐに、彼方の山城へあてられていた。

「秀歌でも一首、ものされましたかな、若――」

雑兵は、たずねた。

巨鼻の若武者は、それにこたえるかわりに、

「猿丸《さるまる》――、あの山城の屋根と、この十郎太《じゆうろうた》の鼻のさきと、どちらが、あとまで暮れのこるか、見くらべて居れ」

と、云《い》った。

「また、そのようなひねくれた云いかたをなさる」

「云わぬが花、か。ははは……。虎がうそぶけば風さわぎ、竜が吟ずれば雲興り、十郎太がもの云えば、鼻が泣く――」

「若、申されるな！」

「云わぬは云うにいやまさる、と知りながら、おしこめたるは苦しかりけり、と源氏物語にもあるぞ。おのれでおのれの鼻をからかっているのだ。誰に遠慮もいらぬことだ」

「したけれど、見知らぬ他人は、ひがみとしか受けとり申さぬ」

「見知らぬ他人が、はじめて、この鼻を眺めた時の、あっけにとられたさまを、お前も、いやというほど、見せられて居るではないか。……おれは、それがやりきれぬので、むこうが何か云う前に、間髪《かんはつ》を入れず、おのれでおのれの鼻をからかって、それを挨拶がわりにして居るのだ。あわれや、物心ついた頃から、いつの間にやら身につけた道化の振舞いだ」

二

この二人は、主従の関係にあった。

飛驒《ひだ》の山中に豪族として四方に名をひびかせた修羅館という旧家があった。若者は、その嫡子として生れた。名を十郎太。

館の忠僕の伜《せがれ》が、猿丸であった。

十郎太は、十五歳になった正月元日、不意に館から姿を消し、三年間、杳《よう》として消息を断った。

飄然《ひょうぜん》として、帰って来た十郎太は、別人のように逞しい偉丈夫になり、どこで、身にそなえたか、太刀使い槍《やり》使いに無双の業を会得して居り、また、ひとたび口をひらけば、言泉は九流（九種の学派）に会す、という古いことわざそのままに、博識ぶりを発揮した。

帰って来たその年、安堵《あんど》した父親が、逝くや、十郎太は、

「猿丸、ついて参れ」

と、数百年もつづいた修羅館を、未練気もなく、すてて、流浪の旅に出たのであった。

戦乱の諸国をわたりあるいて二年余——。

十郎太は、いまだ、一命をささげても悔いないような明君に、出会わぬまま、「合戦買い」の牢人《ろうにん》ぐらしをつづけていた。

「合戦買い」というのは——。

どこかで、城の攻防があると、どこからともなく、牢人者たちが、馳《は》せ集って来て、籠城《ろうじょう》方に、あるいは寄手方に、やとわれて、働く——いわば、後世の、やくざの喧嘩《けんか》に、手当をもらって加わる用心棒のような稼業をさしていた。

十郎太と猿丸は、この近江の小さな山城の攻防には、寄手方に、やとわれていた。

朱塗りの胴丸を身につけ、同じく朱塗りの大身の槍をふるって闘う巨鼻の若者の、人

間ばなれした強さは、敵も味方も、ただもう舌をまくばかりであった。

山城から撃って出て来た士卒のうち、名のきこえた勇猛の武者十七人を、十郎太一人で、討ちとっていた。

しかも――。

山桜の根かたに腰を据えた十郎太の五体は、微傷だに受けてはいなかった。

「猿丸――」

「はい、なんでござる？」

「この合戦買いは、あと味がわるいな」

「勝つときまった寄手側に加わったことでござるかな」

「うむ。城側へやとわれればよかった。その方が、おれの性分に合った」

「これまで、若は、負けいくさと知りつつも、滅びる側に、好んで、やとわれては、一文にもならぬむだ働きをなされたが……損なご気象でござる」

「明日の総攻撃には、おれは、ここから動かぬ」

「そんな……、合戦買いの余得は、落城の際でござるぞ。逃げおくれた女子衆《おなご》の中から美しいのをえらんで、わがものにするとか、軍用金をかすめ奪《と》るとか――」

「そんなことを、おれが、これまでに、一度でも、やったか」

「若は、闘うことだけに、生甲斐《いきがい》をおぼえて居られるようじゃが、たまには、美しい女子でも、抱かれませい。なんなら、この猿丸が、えらんで、さし上げましょうぞ」

「おれは、惚《ほ》れた女性《にょしょう》でなければ、抱く気がせぬ」

「惚れた女子が、これまで一人でも、居りましたかな？」

「いや、まだ一人も、出会わぬ。……実は、おれは、おのれの生命《いのち》を捧《ささ》げても惜しくないほど惚れる女性が、どこかの城にいるかも知れぬ、と思いながら、合戦買いをして来たようだ。……猿丸、この世には、惚れる女性は、めったに居らぬようだな」

「だから、べつに、惚れずとも……」

「いや、おれは、きっと、身も心もささげて悔いぬ女性に、出会う希望をすてぬぞ。……男も女も、生涯、一度は、燃え狂う恋をする機会を、与えられる、とおれは、信じている。たとえ、この化物鼻を持っていても、恋ができぬはずはない」

「それは、まァ、そういうことでござろうけれど……」

「そうだ！」

不意に、十郎太が、すっくと、起《た》ち上った。

「おれは、やはり、明日は、城へ入るぞ」

「…………」

「あの城の中に、おれのもとめている美女が、いるようだ。たったいま、そういう気がしたぞ。この霊感は、あたる！」

十郎太は、双眸《そうぼう》を光らせて、云った。

猿丸は、彼方に暮れなずむ山城の屋根と、十郎太の鼻を、そっと、見くらべた。

——暮れのこるのは、どうも、わがあるじの鼻のさきのようじゃ。

三

夕月城《ゆうづき》という美しい名称を持つその山城に対する総攻撃は、夜明け早々に開始され、辰刻《たつのこく》(午前八時)すぎには、すでに終了していた。

城内に生き残っていた者三百余のうち、闘うことのできる士卒は、寄手側の予想よりもはるかにすくなく、百二三十人にすぎなかったのである。その他は、老幼婦女子であった。

城門が、うち砕かれた時、すでに、夕月城の城主は、いさぎよく自決して果てた模様であった。

城主は、七十に近い老人であった。

城主のあとを追うべく、文字通り決死の覚悟をきめた城兵たちは、阿修羅となって、殺到する雲霞《うんか》の敵勢へ、斬り込んだ。そして、たちまちに、餓狼《がろう》の群に包囲されるあわれな小動物のように、一人一人、ばらばらにひきはなされて、刀槍の波状攻撃のうちに、躍りはね、叫びのたうって、たおれていった。

……山城の建物が、すべて、火焔《かえん》を噴きあげた頃あい。

十郎太は、北隅の出丸に、たたずんでいた。

この朝、十郎太は、城内へ一番乗りしていたが、一人も斬ってはいなかった。

向かって来る者の刀や槍を、はらっただけであった。

城とともに生命を終わろうとする者たちを、斬る気がしなかったからである。

十郎太は、いまだ見ぬ一人の美しい女性をもとめて、その女性を他の者につかませないために、城内へ、まっ先駆けて、突入したのである。

攻防は、終った。

山城は、焼けて、ほどなく、あとかたもない無人の世界にかえるであろう。

十郎太は、しかし、もとめる美しい女性を、発見してはいなかった。

轟然《ごうぜん》と音たてて崩れ落ちる櫓《やぐら》を、茫然《ぼうぜん》と眺めやりながら、

——駄目か、おれの霊感など……。

と、自嘲《じちょう》した。

そこへ——。

猿丸が、どこからともなく、駆け寄って来た。

「若——、地下倉を見つけ申したぞ、軍用金が、かくしてあるに相違ござらぬ。……おそらく、そこから、野へ抜ける地下道がつくられて居り申す。はよう、参られい」

と、せきたてた。

「おれは、金など欲しゅうはない。金を取るのは、家来のお前の役目だ。勝手に取って来い」

「美女など、どこにも見当らぬ以上、ここにこうして立って居られても、むだでござ

る……。軍用金を頂戴して、地下道から、野へ、さっさと退散するのが、おん身のためでござる」

猿丸から、そう云われて、十郎太も、

――それも、そうだ。

と、あきらめると、あとについて歩き出した。

その地下倉に降りる入口は、足軽小屋と植木のあいだの、巨《おお》きな岩蔭《いわかげ》にあった。

猿丸は、こういう秘密の入口を発見することにかけては、犬の嗅覚にも似た鋭い直感力をそなえていた。

なだれ込んだ寄手の士卒や合戦買いの牢人どもは、金と女を物色して、血まなこになっていたが、まだ一人も、そこを見つけてはいなかった。

十郎太と猿丸は、暗い石段を、降りた。

「お待ち下され。いま、明りを――」

猿丸は、するすると、さきへ進んだが、すぐに、岩壁にとりつけられた燭《しょく》台《だい》をさがしあてて、火打石を鳴らした。

そこから、ぼうっと、赤い燈《とう》火《か》が闇ににじんで、地下倉の様子を照らし出した。

長持や櫃《ひつ》が、ところせましと、据えられてあった。

猿丸は、敏捷《びんしょう》に動きまわって、それらの蓋をひらいていたが、突然、

「むっ！」

と、叫んで、ひとつの長持の上へ、とびあがった。

物蔭に、人がひそんでいたのである。

すかし視《み》た猿丸は、

「なんだ女子か」

と、云った。

その声に、十郎太は、そこへ、大股に、歩み寄ってみた。

「どんな女子だ？」

のぞき込んだ十郎太は、そこにうずくまっているのが、五十年配の婦人であるのをみとめた。

どこかに深傷《ふかで》を受けているらしく、苦しげに喘《あえ》いでいる。

「猿丸、手当をしてやれ」

十郎太は、命じた。

「こんな婆さんを、でござるか」

「ばか！　お前のお袋が、こうなっているとしたら、どうだ？」

「しかし……」

「はよう手当をしてやらぬか」

「まだ軍用金を見つけて居り申さぬ。もうすぐ、ここへ、どやどやと味方が降りて参ったら、それこそ……」

「ぐずぐず申すな、手当がさきだ」

十郎太は、どなった。

その時、うずくまった初老の女は、

「も、もし！　お願いでございまする。……わたくしは、もう、たすからぬ深傷で、ありますゆえ、すておいて、下され。……そのかわり――」

と、云いながら、身を横にずらした。

女のうしろに、もう一人、ひそんでいる者がいた。

やはり、女であった。しかし、それは、まだ七八歳の少女であった。

「こ、この姫君を、京へ、おつれ下さいますまいか」

必死のまなざしを、十郎太の視線にすがりつかせた。

「……………」

十郎太は、黙って、少女を眺めやった。

気品のある美しい面ざしであった。

――おれが、もとめた美しい女性というのは、こんな稚《おさな》い少女であったのか？

十郎太は、おのれを皮肉るように、胸のうちで、呟《つぶや》いた。

一

城から野へ抜け出る地下道は、長く、暗かった。

先頭に立って、さぐり足で進む十郎太は、

——これほどの地下道を、つくるには、ずいぶん長い歳月をついやしたであろうに、なんの役にも立たなかったのか。

と、胸のうちで、城を枕に自害して果てた老城主に対して、そぞろな同情をおぼえていた。

この地下道があるのだから、落城前に脱出できたはずである。

それをせず、老いた身を、火焔の中にすてたのは、やはり、数百年の歴史を有《も》つ山城を、敵の手に渡すのに、堪えられなかったからに相違ない。

「城取り国取りが、いったい、いつまでつづくものなのか」

十郎太は、つぶやいてから、ふっと、気づいて、

「おい、猿丸——」

と、呼んだ。

「なんでござる？」

七八歩の距離をおいて、従者は応えた。

「姫君は、おとなしくなっているではないか？」

由香里《ゆかり》とよばれる美しい少女は、猿丸に背負われると、急にけんめいにもがいて、

「いやじゃ！　汐路《しおじ》とはなれるのはいやじゃ！」

と、哭《な》き叫んだのである。

深傷を負うた女は、苦しい息の下から、

「姫君、だだをこねずに、このさむらいに、京都へ連れられませ」と云いきかせたのであったが、少女が悲しみと怖れで、反抗したのは、むりもなかった。

地下道へ踏み入ってからも、由香里は、猿丸の背中で、哭き叫び、もがきつづけた。

……いつの間にか、それが止《や》んでいるのを、十郎太は、いぶかった。

「よく、ねむってござる」

猿丸は、告げた。

「ははあ、猿丸、お前、当て身をくらわせて、気絶させたな」

「しかたがなかったのでござる。おとなしゅうさせるには、こうするよりほかに、すべはなかったのでござる。……それにしても、軍用金の代りに、こんなやっかいな生きものを、背負うて往くことになろうとは……」

猿丸は、まだ未練がましく、ぶつぶつと云った。

由香里というその姫君は、夕月城の老城主の孫にあたり、たまたま、京都から、お乳人《うば》汐路を供にして、祖父に逢《あ》いに来て逗留《とうりゅう》していたところを、敵軍に包囲されて、このしまつになったのである。

由香里の父は、醍醐《だいご》中納言尚久《なおひさ》といい、禁裏にあっては、かなりの実力者ということであった。その母が、夕月城の老城主の息女であったが、これは、二年前に、亡くなっていた。

お乳人汐路は、十郎太に、由香里の素姓をうちあけて、

「京の館へ、おつれ下されば、父君より、多額のお礼をなされることは、まちがいありませぬゆえ、何卒《なにとぞ》――」

と、歎願《たんがん》したのであった。

十郎太は、べつに、礼金が欲しくはなかったが、死に臨んだ者の、文字通り必死のたのみを、肯《き》き入れざるを得なかった。

「若――」

猿丸が、呼んだ。

「出口が、むこうに見えて参り申した。……ものは相談でござるが、出口で、ちょっとお待ち下されば、わしはひきかえして、軍用金をさがして、すぐ戻って参りますが……」

「あきらめろ、猿丸。べつに、路銀がないわけではないのだ」

「しかし、せっかく、軍用金のかくし場所が判《わか》っているのに、みすみす……」

「くどいぞ！」

十郎太は、叱咤《しった》した。

――ご機嫌ななめだわい。

猿丸は、闇の中で、かぶりを振った。

――むりもない、身も心も捧げて悔いぬ絶世の美女が、この山城にいるにちがいない、と霊感をはたらかせて、入って来てみれば、出会ったのが、美しい女子は女子でも、まだ十歳にも足らぬ幼な児《ご》であってみればな。

猿丸は、納得せざるを得なかった。

二

地下道は、屏風《びょうぶ》のような断崖が、落ち込んだ谷間《たにあい》へ通じていた。

出口は、巨きな岩と岩の隙間になって居り、人一人やっと抜け出せる狭さであった。

十郎太たちより前に、ここから脱出した者の形跡はなかった。

谷間は、水が涸《か》れて、磧《かわら》に雑草のひろがりをみせていた。

十郎太は、青空を仰いで、方角をたしかめると、

「行くぞ」

と、雑草を踏んで、進み出した。

由香里を背負うた猿丸は、ちょっとくやしげに、出口をふりかえったが、黙って、ついて来た。

その折――。

行手から、馬蹄《ばてい》の音が、ひびいた。

「さむらいが参りますぞ、若」

「うむ」

近江の野へ出るには、この方角を往くよりほかにないので、十郎太は、足を停めようとしなかった。

さしあたって、身をかくす場所も、見当らなかった。

絶壁に沿うて、一騎が、現れた。

「南無！　あれは、味方の侍大将だわい」

猿丸が、首をすくめた。

十郎太は、平然として、疾駆して来る武者を迎えた。

「若、あいつは、軍略抜群の堂明寺《どうみようじ》内蔵助《くらのすけ》でござるぞ」

猿丸は、告げた。

十郎太も、猿丸に告げられるまでもなく、その顔と名を知っていた。

寄手一万五千余の総大将は、織田信長《おだのぶなが》の驍将《ぎようしよう》柴田勝家《しばたかついえ》であった。堂明寺内蔵助は、信長の小姓であったが、その秀《すぐ》れた智略は、つとに知られていて、このたびの夕月城攻略には、勝家から特に乞われて、軍師役として、加わっていた。まだ、二十四歳の若さであった。

この年――。

織田信長は、浅井長政《あざいながまさ》・朝倉義景《あさくらよしかげ》連合軍と、近江を中心として興亡を賭《か》けた戦いを、くりひろげていた。

夕月城は、浅井長政に味方したために、織田軍に攻め落されたのである。

十郎太たちの面前で、たづなをひいた馬上の堂明寺内蔵助は、双眸に思慮ぶかい光をたたえた、いかにも俊才らしい風貌の持主であった。

「お主ら、どこへ行く?」

鋭く冴《さ》えた視線を、まっすぐに、十郎太へ落した。

「合戦買いの牢人者でござれば、城取りがおわれば、さっさと退散つかまつるのがならい」

十郎太は、こたえた。

「お主、修羅十郎太、と申したな?」

堂明寺内蔵助は、すでに、その武名を知っていた。

「ごめん――」

十郎太は、一礼すると、猿丸に目くばせして、歩き出そうとした。

「待て!」

内蔵助は、猿丸の背中でねむる少女を、指さした。

「それは、夕月城の城主の孫娘であろう」

「いかにも――。戦火の中を、さまようて居ったので、ふびんと思いたすけ出し申した」

　すると、内蔵助は、冷たく薄ら笑った。

「ただ、たすけ申したのではあるまい。その姫は、たしか、醍醐中納言の息女だ。お主は、醍醐家へ、連れて行くつもりであろう？」

「いかぬ、と申されるか？」

「夕月城には、莫大《ばくだい》な軍用金がたくわえられていたはずだ。老いた城主は、自決するにあたって、そのかくし場所を、孫娘に教えておいて、他日、ひそかに、持ち運ばせようとしたのではないか？」

「そんなことは、この修羅十郎太の全くかかわり知らぬことだ」

「はたして、そうかな？」

「軍師役ともなると、ひどう疑いぶかいものだ」

「お主らは、どうやら、秘密の抜け穴をくぐって来たらしいが、味方の目もはばかって、こっそり、姫を連れ出したのは、こんたんがあってのこととしか、考えられぬ」

　堂明寺内蔵助は、どうやら、その地下道をさがして、ここへやって来た模様であった。

すなわち、莫大な軍用金をさがす目的に相違なかった。

　十郎太は、内蔵助の頭脳の切れ味のよさをみとめたものの、こちらとしては考えてもみなかったことなので、むかっとなった。

「この修羅十郎太が、そんないやしい男に、見え申すか？」

　はった、と睨《にら》みあげた。

「合戦買いが退散するのを、止めはせぬ。ただ、その姫は、そこに置いて行くがよい。虜囚にいたす」

内蔵助は、むしろおだやかな口調で、云った。

「おことわりする！」

十郎太は、きっぱりと拒否した。

「身におぼえのない疑いをかけられては、生来のつむじ曲り、死んでも、渡すのはまっぴらごめんを蒙《こうむ》る」

「お主の武勇のほどは、きこえている、身共を斬っても、まかり通る、というのか？」

「こちらの申したい口上を、さきに云われた。さすがに、堂明寺内蔵助殿」

十郎太は、にやりとした。

猿丸が、あわてて、十郎太の袖をひっぱった。十郎太は、その手をふりはらった。

「堂々の一騎討ちつかまつろうず！」

三

堂明寺内蔵助は、ひらりと、馬から降り立った。

内蔵助が、三尺余の長剣を抜きはなつのと、十郎太が朱塗りの大身の槍を、りゅうっとひとしごきするのが、同時だった。

「いざっ！」

「おうっ！」

うららかな春の真昼に、白刃と穂先が、陽光をはねて、閃《ひら》めいた。

後世の兵法試合とちがい、これは戦場の決闘であった。

睨み合う対峙《たいじ》の時間は、置かれなかった。

いきなり、十郎太は、電光の突きをはなち、内蔵助が、これをはねた。

十郎太は、わが槍を、まともに受けて、一歩もしりぞかぬ手練者《てだれ》に、はじめて出会った。

闘志は、五体にみなぎり、長槍にその血汐が、かよった。

目にもとまらぬ迅業《はやわざ》が、内蔵助に息つく間も与えず、発揮された。

内蔵助は、あるいははねあげ、あるいは紙一重でかわしつつ、しだいに後退した。

ついに、絶壁へ、ぴたっと背中を押しつけられるまでに、追いつめられた内蔵助は、
さすがに、顔に汗をにじませて、肩でひと呼吸した。

しかし、青眼につけた構えに、みじんの隙もなかった。

追いつめた十郎太の方は、

「猿丸！」

と、呼んだ。

「はっ、ここに――」

「堂明寺殿の馬を借りて、一足さきに行け！」

十郎太は、命じた。

「かしこまった」

猿丸は、奔《はし》った。

内蔵助の眉間に、いら立ちの色が刷《は》かれた。しかし、ぴたっと胸を狙いつけた穂先に、その場へ釘《くぎ》づけにされて、微動だにできなかった。

あっという間に、馬蹄の音は、遠ざかった。

とみるや――。

十郎太は、ぱっと跳び退《すさ》った。

「勝負は、後日――。はよう、軍用金をさがされい。むこうの親子岩の蔭から、城内へ、地下道が通じて居り申す」

内蔵助は、いかにもいさぎよい十郎太の態度に、眉宇をひそめて、

「軍用金は、地下倉にある、というのか？」

「たぶん――」

「お主は、軍用金欲しさに、姫を連れ去ろうとしたのではないのか？」

「姫のお乳人が、重傷を受け、死に臨んで、それがしに、あずけ申した。……金など、欲しくはない、と申せば嘘《うそ》になるが、取るいとまがなかった、と思われい」

「ふむ！」

内蔵助は、じっと、十郎太を見すえた。

「お主、織田家に随身の気持は、うごかぬか？」

「さあ？　まだ、織田信長殿には、お目にかかったことがないので……」

「わが主君は、必ず天下人になられる大器量人だ」

「大器量人、必ずしも敬服できる人物とは、かぎらぬ、と存ずる」

「天下ひろしといえども、わが主君織田信長公は、身命をなげうって仕えるに足りる武将なのだ」

「それは、お手前が、かってに、そう思い込んで居られるだけのことでござろう」

十郎太の返辞は、あきらかに主取りの意志のないことを示した。

「修羅十郎太、身共は、お主が気に入った」

「それは、どうも、忝《かた》じけない、但し、そちらに気に入られても、こちらも好きになるとは、きまって居り申さぬ」

「身共を、虫が好かぬ、というのか？」

「なんの……、それがしがこれまで出会った武辺のうち、お手前は、傑出された御仁《おひと》でござる。お手前が、織田信長殿ならば、随身を考えてもよい、と思うくらいでござる」

「どうだ、いちど、信長公に、目通りしてくれぬか？」

「機会があれば――。ごめん！」

十郎太は、奔り出した。

みるみる小さくなるその後ろ姿を見送って、内蔵助は、ふっと、

「あいつと、ここで勝負したのは、宿縁かも知れぬ」

と、つぶやいた。

たしかに、その予感は、的中した。

後年、内蔵助と十郎太は、切っても切れぬ兄弟以上の間柄となったのである。

猿丸が疾駆させる馬の上では、由香里がようやく、意識をとりもどしていた。

猿丸の片腕にかかえられながら、由香里は、しばらく、ぼんやりと、ゆられていたが、急に、身もだえして、

「ばか？」

と、云った。

「なんと申された？」

「ばか！　戦さなどする男どものばか！」

「ははん、まさしく、その通りでござるわ。……戦さなどやめて、みんな仲よく、平和にくらすことが、どうして、できぬものかのう」

猿丸は、由香里の背中をなでて、

「姫様が、大人になられた頃は、天下も、おだやかになって居り申そうて」

# 湖　賊

## 一

昏《くれ》なずむ湖水のほとりの松林の中を、ゆっくりと歩いて来た十郎太は、

「猿丸の奴《やつ》、どうしたというのか?」

と、前方をすかし見た。

猿丸が、この湖畔へ出て、まっすぐに、京の都をめざしたことは、疑う余地はなかった。

十郎太は、その馬蹄の跡も、松林の中の砂地に、みとめていた。

しかし――。

もうこのあたりに、馬をとめて、自分を待っていてくれてもよさそうなものであった。

十郎太は、人馬の影が見当らぬままに、さらに、百歩あまり辿《たど》ってから、砂地の馬蹄の跡が、みだれているのを、見わけた。かなり多勢の人の足跡も、のこっている。

「なにかが起ったな」

不吉な思いに駆られつつ、十郎太は、さらに細心の注意を、砂地にはらった。

「ふむ!」

十郎太は、小豆《あずき》の粒が、こぼれているのをみとめた。

猿丸は、いつも、腰の革袋に、両手一杯ほどの量の小豆を入れておくならわしを持っていた。

　食糧であるとともに、万一の場合、これを、地面にこぼして、自分の行先を、十郎太に教えるためであった。

　十郎太は、こぼれた小豆を追った。

　夕風で起った波が、砂地を洗っている渚《なぎさ》まで、小豆は、ひとすじに、しるしをつけていた。

「湖《うみ》か」

　十郎太は、視線をあげた。

　前方に、多景島《たけしま》が、くろぐろと、湖面に浮かんでいた。

「湖賊に拉致《らち》されたか」

　そうにちがいない、と合点した十郎太は、

「猿丸ともあろう用心深い奴が、つかまったとは、よほど、したたかな湖賊に出会ったことだな」

　と、つぶやいた。

　琵琶湖《びわこ》に棲《す》む賊徒は、五千とも六千ともかぞえられる、といわれている時代であった。

　あの多景島には、どれほどの湖賊が巣食っているか、見当もつかぬが、猿丸と由香里が拉致されたとすれば、十郎太は、乗り込んで行かざるを得なかった。

ほどなく、小舟を見つけた十郎太は、夕風にさからって、漕《こ》ぎすすめていた。

——あそこが、舟着場だな。

侵入者としては、そこをさけるべきであったろう。十郎太は、あえて、まっすぐに、進んだ。

走牙《そうが》という俗称でおそれられている琵琶湖の賊徒だけが使っている小舟が、ずらりとならんでいた。

渚から、断崖がきり立ち、その上は、松林が深い様子であった。

十郎太は、渚へ跳ぶと、断崖を切り通した坂を、大股に、のぼって行った。

のぼりきった地点で、不意に、

「若！」

呼び声が、頭上から降ってきた。

仰いだ十郎太は、苦笑した。

一本の松の太枝から、蓑虫《みのむし》のようにひとつの人影が、ぶら下っていたのである。

十郎太にたすけおろされた猿丸は、ぶるっと胴ぶるいして、

「ここは、長居は無用でござる。早々に退散つかまつろう」

と、云った。

「姫は、どうした？」

「あれだけ眉目麗しゅう生れたならば、十歳前でも、廓《くるわ》へ高《たこ》う売れるらしゅうござる」

「ついて来い、猿丸！」

十郎太は、赤柄の槍を、猿丸に渡しておいて、歩き出した。

行手の松林の中に、小屋がいくつかちらばっていた。

「若！　この島には、湖賊が、百人以上も居り申すぞ」

「おそろしいか、猿丸？」

「生命は、ひとつしかあり申さぬ。かけがえのないしろものでござる。若、こんなところで生命を落したならば、それこそ、犬死でござるぞ」

「おれは、死に臨んだ女子から、姫を館へ送りとどけて欲しい、とたのまれたのだ。……信義があってこそ、人の世は成る。信義をつらぬくためには、おれは、木にのぼって魚を獲る無謀もいとわぬ」

「やれやれ——」

猿丸は、首をすくめた。

二

それから一刻（二時間）ばかり後——。

鏃《やじり》の代りに炎を燃えあがらせた矢が、小屋の藁《わら》屋根めがけて、射放たれた。

猿丸が、弓矢と油と綿を盗み出したのである。

五棟の小屋の屋根が、一斉に、はげしい音をたてて焼けはじめるや、多景島は騒然となった。

右端の小屋から、六尺ゆたかの大兵の男が、とび出して来て、

「うろたえるなっ！」

と、大喝した。

これが、頭領のようであった。

「火をつけた曲者《くせもの》を、とらえろっ！」

頭領のうしろから、少女をひっかかえた手下が、奔り出て来た。

とたん――。

頭領ののどもとへ、槍の穂先が、ぴたっと狙いつけられた。

木蔭から出現して、頭領へ迫った十郎太の動きは、敏捷無比であった。

「うっ！」

頭領は、火焔に照らし出された出現者を、一瞬、天狗《てんぐ》かと錯覚して、身をのけぞらした。

その時、猿丸が飛鳥の迅さで、地上をかすめるや、手下が小脇にかかえた少女を、苦もなく、奪い取った。

頭領の顔面が、悪鬼の形相になった。

「おのれは、その小娘を、とりかえすために、火をつけ居ったのか！」

「軽はずみに、やたらに、可愛い子を誘拐せぬものぞ、湖賊殿」

十郎太の双眸は、笑っていた。

穂先をのどもとへ狙いつけられた頭領は、一歩も動けぬのであった。

背後の小屋は、紅蓮《ぐれん》舌につつまれて、頭上から火の粉が、雨のように降っていた。

その堪えがたい熱さに、頭領の顔面は、いよいよ凄じいものとなった。

数人の手下が、まわりにいたが、十郎太の構えがみなぎらせる気魄《きはく》に圧倒されて、どうにも斬りかかれないのであった。

十郎太は、猿丸が舟着場に至ったとおぼしい頃あいを見はからって、ぱっと一間余を跳びさがると、

「無益の殺生は好まぬ。追って、無駄に生命を落すな！」

そう云いのこした。

しかし、対手《あいて》は、湖賊の頭領であった。

「待てっ！」

猛然と、追って来た。

十郎太は、とっさに、自分の甘さを知った。

頭領を討たずに、遁走《とんそう》することは、不可能であった。

湖賊どもをひるませるには、その頭領を、容赦なく討ちとらねばならぬ。

一瞬――。

十郎太、身をひるがえしざま、長槍をぶうんと旋回させた。

その刃圏内に、頭領の顔面があった。

穂先で両断されたその顔面から、血汐が噴水のように、ほとばしった。

とたん、わきから、

「ひーっ！」

と、悲鳴が発しられた。

十郎太が、ちらと横目をくれると、十二三歳の少女が、そこに立ちすくんでいた。

それが誘拐された子か、湖賊のむすめか、見さだめるいとまもなく、十郎太は、疾駆しはじめた。

と——。

その少女が、わっと泣きさけぶ声が、十郎太の耳にとどいた。

——あの頭領のむすめだったか！

湖賊の頭領が、娘と一緒にくらしていても、べつにふしぎはないわけであった。十郎太は、疾駆しながら、なんとなく、罪を犯したような気持をわかせていた。

切通しの坂で、数人が追いついて来たが、十郎太が、向きなおって、槍をかまえると、どどっとあとずさった。

「若っ！　ここでござる」

舟着場から、猿丸の呼ぶ声がきこえた。

十郎太は、殺到して来た湖賊どもに、

「どうする、お主ら——？　頭領のあとを追って、二三人、三途《さんず》の川を渡る道連れになるか？」

と、云いかけた。

誰一人、憤然となって、討ちかかる者はいなかった。

十郎太は、にやりとすると、

「情は波、心は流れ、性は水――湖賊もまた血のかよった人間とみえる。生命を大切にしろ」

と云いすてておいて、さっと、舟着場へ奔った。

猿丸は、たくみに走牙をあやつって、まっしぐらに、月光のくだける波をつききった。

十郎太は舷《ふなばた》によりかかって、悠々と小謡を口ずさみはじめた。

春や来るらん糸柳の、思いみだるる折毎に、風もろともに立ちよりて、木蔭の塵《ちり》をはらうらん、木蔭の塵をはらうらん。

「修羅十郎太殿」

なにを思ったか、由香里が小さな膝をそろえて、叫んだ。

「なんだ？」

「こたびは、わたくしの危急をおすくい下されて、千万忝じけのう存じました」

両手をつかえて、頭を下げた。

流石《さすが》は、堂上人の息女であった。わずか八歳ながら、その作法は、堂に入ったものであった。

「ご挨拶おそれ入り申す。なんの、これも、男子のつとめ――。千万の軍なりとも言挙げせず、取りて来ぬべき男子とぞ思う。……よろしいか、姫、将来良人《つま》とさだめる時、男をみるに、心意気を持っているか居らぬか――そのことのみに、心を使われい」

三

大津を過ぎて、京の都に入る道は、すべて山の中である。

大谷《おおたに》、追分《おいわけ》、横木《よこぎ》、四《し》の宮《みや》を通り、奴茶屋《やっこぢゃや》、藪《やぶ》の下《した》、日《ひ》の岡《おか》を過ぎて、京の町なかに入り、蹴上《けあ》げ、粟田口《あわたぐち》から白川橋《しらかわばし》を経て、三条大橋《さんじょうおおはし》にいたる。

これは、後世の東海道と同じ道順であった。

猿丸が由香里の手をひきいて、先に行き、十郎太が、あとから行く。

すれちがう旅人のうちには、十郎太の巨きな鼻に、びっくりして、目をみはり、なかには、

「おっ!」

と、声をたてる者もいた。

十郎太は、そ知らぬふりで、歩いて行った。

由香里が、片足をひきずっているのをみとめて、

「猿丸、むこうの休み茶屋で、ちょっと、甘酒でも飲んで参ろう」

と、とどめた。

店さきの緋毛氈《ひもうせん》を敷いた床几《しょうぎ》には、まんじゅう笠《がさ》の雲水が、一人腰かけていた。

十郎太たちが、隣の床几につくと、雲水は、笠をあげて、

「ほう、これは見事な鼻梁！」

と、遠慮のない声をあげた。

「左様、面妖で、破天荒で、奇妙奇天烈で、抱腹絶倒の鼻でござる」

「ははは……、まさにその通り」

雲水は、高らかに笑った。

「武辺者ならば、殺《そ》ぎ落したくて、腕がむずむずいたそう。総大将なら、まちがえて、兜《かぶと》をひっかけるかも知れぬ。土民どもなら、風邪をひいたら、どうするのだ、と心配してくれる。心やましい小悪党ならば、天狗に出会うたとふるえあがる。遊女《あそびめ》どもは、下の一物が上に移動したか、と笑いころげ申す」

「自虐の口上も、それまで、すらすらと述べることができれば、いっそさばさばして、気持がいい。……拙僧の拝見いたすところ、御辺の人相は、申さば、歌のひびき、行雲を遏《とど》むていの、その高き鼻梁ゆえに、万人にぬきん出たる才華をひらくことができるのではあるまいか、と存ずる」

「これは、過褒――。化物面に生れながら、性根までが曲らなかったのが、せめてもの取柄と存じて居るに……」

「ははは……、なんのなんの、剣客者は剣を売らず、槍術者は槍を売らず、なんすれぞ

馬術者のみ馬を売るぞ、ということわざもござる。……御辺は、むしろ、その高い鼻梁を自慢にされるがよい。尤《もつと》も、売りものにせよ、という意味ではない。目下のところ、御辺は、売りものにされているきらいがある」

「道化の振舞いは、物心ついた時から、習性になり申した」

「それは、いかぬ。……拙僧の拝見するところ、御辺は、ありとあらゆる天賦をそなえて居られるようじゃ。誇りを高く持たれるがよい」

「高いのは、鼻だけで結構」

「あ——、それがいかぬ。打てばひびく自虐の口上を、これからは、つつしんでこそ、人柄もひとまわり大きくなり申す」

そう云いおいて、雲水は、立ち上り、

「拙僧は、昇天坊《しようてんぼう》と申すが、ご尊名をうかがっておこうかな。いずれ、他日、お目にかかる機会もあろうゆえ……」

と、云った。

「修羅十郎太」

「なるほど、その面貌《めんぼう》にふさわしい姓名じゃ。では、いずれまた——」

昇天坊と名のる雲水は、茶屋を出て行った。

「なんだ、あの坊主め、やけにえらそうなことを、ほざきやがる」

猿丸が、いまいましげに、吐き出した。

「これ、猿丸、お坊様のわる口を云うては、いけませぬ」

由香里が、大人びた口調で、たしなめた。

「ははは、猿丸……、少女にしてやられたぞ」

十郎太が、愉快そうに笑い声をたてた。

猿丸は、顔をつるりとなでて、

「姫様、貴女様は、ちと早熟にすぎまするぞ」

「早熟とは、どういうことですか？」

由香里が、問うた。

「早熟とは、つまり、その……、小まっちゃくれている、というのとも、ちょっとちがうが、なんと申そうか、頭の働きが、身丈ののびるより、一足さきに早すぎる、という次第でござる」

「よいではありませぬか、わたくしは、女子ですもの。あと七八年すれば、お嫁にもゆけるのです。それまでに、いろいろのことを、みんなおぼえておくのは、いいことです」

「そりゃまァそうなんだが……、どうも、敵《かな》わねえな。可憐《かれん》さがなさすぎらあ」

さいごの一句は、口のうちでつぶやいた。

# 別れの門

## 一

京の都に、春が蘭《た》けて、ここ嵯峨野《さがの》のあたりは、平安のむかしからそのままの、静かで美しい景色をひろげている。天下が泰平であった時代には、小松の林の中にある公《く》卿《ぎょう》の別邸では、花を愛《め》で、酒を汲《く》み、歌をよみ、えらんだ美女とたわむれる宴席が設けられた。

しかし、いまは——。

古びた屋敷の広い座敷に、六人ばかり、殿上人が、円座《わろうだ》に就いていたが、いずれもうち沈んだ面持で、庭に咲きほこる八重桜へ、視線を向ける者もいなかった。

上座にいるのが、内大臣万里小路惟房《までのこうじこれふさ》であった。

左右にならぶ公卿は、いずれも、その衣袍《いほう》で、三位以上の権少将とか、権中納言とか、良い家柄のめんめんとわかる。

毎月はじめ、この嵯峨野の醍醐中納言邸に、気心の合った殿上人たちが集る会が、ずっと以前から、ひらかれていた。

十年あまり前には、出席者は、百人を越えたこともあった。

それが、毎年すこしずつ、減って、いまでは、わずか十人に足らぬ顔ぶれになってしまっていた。

「どうなるのであろうな、この戦乱は——」

一人が、長い沈黙の挙句、溜息《ためいき》まじりに、つぶやいた。

日本全土にくりひろげられている戦乱は、もう百年も、つづいているのであった。

「将軍家が、こうも力が弱くては、われらの目の黒いうちに、天下に平和はめぐって参るまい」

一人が、なげ出すように、云った。

現将軍は、十五代足利義昭《あしかがよしあき》であった。

義昭は、十三代将軍義輝《よしてる》の弟であったが、少年の頃、頭をまるめて、南都一乗院《いちじょういん》の住職となり、覚慶《かくけい》といった。

永禄《えいろく》八年に、兄義輝が、権臣松永久秀《まつながひさひで》ならびに三好長慶《みよしながよし》の三人衆（日向守長逸《ひゅうがのかみながやす》・下野守《しもつけのかみ》政康《まさやす》・岩友主税助友道《いわともちからのすけともみち》）に襲撃されて、殺された時、義昭は、一乗院の中に、幽閉された。

義昭は、隙をうかがって、一乗院から脱出して、近江の矢島《やじま》へ落ちのびて、そこで、還俗した。

兄義輝の仇《かたき》を討つどころか、逆に、三好三人衆から生命をねらわれて、義昭は、あちらへ遁《のが》れ、こちらにひそんで、つぶさに流浪の苦しみをなめた。

やがて、義昭は、織田信長に会って、ようやく、一身の安泰を得た。

当時、織田信長は、破竹の勢いで、四方を撃ちまくっていた。

京都では、義昭の従兄弟《いとこ》である阿波公方義栄《あわくぼうよしひで》が、十四代将軍になっていた。

信長は、義昭と会うと、

「次代の将軍家は、お手前様の手に――」

と、約束した。

それは、実現した。

信長が、京都に入るや、まずやってのけたのは、将軍義栄を追い出すことであった。

追い出されて阿波へ逃げた義栄は、その年のうちに、まだ三十一歳の若さで、病死した。

義昭は、十五代将軍となった。永禄十一年十月のことである。

ところが――。

信長は、義昭が将軍になる際、

「天下の政治は、すべて、織田上総介《かずさのすけ》に委任する」

と約束する文書を書かせていた。

つまり、義昭は、将軍となったものの、実権を全く持たぬ、棚の上にまつられた人形でしかなかった。

信長から、立派な邸第をつくってもらったが、義昭が、そのことに感謝したのは、ほんの一年足らずであった。

義昭は、一切の命令権を信長に取られたことに、我慢できなくなった。口をきけない人形であることに、堪えられなくなった。

――自分は、信長に利用されているだけではないか。

――信長は、自分を利用するだけ利用したら、殺して、代って、将軍になる腹でいるにちがいない。

そう考えると、義昭は、じっとしていられなかった。

二

戦国時代であった。

甲斐《かい》には、武田信玄《たけだしんげん》がいた。越後《えちご》には、上杉謙信《うえすぎけんしん》がいた。関東には、北条氏康《ほうじょううじやす》がいた。そして、中国には、毛利輝元《もうりてるもと》がいた。

群雄は、各国に武力を誇って、――われこそ、天下人に、と虎視たんたんとしていたのである。

義昭は、

――信長一人に、あやつられているのは、ばかげている。

と、思いめぐらした。

鋭い直感力をそなえた信長は、義昭の心中を看破した。

「義昭を、将軍の座から、ひきずりおろさねばなるまい」

信長は、公然と、側近にきかせていた。

こうした状況下にあって、天皇に仕える公卿たちは、ただ、なすすべもなく、

「どうなるのであろう?」

と、おびえているばかりであった。

「甲斐の武田信玄は、将軍家のたのみをきき入れて、いよいよ、上総介を討つ、とほぞをきめた矢先、病み臥《ふ》してしもうたし……」

「いや、信玄が、たとえ、信長を追いはらって、この京へ入って来たところで、われらのくらしを楽にしてくれるとは、考えられぬの」

「さよう、いまよりもっと、状況が悪くなるかも知れぬ。信玄は、信長よりも、もっと残忍で酷薄な性情の持主というわさだから……」

公卿たちは、ひとしく、溜息をついた。

百年間の戦乱のあいだに、足利幕府の威勢は、地に墜《お》ちてしまい、幕府から保護されていた皇室は、むざんな生活困難に追い込まれていた。

したがって、天皇に仕える公卿たちも、貧乏のどん底に喘ぐようになっていた。

皇室の御料地、公卿の所領は、日本各地にあったが、幕府の権力が失われてしまったいま、そこの武将や豪族に、奪われてしまい、一粒の米も、京都へはこばれて来なくなっていたのである。

京都に住んでいては、食えなくなった公卿たちは、つぎつぎと、地方へ落ちて行き、各地の豪族の居候になった。

皇室に於《お》いても、幕府をたのむことができなくなって、じかに、地方の豪族に、援助をたのまれるようになっていた。

後奈良帝の頃には、御所の建物は、いたるところ、雨もりがして、修理の費用がないみじめなありさまであった。そこで、天皇は自ら御製や経文を、宸筆《しんぴつ》を染められ、それを地方の豪族に下賜して、謝礼を受けとられ、諸経費のいくぶんのたすけにされた。

公卿たちもまた、天皇にならって、写経をして、それを、武将や豪族に買ってもらって、ほそぼそと露命をつないでいる現状であった。

「どうであろうな。この際、いっそ、織田信長をくどいて、新しい将軍家になってもらい、われらのくらしが楽になるように、とりはからってもらっては……」

上座の内大臣万里小路惟房が、云い出した。

喘息《ぜんそく》持ちで、それだけしゃべっただけで、ひどく咳《せ》き込んだ。

「その儀は、大反対！」

庭から、大声でこたえた者があった。

この屋敷の主人醍醐中納言尚久が、外出からもどって来たのであった。

中納言尚久は、六人の客を待たせておいて、どこかへ行っていたのである。

座敷に上って来た尚久は、内大臣の前に坐《すわ》ると、

「ただいま、東山《ひがしやま》へ行って、織田信長に面会して参った」

と、云った。

「ほう！」

「皇室の御料地とわれら公卿の所領を、守ってもらいたい、と申し入れたところ、信長め、あざわらって、金が欲しいのなら、正直に欲しいと云え、とどなり居った。つまり、われらに、乞食になって、平伏しろ、という次第」

「…………」

「この屈辱には、とうてい、堪えられず、座を立って、たちもどったが……、上総介め、あの眼光は、狂人とかわらぬ。……どうやら、信長は、将軍家を二条《にじよう》第に、囚人としておしこめてしまう模様ですぞ」

尚久が、吐き出した時、家僕の一人が、あわただしく、廊下へ現れて、

「姫様が、おもどりなさいました」

と、告げた。

「なに!?　姫が……？　……夕月城から、どうして、のがれ出たのか？」

夕月城が、織田軍に攻め滅された報《しら》せは、昨日、尚久の許《もと》に、とどいていた。

尚久は、わがむすめ由香里も、城とともに、相果てたもの、と絶望していたのである。

「汐路が、連れてか？」

「いえ、汐路殿は、城内で、亡くなった由にございます。……奇妙な牢人者が、姫様を連れて参りました」

三

醍醐館の書院へ通された修羅十郎太は、荒れはてているたたずまいに、あきれていた。

——これは、まるで空家だな。

廊下にひかえた猿丸も、同じ思いらしく、

「若——」

「お乳人は、多額のお礼をする、と云っていましたが、このありさまじゃ、銭一貫も出ませぬぞ」

「謝礼がもらいたくて、つれて来たのではない」

「莫大な軍用金をすてて、つれて来たのでござるぞ」

「そのことは、忘れろ」

「忘れろ、ったって……」

云いかけた猿丸は、廊下のむこうに人影が現れたので、口をつぐんだ。

ずかずかと入って来た公卿は、上座に就くと、

「躬《み》が、中納言だ。姫を連れて来てもろうて、忝じけない。……はずかしながら、この住居を眺めればわかろうが、謝礼の金子《きんす》がない。と申して、そちのような牢人者に、腰

折れをつかわしたところで、邪魔になるだけであろう」

と、云った。

十郎太は、微笑して、

「あいや、おそれながら、中納言様に、今様をひと節、おねがいつかまつります」

と、願い出た。

「なに！　躬に、今様をうたえ、と――？　ばかなっ！　中納言の身が、河原乞食のまねができようか！」

尚久は、憤然となった。

十郎太は、微笑をつづけて、

「されば、おうかがいつかまつる。平安朝のむかし、藤原公任《ふじわらのきんとう》がつくった和漢朗詠、また藤原基俊《もととし》がつくった新撰《しんせん》朗詠、あれらは、当時の今様と存じまするが――」

「それは……」

尚久は、ぐっと、つまった。

「足利幕府になってから、将軍家の面前でうたわれた朗詠を、中納言様は、ご存じではありませぬか？」

「し、知らぬ」

「では、ひとつ、おきかせつかまつる。まず最初に、原文を――」

十郎太は、胸を張ると、朗々たる声を発した。

憎むべし病める鵠《とき》、半夜人を驚かす、媚《こび》は薄し狂い鶏、三更にして暁を唱う。

「李太白《りたいはく》でござる。これを、訳して、うたうならば……」

あなにくや、やもめかささぎ、よなかにひとをおどろかす、なさけなきうかれどりの、あけはてぬに、あかつきをとなう。

みごとな節まわしで、うたいおわると、十郎太は、一礼して、

「ごめん」

さっと、立って、書院を出た。

「待て！」

尚久は、あわてて、呼びとめた。

「そちは、牢人者にしては、学がある模様だが、将来ののぞみは、なんであろう？」

「世にもたぐいまれな美女に、相逢うて、身も心も、おぼれることでござる」

十郎太はうてばひびくように、こたえた。

「ほほう、それは……」

尚久は、十郎太の顔を、仰ぎ視て、薄ら笑った。

「中納言様は、岬の突端のような、樹齢千年の松の根のごとき鼻の持主めが、何を血迷い言をほざく、とおさげすみか？」

「い、いや……」

「それとも、貧に飢えた貴方様は、この鼻を、焼いて食おうか、煮て食おうか、と腹の虫を鳴かせておいでか？」

「ばかな！」

「すくなくとも、中納言様は、それがしが、この化生鼻を持っていることを、あわれんでは居られぬ。……この修羅十郎太が、最も腹が立つのは、他人からあわれみをかけられることでござる。貴方様が、たとえ三分のあわれみをかけられても、我慢ができぬ。貴方様の鼻を殺ぎ落すところでした。……ごめん」

十郎太は、冠木門《かぶきもん》を出ると、猿丸がそこに待っていて、

「やれやれ、骨折り損のくたびれもうけ。ばかげたご苦労でござった」

「猿丸、十年さきのことを、考えてみろ」

「え――？」

「由香里姫が、十八歳になった姿を、想像してみろ、と申して居るのだ」

「ははあん……、これはまた、気の長い話で――」

「待とうではないか、十年後に、めぐりぞ逢わんその日を――」

十郎太は、自分に云いきかせた。

「正気でござるか、若？」

「正気だとも！　一分一厘も狂っては居らぬ」

「では、これから十年の間、女子には惚れぬ、と仰言《おつしや》るので？」

「そうだ。惚れぬぞ、絶対に！」

「いやはや――」

猿丸は、首を振った。

その折――。

「修羅十郎太どの！」

後方から、可憐な呼び声が、追って来た。

振りかえると、由香里が、冠木門から走り出て来て、片手をあげた。

「さようなら、ごきげんよう、十郎太どの……」

「おさらば！」

十郎太も、片手をあげて、応えた。

「姫様！」

猿丸が、十郎太に代って、叫んだ。

「十年経って、姫様が、美しゅう成人なされたら、必ず逢いに参る、と若は申されて居りますぞ」

由香里は、にっこりして、頭を下げた。

夢

一

薄雲のかげりひとつない青空が、仰臥《ぎようが》した修羅十郎太の顔の上に、ひろがっていた。

十郎太の背中をのせた堤の斜面は、もう若草が、萌《も》え出ていた。

下方からつたわって来る音は、宇治《うじ》川の流れである。

佳《よ》い日和であった。

遠くから、ものうげな牛のなき声が、ひびいて来ている。

こうして、野に寝そべっていると、天下の動乱など、うそのようである。

今日も、どこかの国の山野で――いや、数里とはなれない近い土地で、人間と人間が、殺しあっているはずである。

「ばかげている！」

十郎太は、ふっと、つぶやいた。

つぶやいたとたん、悲鳴をあげる一人の少女の顔が、うかんだ。由香里ではなかった。

琵琶湖の多景島に棲む湖賊の頭領のむすめの顔であった。

十郎太が、頭領を斬り殺した時間、その少女が、そばに立ちすくんでいて、悲鳴をあげたのである。

――あの少女は、自分の父親が殺されるのを、目の前で、見た。一生、忘れはせぬであろう。

十郎太の胸の奥が、かすかに疼《うず》いた。

その時——。

遠くから、女の悲鳴がひびいた。

十郎太は、はね起きた
磧を——流れのきわを、走って来るのは、なんと、一糸まとわぬ全裸の女子であった。

そのすぐうしろを、これもまた下半身をむき出したなりで、駆けて来る男がいた。猿丸にまぎれもなかった。

そして、二十歩ばかりあとを、数人の男が、追いかけて来ていた。

「猿丸の奴！」

十郎太は、苦笑した。

猿丸は、十郎太をみとめて、両手をさしあげると、

「若っ！　おたすけを——」

と、叫んだ。

十郎太は、斜面に立ったなりで、女と猿丸が、逃げあがって来るのを待った。

「猿丸！　おれの鼻よりもぶざまなしろものを、むき出して、なんという恥さらしだ」

「ごかんべんを——。生命あっての物種でござる」

「畠《はたけ》あっての芋種か。……あとへさがって、見物していろ」

十郎太は、朱塗りの槍をひとしごきすると、追手の勢を、眼下に迎えた。

頭数は六人、いずれも牢人者であった。

双眼を血走らせた一人が、

「おいっ！　わしの女房を寝取った下郎を、かばいだてするかっ！」

と、呶鳴《どな》った。

「斬り取り強盗は武士のならい、ということもあれば、小者が他人の女房をぬすむぐらいは、許されてよろしかろう」

「な、なにっ！」

「女房をぬすまれたお主の方が、間抜けにみえる。たぶん、お主、女房に惚れられるほどの器量の持主ではないようだ」

「ほざくなっ！　生れぞこないの化物面をし居って、くそっ！」

六人は、一斉に抜刀し乍《なが》ら、口々に、十郎太の巨大な鼻を嘲罵した。

「おれを、怒らせるな！」

十郎太は、凄じい一喝をむくいた。

「おれは、たったいま、人を殺すことをさけたい心境でいたのだ。法言にあるぞ、言葉が軽ければ憂いをまねき、行為が軽ければ罪をまねき、貌《かたち》が軽ければ辱《はじ》をまねき、好みが軽ければ淫《みだり》をまねく、と。凡夫の心は、石にあらず。そっちの出様で、鬼にも蛇にもなるのだ。……止めろ、おれを怒らせるな」

「女房と下郎を、おとなしく渡せば、ひきあげてくれる。つべこべほざかずに、渡せ！」

「さあ、そこだ、寝取ったのも悪いが、寝取られたのも不覚。ここは一番、手の打ちようがあるというものではないのか」

「ないっ！　邪魔だてすれば、その面のまん中の法螺貝《ほらがい》を殺ぎ落してくれるぞ！」

「ははは……、法螺貝とあざけられたからには、ひとつ、大きく吹かずばなるまい。ではひとつ。お主ら対手に、はなづくしで、ひとさし舞うか」

二

十郎太は、馳せあがって来た牢人者六人を、堤の左右へ、斜面の前後へ、構えさせておいて、即興の今様を、朗々とうたいつつ、槍をしごいた。

春や春
はなの都のはないくさ
はなは桜木、人は武士
ところも、京のはなの先
宇治の流れのはないかだ

「それっ！　しょっ端《ぱな》にかかって来るは、色もあせたるはな浅葱《あさぎ》――」

一番手の花浅葱の袖なし羽織をまとったのを、かわしざまに、槍の石突きを鳩尾《みぞおち》へくれておいて、

はなに嵐のたとえもござる
　さよならだけが、人生じゃ

ぱっと五体を翻転させておいて、背後にふりかぶった一人の鼻さきへ、穂先をつきつけ、

はな毛をのばした、この阿呆面《あほう》
はな汗かいたはなつまみ

にやりとしておいて、斜面から躍り上って来たのを、薙《な》ぎざま、堤下へころがり落しておいて、

はなであしらうこの迅業は
　はなも実もあるはなむけなり

「さて――」

　十郎太は、こちらのあまりのあざやかな槍さばきに、いささか怯《お》じ気づいた様子の牢人連を見まわし、

「御一統、ご存じかな、こういう今様を……。散らであれかしさくらばな、散れかし口と花ごころ。さてこそ花の情なれ、花三春の約ありて、人に一夜をなれそめて、後いかならむうちつけに、心も空に花ごろも」

　ぱっと、一人の帯を、穂先で両断しておいて、

「はなしの種の槍さばき、はなつ手練に、鼻あかされて、鼻汁たらすすっ裸。……いず

れ、後日、はなしに花を咲かせてくれる鼻高々の、あなはなばなしやの語り草。どうだ、お主ら、はなのうてなへ鞍《くら》がえしたいか。それならそれで、もうすこし、はなむけに、今様をつづけてくれるぞ」

牢人連は、十郎太のあまりの強さに、捨てぜりふを投げただけで、退散して行った。

女房といっても、どうせそこいらのいかがわしい女郎屋からさらって来た女に相違なかった。

その女は、もはや、そこいらに姿は、見当らなかった。

ただ、猿丸だけが、筒袖を脱いで、それを四幅袴がわりにはいた珍妙な恰好《かっこう》で、近くにうずくまっていた。

十郎太は、自分の袴を脱いで、猿丸に投げてやり、

「一盗二婢《にひ》の悪癖は、生涯なおらぬようだな、猿丸」

と、云った。

「面目次第もありませぬ。いいわけがましゅうござるが、むこうの古寺であの牢人者どもが、博奕《ばくち》をひらいて居ったので、つい、その……、つまり、ふらふらと……」

「やったところが、勝ちつづけた、というわけか」

「——左様で。つきにつきまくり申してな」

「いかさまをすれば、負けるはずはあるまい」

「若！」

「知って居るぞ、お前が博奕をしているところを見たことはないが、まだ負けたというのをきいたことがない。いかさまをして居るのが、目に見える。……それで、勝ちまくって、どうした？」

「負け込んだ男が、逆上して、女房を賭けたのでござる。つまり、この猿丸が、あの女子を盗んだわけではござらぬ」

猿丸が、けんめいに弁解している――その折。

右方の丘陵の松林の中から、せわしい馬蹄のひびきが起った。

疾駆して来たのは、数騎であった。

先頭をきったのは、純白の道服《どうぶく》に同じく白袴をはき、燃えるような朱の袖なし羽織をつけた武者であった。

「若！」

猿丸が、不安をおぼえて、

「退散つかまつろう」

「待て。あれは、おれが一度出会ってみたいと思っていた人物らしい」

十郎太は、じっと、眸子《ひとみ》を据えた。

松林からこの堤までは、凹凸のひどい窪地《くぼち》であったが、騎馬の群は、水流に乗るような速力で、一気にかすめて、十郎太たちの面前へ、躍り上って来た。

棹《さお》立つ馬の上で、たづなも引かず、脚で胴締めしつつ、十郎太を見下したのは、凛乎《りんこ》たる眉目に、なみなみならぬ気魄をみなぎらせた武将であった。

四十歳あまりの男盛りで、髭《ひげ》のそりあとが青く、完璧に整った相貌は、一瞥《いちべつ》して人を魅了するさわやかな生気があった。

「余は、右大臣上総介だ」

そう名のって、にこりとした。

十郎太は、膝を折った。

「修羅十郎太と申します」

「丘の頂上から、遠目鏡でただいまそちの働きぶりを、見とどけたぞ」

織田信長は、云った。

「あっぱれな槍さばき、見惚れた」

「おそれ入ります」

「なにやら、歌らしいものを口にしていたが、あれは、なんだ?」

「おのが鼻を、あざける即興の今様でございました」

「ふむ!」

信長は、眼光鋭く、十郎太を見下していたが、

「どうだ、余に仕えぬか?」

三

十郎太は、ちょっと沈黙を置いてから、

「信長公に、おうかがいつかまつる」

「なんだ？」

「貴方様は、女性を愛されたことが、おありでございましょうや？」

「なに⁉」

あまりに唐突な問いに、信長は、けげんな表情になった。

「なんだ、それは？」

「美しい婦人に惚れたことがございましたかどうか、おうかがいつかまつる」

「ははは……、こいつ、随身せよ、ともとめている余に向って、それは、なにがゆえの問いだ？」

「ご返辞如何《いかん》によって、お仕えするか否か、きめまする」

「面妖《おか》しな赤槍天狗よ」

信長は、破顔して、

「余は、女子などに、心を奪われたことは、一度もないぞ」

と、こたえた。

「しかし、貴方様のような世にも稀《まれ》な美丈夫を、女子がお慕い申さなかったはずはございますまい」

「余の方が、目をくれなかっただけのことだ」

「恋というものを、おさげすみでございますか?」

「恋だと! はっはっはっ」

信長は、哄笑《こうしょう》した。

「その方、誰に向って、そのようなおろかな譫言《たわごと》を口走って居るのだ。こけが!」

「女子を愛するよりも、城を取り国を奪うことの方を、男子の本懐とお考えなされて居りますか」

「きまりきったことを申すな。華厳経《けごんきょう》には、女は地獄の使い、とあるぞ。宝積経《ほうしゃくきょう》には、大蛇を見るとも女を見るな、とあるではないか。余は、女子に溺れるほど、うつけではないわ!」

「お気の毒に――」

十郎太が、口のうちで、つぶやいた。

「なに? なんと申した?」

「置きて行かば、妹《いも》はま悲し持ちて行く、梓《あずさ》の弓の弓束《ゆづか》にもがも。……このこころが、おわかりにならぬとは、まことにお気の毒に存ずる、と申し上げます」

「こやつ! さかしらに、この上総介に説法するか!」

信長は、いきなり、右手に握った鞭《むち》を、十郎太めがけて、振りおろした。その一撃を、どうかわし、どうつかんだか、次の瞬間には、鞭は、十郎太の手に、移っていた。

「ばか者っ!」

信長は、さっと馬首をかえすと、丘陵へ向って、疾駆しはじめた。

「若――」

磧へ降りて、歩き出した十郎太を、猿丸が、呼んだ。

「もったいないことをなされた」

「織田家に仕えるのをことわったのが、口惜しいか、猿丸？」

「信長公は、いずれ、足利将軍に代って、天下人におなりになる大将ではござらぬか。ああ、もったいない！」

「ふん――」

「若は、信長公をおきらいでござるか？」

「いや、好きだ。……ほかの武将ならば、おれの働きを目撃しても、家来を遣わして来て、呼び寄せるだろう。右大臣は、自身で、馬を駆って、やって来た。気に入ったな」

「気に入られたのなら……、なぜ、旗本になるのを、おことわりなされたのじゃ？　もったいないことをなさる」

「好きであることと、随身することとは、別だ」

「そういうものでござるかな」

猿丸は、小首をかしげた。

「そういうものだ。女は男に惚れると、その男のことしか想わなくなる。しかし、男は、女に惚れても、城を攻めることもできるし、国を治めることもできる。……織田信長という大将は、まだ人間の味が薄い」

「はあ、人間の味がねえ」

「これは、大将としては、重大なことだぞ。生れつきの器量だけでは、天下の大名どもを足下に跪《ひざまず》かせるのは、むつかしい。天下人になる夢を、実現させるためには、人間の味を濃いものにせねばなるまい。……こっちは、そんな夢など抱かぬから気が楽だが……」

「若の夢は、絶世の美女にめぐり会うて身も心もとろけることでござるからな」

「右大臣からみれば、男の風上にも置けぬうつけ者よ」

「若――。せめて、小さな城のひとつぐらい、わがものにする夢を、お持ち下され」

猿丸は、いささか、いらいらしながら、すすめた。

「夢か――。覚めての後の夢、夢の中の迷い。……右大臣がみる夢は、天下取り。おれがみる夢は巫山《ふざん》の夢」

十郎太は、笑いながら、つづけた。

「あいにくだが、夢の中に現れる修羅十郎太は、いとも美しき鼻梁の持主だぞ。猿丸」

# 一

いつの間にか――一年余が、過ぎていた。

織田信長は、十五代将軍足利義昭を、京都から、追放して、いまや、天下の支配者になろうとしていた。

信長にとって、最もおそろしい強敵であった武田信玄は、昨年四月に、信濃国駒場《しなののくにこまば》で、亡くなっていた。

その信玄を頼みとしていた近江・越前《えちぜん》の驍将二人――浅井長政と朝倉義景は、信長との戦いを、彼地此地《あちこち》で、くりひろげていたが、疾風怒濤《しっぷうどとう》のごとき織田の軍勢に、朝に一城を奪われ、夕に一陣をつぶされ、ついに、まず、朝倉義景が、敗走して、越前一乗谷《いちじょうだに》へのがれた。

信長は、息をもつかずに、義景を追撃した。義景は、一乗谷の居城をささえきれず、あわてて、大野郡《おおののぐん》の山田庄六坊《やまだのしょうろくぼう》にのがれ、そして、そこで、自殺した。

のこされたのは、近江の小谷《おだに》城に拠った浅井長政だけとなった。

その小谷城も、織田軍によって、ひしひしと包囲され、秋風に散りはてる悲運を迎えていた。

宵空に、細い月がかかっていて、吹き渡る秋風が、いかにも、ものさびしいひびきをつたえている。

小谷城内は、そのひととき、無人のように、ひっそりと、しずまりかえっていた。

北の丸の高い石垣下で、赤柄の槍をかかえながら、うとうとしている修羅十郎太に、

「若――」

猿丸が、そっと寄って来た。

今日の午《ひる》まえの激闘で、十郎太は、織田勢のまっただ中へ突入して、文字通り阿修羅となって、あばれまくったのである。

浅井家が滅びさる、と百も承知しながら、十郎太は、あえて、小谷城に、「合戦買い」したのである。

「若――、いよいよ、明朝、織田勢は、総攻撃をしかけて参りますぞ」

「うむ」

「どうなされる?」

「どうもせぬ」

「寄手の大将は、猿面冠者の羽柴秀吉《はしばひでよし》でござる。あやつの猛攻ぶりは、若も、よくご存じではござらぬか。……今夜のうちに、退散した方が、よろしゅうござる。猿面冠者の手勢は、突入して来たならば、こっちが合戦買いの牢人とわかっていても、容赦なく、討ち取って参る」

「おれは、退散せぬ」

十郎太は、きっぱりと、しりぞけた。

「若！　若と一緒に、この小谷城へやとわれた牢人のうち、四割がたは討死し、五割がたは遁走し、いまは、数人しか、のこっては居りませぬぞ。……しかも、若をのぞいた他の牢人どもは、どうやら、落城のどさくさを狙って、軍用金をかっぱらうこんたんの模様――」

「お前も、そうではないのか、猿丸」

「冗談ではござらぬ。敵は、羽柴秀吉でござる。その猛攻の前に、一命を保つのは、とてもおぼつかぬ、となれば、軍用金をぬすむどころではござらぬ」

「では、お前、一足さきに、逃げろ」

「若！」

猿丸は、かぶりを振って、

「いったい、どうして、この小谷城が焼け落ちるまで、ふみとどまろう、となされて居るのじゃ。その理由を、きかせられい」

「理由は、かんたんだ」

十郎太は、ことなげな口調で、こたえた。

「城主夫妻が、美男美女だからだ」

「なんでござると⁉」

猿丸は、唖然《あぜん》となった。

城主浅井長政は、日本一と称《うた》われるほどの美丈夫であった。まだ二十九歳である。そして、その妻お市《いち》の方は、これまた、天女のように﨟《ろう》たけた美貌の女性であった。

夫婦のあいだには、まだ稚い三人の娘がいた。いずれも、人形のように美しかった。

(この三人の娘は、のちに、成長して、長女は豊臣秀吉の寵妾《ちょうしょう》淀君《よどぎみ》となり、次女は京極高次《きょうごくたかつぐ》の正室となり、三女は、徳川秀忠《とくがわひでただ》の夫人となって、三代将軍家光《いえみつ》を生んでいる。)

二

「若が申されることは、とんと、合点いたしかね申すが……」

「猿丸、おれが、この小谷城に、やとわれたのは、城主夫妻が、天下一の美男美女ときいたからだ。……長政殿と夫人を、眺めて、うわさにたがわぬ、似合いの美しい夫婦《めおと》ぶりに、おれは、心から愉《たの》しかったぞ」

「やれやれ、なんということじゃ！　織田信長公からは、じきじきに、仕えぬか、ともとめられると、あっさりことわってしまっておきながら、その信長公に滅されることが火を見るよりもあきらかな浅井家に、城主夫妻が、美男美女である、というだけの理由で、やとわれるとは！　……若の変窟《へんくつ》ぶりも、きわまったりじゃ」

猿丸は、長歎息した。

「その変人に、お前は、いつまでも、くっついて居るではないか」

「あたりまえでござるがな。この猿丸は、若が股肱《ここう》でござる。変人であろうと狂人であろうと、それがしは、お供をつかまつる。お別れする気など、毛頭みじんも、ござらぬ」

「猿丸――」

　十郎太は、月かげを仰ぎながら、云った。

「この世にたぐいまれな美しい男と美しい女が、夫婦として、ならんでいる姿を、眺めて、お前は、すこしも、感動せぬのか？」

「べつに、感動などは……」

「なさけない奴だ」

「若――、そう申されるが、顔とか姿は、生れつきのもので、当人自身が知ったことではござるまい。それはまァ、美しゅう生れついた方が、トクはトクじゃが……、なにも好きこのんで――」

「左様、こんなばかでかい、岬のとっぱなを、顔のまん中に据えつけてくれ、とおれは、生れる前に、母親に、たのんだおぼえはない。しかし、醜く生れたからには、その劣等の情をすてよといわれても、不可能だ。……おれは、おれの持たぬものを持った美男が、うらやましい。浅井長政殿だからこそ、あの絶世の美女を妻にすることも、できたのだ。……夫婦がならんだ姿に、おれは、ねたましさもおぼえぬほど、心の底から、感動する。あの長政殿とお市の方を、生きのびさせるためなら、おれは、敢《あえ》て、この一命をなげうってもよい」

「なにを、申されることやら……。それがしには、ご城主よりも、若の方が、ずんと立派なお顔に、見え申すわい」

猿丸は、いまいましげに、云いすてた。

織田軍の先鋒《せんぽう》羽柴秀吉が、その手勢に総攻撃を命じたのは、まだ夜も明けそめぬ――

天正《てんしょう》元年九月一日の暁闇《ぎょうあん》であった。

秀吉の指揮するのは、八千余。そのうしろに、織田の軍勢三万が、ひしめいていた。

大津波にも似た凄じい猛攻を受けて、出丸という出丸は、あっという間に、つぶれた。

小谷城の河瀬壱岐守《かわせいきのかみ》、沢田兵庫頭《さわだひょうごのかみ》は、大手門から、まっしぐらに、手勢三百余騎とともに、信長が本陣を布《し》いた太《ふと》ガ嶽《たけ》めがけて、奔馳《ほんち》した。

まことに、人間ばなれした、おそろしい勢いに、織田の軍勢は、思わず、道をあけた。

「本陣に至らせるなっ！」

そう叫んで、横あいから、突撃したのは、羽柴秀吉であった。

河瀬・沢田両将とその手勢三百余騎は、またたくうちに、一人のこらず、討死した。

その時――。

織田の軍勢は、なだれをうって、城内へ突入していた。

彼処《かしこ》で、此処《ここ》で、凄惨な死闘がくりひろげられたのは、わずか半刻《はんとき》あまりであった。

やがて――。

どの建物からも、火焰が噴きあがった。

城主長政が、家臣に命じて、火を放たしめたのである。

そして――。

長政が、白い死装束姿になって、切腹の座に就いた――その時であった。

猛煙の中をかいくぐって、一人の武者が、馳せ寄って来た。

「ご城主に、申し上げる！」

長政は、巨大な鼻梁を持った武者を、仰いで、

「おう――そちは、修羅十郎太、と申したな」

と、云った。

そのめざましい働きぶりは、長政の目にも、とまっていたのである。

「お願い申したき儀、なにとぞ、おききとどけ下されい！」

「なんだ？　申せ」

「ご正室ならびに三人の姫君を、死出の道連れになさいますな！」

お市の方と三人の幼女は、次の部屋にいた。

長政が切腹するとともに、お市の方は、わが娘《こ》らを、つぎつぎと懐剣で刺し殺しておいて、わがのどを突いて、良人のあとを追う手筈《てはず》であった。

「妻は、我とともに、あの世に行きたい、と願って居る」

長政は、云った。

「三人の姫君も、死を願って居られるや？」

十郎太は、長政を、睨みつけた。

「親が死ぬは勝手、子が、その道連れにされては、たまらぬ。……生を享《う》けた者は、親とは別に、おのが人生を歩む権利がござるはず。……ご考慮あれ！」

「…………」

「お市の方は、信長公がおん妹でありますれば、当城ならびに貴方様を滅すとしても、おのが妹まであの世に送る気持は、ござるまい。なろうことならば、妹を生かして、救い出したい、と願って居られましょう。……この儀、いかに？」

そう云われて、長政は、ふかくうなずいた。

三

羽柴秀吉は、大手門で、馬上から、小谷城が焼け落ちるさまを、じっと見まもっていた。

猿面冠者とあざけられるわけあって、いかにも、貧相な顔つきであった。眉も目尻も下っていたし、鼻梁もひくく、上唇が反りかえっていた。体軀《たいく》も貧弱であった。

尾州《びしゅう》愛知郡中村の引込み百姓（足軽をやめた百姓）弥右衛門《やえもん》の伜、という土くささが、筑前守《ちくぜんのかみ》になっても、なお、その面貌にこびりついていた。

えいえい、おーっ！

えい、おーっ！　えい！

本丸のあたりから、かちどきが、ひびいて来た。

「おわったわい！　ふん」

秀吉は、にやっとした。

この浅井家の領地十八万石は、自分のものになるのであった。信長から、そう約束してもらっていたのである。

信長に報告すべく、馬首をかえそうとしたとたん、石垣のむこう側が、急に騒然となった。

秀吉は、おのが手勢に包囲されながら、近づいて来る降服者を、みとめた。

先頭に立ったのは、赤柄の槍をかついだ、異常に高い鼻梁を持った武者であった。

そのあとを、幼女の手をひいて歩いて来るのは、お市の方にまぎれもなかった。匂うような気品をそなえた美貌であった。

うしろに、小者が、二人の幼女を、背負い、かかえていた。

馬前に進んで来ると、

「当城やとわれの合戦買いの牢人修羅十郎太、ご城主夫人ならびに三人の姫君を、織田信長公にお渡しつかまつる」

と、云った。

「浅井殿は、その方ごとき牢人ずれに、夫人と姫を、ゆだねたのか？」

「火急の場合、人をえらんでは居られなかったのでござろう」

「修羅十郎太、と申したな」

「左様でござる」

「途方もない鼻を持って居るのう」

秀吉は、ずけずけと云いながら、ちらりと、お市の方を、視やった。

好色をむき出したその目つきが、十郎太をして、むかっ、とならせた。

――醜男《ぶおとこ》め、あろうことか、主君の妹君に対して、欲情をわかせた！

十郎太は、お市の方を、秀吉の目からかくすようにして、

「信長公のおん許まで、ご先導下され」

と、たのんだ。

「よいわ。この筑前守が、お連れする。降人は、そこで、沙汰を待て」

「おことわり申す。それがしは、ご城主より、信長公に、妻を渡すようにと、おたのまれいたした。ご案内のほどを――」

毅然《きぜん》たる態度を、示した。

「降人のぶんざいで、小ざかしゅうほざき居る」

秀吉は、からからと笑い声をたてると、馬から降りた。

「お市の方、馬に召されい」

つかつかと進み寄って、秀吉が、お市の方の手をとろうとすると、十郎太は、すばやく、さえぎって、

「それがしが、お乗せ申す」

と、云った。

この臈たけた美女に、猿面冠者が手をふれるのは、十郎太としては、堪えがたかったのである。

お市の方と茶々《ちゃちゃ》という長女を、馬上の人にならせた十郎太は、

「猿丸、あとにしたがえ」

と、命じた。

「かしこまりました」

猿丸は、ここらで退散すればいいものを、と不安の色をみせたが、やむなく、馬のあとへ立った。

秀吉は、ごく気軽に、馬の口をとって、歩き出した。

ものの半町も歩いてから、秀吉は、ふりかえって、

「修羅十郎太とやら――」

と、呼んだ。

「なんでござろうか？」

猿丸のすぐあとを歩いていた十郎太は、応えた。

「合戦買いが、落城まで居残って、城主の夫人とお子らを、救い申したとは、神妙なしわざじゃが、なんの存念があってのことか？」

「筑前殿、ご自身の胸にきかれるがよろしかろう」

十郎太は、あたりはばからぬ言葉を口にした。

「なに!」

秀吉は、きっとなって、頭をまわしたが、急に、

「はっはっはっ……」

と、哄笑した。

秀吉の哄笑は、その場をとりつくろったり、ごまかしたりするための有力な武器であった。

## 人と人と

### 一

織田上総介信長は、太ガ獄の頂上に布いた本陣で、床几に腰をすえ、小姓に酌をさせて、盃《さかずき》を口にはこびながら、燃えつきようとする小谷城を、眺めていた。

その切長な双眸は、きらきらと妖しいまでに光っていた。

さきに朝倉義景を滅亡させ、今日、ついに、浅井長政をあの世へ送ったのである。

この二人の驍将を滅すのに、信長は、三年数カ月をついやしていた。

朝倉・浅井は、信長の本拠である岐阜と、京都とのあいだに、城をかまえて、頑強に抵抗しつづけていたのである。

——もはや、京都に於て、自分の号令に、じかに歯むかって来る敵は、居らぬ。

信長の双眸の光は、それを示している。

信長にとって最大の強敵であった武田信玄は、昨年、亡くなっているのだ。

「酒が、うまい！」

信長は、大声で云った。

その時、小姓の一人が、奔って来て、小谷城総攻撃の指揮をとった羽柴秀吉が、報告にもどって来たむねを、言上した。

「猿めに、この浅井の領地を、くれてやらずばなるまい」

秀吉は、信長の面前で、ひざまずくと、かんたんに、要領よく、総攻撃の成果を、報告した。

信長は、くどくどと長たらしい報告をされるのは、大きらいであった。秀吉の報告は、いつも、信長を満足させた。

「猿——」

信長は、秀吉が木下藤吉郎《きのしたとうきちろう》といった足軽時代からの呼びかたを、すこしもかえていなかった。

「近江国は、そちのものになったぞ」

「忝じけなく存じまする」

秀吉は、地面に平伏した。

「ひきあげだ」

信長が、床几から立とうとすると、秀吉は、

「上様——、おん妹君お市の方、ならびに三人の姫君のおん身は、ご安泰にございます」

と、云った。

「そうか。猿が、たすけ出してくれたか？」

「いえ、浅井方にやとわれた一人の牢人者が、お救い申して、お連れいたして居ります る」

「妹とこどもらは、そちが、預かっておけ」

「かしこまりました。……しかし、その牢人者、ご城主より、信長公に、お四方を渡すようにたのまれたゆえ、この筑前には渡せぬ、と申し、幕外に、ひかえて居りまする」

「小谷城にやとわれながら、長政を裏切って、余のほうびにありつきたい、小ぎたないこんたんであろう。……呼べ」

秀吉は、こういう場合、信長という人物は、その者のいやしい下心を看破《みやぶ》ると、ほうびの代りに、その首を刎《は》ねるのに、いささかのためらいも示さぬことを、よく知っていた。

――あの天狗鼻の牢人、一命を落すかも知れぬぞ。

秀吉は、そう思いながら、陣幕の外へ、声をかけた。

まず――。

お市の方が、三人の幼女たちを、かかえ包むようにして、入って来た。

お市の方にとって、信長は、実兄であるとともに、良人を殺した仇敵《きゆうてき》であった。

戦乱の時世に、武将の家に生れた婦女子の悲しい運命というほかはなかった。

お市の方は、顔を伏せて、兄信長に、ただ黙って、一礼しただけであった。

信長の方も、妹に、べつに弁解がましい、なぐさめの言葉をかけようとはしなかった。

ただ、

「そなたらの身柄を、筑前にあずける」

それだけ云った。

それから、四人を連れて来た牢人者が、一向に姿をあらわさぬのを、信長は、いぶかって、

「猿――、そやつどうした?」

と、問うた。

秀吉も、けげんそうに、ふりかえって、

「はて――? いかがいたしましたか?」

と、小首をかしげた。

「ここへ、つれて参れ」

「しばらく、お待ちを――」

秀吉は、いそいで、陣幕を出た。

二

修羅十郎太は、草地にあぐらをかいて、澄みきった秋空を仰いでいた。

秀吉は、その後ろ姿に、

「なにをいたして居る！　はやく、御前へまかり出ぬか」

と、呶声《どせい》をあびせた。

十郎太は、頭をまわして、

「夫人とお子らが、ぶじに、信長公にひきとられたのを、たしかめれば、それがしが、べつに、ご挨拶いたすまでもござらぬ」

と、こたえた。

――こやつ、したたかなきもを持って居る。

秀吉は、内心感服しつつ、

「お呼びなのだ。参れ」

と、きびしく、うながした。

十郎太は、立ち上ると、

「猿丸――」

斜面の下方へ呼びかけ、赤柄の槍を、投げた。

猿丸の首が、ちらとのぞいたとみるや、その槍をたくみに、受けとめた。

十郎太は、ゆっくりと、陣幕の内へ、歩み入った。

信長は、十郎太を一瞥すると、

「ほう、妹を救い出したのは、その方か、赤槍天狗！」

と云った。

秀吉が、おどろいて、

「上様には、この者をご存じでございましたか」

「うむ。一年ばかり前にな、こやつと、宇治川堤で、出会《でお》うた」

信長は、微笑しながら、

「こやつ、その折、赤柄の槍をふるって、牢人ども五六人を、鼻唄まじりにあしらい居った。その働きぶりが気に入って、余に仕えぬか、とすすめたところ、こやつが、なんとこたえたと思う、猿？」

「はあ――？」

「貴方様は、女性を愛したことがおありか、とききおったのだぞ！」

「なんと⁉」

「余が、女子に溺れるほど、うつけではないわ、と、こたえると、こやつ、お気の毒に存ずる、と申して、さっさと退散し居った」

信長は、十郎太を正視して、

「修羅十郎太、と申したな、その方――」

「ご記憶にとどめ置かれまして、ありがたく存じます」

「わが妹を、救い出したのは、長政にたのまれただけだ、と申すか？」

「いえ、夫人は、ご城主のあとを追うて、自害をなさるお覚悟とお見受けいたしましたので、それがしが、ご城主を説き、夫人と姫君がたに生きのびて頂きました」

「ははは……、判ったぞ、十郎太。その方が、わが妹とこどもらを救い出した理由《わけ》が――」

「…………」

十郎太は、黙って、信長を見かえしている。

「その方は、よほど、美しい女子に対しては、心が弱いらしいの」

「みにくく生れついた男が、高嶺《たかね》の花にあこがれる気持が人一倍であるのは、やむを得ませぬ。では、これにて、ごめん――」

十郎太は、一礼しておいて、退出して行こうとした。

「待て、赤槍天狗！」

信長は、呼びとめた。

「その方、ほうびももらわずに、去るか」

「ほうびを頂戴いたしたならば、この修羅十郎太が、せっかく胸に描いた虹が、消えてしまいましょう。……美しく咲きほこった花、そして、その母と同じく、美しく咲くであろう蕾《つぼみ》を、むざんに散らしてはならぬ、と思ったまでのこと。……ほうびをたまわる代りに、お願いがございます」

「なんだ？」

「お市の方は、良人を亡《うしな》われたとは申せ、あと十年はおろか、二十年も、美しく咲きつづけられるたぐいまれな佳人でありますれば、おん兄として、その咲き場所を、とくとお考えなさいますよう、願い上げます。そこいらあたりの、むくつけき成り上り者などに、さっさと呉《く》れてしまう、などという軽挙は、なにとぞ、お止め下さいますよう――」

　この言葉は、あきらかに、羽柴秀吉に対する皮肉であった。

「はっはっはっ……、申し居るわ」

　信長は、笑った。

　秀吉は、眉毛一本動かさぬ無表情を保った。

「では、これにて――」

「十郎太、その方は、どうしても、余に仕える存念を持たぬのだな」

「それがしは、まだ、二十歳を越えたばかりの青二才にございますれば、あと数年は、諸国を経巡ってみとう存じます」

「おのが腕《かいな》に抱く美女を、もとめてか？」

「万が一、という機会もあろうか、とはかないのぞみを持つことも、その方のような化物面には、許されぬ、と仰せられますか？」

「そうは申さぬぞ。十郎太、その方が、のぞむならば、妹を呉れてやるぞ」

　信長は、云った。

　とたん――。

　十郎太は、きっとなって、鋭い視線をかえした。

「信長公、たとえ、冗談とは申せ、口にしてはならぬ言葉がありまする。この修羅十郎太は、男の誇りというものを、最も大切にいたす。貴方様が右大臣であられても、それがしは、侮辱には堪えられませぬ」

「侮辱しては居らぬ。余は、本気で、その方に、妹をくれてやってもよい、と申して居るのだ」

「ばかなっ！」

　十郎太は、思わず、われを忘れて、叫んだ。

## 三

　その叫び声は、陣幕の外を警備している士たちの耳にもとどいた。

　何事ぞ、とばかり、十数人が、駆け込んで来た。

信長は、一喝して、家臣どもを、退《しさ》らせた。

「十郎太、その方がいちばん欲しているであろうものを、引出物にしてつかわそうと申して居るに、血相変えて、わめくとは、どうしたことだ？」

「お市の方は、人形ではござらぬ。天下一と称された美男を良人とされ、その良人を、たった今うしなわれたおひとでござる。身も心もうちひしがれたさなか、どこの馬の骨とも判らぬ、化物面の牢人者に、呉れられると相成れば、どんなお気持におなりか。お市の方は、女心など、全くわからぬ朴念仁の兄をお持ちと申せます、お可哀そうに——」

「ずけずけと申し居った。……余は、その方に、一万石でも二万石でも、呉れて、大名にとりたててつかわそう、というのだぞ」

「まっぴらご免をこうむります」

十郎太は、風のはやさで、その場から消え去った。

信長は、「ふうん」と鼻を鳴らして、

「猿——」

と、秀吉を呼んだ。

「はい」

「あの男、そちは、どう思うぞ？」

「あっぱれな男、と存じますが、家来にすべき者とは思えませせぬ」

秀吉は、こたえた。

「ああ、びっくりした、おどろいた！」

猿丸は、数歩先をどんどん歩いて行く主人の後ろ姿を眺めやりながら、
と、同じ言葉を、くりかえしていた。

「織田上総介信長公を、ばか呼ばわりをしたのでござるぞ、若は——」

「……………」

「ああ、びっくりした。おどろいた！　なんとも、あきれかえった話でござる」

「猿丸！　同じことを、ぶつぶつ、くりかえすな」

「くりかえさないわけには参らぬほど、本当に、びっくり仰天し、あきれかえったのでござる」

「あいそが、つきたか？」

「なんの……、わがあるじの心意気には、この猿丸も、鼻たかだか——」

「なんと申した？」

「いえ、その……、つまり、すかっ、と胸の溜飲《りゅういん》が、下り申した」

「ごまかすな。実は、いい、きもきんたまも、縮みあがらせていたのであろう」

「まことのところは、、左様でござる、なりゆきを、どうなることか、と生きた心地もなく、うかがって居りましたわい」

小さな丘陵と丘陵をつなぐ、切通しのゆるやかな坂道に、さしかかった時であった。

戛々《かつかつ》たる馬蹄の音が、下方からひびいて来た。

織田の陣営からは、もう二里以上もはなれた地点であった。

駆けあがって来たのは、ただ、一騎であった。

十郎太が、微笑して、足を停めた。

猿丸が、のびあがって、

「あっ！　あれは、堂明寺内蔵助！」

と、叫んだ。

堂明寺内蔵助の方も、十郎太をみとめて、たづなを引いた。

「また逢《お》うたな、修羅十郎太」

「こちらが、小谷城にやとわれれば、御辺とめぐり逢うのは、当然――」

「落人《おちうど》にしては、悠々と、街道を大手をふって歩いて居るが……？」

「信長公に、目通りして参った」

「ほう、それは――？」

内蔵助は、眉宇をひそめた。

「落人が、わが主君に目通りできたとは？」

「それはでござる」

猿丸が、事情を説明した。

内蔵助は、うなずいて、

「お市の方と姫がたを、お主が救った、と！　よい機会であった。お主は、なぜ、随身しなかった？　わが主君が、必ず天下人になられる大器量人であることを、お主は、みとめたはずだ。男子としての大いなる魅力にも、お主は、ひかれたに相違ない」

「たしかに！」

「では、なぜ、随身せずに、立ち去った？」

「まだ仕えるべき秋《とき》ではない、とみたから、辞去いたしたまでのこと」

「その秋ではないと？」

「左様――。それがしのような、つむじ曲りのへそ曲りには、おのれの心に納得がゆく秋を迎えぬかぎり、主人を持つことはでき申さぬ」

十郎太は、きっぱりと云った。

## 悪僧兵

### 一

「若、もうそろそろ、狸粥《たぬきがゆ》が、喰べごろでござる」

囲炉裏の、ちろちろと燃える粗朶《そだ》火の上、自在から吊《つる》した鍋の中、かきまわしていた猿丸が、燭台わきで読書している十郎太に、声をかけた。

「うむ」

十郎太は、生返辞をしながら、なお、書物から、目をはなさぬ。

下界――京都の市中では、残暑の息苦しさに、人々が、いい加減うんざりしている季節であった。

しかし、ここ――比叡山《ひえいざん》中腹の密林の中は、陽が落ちると、急にひえびえとして、炉ばたにいても、べつに粗朶火の熱さをおぼえぬくらいであった。

この建物は、足利幕府全盛の頃は、比叡山の僧侶で、罪を犯した者が、とじこめられた牢舎であった。

いつの間にか、それが廃されて、十数年もすてておかれたのを、十郎太主従が、見つけて、仮住いにしたのであった。

小谷城が落ちてから、さらに一年近くが経っていた。

十郎太は、なんとなく、「合戦買い」が面倒くさくなって、このような隠遁ぐらしをはじめたのである。

比叡山には、けものがいくらでもいたし、四季それぞれの山菜を採るのにも、こと欠かず、猿丸が、十日に一度は、下山して、米や麦をはこんで来たので、十郎太は読書にあけくれる毎日を過ごしていた。

「若、召し上られい」

「うむ」

ようやく、書物を置いて、十郎太は、炉ばたへ来た。

猿丸は、椀《わん》に、狸を煮込んだ粟粥を盛ってさし出しながら、

「若は、まことに、よく勉学なさるものじゃ」

と、云った。

「書を読むことは、生命の糧となる」

「そういうものでござるか」

「唐土《もろこし》に、蘇秦《そしん》という大学者がいた。若い頃、書を読んで、睡気をもよおすと、錐《きり》で、自分の腿《もも》を突き刺して、目をさましたそうだ。……人生わずか五十年、しかも、その生涯のうちで、書を読む時間は、きわめて短い。勉学せざるべけんやだ」

「しかし、若。学者の取った天下なし、ということわざもござる」

「べつに、おれは、学者になろうと思って書を読んでいるのではない。……学を好むは知に近く、力行するは仁に近く、恥を知るは勇に近し、か。お前には、わかるまい」

「わかりませぬな。そのお若さで、こんな、仙人みたいなくらしを、いつまで、おつづけなさるおつもりか」

猿丸は、不服であった。

わが主人修羅十郎太ならば、十万石、いや二十万石の大名にでもなれる勇気と智能を兼備している、とかたく信じている猿丸であった。

こうして、読書三昧《ざんまい》にあけくれる隠遁生活をつづけているのが、歯がゆくてならなか

った。

「猿丸！」

急に、十郎太が、鋭い表情になった。

「なんでござる？」

「女の悲鳴が、きこえた」

「え？」

「お前、断食堂をのぞいて参れ」

十郎太は、命じた。

ここから、一町ばかり登ったところに、比叡山の修行僧たちが、絶食して修行する一堂があった。

乱世のせいか、近年は、その断食堂にこもる修行僧は、一人もいないようであった。

十郎太は、女の悲鳴が、どうやら、そこからひびいて来たように、ききとったのである。

猿丸は、耳をすましてみたが、べつに、そんな悲鳴をききとらなかった。

「若の気のせいではござらぬか？」

「かも知れぬが、ともかく、のぞいて参れ」

「かしこまった」

# 二

猿丸は、月光が木間洩《も》れる杣道《そまみち》を、一気に、とぶがごとく、駆け登った。

断食堂の扉が開かれ、灯火が流れ出ているのをみとめた猿丸は、音を消して、横手へまわった。

「うむ！」

そこの蔀窓《しとみまど》の隙間から、そっと内部を、のぞいた瞬間、猿丸は、ごくっと生唾をのみ下した。

燭台のあかい明りの中で、猿丸の双眼に、まず、うつったのは、小袖の裾も腰巻も、ひきはだけられて、大きく押しひろげられた女体の白い下肢だったのである。

双手双足をつかんでいるのも、そして、その女の股間へ、顔をうずめているのも、すべて、比叡山の僧兵どもであった。

板壁には、かれらの大薙刀《おおなぎなた》が、たてかけてあった。

どこからか、その女人を拉致して来て、弄《もてあそ》ぼうとしているところであった。

――極悪坊主どもめが！

猿丸は、胸中でののしりながらも、めったに見物できぬ淫靡《いんび》な光景に、目をはなせなかった。

猿ぐつわをかまされた女は、頭髪をふりみだして、もがこうとするが、たくましい六本の腕におさえつけられていては、秘部を、けだもの男のしゃぶるがままに、まかせているよりほかに、すべはなかった。

その衣裳からみて、かなりの身分の婦人と判断できた。

ふと——。

猿丸は、丸柱に、十四五歳の少年が、くくりつけられて、気を失っている姿を、見つけた。

——さては、母親と息子じゃな。

その女性は、抵抗すれば、息子を殺すぞ、とおどかされて、やむなく、わが身を犠牲にすることにしたたに相違ない。

——若のたすけをかりるよりほかはない。

猿丸は、比叡山の僧兵がいかにおそるべき存在か、よく知っていた。

宙を翔《か》ける勢いで、元牢舎へ奔りもどって来た猿丸は、

「若っ！　赤槍をふるって下されい！」

と、叫んだ。

「僧兵どもが、女をさらって来て、犯してでもいたか？」

十郎太は、すでに、見通していた。

「息子連れの武家の妻女が、やられて居りますぞ」

猿丸は、赤柄の槍をとるや、十郎太に手渡した。

おもてへ出た十郎太は、べつに、走ろうとはしなかった。

「若！」

猿丸が、せきたてようとすると、十郎太は、

「もはや、間に合わぬ。もうすぐ地獄へ行く僧兵どもに、この世で最後の愉しみを、あじわわせてやるのも、慈悲といえぬか、猿丸——」

と、云った。

猿丸は、こたえようがなかった。

婦女子が犯されるのが、べつに珍しい時代ではなかった。

たとえば、ひとつの城が攻め落された場合など、その城主の妻や娘をはじめ、五十過ぎの下婢《はしため》にいたるまでが、犯され、奴隷あつかいにされたのである。

勝った軍勢は、捕虜とした敵方の婦女子を、当然のこととして、たらいまわしに犯した。雑兵ともなると、一人の女を、十人も二十人も、よって、たかって、弄んだものであった。

十郎太が、飛鳥のごとく奔駆しなかったのも、そういう時代だったからである。

主従が、断食堂の前に至った時、すでに、僧兵の一人が、その女人の上にのしかかって、しきりに、腰をゆすっていた。

ひと跳びに、戸口に立った十郎太は、

「お主ら、まだ、犯さずにいる者がのこって居るのか？」

と、あびせた。

とたん――。

二人の僧兵が、はね起って、板壁の大薙刀をつかんだ。

「そうか、お主ら二人は、もう、すませたとみえる」

十郎太は、笑った。

一人が、

「くらえっ！」

呶号もろとも、大薙刀を、宙に唸《うな》らせて、斬りつけて来た。

十郎太は、それを、耳もとすれすれに流しておいて、びゅっと、赤柄の槍をくり出した。

胸板をふかぶかと貫かれた僧兵は、野獣じみた呻《うめ》きを発して、のけぞった。

十郎太は、抜き取るがはやいか、次の敵の薙ぎつけて来る大薙刀を、払った。

払った迅業を、すくいあげの一閃《いっせん》に、継続させた。

赤槍の穂先は、その僧兵の顔面を、逆に、両断した。

「次だ！」

十郎太が云いはなった時には、女人にのしかかっていた者も、すでに、大薙刀を手にしていた。

十郎太は、無造作ともみえる一突きで、その僧兵ののどを刺し貫いておいて、最後に

残った一人に、

「おい、お主は、どうした？　まだ、犯しては居らぬらしいな」

と、云いかけた。

「化物牢人め！　じゃまだてするなっ！」

僧兵は、咆《ほ》えた。

「せっかくの獲物をくらわずに、地獄へ行くとは、気の毒だな」

「ほ、ほざくなっ！　おのれこそ、生涯一度も、女を抱けぬ化物面をし居って——」

「女人は、犯すものではない。惚れるものだ。あの世へ鞍がえしたら、とくと、そのことを考えるがいい」

「ええいっ！」

僧兵は、猛然と、大薙刀を、なぐりつけて来た。

その手練ぶりは、前の三人と比べもならぬくらい凄じい勢いであった。

十郎太は、地上へ跳び退った。

「くそっ！」

必殺の一撃をかわされた僧兵は、大薙刀を風車のように、ぶんぶんまわしつつ、肉薄して来た。

十郎太は、大きく円をえがいて、後退しつづけた。

と——一瞬。

どこに隙を見出《みいだ》したか、十郎太は、赤槍を、びゅんと、双手から放った。

宙を飛んだ穂先は、みごと、眉間に突き立ち、僧兵は、立木が切り倒されるように、地ひびきをたてた。

三

猿丸は、十郎太が四人の僧兵を、のこらずあの世へ送った時、堂内に入って、まず、丸柱にくくりつけられている少年のいましめを解いてやった。

少年は、意識をとりもどすと、

「母上っ！」

と、悲痛な叫びをほとばしらせた。

その母親は、自身の手で、下肢をかくしてはいたが、まだ、身を横たえたままであった。

「母上っ！」

息子に、二度呼ばれて、ようやく、のろのろと、身を起した。

そのまなざしは、痴呆のように、うつろであった。

少年が、そばへ寄って、肩へ手をかけたが、抱き合おうとする気色も示さなかった。

どうやら、彼女は、自分が犯されている光景を、息子に目撃されてしまった、と思っている様子であった。その間、息子が、気を失っていたことは、知らぬようであった。

「母上！　しっかりなされ！」

少年は、母親の肩をゆさぶった。

その時、十郎太が、外から、

「猿丸――」

と、呼んだ。

猿丸は、いそいで、堂を出た。

「母子を、家まで送ってやらずとも、よいのでござるか？」

「すてておけ。あの伜は、もう十五歳にはなって居ろう」

十郎太は、云いすてて、歩き出した。

ものの二十歩も遠ざかったろうか。

突如、

「な、なにをなさるのだ、母上！」

少年の絶叫が、きこえた。

猿丸が、はっとなって、馳せもどってみると……。

その母親は、懐剣をのどへ、突き刺していた。

「ばかなっ！　はやまったことを――」

猿丸は、堂内へ、とび込んだ。

しかし、もはや、手おくれであった。

少年は、その場へ、うち伏して、慟哭《どうこく》しはじめた。

猿丸は、母親を仰臥させ、両手を胸で組ませてやった。

少年の慟哭は、つづいた。

すると、不意に――。

「おろか者！」

一喝が、外から、あびせられた。

「男子だぞ！　泣くな！　泣いたところで、母が生きかえるか！」

十郎太は、きびしく叱咤した。

少年は、ようやく、身を起して、泪《なみだ》をぬぐった。

「猿丸、その倅に手つだって、墓穴を掘ってやれ」

十郎太は、命じた。

「かしこまった」

猿丸は、少年をうながして、堂を出て来た。

十郎太は、さきに一人で、元牢舎へ、もどって来た。

炉ばたに坐って、しばらく、宙をじっと見すえていたが、ふっと、

「おれは、母というものを知らぬ」

と、つぶやいた。

十郎太の母は、十郎太を産むと、ほどなく亡くなったのである。

——おれが、あの少年であったならば、やはり、あのように慟哭するであろうか？

十郎太は、かすかな胸の痛みをおぼえた。

猿丸が少年をともなって、十郎太の前に坐ったのは、それから小半刻のちであった。

「この少年は、明智光秀《あけちみつひで》殿の家中にて、醍醐左馬助《さまのすけ》と申される旗奉行の嫡男主馬《しゅめ》といわれます」

猿丸は、告げた。

「醍醐？」

十郎太は、ききとがめた。

「醍醐とは、公家の苗字だが……」

「はい。わたくしの父は、もとは公家でありました」

「すると、醍醐中納言尚久卿とは、縁つづきか？」

「はい。父は、醍醐中納言の従兄弟にあたります」

すなわち——。

この少年——醍醐主馬は、偶然にも、十郎太が、夕月城から救い出した姫君由香里とは、復従兄妹《また》の間柄であった。

## 男子の泪

一

杉と松の密林の中をたどる叡山道は、白昼でも、うす暗かった。

二人連れが、降りて行く。

猿丸と、僧兵どもに母を殺された少年醍醐主馬であった。

思いがけない不幸に遭って、主馬の足どりは、ともすれば、猿丸から、おくれがちになっていた。

猿丸は、時おり、立ちどまって、待ってやらなければならなかった。

十郎太から、

「送って行け」

と、命じられて、猿丸は、主馬をともなって、ひとまず、京都の市中まで、降りて行くことにしたのである。

猿丸は、いくどめか、足を停めて、主馬が追いついて来るのを待ってから、

「主馬殿は、まだ、泣いて居られるようじゃが……」

と、たずねた。

「もう泣いては居らん」

主馬は、不機嫌にこたえた。

こたえたとたん、少年は、不覚にも、また、目蓋があつくなるのをおぼえて、猿丸の

視線をさけた。

「母御を失《うしの》うたのはお気の毒じゃが、もう、泣くのは止《よ》されい」

「………」

主馬は、くちびるを噛《か》みしめた。

「実は、この猿丸も、母親を、十五歳の折、失い申した」

「………」

「母親は、五年あまりの長わずらいのはてに、首をくくって、自殺つかまつったのでござる。わしが、そのかたわらで、泣いて居ると、修羅館のお館――つまり、あの十郎太様の父上でござった――が、入って参られて、こう申されました。猿丸、男子というものは、生涯ただ一度だけ泣けばよい。しかし、それは、親が亡くなった時ではない、と」

「………?」

主馬は、ゆっくりと足をはこぶ猿丸の背中を、じっと見まもった。

「わしが、いそいで、泪をぬぐって、お館に、男子は、どういう時に泣くものでございますか、とおたずねしたところ、それはお前が生涯のうちでぶっつかった最大の不幸の時だ、とおこたえ下されたのでござる。……つまり、男子にとって、親が亡くなることは、生涯最大の不幸ではない、と」

「………」

「お館は、それから二年後に、お亡くなりになりましたが、十郎太様は、泪を一滴もこぼされず、葬儀を終えるや、猿丸、ついて参れ、と数百年もつづいた修羅館を、なんの未練気もなくすてて、放浪の旅に出られたのでござる」

「…………」

「わしにも、まだ、男子は、どういう時に泣くものか、よくわかっては居りませぬが、お館のお言葉だけは、昨日きかされたように、耳にのこって居り申す」

「わかった！」

主馬は、叫ぶようにこたえた。

「もう泣かぬ！」

「それでこそ、明智ご家中でも高名な旗奉行のご子息でござる」

「しかし、武士の伜は、母があのようなむごたらしい最期をとげても、泪をこぼしては、いかぬのか。身共は、武士の家に生れたのが、すこしイヤになった」

「なにを申されるぞ、主馬殿！」

猿丸は、きっとなって、ふりむいた。

「武士というものは、男子の誇りを持って、生きるさだめでござる。……男子の誇りを失って、なんの生甲斐がござろうか。武士の道は、商人や農民の道とは、まったくちがって居り申すのじゃ」

「同じ人間ではないか」

「同じ人間でも、生きて行く道は、ちがって居るのが当然でござる」

「身共は、修羅十郎太殿のように、誇り高く、鼻も高く、生きる武士には、なれそうもない」

主馬のつぶやくその言葉は、猿丸をむかっとさせたが、

——まだ、十四歳の少年じゃ。

と、胸をおさえて、

「まっすぐに、国許へお帰りめさるか？」

と、たずねた。

「いや、京都へ降りたら、醍醐中納言卿をおたずねする」

主馬は、こたえた。

二

猿丸は、醍醐家の姫君由香里を、わがあるじ修羅十郎太が、陥落した夕月城から救い出した因縁がある、と主馬に告げようとしたが、

——べつに、この少年にきかせても、はじまらぬ。

と思いなおした。

この時、猿丸は、十年後にいたって、十郎太と主馬と由香里が、もつれて解けぬ三本の糸のように、因果な関係になろうとは、神ならぬ身の、予知する由もなかった。

叡山道から、まっすぐに、嵯峨野に至って、小松の林の中に、その屋敷を、見出すと、

「わしは、これにて、失礼つかまつります」

と、別れを告げた。

「待て。中納言卿からも、ひと言、お前に礼を述べて頂くつもりじゃ」

主馬は、とどめた。

「わがあるじが、おつれしたのなら、いざ知らず、この小者などに、中納言様が、礼など申される道理もない」

猿丸は、かぶりを振った。

十郎太が、由香里をともなって来た時でさえ、醍醐尚久は、一文の礼金さえも出さなかった。出せなかった、といいかえた方が正しいかも知れぬが、それにしても、娘を救ってもらった父親としては、はなはだ高慢な態度であった。

猿丸は、中納言の顔を見ることなど、まっぴらごめんであった。

「では、これにて――」

猿丸は、頭を下げておいて、さっさと、踵《きびす》をまわした。

主馬は、ちょっと、ふしぎそうに、その後ろ姿を見送っていた。

――あの小者は、あの化物鼻を持った主人が、日本一えらい、と思っているのだ。

胸のうちで、そうつぶやいた。

なんとなく、いらいらして、主馬は、夕空を仰ぐと、

「くそ！　くそ！　くそっ！」

と、ののしった。

と──その折。

「主馬様！　……主馬様ではありませぬか？」

林の中から、きれいな声音が、呼んだ。

ふりかえった主馬は、

「やあ──姫！　由香里どの！」

はじめて、少年らしい笑顔を、つくった。

由香里は、駈《か》け寄って来た。主馬はその手を取って、

「…………」

なにか云いかけたとたん、急に、胸に悲しみがこみあげて来て、どっと泪があふれた。

猿丸にあれほど、男子は生涯ただ一度しか泣かぬものぞ、と云いきかされながら、主馬は、泪をこらえることができなかった。

「どうなされたのです、主馬様？」

由香里は、けげんそうに、仰ぎ視た。

主馬は、あわてて、くるっと背中を向けて、手の甲で、泪をぬぐった。

「ね？　どうなされたのです、主馬様？」

「な、なんでもない！」

主馬は、かぶりを振った。

「なんでもないのに、男子が、泣くものでしょうか！」

「………」

八歳の少女に、とがめられた主馬は、にわかに、無性に腹が立って来た。

「母上が――」

と云って、由香里へ向きなおると、

「殺されても、身共は、泣いてはならぬのか、由香里どの！」

と、叫んだ。

「えっ！」

由香里は、つぶらな眸子を、いっぱいにひらいて、息をのんだ。

「身共をつれて来た小者は、男子というものは、親が死んでも泣いてはならぬ、と云うた。しかし、身共は、悲しいのだ！　悲しいから、泪が出る。泪を出してはいかぬのか、由香里どの！」

「………」

「身共の母上は、殺されたのだぞ！」

「………」

由香里は、昏れなずむ夕景色の中で、じっと、だまって、主馬を見上げているばかりであった。

それからほどなく、主馬と由香里は、中納言尚久の前に、坐っていた。

尚久は、主馬母子が、叡山の悪僧兵どもに拉致され、山中の断食堂へひきずり込まれたいきさつを、きいた。

主馬が丸柱にくくりつけられて、気を失っているあいだに、主馬の母が、どんな暴行を受けたか、尚久は、すぐに、合点した。

母は、そのはずかしめを慙《は》じて、自決して果てたのである。

「で——、そちを救ってくれたのは？」

「修羅十郎太と申す、途方もない高い鼻を持った牢人者でござりました」

それをきいて、由香里が、あっと叫んだ。

尚久は、うすら笑って、

「あの男、醍醐家にとっては、大層役に立つ天狗よのう」

と、云った。

三

十郎太は、今日も、炉ばたで、書を読みふけっていた。

隣邦中国の英傑たちの凄じい栄枯盛衰を述べた史書であった。

——おれも、最期は、散る桜花のように、いさぎよくありたいものだ。

読みふけりながら、十郎太の脳裡《のうり》には、その想いがわいていた。

突然、戸外から、

「物申す！」

四方にひびく高声が、かかった。

「どうれ――」

十郎太が、こたえると、破れ板戸が、蹴倒された。

戸口に仁王立ったのは、大薙刀をかい込んだ巨大な僧兵であった。

「拙僧は、当比叡山の僧兵一隊をあずかる火焔坊覚雲《かえんぼうかくうん》。昨夜来、わが隊の者四名が行方知れずに相成った。お主のしわざであろう？」

はった、と十郎太を睨みつけた。

火焔坊と名のるだけあって、その眼光は、人間ばなれした凄じさであった。

「たしかに――」

十郎太は、平然として、こたえた。

「当山に入り込み、この牢舎を無断ですみかといたしながら、われらが僧兵を殺すとは！」

その眼光からは、火が噴かんばかりであった。

「隊長たる火焔坊殿に、ひとつ、おたずねいたそう」

「なんだ？」

「お手前の部下四人が、身分ある武家の妻女を拉致して来て、この上にある断食堂で、犯している光景を、目撃したならば、隊長として、如何《いかが》される？　だまって見のがされるか？　どのような処罰をされる？　ひとつ、うかがいたい」

「黙れっ！　わが隊の者に、そのような破戒不倫の行為に及ぶ不埒《ふらち》者など、一人も居らぬ！」

「ところが、いたのでござるよ」

十郎太は、にやっとして、云った。

「息子連れの武家の妻女を、四人が、かわるがわる犯して居るのを、目撃して、その罪のつぐないを、それがしが、御仏《みほとけ》に代ってさせ申した」

「黙れ！　黙れ！　黙れっ！　……おのれは、化物面ゆえ、都に於ては遊女すらも抱けぬため、武家の女子を拉致して来て、犯そうとしたに相違ない。それを、われらの僧兵に見とがめられて、凶刃をふるったのであろう」

「火焰坊とやら、それがしを怒らせるな！　この化生鼻を、自嘲する前に、他人からあざけられるのは、それがしにとって、我慢がならぬのだ」

「そうれ、みろ！　語るに落ちるだ！　女子を拉致して来たのは、おのれに相違ない。……成敗いたしてくれようぞ！　おもてへ出ろ！」

「腕自慢のようだな、火焰坊殿」

「痛みをおぼえるいとまもなく、地獄へ送ってくれる。出い！」

「そうか。やむを得ぬ」

十郎太は、やおら立ち上ると、板壁にたてかけた赤柄の槍を、取った。

「どうやら、天狗が、比叡山に仮住いしたのが、まちがっていたらしい。鞍馬山《くらまやま》に鞍がえすることにいたそう」

戸外へ出ると、十郎太はそう云った。

「地獄行きじゃっ！」

火焔坊覚雲は、大薙刀を、頭上に、ぶりんぶりんと、旋回させはじめた。

その唸りだけで、尋常の者は、きもが縮むところである。

十郎太は、穂先を地面すれすれに下げてじっと、敵を見まもった。

唸る刃圏が、颱風《たいふう》のようにじりじり接近して来た。

十郎太は、動かぬ。

「うおっ！」

野獣の咆哮《ほうこう》にも似た懸声もろとも、火焔坊は、十郎太のそっ首を、ひと刎ねすべく、大きく踏み込んで来た。

一瞬――。

赤柄の槍が、ぱっと、宙をおどった。

大薙刀は、柄なかばから両断されて、空高く舞った。

「うぬがっ！」

火焔坊は、ひっさげた太刀を、抜きはなった。

しかし——。

その自刃をふりかぶるいとまもなく、槍の穂先を、腹部へ、突きたてられた。

「おう——おっ！」

口腔いっぱいにひらいて、悲鳴をほとばしらせた。

十郎太は、すっと、抜き取ると、

「手当によっては、一命をとりとめよう。お主らのような悪僧兵が、わがもの顔に、のさばりかえっていると、いずれ、叡山は焼きはらわれることになろうぞ」

と、云いすてておいて、舎内へひきかえした。

木立の蔭に、火焔坊がひきつれた若い修行僧が三四人、ひそんでいるのを、十郎太は見てとっていたのである。

かれらが、火焔坊をかついで、去ってから一刻ばかり過ぎて、猿丸が、もどり着いた。

「猿丸、今宵のうちに、ここをひきはらうぞ」

十郎太は、告げた。

「では、いよいよ、一国一城をのぞんで、出発でござるか」

「なに、またふたたび、草を枕の漂泊の旅をつづけるまでの話だ」

## 能　面

一

光陰は矢のごとし、という。

まさに、その通りであった。またたく間に、四季がうつりかわり、そして、一年はすぐ過ぎ去った。

残雪が、まだ山の頂に白く浮いている季節であった。

漂泊をつづける若い主従は、この年、越中《えっちゅう》から飛騨を通り、美濃《みの》へ出ていた。

木曾《きそ》川と並行して流れている揖斐《いび》川に沿うた山峡《やまかい》を、十郎太と猿丸は、ゆっくりと、下っていた。

午后《ごご》の陽ざしが、頭上にあった。

高い峰の片側に、それはあたっていたが、渓谷の尾根径《みち》までは、とどいていなかった。

「若――、この川をまっすぐ下れば、桑名《くわな》でござる」

「うむ」

「どうされる?」

「どうもせぬ」

「どうもせぬ、と申されても……、この一年、合戦買いもされず、ただ、諸国を経巡っただけでは、むだな月日であったように思われますぞ」

「………」

十郎太は、こたえなかった。

「もう一度、京都へ上られては、いかがでござろうかな」

猿丸は、あるじの顔をうかがった。

「猿丸、お前はおれを、織田信長に仕えさせたいのであろう。わかっている」

「わかって居られるのなら……」

「まだ、早い」

「早うはござらぬ。若も、もう、二十三歳におなりじゃ」

「二十五までは、流浪をつづける」

「人生五十年、その半分を、むだにされるのか？」

「むだではない。おれは、今日までに、日本中を歩いている。大名に仕えていれば、その一国だけしか知ることができぬ。人として生れて来た以上は、あらゆる国を眺めて、知識をたくわえるのは、読書とともに、必要なことだ。いずれ、役に立つ」

十郎太が、そう語った折であった。

行手に、三つの人影が、現れた。いずれも、筒袖に、たっつけをはいた小者ていであった。

一人が、腰をかがめて、進み寄って来た。

「卒爾《そつじ》ながら……」

「お手前様は、戦場往来のお武家と、お見受けいたします」

「お力をおかりいたしたいのでございます」

「なにか、用か？」

三人は、片膝を地面につけて、頭を下げた。

「力をかせとは——？　お主ら、どこか、そこいらの豪族の家来か？」

猿丸が、たずねた。

一人が、南にひらけた小さな盆地を指さして、

「あそこに館を持つ、揖斐家にございまする」

と、教えた。

「揖斐家は、天文《てんぶん》十五年に、斎藤道三《さいとうどうさん》に、攻め滅された、ときいているが……」

十郎太が、云った。

「その通りでございます。……したが、わたくしどものあるじは、許されて、あの館に住んで居ります。斎藤道三に攻め滅された揖斐五郎光親《ごろうみつちか》様の一族であることに相違ございませぬ」

「その揖斐館が、なんの理由で、武辺の力をかりたいのかな？」

猿丸が、興味をもって、たずねた。

揖斐家といえば、美濃・尾張《おわり》・近江に鳴りひびいた、屈指の名門だったのである。

「野伏《のぶせり》・土賊どもが、党を組んで、館へ攻めかけて参るおそれがあるのでございます」

「なんの理由で——？」

「揖斐館には、金銀財宝が、山とかくしてあるといううわさが、ひろまったのでございます。決して、そのような事はございませぬが、野伏や土賊のたぐいは、そう信じてしまいました」

「そんなことか」

十郎太は、ばかばかしげに、首を振ると、

「黄金を守る奴隷の役目など、この赤槍天狗は、まっぴらごめんだ。他の武辺を、さがすがよかろう」

云いすてておいて、さっさと、歩き出した。

「若!」

猿丸が、あわてて、ついて来て、小声で、

「ご一考の余地はござらぬか?」

と、目を光らせた。

「猿丸! お前も、野伏か土賊と同様、黄金亡者になりたいか」

十郎太は、叱《しか》りつけた。

## 二

三人の小者は、しかし、あきらめなかった。

異様な高い鼻を持った若い牢人者の、毅然とした態度から、かれらは、その強さをうかがうことができたからである。

必死に駆けて、十郎太主従のわきを抜けると、その前に土下座した。

「お願いでございます！　わたくしどものあるじは、かよわい女性でありますれば、ぜひとも、貴方様のようなたのもしい武者がたのお力をおかりせねばならぬのでございます！」

「かよわい女性？」

十郎太は、眉宇をひそめた。

「左様でございます。まだ、十七歳におなりになったばかりの女性が、わたくしどものあるじなのでございます」

「ふむ。……美しいか？」

「はい、それはもう、天女にも似た……」

「天女に似て居ると⁉　ははは……、それならば話はべつだな」

十郎太が云うと、猿丸は、やれやれ、と首をすくめ、肩をすぼませた。

「よし、参ろう」

十郎太は、承知した。

「忝じけなく存じます！」

三人の小者は、一斉に、地面へ額をこすりつけた。

小半刻のち——。

十郎太主従は、かれらの案内で、揖斐館の門前に、至った。

屋敷は、密林に掩《おお》われた小丘陵を背負うて、どっしりとした宏壮《こうそう》な構えをみせていた。

屋敷の三方には、深い濠《ほり》をめぐらし、正面の腕木門は、往還《みち》と、跳ね橋でつなぐようになっていた。

この館の目じるしは、腕木門の左右に、亭々としてそびえる数樹の千年檜《ひのき》であった。

十郎太は、それを仰いで、

――わが修羅館にも、千年檜があった。

と、なつかしさをおぼえた。

修羅館の方が、古びた風趣があったが、規模に於て、揖斐館のほうがまさっていた。

案内した小者どもの合図によって、あげられていた跳ね橋が、ぎりぎりと、きしりながらおろされた。

橋板を踏んで、渡りながら、十郎太は、小者の一人に、

「すでに、どれだけの武辺を、やとったのだ？」

と、たずねた。

「貴方様が、はじめてでございます。……うっかり、お願いすると、その牢人衆が、強盗になりかわるおそれがありますゆえ、よほど、慎重に、人をみて、お願いせねばなりませぬ」

「今日にも、盗賊団が、押し寄せて来たらどうするのだ？」

「館には、二十人あまりの若者どもが居りまする。生命をなげうって、あるじを守る覚悟をいたして居ります」

「若者どもに、一命を捧げても悔いないと思わせるほど、女あるじは、美しい、というわけか」

十郎太は、つぶやいた。

腕木門を入ると、館内は、さながら城廓《じょうかく》のつくりになっていた。

母屋に至るまで、桝形《ますがた》を幾曲りかしなければならなかった。

「どうぞ、奥へ――」

案内したのは、五十年配の無表情な家人であった。

家人は、幾段にも高くなる長廊下を通って、とある座敷の前で、跪くと、

「お主《しゅう》様――」

と、呼んだ。

几帳が、座敷の奥をかくしていた。

きれいな声音の返辞が、あった。

「やとい入れましたる守護の武辺を、お目通りいたさせます」

「入るがよい」

十郎太は、几帳をまわった。

上段の座には、御簾《みす》がおろされてあり、女あるじの姿は、そのむこうにかくれていた。

「修羅十郎太と申す。お見知りおきを――」

十郎太が、挨拶すると、いきなり、

「そなた、戦場首を、いくつほど、挙げましたぞ?」

その質問がなされた。

十郎太は、それにこたえる前に、

「失礼ながら、御簾をおあげ下さるわけに参りませんか?」

と、所望した。

「なぜじゃ!」

「金子が欲しくて、やとわれたわけではござらぬ。おまもりする女性が、どのような麗人か、とくと、拝見した上で、とどまるか否か、きめたく存ずる」

「無礼な!」

するどい声音が、御簾をつらぬいて来た。

「べつだん無礼なお願いとは思いませんが……」

十郎太は、微笑した。

「無礼じゃ! わたくしの顔を眺めた上で、やとわれるかどうか、きめようなどとは、無礼千万!」

――相当勝気なむすめとみえる。

十郎太は、思いながら、

「もし貴女様が、五十過ぎた、皺《しわ》だらけの老女であれば、さっさと退散つかまつる。十七歳の美しいたおやめとうかがったからこそ、参上いたした。……美しく生れついておいでならば、むしろ、すすんで、顔を見せられるはず――この儀いかがでござろう」

三

しばらく、間を置いてから、女あるじは、侍女に、御簾をあげよ、と命じた。

するするとあげられるや、十郎太は、鋭く視線を据えた。

――なんだ！

十郎太は、あきれた。

上座に就いている女あるじの顔は、能面をかぶっていた。

しかも、それは、皺だらけの「姥《うば》」という能面であった。

「まことに、用心ぶかいおひとだ」

十郎太は、苦笑した。

「十七歳の若さで、しかも、女性の身で、あるじとなったため、威厳を保たねばならぬ、と考えて、そのような能面をかぶって居られるのか？」

「そうじゃ」

「その能面の下は、もしかすれば、疱瘡《ほうそう》のあともむざんなあばた顔がある、というのでござるまいな」

「それならば、能面をはずされても、一向にさしつかえはござるまい」

「………」

「と申しても、貴女様は、かなり勝気なご気象らしいゆえ、はずせ、ともとめられたならば、かえって、かたくなに、はずそうとはなさるまい」

「………」

「されば、一興までに、それがしが、槍の舞いをごらんに入れ申す。その舞いが、お気に召したなら、能面をはずして頂けまいか」

「どのような舞いを、みせるのじゃ？」

「合戦買いの牢人者がお見せする舞いでござれば、いささか、殺伐なはなれ業にちかいものに相成り申す」

十郎太は、そう云ってから、庭へ向って、

「猿丸、猿丸！」

と、呼んだ。

「はい、はい。猿丸、参上——」

猿丸は、姿を現した時、心得ていて、ちゃんと、赤柄の槍をたずさえていた。

十郎太は、縁側へ出て、槍を受けとると、

「女あるじ殿に、赤槍天狗の槍の舞いを、ごらんに入れることになった。猿丸、手裏剣を、七八本、投げつけろ」
と、命じた。
「かしこまって候」
十郎太は、座敷の中央にもどって来ると、上座に一礼しておいて、朗々と、小謡をうたいつつ、赤柄の槍を、縦横むじんにまわしはじめた。
ところは、高の、高砂の
尾上の松も、年ふりて……
庭から、猿丸が、十郎太の小謡に、呼吸《いき》を合せて、手裏剣を、びゅん、びゅん、と放った。
十郎太は、しかし、飛来するそれに、目をくれようともせず、うたって舞うことに専念しているがごとくであった。
手裏剣はあたかも、旋回する槍の穂先に魅入られて、吸いつくように、飛びついて、はじきとばされ、畳へ、壁へ、ぐさっ、ぐさっと、刺さっていた。
老いの波も寄り来るや
この下陰の落葉かく
なるまで生命ながらえて
なお、いつまでか、生きの松
五本、六本、七本と、ことごとく、手裏剣を、はじきとばしておいて、

それも、久しき名所かな、名所かな
と、うたいおわるとともに、最後の一本を、ぱあんとはらいあげた。

手裏剣は、上座の女あるじの膝の前に、ひらひらと舞い落ちた。

十郎太は、槍を、猿丸に、投げておいて、座に就くと、

「つたなき業、いかがでありましたか」

と、能面を視た。

「まことに、みごとな業でありました」

女あるじの語気には、緊張が解けて、ほっと一息ついたひびきがあった。

十郎太は、微笑して、待った。

女あるじは、しずかに、両手を、能面にかけた。

とたん――、

「あいや、しばらく！」

十郎太は、手をあげてとどめた。

「お顔をおみせになるのは、あとまわしにして頂きましょう」

「なぜじゃ？　見せよ、ともとめて、槍の舞いをしたのではないか」

「せっかく、能面にかくされたお顔、いったい、どれほどの美しさか、拝見する愉しみを、後日にのばしたく存ずる」

「わたくしは見せる気になって居るのに……」

「盗賊団を追いはらったあかつき、とっくり、拝見つかまつる」

十郎太は、実は、女あるじの顔を眺めて、——なんだ、この程度のものか、と失望するのが、イヤだったのである。

# 軍用金

## 一

「春だな」

十郎太は、空を仰いで、つぶやいた。

揖斐館の庭苑《ていえん》は、ひろかった。

しかも、その造りは、京都の公卿好みで、木立のたたずまい、築山のかたち、そして心字をかたどる泉水のけしきなど、どこやら、有名な寺院の庭苑をしのばせる。

十郎太は、築山の頂の岩に、あぐらをかいて、風趣に心をつかったさまを、長い間眺めやっていた。

この揖斐館に来て、もう二十日あまりが過ぎていた。

野伏・土賊の徒党が、押し寄せるけはいは、まだなかった。十郎太は、能面をかぶった女あるじとも、あれ以来、一度も会っていなかった。

十郎太は、心字池《しんじいけ》に架けられた石の太鼓橋を渡って来る男を、見下した。

八字髭をはねあげた、六尺ゆたかの巨漢であった。

長剣を、肩にかついでいた。

「おい、お主——」

築山の麓《ふもと》から、十郎太は、黙って、十郎太に、視線をかえした。

十郎太は、黙って、十郎太に、呼びかけた。

「拙者は、本日、当館にやとわれた大和伊佐之助《やまといさのすけ》。朝倉義景殿の侍大将をつとめた者だ。見知っておいてくれ」

「それがしは、修羅十郎太」

大和伊佐之助は、大股に、のしのしと、斜面をのぼって来ると、

「手を組もうぞ、修羅十郎太氏」

と、云った。

「手を組むも組まぬも、お互いに、当館にやとわれた身ではないか。ともに、たたかうことになる」

「いや、拙者が云いたいのは、別の意味だ」

大和伊佐之助は、にやっとして声をひくめると、

「お主、この館には、どれだけの金銀が、たくわえられているか、それを知って、やとわれたのだろう？」

「いや、知らぬ」

「かくすな」

「それがしの興味は、女あるじの能面の下に、どのような美しい貌《かお》があるか、ということだけだ」

「ふうん――、それだけの興味で、やとわれたというのか。妙な男だな、お主――」

「べつに、妙ではあるまい。絶世の美女のために、ひと働きするのも、男子の生甲斐といえる」

「能面の下には、ふた目と見られぬ醜悪な顔がかくされているかも知れぬぞ」

「そうでないことを、願っている」

「拙者は、女よりも金だ。金があれば、どんな美女でも買える」

「たましいのない、蟬《せみ》の抜殻のような女子を、わがものにしても、はじまるまい」

「女子に、たましいなど必要はない。豊満な肌を持って居れば、それで足りる。……それよりも、お主、本当に、この館に、莫大な金銀がかくされていることを、知らぬのか？」

「知らぬ」

「教えよう。……この揖斐館には、将軍家――十五代足利義昭公が、ひそかに、京都から、はこんだ軍用金が、どこかに、かくされて居るのだ」

「…………」

「よいかな。足利義昭公は、織田上総介信長に、京都を追い出されて、目下、中国の毛利輝元をたよって、備後《びんご》にいる。義昭公は、信長から追放される際、ひそかに、莫大な軍用金を、はこび出した。それが、この揖斐館にあずけてあるのだ。……義昭公は、信長を攻め滅す肚《はら》でいる。そのために、大軍勢を催さねばならぬ。先立つものは、軍用金だ。それが、ここにかくしてある。どうだ、おどろいたか?」

「べつに――」

「なんだと⁉ おどろかぬ、というのか。どういうわけだ?」

「それがしは、国や城を取る野心など持たぬ。したがって、金子は、飢をしのぐだけあれば、それでいい」

「無欲とみせかけて、実は、内心、軍用金を虎視たんたんと狙っているのだろう、お主!」

二

十郎太は、大和伊佐之助の疑いぶかそうな表情を、視かえして、

「おのれが欲の権化だからといって、他人まで、おのれのものさしで計るのは、笑止」

と、笑った。

「欲を持たぬ人間が、この世にいるものか」

「左様、それがしにも欲はある。しかし、それは、物欲ではない。それがしは、雲を心

とする野客でもなければ、月を性《さが》となす高僧でもない。生身の俗物だ。……ただ、美しいものを愛でる気持が、いささか、つよい。ごらんの通り、このような化生鼻を持って生れたおかげで、物欲よりも、情愛の方が、五体にあふれている」

「ははあん、お主、恋をしたいのだな」

「左様、心身が溶けるような、溺れ死にそうな恋をしたい、と思っている」

この言葉をきくと、大和伊佐之助は、爆発的な哄笑をあげた。

十郎太は、眉毛一本動かさなかった。

自分とこの男は、次元を異にする別べつの世界に住んでいる、と思ったからである。

伊佐之助は、笑い声をおさめると、

「では、お主は、どうして、女あるじの能面の下の顔を見ようとせぬのだ？　それとも、もう見たのか？」

「いや、まだ見ては居らぬ」

「おかしいではないか。ふた目と見られぬ醜女《しこめ》ならば、お主は、さっさと、退散するのだろう？」

「それがしは、女あるじが、絶世の美女であると信じて居る。隴《ろう》を得て蜀《しょく》を望む野心を持たぬ者として、せめて、それぐらいの夢を抱いてもよかろう……」

「ばかばかしい夢だが……、ふむ、しかし、お主は、どことなくおもしろい青年だな。気に入ったぞ。お主は、女あるじの顔から能面をはぎとることにしろ。拙者は、足利将軍の軍用金を頂戴することにする」

伊佐之助は、そう云いおいて、築山を降りて行った。

十郎太は、その後ろ姿を見送って、

――こういう男も、一種の善人かも知れぬ。

と、思った。

大層な欲望を持ちながら、わざと、無欲淡泊な顔つきをしてみせる人間ほど、いやらしいものはない。

正直に、欲に目のない態度を示す大和伊佐之助という男は、むしろ好人物なのであろう。

『左伝』という中国の古書にも、次のような言葉がある。

「欲が無い、ということは実にむつかしい。人間はみな、欲を持っているからこそ、その事に従い、そして、それを成しとげるものなのである」

十郎太は、やおら、岩から、立ち上って、胸を張ると、朗々と一首を吟じた。

もらさじと、花を尋ねる山々の
頂もなき欲の道かな
十郎太が、築山を降りて、心字池の畔《ほとり》に立った時、猿丸が、とぶがごとく、奔って来た。

「若っ！　一大事でござる！」

猿丸は、昨日から、館を出て行って、今朝になっても、もどって来ていなかったのである。

十郎太は、血相変えた猿丸を眺めて、

「なにか、さぐって来たのか？」

「さぐって来たどころではござらぬ。野伏や土賊どもが、いったい、どれくらいの徒党を組んでいるか、想像がつき申すか。……およそ五百、いや六百も、集結いたして居りますぞ」

「いささか、多いな」

「のんきなことを申されている場合ではござらぬ。これを迎え撃つ当館には、若とわしと、二十人ばかりの若者どもだけでござるぞ」

「今日、やとわれた八字髭の武辺が、一人加わった」

「一人や二人、加わったぐらいで、どうにもなり申さぬ……。三十六計、逃げるにしかず、でござる。若、今夜のうちにも、さっさと、退散いたしましょうぞ」

「猿丸、お前はまだ、この修羅十郎太がどういう人間か、知って居らぬのか」

「貴方様のおん身大切にと、思えばこそ、わしは……」

十郎太は、太鼓橋を渡りながら、

「千万の軍なりとも、言挙げせず、取りて来ぬべき男子とぞ思う、か」

と、云った。

「若！」

「くどいぞ、猿丸！　六百が千、二千であろうとも、雲霞のように、攻め込んで来ようとも、おれは、たたかってみせるぞ」

「そ、そんな……」

「それが、修羅十郎太の心意気だ」

「無茶だ。やけくそ、というものじゃ」

「その時は、お前は、どこかに身をひそめて、おれの働きぶりを、見物していろ」

「若！　それでは、こうされては、いかがでござる。今宵、たのんで、女あるじに能面をはずしてもらっては……」

「…………」

「つまらぬ顔つきなら、若も、退散の気持になられましょうわい」

「猿丸、二度と、そんな言葉を、口にするな！」

十郎太は、叱咤した。

「なぜでござる？」

「おれは、夢を抱いている。その夢をぶちこわすような奴は、おれの家来ではない」

猿丸は、そう云われて、やりきれなさそうに、首を振った。

三

その日の夕刻——。

また一人、揖斐館に、味方が、やって来た。

十郎太、猿丸、そして大和伊佐之助が、夕餉《ゆうげ》の膳に向っている時、

「ごめん——」

と、ことわって、杉戸を開けた。

入って来たのは、雲水であった。

「ほう、当館を守るのは、御辺ら三人だけかな」

十郎太は、その雲水の顔に、見覚えがあった。

「貴僧とは、三年ばかり前に、お目にかかった」

「そうさの、粟田口の休み茶屋で、出会い申した昇天坊じゃ。……実は、拙僧はこの揖斐家の先代とは、昵懇《じっこん》の間柄でな。先代が逝き、若い当主が、館を守っている、とつたえきいて、どうなっているのであろうか、とたずねて来てみると、神仏のおひきあわせと申すものであろうか、修羅十郎太殿が、客分になっているとは、愉快であった」

昇天坊は、大和伊佐之助とも挨拶を交してから、

「さて、——兇悪《きょうあく》な盗賊の一団が、攻め寄せて参る噂《うわさ》がしきりじゃが……」

「そのことでござる」

猿丸が、首をつき出し、昨夜、かれらの本拠地をつきとめて、忍び寄ってみると、六百に近い多勢が集結しているのを、見とどけた旨を、告げた。

「六百、とはちと頭数が多いの」

「われわれ四名に、若者ども二十人を加えただけでは、とうてい、ふせぎきれ申さぬ」

伊佐之助が、云った。

「奇策をもってすれば、ふせぎも可能であろうな」

昇天坊は、あっさりとこたえた。

「御坊――、あんたは、むかし、武家であったのか？」

「むかしのことは、きれいさっぱり忘れていたが、どうやら、危急存亡の瀬戸際にのぞんで、すこしばかり、軍略というものを、思い出すことにいたそう」

昇天坊は、微笑しながら、云った。

――この僧侶は、あるいは、一城のあるじであったかも知れぬ。

十郎太は、推測した。

「いかに奇策を用いる、と申しても、たったこれだけの人数では、せいぜい、半刻も、もちこたえれば、いい方だろう」

伊佐之助が、云うと、昇天坊は、「なんの――」と、かるく、しりぞけた。

「奇策とは、すなわち、一人して百人を一挙に全滅せしめる奇蹟《きせき》を起すからこそ、孔明《こうめい》の名が千年の後までも、のこって居る」

「ふうん、御坊が、孔明の神算奇謀を用いるというのか。面白い、やってもらおう」

「やるかの。……ところで、こちらの修羅十郎太殿は、信頼のできる青年と看てとって居るが、大和伊佐之助殿、御辺は、いかがじゃな？　信頼してもよろしいかな？」

　昇天坊は、じっと、伊佐之助を見すえた。

「拙者も、戦場往来の武辺だ。いざとなれば、一騎当千、期待にこたえる働きぶりをみせ申すぞ」

「強いのは、一目で、わかり申す。わかり申すが、肝心なのは、その肚のうちじゃ。……御辺は、もしかすれば、この揖斐館に、足利将軍家の莫大な軍用金がかくされている、という風聞を耳にして、それが欲しさに、やとわれて来たのではあるまいかな？」

「いや、拙者は、その……、働きに応じた報酬をもとめて、参ったまでだ」

「ははは……、その顔には、相当な我欲の色がある。拙僧が、揖斐家のことは、いちばん、よく知って居る。当家が、将軍家から軍用金をあずかった事実など、ござらぬよ。根も葉もない嘘っぱちじゃ」

「しかし、拙者は、たしかに、その事実がある、とき き申したぞ」

「それそれ、語るに落ちるじゃ。その顔つきは、物欲をむき出して居る。軍用金を狙って、やとわれて来たのじゃな」

「坊主っ！　つべこべと、こっちの心中をはかり居って、うるさいぞ！」

伊佐之助は、満面を朱にして、呶鳴った。

「ま、そう怒りなさるな。御辺が、軍用金欲しさに、入り込んで来たのが、明白であれば、それは、それでよい。人それぞれ、生きてゆく目的は、ちがって居るのが道理。たとえば、この修羅十郎太殿は、たぶん、当家のあるじが、世にもたぐいまれな美しい上臈ときいて、やとわれたのであろう。……目的はちがっても、味方は味方。たがいに、力をあわせて、凶賊どもを、追いはらうことにいたそう」

伊佐之助は、鼻を鳴らして、そっぽを向いた。

「昇天坊殿には、どのような奇策がある、といわれるのだ?」

十郎太が、たずねた。

「それは、これから、思案いたす」

昇天坊は、こたえた。

猿丸が、顔をしかめた。

——冗談じゃねえや。これから思案するなんて、……明日にも、攻め込んで来る、というのに——。

## 夢をこわさず

### 一

昇天坊が、揖斐館を死守する覚悟をきめた若者二十人を、別棟の一室に呼び集めたのは、それから半刻ばかり後のことであった。

何事かを指示しておいて、昇天坊は、どこかへ――館の外へ、出て行った。

猿丸が、若者どもの作業ぶりを、そっとのぞきに行ってみると……。

室内には、異様な臭気がこもっていた。

ある者は、鍋で、なにやら、一心に、煮つめていたし、ある者は、黄色の粉状の品を、薬研《やげん》でおろしていたし、ある者は、ひと節に切った青竹へ、なにやら細工をしていた。

そしてまた、一隅では、数人が、せっせと、矢を作っていた。

いずれも、真剣な面持で、一瞬も、手をやすめようとしなかった。

猿丸は、十郎太たちの溜り場へひきかえして来ると、

「雲水殿は、どうやら、若者どもに、火薬らしいものをつくらせて居りますぞ」

と、告げた。

「火薬⁉」

手枕で寝そべっていた大和伊佐之助が、ばかばかしげに、吐き出した。

「鉄砲も大砲もないのに、火薬など作って、なにになるのだ。あいては、野伏・土賊の徒党だぞ。こけおどかしで、ひるんだりするものか」

むくっと起き上った伊佐之助は、

「おい、修羅十郎太――、あの坊主こそ怪しいぞ。あいつ、ひょっとすると、盗賊団の

頭領かも知れぬぞ」

と、云った。

「いやしすぎる」

十郎太が、つぶやくように、云った。

「なに？」

「お主の性根のことだ」

「いやしい、とはなんだ！　拙者は、あのようなもったいぶった様子の坊主など、信用できんのだ。奇策を思案すれば、まず、われわれに語って、納得させるべきではないか。わざと黙って、若者どもに、火薬をつくらせて居るのは、この館のどこかを爆破する計略に相違ないぞ」

「それがしには、すくなくとも、あの雲水の方が、お主よりも、信頼できる」

「ちぇっ！　後悔、先にたたずだぞ。だまされて、あとで、じだんだ踏んでも、もう手おくれだぞ」

「昇天坊が信じられなければ、お主、早々に退散したらどうだ？」

「こうなれば、拙者も意地だ。顚末《てんまつ》を、しかと見とどけて、退去してくれるわい」

伊佐之助は、そう云いすてて、また寝そべった。

十郎太は、立って庭苑へ、出た。

空には、満月がかかっていて、十郎太が踏んでゆく地面を、雪が降ったように、ま白く、浮きあげていた。

心字池の畔に、近づくと、ひとつの人影があった。

十郎太が、振りかえったその顔は、能面をかぶっていた。

「美しい宵ですな」

十郎太は、云った。

すると、若い女あるじは、

「二年前の今宵、父が亡くなりました」

と、こたえた。

「すると、貴女様は、十五歳で、当館のあるじになられたわけか」

「はい」

「それがしは、十五歳になった正月元日に、家出をいたした」

「………」

「それから、三年あまり、諸国を流浪いたしたが、思えば、家を守るように生れついていない男なのですな、それがしは――」

「飛騨に、修羅館という旧家がある、ときいたおぼえがあります。そなたは、その家のお生れか？」

「父親が逝くのを機会に、館をすて申した」

「なぜ？　どうして、先祖代々の家を、すてたのです？」

「家を守るために、生れたのではない、と考えたからです。館をのこされたから、それを守らねばならぬ、という義務感は、それがしには、なかった。おのれは、おのれの好むままに、自由な生涯を送ることにしたのです。……いや、正直に打明け申そう。それがしは、こんな化生鼻に生んだ両親を、すこしばかり憎かったのです」

十郎太が、そう語った時、女あるじは、なぜか、かなりつよい無言の反応を示した。

能面の下の顔が、どんな表情になったか、想像すべくもなかったが、十郎太は、ふっと、

——あるいは、かくされたこの顔は、非常にみにくいのかも知れぬ。

そんな予感がした。

二

五百数十人の盗賊団の襲撃は、翌朝、明けそめた頃合、なされた。

はだか馬にうちまたがった三十数騎が、一列横隊となって、まっしぐらに、原野を疾駆して来た。

揖斐館の前面は、かつて、揖斐家の家臣たちが勢ぞろいした広場になって居り、その広場をとりまくように、一間幅の川がうねっていた。

尤も、その川は、涸れて、川床をしろじろと浮きあげていた。

三十数騎は、一斉に、その川を、躍り越えた。

瞬間——。

轟音《ごうおん》とともに、地面が炸裂《さくれつ》し、ほとんどの者が、馬上からもんどり打って、たたきつけられた。

川縁には、いちめんに、火薬筒が埋めてあったのである。

後続の徒歩《かち》勢は、ずっとおくれていたので、何事が起ったのか、一瞬、見当がつきかねた。

大半の馬が倒れて起き上らず、たたきつけられた者どもが、何か叫びたてつつ、川床へ逃げ込むのを、遠望して、

「伏兵だぞ！」

一人が呶鳴り、一同は、そうにちがいない、と思った。

しかし、揖斐館内の守備については、すでに、くわしく調べているかれらであった。

せいぜい二十人足らず、それも、戦場経験のない農民の次男・三男が集められていることは、明らかであった。

合戦買いの牢人衆を、多勢やとい入れたという様子もなかった。

——いつの間に、兵を集めたのか？

盗賊どもは、首をかしげつつ、ともかく、広場まで、奔馳した。

川床では、半数以上が負傷して、呻いたり、もがいたりしていた。

「どうしたのだ？」

「待ち伏せか?」

叫びかける徒歩勢に、騎馬勢は、

「地雷にやられた!」

「進むな! 危いぞ!」

と、叫びかえした。

盗賊団は、ひろびろとひろがった広場を、ぶきみなものに眺めやった。

館の門内は、しいんとしずまりかえっている。

「よしっ! 川床を匍《は》って行くぞ」

野伏・土賊だけあって、がむしゃらな度胸をそなえていたし、それに、目のくらむばかりの黄金がかくされていると信じた欲も手つだっていた。

一人が、川床を匍いはじめると、つぎつぎと、それにならった。

蟻《あり》の行列に似た前進が、二派に分れて開始された。

双方が、ものの半町も進んだろうか。

いずれの先頭の者も、ほとんど同時に、

「わっ!」

と、悲鳴をあげて、身を起しざまに、弓なりに反った。

そこから、濛《もう》っと、白煙が噴いたのである。

白煙は、猛毒であった。

盗賊団が、川床を匍匐《ほふく》前進することを、あらかじめ見越して、手がふれただけで、毒煙が噴く仕掛けがされていたのである。

うわあっ！

悲鳴とも吶号ともつかぬ絶叫を上げた盗賊団は、逃げる代りに、広場へとびあがって、館めがけて、殺到した。

衆をたのんで、一挙に館をふみにじってくれよう、と悪鬼の形相になっていた。

軍略を学んだり、兵法に習練のある者など一人もいなかったし、指揮をとる者もえらんでいなかったので、こうした場合、かれらは、それぞれ、いっぴきの野獣と化した。

心得ある行動をとることなど、夢にも思い及ばなかった。

いわば、やけくそな突撃を敢行した。

館側は、それを待ちかまえていた。

深い濠をへだてて、高塀の上に、二十人の若者が、ぱっと上半身を現すや、おのおの、半弓に矢をつがえて、びゅんびゅん、射放った。

その矢も、ただの矢ではなかった。

鏃は、刺すために鋭くとがっているのが、当然であるが、かれらの射放った矢は、その先端に、黒い薄い袋をつけていた。

その袋が、人体に突き当るや、はじけて、ぱっと火の粉が散り、黒煙が舞った。

その黒煙もまた、猛毒であった。

盗賊どもは、みるみるうちに、きりきり舞いして、地面へぶっ倒れた。

そこへ――。

腕木門から、跳ね橋がおろされて、修羅十郎太と大和伊佐之助が、猛然と奔り出て来た。

十郎太は赤柄の槍を、伊佐之助は四尺余の長剣を、縦横むじんにふるって、突き伏せ、薙ぎはらい、撃ちおろし、またたく間に、広場を血の海にした。

十郎太も伊佐之助も、毒煙を吸わぬために、顔半面を、革布で掩うていた。

毒煙を吸った盗賊どもは、ふらふらになって居り、二人の武者の猛襲に遭うて、抵抗する力さえも失ってしまっていた。

三

辛じて、生きて、遁走したのは、わずか十数人をかぞえたばかりであった。

昇天坊のとった防衛策は、まさしく孔明の神算奇謀といえた。

館内へひきあげて来た十郎太と伊佐之助は、迎えた昇天坊と顔を合せると、互いに、にやりとし合った。

殊に、伊佐之助は、

「御坊、かくまでの見事な軍師ぶり、大和伊佐之助、乞うて、家来にして頂きたい」

率直に、おのが眼力の暗かったことを、みとめた。

「ははは……、作戦、図に当って、めでたいめでたい。貴公らの働きぶりも、鬼神さながらであった」

昇天坊は、この圧勝を、ちゃんと見通していたように、おちつきはらっていた。

やがて、広間で、若者二十人をまじえて、祝宴がはられた。

猿丸が、おもしろおかしい踊りを披露した。

伊佐之助が、

「十郎太、どうだ、ひとつ、この館を城として、軍勢を催さぬか。あるじは、若く美しい娘、軍師は坊主、それに侍大将は、赤檜天狗と髭武者。天下に名をとどろかせるには、これほど面白い組合せはないぞ」

と、云った。

昇天坊が、十郎太に代って、こたえた。

「兵がたったの二十人では、どうにもならぬのう」

「軍用金があるではないか、軍用金が！　将軍家がひそかにはこんで来たそれをばらまけば、二千三千、たちどころに、集るぞ」

「まだ、風聞を信じて居るのか。そんなものは、この館には、かくされては居らぬ」

「嘘をつけ！　ごまかすな！」

伊佐之助は、相当酒癖がわるいとみえて、酔眼を据えて、昇天坊を睨みつけた。

その折——。

侍女の一人が、そっと入って来て、十郎太に、

「お館様が、お呼びなされて居ります」

と、告げた。

十郎太は、長廊下を通って行った。

その座敷の几帳をまわって、

「十郎太、参り申した」

と、一礼した。

上段の座は、御簾があげられ、女あるじは、能面をかぶった顔を、うなずかせた。

「本日の働き、忝じけのう存じました」

「昇天坊殿の軍師ぶりのあざやかな勝利でありました」

「約束により、この能面をはずしましょう」

女あるじは、能面に、両手をかけた。

「あいや、お待ち下され」

十郎太は、制した。

「わたくしの顔を、見とうないのですか？　盗賊団を追いはらったあかつきには、とくと拝見する、と申したではありませぬか」

「いまは、考えがかわり申した」

「わたくしの顔が、みにくくて、失望するのをおそれるのですね？」

「左様、みにくければ失望いたしましょう。しかし、美しくても、それがしにとっては、迷惑でござる」

「なぜです？」

「それがしは、貴女様に惚れるわけに参らぬからです。美しければ、惚れるおそれがあります。これは、わが身にとって不幸――」

「よいではありませぬか。惚れるがよい。一生、そばに仕えて欲しい」

「それがしは、女性の家来になる存念は、毛頭ござらぬ」

「……それならば――」

女あるじは、ちょっと、云いよどんだが、思いきって、

「わたくしの良人に、なるがよい」

と、云った。

「そのお言葉、金子百貫にまさるものとして、ありがたく頂戴つかまつる」

「わたくしは、本気じゃ。そなたを慕いまする！」

「たったいま、そう思われただけのことで、べつに、それがしに本当に惚れられたわけではござらぬ」

「いえ！　いえ、本気です！　まことです！」

「貴女様は、まだ十七歳だ。……美貌に生れついておいでならば、ご自身にふさわしい美丈夫を、昇天坊殿に、えらんでおもらいなされ。……ごめん」

十郎太は、さっと立った。

それから、一刻あまりのち、十郎太は、猿丸をともなって、揖斐館をぬけ出していた。

「若、どうなされたのじゃ？　どうして、いそいで、去られるのでござる？」

「去りたいから、去るのだ」

「ははあん、能面の下の顔を、見られたのじゃな」

「いや、見なかった」

「見なかった？　どうして、見もせずに……」

「夢をこわしたくなかった。それだけのことだ。この気持、お前などには、判るまい」

十郎太は、遠くへ眼眸《まなざし》を投げて、云ったことだった。

# 戦国心中

## 一

わああん、と蚊のうなりが、宙を走っている。幾千とも知れぬ群が、宵《く》れがた、深い竹藪から、とび出して来たのである。

「若、小屋へおもどりなされ。蚊に食われて、顔や手足が、はれあがり申すぞ」

遠くから、猿丸の声が、きこえた。

十郎太は、出丸の石垣の突端に立って、弓に矢をつがえていた。

城内へ忍び込もうと、石垣をよじのぼって来る敵の忍びの者を、先ほどから、もう三人も、狙い射て、濠へころげ落ちさせていた。

ここは、美濃国岩村《いわむら》城であった。

城主秋山晴近《あきやまはるちか》は、織田信長の降伏勧告をしりぞけたために、織田信忠《のぶただ》を総大将とする織田軍四万余に、包囲されていた。

「若、なにをされているのでござる？」

猿丸が、近づいて来た。

十郎太は、弓を満月のごとく引きしぼって、ひょうっ、と矢をはなった。

下方に、呻きがあがり、濠に水音が立った。

「若、むだなことは止されませい。この城は、もうあと三日と保《も》ちませぬぞ」

「わかっている」

十郎太は、高い鼻さきを襲って来る蚊の群をはらった。

「わかっておいでならば、明日にも退散いたそうではありませんか。二年ぶりに、合戦買いをする、と云い出されて、この岩村城へ拠ってみれば、寄手は、またもや、織田勢！　やれやれで、ござるわい」

「こんどの合戦買いは、おれの意志ではなかった。あの美しい姫に、頭を下げられて、やむなく、引受けた」

「若は、どうして、こうも、若いきれいな女子に、弱いのでござるかのう」

猿丸は、首を振った。

主従が、この岩村城に入ったのは、ちょうど一月前であった。

たしかに、それは、十郎太の意志ではなかった。

主従が、長良《ながら》川の堤を歩いている折であった。

東方の松の疎林の中から、なにか鋭い叫びをあげながら疾駆して来た一騎があった。

つづいて、林の外側から、夏草を蹴ちらして、数騎が、その一騎を押し包むように、追い迫った。

まだ暑気の加わらぬ早朝の出来事であった。

逃げる一騎は、華やかな衣裳をまとっていた。これを追うのは、はだか馬にうちまたがった、一瞥で野伏とわかる手輩であった。

逃げる者は、堤を躍りこえて磧へ出ようとした。

とたん、馬が前脚を折って、乗り手は、もんどり打って、磧へ投げ出された。

その瞬間の悲鳴をきいて、十郎太は、

「女だぞ」

と、云いあてた。

野伏どもは、一斉に、地上へ跳んで、猟犬の群が、けものを襲うように、そこへ殺到した。

落馬した者は、ちょっと死んだように動かなかったが、野伏どもがそこへ迫るや、白刃をひらめかして、躍り立った。

「女ながら、やるな」

十郎太は、しばらく、堤の上から、見物することにした。

野伏どもは、若衆姿を、生捕るつもりらしく、一人も刀を抜こうとしなかったからである。

追いつめられた娘は、剣の使いかたを知らないらしく、めちゃめちゃに、ふりまわして、わが身を守ろうとするのだが、どうやら、野伏どもは、その抵抗が面白いらしく、歯をひきむいて、笑いながら、襲っているのであった。

背後から突きとばしたり、剣の重さによろめくのへ、正面から首を突き出して、舌を出したり、それへ向って白刃をふりまわすと、野卑な叫びをあげて跳び退いたり、横あいから、だっと蹴とばしたり……、思うさまに、なぶっているのであった。

「若、可哀そうじゃ。救うておやりなされ」

猿丸が、すすめた。

「いや、待て、救い手が、現れたぞ」

## 二

林の中から、疾風を起して、馳せ出て来た一騎が、まっしぐらに、磧へ降りて来た。

「おのれら、娘に対して、なんたる狼藉《ろうぜき》か！」

叫びあげて、腰の太刀を抜きはなつまでは颯爽《さっそう》たる若武者ぶりであった。

野伏どもは、怯じ気づくどころか、喚声をあげて、野太刀を振りかざした。血に飢えた狼《おおかみ》さながらであった。

その若武者と野伏どもとでは、実戦の場数も比較にならなかったし、太刀使いの習練がまるっきりちがっていた。

若武者は、みるみる斬りたてられて、死にもの狂いになればなるほど、その抵抗ぶりは、みじめなものになった。

そこで、十郎太の助勢が必要となった。

十郎太の赤柄の槍は、一突きで、一人ずつ仕止めた。

救われたのは、岩村城の城主秋山晴近の息女美音《みね》と、近習頭の小藤田数馬《ことうだかずま》であった。

美音は、男まさりの凜々しい眉目をそなえた十八歳の乙女であった。

十郎太は、美音に乞われて、ふと、ひさしぶりに合戦買いをする気になったのである。

で——。

岩村城に入った十郎太主従は、それから十日も経たぬうちに、押し寄せた敵の大軍が、織田勢であるのをみとめて、

——この城もまた、小谷城と同じ悲運にみまわれるのか。

と、暗然となったことだった。

織田勢は、しかし、小谷城の時とはちがい、しばしば、使者を寄越して、

「降伏せよ」

と、すすめた。

城主秋山晴近は、容易に承服しなかった。

勝つのぞみはなかった。

大洪水に押し寄せられた民家さながらの城であった。総攻撃を受けたならば、ひとたまりもなかった。

秋山晴近は、越後の上杉謙信と盟約をむすんでいた。

上杉謙信が、疾風怒濤の勢いで、援《たす》けに来てくれるのではあるまいか、という万が一の奇蹟をのぞんで、降伏勧告を、しりぞけていたのである。

織田信忠は、十日の猶予を与え、もし十日経って、城を開けなければ、城主をとらえて、磔《はりつけ》にする、と宣告して来た。

その十日目が、いよいよ、明日に迫ったのである。

「猿丸、落城したら、また、あの美しい姫を救って、逃げ出すことにいたそうか」

「若、もしや、あのご息女に惚れたのではござるまいな。惚れておいでならば、やむを得ませんぞ。この猿丸が、ひっさらってお供つかまつる」

十郎太は、美音姫が、美しいことは美しいが、自分の好みの女性ではない、とわかっていた。

美音姫は、癇症《かんしょう》なところがあり、優しさに乏しいようであった。

「落城となれば、あの気象では、姫は、死ぬであろうな」

十郎太は、云った。

――惚れられたわい！

猿丸は、早合点した。

「ちょっと、城内の様子を、みて参ります。……若は、小屋にて、お待ち下され」


城主の館の奥の一室では、沈痛な空気がこもっていた。

「やむを得ぬ」

城主秋山晴近は、長い沈黙を破って、決断の気色をみせた。

「織田に降《くだ》るといたそう」

「殿！」

重臣の一人が、あわてて、云った。

「信長は、降った殿を、そのまま、許しはいたしますまい。必ず、生命を奪い申す。……降るより、今夜のうちにも、城をすてて、落ちのびられませい。越後をたよって参られれば、再挙の機会もござる」

「いや、手段《てだて》がある」

「手段とは――？」

「織田信忠が、一挙に攻め寄せずに、遠巻きにして、降伏勧告ばかりして参ったのは、理由がある」

「は――？」

「信忠は、この美音が、欲しいのじゃ」

晴近は、わが娘を、指さした。

重臣たちは、一斉に、美音姫へ視線を集めた。

「美音、すまぬが、われらが降る前に、女中どもを従えて、織田の本陣へ、行ってくれぬか」

「わたくしに、信忠の妾《めかけ》になれ、と仰せですか」

美音は、きっとなった。

「やむを得ぬ。わしも、そなたも、そして、家臣一同が、生きのびるためには、そうしてもらわねばならぬ」

「いやです！　わたくしは、いけにえになることなど、いやです！　生き恥をさらすよりは、死をえらびます。お父上、わたくしは、いやです！」

「ききわけのない！　美音、秋山家の滅亡をふせぐためには、わが身を犠牲にするが、武家に生れた者のつとめだぞ！」

「お父上は、卑怯《ひきょう》です！」

「なに！」

「お父上は、わたくしと小藤田数馬の仲を、黙認して下されていたではありませぬか。……家臣らも、すでに存じて居りましょう。わたくしと小藤田数馬は、もう夫婦なのです。……いまさら、家のためだから、数馬と別れて、信忠の妾になれ、などと——卑怯もきわまるお申しつけです」

「美音、お前の申す通りだ。たしかに、家臣の一人の妻にした娘を、敵に売るのは、卑怯じゃが、秋山家を存続せしむるためには、他に手段はないのじゃ」

三

牢人小屋に、横たわっている十郎太のそばへ、猿丸が、もどって来た。

「若、妙な雲ゆきでござる」

「どうした？」

「ご城主は、姫君を、人身御供《ひとみごくう》にされる模様でござる」

猿丸は、目撃して来た館奥の光景を、つたえた。

「姫は、承知したのか？」

「まだ、なかなか、首をたてに振ろうとはされませぬが、……若は、どうされますな！」

「おれが？　おれが、なんだ、というのだ？」

「つまり、若は、いざとなったら、姫君をさらって——」

「おい、猿丸、早合点するな。おれは、美音姫になど、惚れては居らん」

「まことでござるか？」

「あのような性格の持主は、おれは好かぬ。……それにしても、城主は、ほぞをきめたものだな。美音姫をして、人身御供になることを承知させるのは、容易ではあるまい」


夜がしらじらと明けそめた頃合――。

十郎太は、猿丸にゆり起された。

「若！　姫君は、人身御供になる決心をしたらしゅうござる」

「ふむ！　あの姫にしては、あまりにあっさりと、承知したものだな」

「これで、まず、城が焼け落ちる悲惨からは、まぬがれますな」

「さて、それは、どうであろうかな」

十郎太は、小屋を出た。

昼間の暑気が激しいだけに、夜明けの涼気は、気持がよかった。

「若、大手の城門が、ひらかれて居りますぞ」

猿丸が、指さした。

この出丸の石垣縁からは、そこは、ほぼ真下にあたっていた。

じっと、見下していると――。

門内の桝形から、しずしずと、女人の列が現れた。

先頭に立っているのは、美音姫にまぎれもなかった。

——あの強い気象では、さぞ、つらかろう。

十郎太は、他人事《ひとごと》ならず、胸に微かな痛みをおぼえた。

その足どりは、重く、うつ向きかげんの姿に、哀しさがただようているようであった。

と——。

一方の物蔭から、すすっとすべり出て来たのは、小藤田数馬であった。

「姫！」

必死の面持で、呼びかけた。

見送りの家臣連のうち、数馬が、美音姫のそばへ寄るのを、拒否しようとする者は一人としていなかった。

若い二人の永遠《とわ》の別離の瞬間に、視線をはずしてやっているのが、人の情というもの、と誰しも心得たのである。

と——。

数馬が、脇差をさっと抜くと、同時に、美音姫もまた、懐剣を抜いた。

一同が、あっ、となった時には、もうおそかった。

二人は、互いの胸へ、切先を突き刺し、ひとつになって、地面に崩れ伏した。

「やりおったものじゃ！」

猿丸が、いたましげに、顔をしかめた。

十郎太は、しずかに踵をまわした。

猿丸は、あわてて、ついて来て、

「やはり、この城も、焼け落ちる運命でござるかや」

と、云った。

「いや、城主は、もはや、戦う気力はあるまい。このまま、降伏するだろう」

「そんな、ばかな！　花々しく戦ってこそ、ご息女の自害も、意義があるものを……」

「猿丸、お前も、いつの間にか、武辺の面目を知るようになったらしいな」

十郎太は、微笑した。

「いや、その……、こうなったからには、武士らしゅう、いさぎよい散りかたをして欲しい、と思っただけで……」

「幾年のちになるか知らぬが、おれの散りぎわのきれいさを、お前に、みせてやろう」

「若！　若は、まだ、そんな気になられるお年ではござらぬ」

十郎太の予想は、あたった。

秋山晴近は、総攻撃をひき受けて、血戦死闘する気力はなく、太刀をすてて、織田信忠に、降った。

その悄然《しょうぜん》たる後ろ姿を、出丸の石垣の上から、見送った十郎太は、ふっと、一瞬、決意するところがあった。

「猿丸、城内には合戦買いの牢人ばかりが残るな？」

「左様で……」

「ひとつ、牢人隊だけで、織田勢に、ひと泡噴かせてくれようか」

## 八荒《はっこう》竜鬼隊

一

「若っ！」

猿丸は、途方もないことを口にする十郎太を、気でも狂ったか、と疑った。

この岩村城にやとわれた合戦買いの牢人は、百にも足らぬ頭数である。

しかも、十郎太が、

「われわれだけで、織田勢にひと泡噴かせてくれよう」

と、提議したならば、あわてて逃げ出す者が、半数はあろう。

どう考えても、これは、狂気沙汰であった。

「若、ばかな考えは、お止めなされ！」

猿丸は、必死になって、首を振った。

「織田勢は、四万以上もの大軍でござる。それを、たったの数十名で、どうやって、しりぞけることができ申そう。孔明・正成《まさしげ》でも、ここは、いさぎよく、退散ときめるに相違ござらぬ」

「猿丸、男子というものは、生涯に一度や二度は、不可能と知りつつ、あっとおどろくような冒険をやってみたいと、血がさわぐ機会を迎える。おれにとって、いまが、それだ」

「冗談ではござらぬ！　犬死と知りつつ、抗戦するのは、愚の骨頂でござる」

「ひとつ、賭けるか、猿丸？」

「え――？」

「織田勢に、ひと泡噴かせることができたならば、お前は、こん後、女色を断つ、と約束しろ。この賭、面白いぞ」

「生命《いのち》があってこそ、女色も断つことができ申す……。抗戦すれば、主従もろとも、あの世行きは、火を見るよりもあきらかでござる」

十郎太は、しかし、猿丸の必死の制止もきかず、牢人小屋へひきかえした。

合戦買いの牢人たちは、織田勢の入城を待って、退散すべく、のんびりとかまえていた。

「お主らに、提議がある」

十郎太は、見まわして、大声で云った。

「なんだ？」

「城主を喪《うしな》ったこの岩村城を、われら合戦買いの牢人どもだけで、死守してみたい、とこの修羅十郎太は、肚をきめた。この儀、如何《いか》に?」

一瞬、牢人たちは、唖然となって、十郎太を見まもった。

修羅十郎太というこの異相の青年が、ひとたび、敵と槍を交えると、鬼神にひとしい強さを発揮することは、一同、つぶさに見とどけていた。

しかし、その口から発しられた提議は、無謀というもおろかな、滅茶苦茶な思いつきであった。

「正気か、お主?」

すぐ前に腰をおろしている者が眉間に皺を寄せて、仰いだ。

「正気だとも! 織田信忠の率いる四万の軍勢を翻弄《ほんろう》してやりたくて、おれの血汐がわいて居る」

「血汐がわいた——それだけの理由で、たたかうというのか?」

「男子の心意気だ」

「心意気のう!」

一人が、隣りの者をかえりみて、

「心意気とは、なんと凄じいものだのう」

と、云った。

また、一人が、ぐるっと見わたして、

「百名にも足らぬのう。四万対百で、城の攻防戦をやるのか。神風でも起って、織田の陣営を吹きとばしてくれぬかぎり、城を半刻もささえることはできまい」

「いや、かりに一日、ささえることができたとして、それが何になる？」

「修羅十郎太は、それが、男子の心意気と申して居るのだて」

「おれたちだけで、四万の大軍をやっつけるのは、たしかに面白いことは面白いが……」

牢人たちは、意外におちついていて、十郎太の提議をあたまから、ばかばかしい、とはねつけはしなかった。

後世の浪人者とちがって、戦乱の時世を生き抜く「合戦買い」の面々には、おのが武勇に対する誇りがあった。

ただ、金欲しさにやとわれているのではなかった。

自分には、敵の大将を討ち取る武勇がある、という自信が五体に満ちていた。城が落ちる際、軍用金を掠奪《りやくだつ》したり、女を捕えて犯したり——そのような行為は、平然としてやってのけたが、反面では、

——尊敬もできぬ大名などの家来になって、忠義面をするよりは、おのが武勇を高く売った方がましだ。

という誇りを持っていたのである。

つまり——。

時には、損得ぬきで、生命をなげ出す心がまえも、かれらにはあったのである。

二

秋山晴近が降伏してから、ほぼ二刻過ぎて——ちょうど、正午。

織田信忠は、白馬にうちまたがって、しずしずと、岩村城の大手へ、進んで来た。

すると——。

どうしたのか、それまで開かれていた城門の扉が、ぎいっ、ときしんで、閉じられた。

さきに、城へ入っているはずの織田勢の士卒の姿は、全く消えていた。

城門内外には、幾人かの旗本がいて、主人信忠を迎えるべきであったにもかかわらず、一人も見当らなかった。

そして、門扉は、信忠の入城を拒否して、閉じられてしまった。

「なんだ？　どうしたのだ？」

「奇怪な？」

「まだ、秋山晴近の手勢が、のこっているのか？」

信忠の左右から、旗本連が、城門へ向って、奔った。

その時——。

城門の屋根の上に、出丸の石垣の上に、そして、本丸の渡り櫓に、一斉に、旗がうち立てられた。

それらには、ひとしく、真紅の四文字が浮いていた。

『八荒竜鬼』

まるで、血汐をしぼって、なぐり書いたような、なまなましい迫力が、仰ぐ織田勢の士卒に、思わず、息をのませた。

「なんとしたことだ、これは？」

信忠は、馬上で、いらだつと、

「おのれら、何者ぞ？」

と、叫んだ。

すると、出丸の石垣縁に、すっくと、一人の武者が立った。

「織田信忠殿にもの申す。今日ただいま、当城に出現した八荒竜鬼隊が、お相手つかまつる。心して、攻め寄せられい！」

高らかに、そう呼ばわった。

「八荒竜鬼隊とは、何者どもの集りか？」

「天よりつかわされた正義の士の集団と申さば、いささか照れくさい。……合戦まえの祭がわりに、それがし、即興の歌舞を披露つかまつれば、ご笑覧あれ」

遠目にも、異常に高い鼻をそなえた武者は、小者が投げた赤柄の槍を受け取ると、

「いざや、これより、八荒竜鬼隊の歌を――」

と、あざやかに、空高く、それをほうりあげて、落ちて来るのを、つかみざま、ピタリと構えて、朗々とうたいはじめた。

これやこれ、八荒竜鬼隊
いざ見よや、この旗の下
ますらおが花咲ける武者振りを
いざ聞けや、この旗の下
もののふが勇々しき雄叫びを

豪快に、勇壮に、赤柄の槍を舞わせつつ、踊る姿は、陥落した悲運の城への挽歌《ばんか》とは程遠く、生気の満ちたものであった。

いざ行かむ、この旗の下
千万の大敵もものかは
太刀を振り、馬を駆り
山を抜き、野を走る
これやこれ、八荒竜鬼隊

うたいおわるやいなや、武者は、槍を小者へ投げかえした。

次の瞬間、さっと、背中から弓矢をとった武者は、弦を満月にひきしぼって、矢を射放った。

狙いあやまたず、矢は、信忠の兜の八幡座を刺した。

信忠は、その衝撃で、のけぞり、馬からもんどり打って、地面へころがった。

よろめき立った信忠は、屈辱で顔面蒼白《そうはく》になり、

「押しつぶせ！　一挙に、押しつぶせ！」

と、わめきたてた。

三

陥落したはずの岩村城を、織田の軍勢は、再び攻めなければならなかった。

それまで、耳にしたこともない「八荒竜鬼隊」という敵が、城内にたてこもったのである。いったい、どれくらいの人数か、見当もつかなかった。

織田勢は、まず、傍若無人の振舞いとも受けとれる歌舞を見物させられ、総大将を射落され——それだけで、かなりきもをひしがれた。

次に——。

鯨波をあげて、大手の城門を、打ち破ろうと、殺到すると、そこへ、ひとかかえもある石を、雨と降らされて、たちまち、二百人以上の死傷者を出した。

石は、本丸の石垣下の竹藪から、空中へ躍って、落下して来た。

すなわち——。

青竹をたわめておいて、その先端にのせた石を、はねとばしたのである。

濠を泳いで、石垣にとりついた兵は、矢をあびて、ころがり落ちた。

「八荒竜鬼隊」は、千以上とも思われた。

たしかに——。

岩村城は、小人数でたてこもっても、充分に雲霞の大軍をふせぎ得る天嶮《てんけん》に拠ってい
た。

寄手にとって、薄気味わるかったのは、たてこもった八荒竜鬼隊が、最初に歌舞を披露した武者のほか、一人も姿を現さぬことであった。

いたずらに、攻めあぐんで、その日は昏れた。

その夜は、籠城側にさいわいして、雨雲がひくくたれこめて、昏れるとともに、降り出した。

寄手は、ただでさえ薄気味わるい敵であるため、夜襲をしかければ、どんな意外な防ぎの手段があるかも知れぬ、とおそれて、ひ
そと息をひそめている。

「隊長、みごとに、一日をささえたのう」

年配の牢人者が、見まわりからもどって来た十郎太を、小屋の前で、迎えた。

「ことわっておくが、それがしは、隊長ではない」

「八荒竜鬼隊をつくったのは、御辺だ。隊長になって、なんのふしぎがある。不服をとなえる者は一人も居らぬ」

牢人者たちは、一人のこらず、十郎太に、心服した模様であった。

「隊長にされるのは、ひらにおことわりする」

十郎太は、頑として拒否した。

「なぜでござる？　八荒竜鬼隊と名のりをあげたからには、隊長がいなければ、おかしい」

まだ二十歳になったばかりの牢人者が、云った。

「隊長になれば、隊に対して責任をとらねばならぬ。八荒竜鬼隊とは、いわば、織田勢をおどかすために、つくってみたかりの名にすぎぬ」

十郎太は、こたえた。

「いや、それはちがう。……はじめは、御辺の思いつきであったかも知れぬが、今日一日の攻防戦によって、八荒竜鬼隊は、天下に名をとどろかせるものに相成った。……御辺の指揮の下、われら隊士は、もはや、合戦買いではなくなったのだ」

「ははは……、お主ら、考えちがいをしてくれてはこまる。それがしは、お主らに、織田勢に、ひと泡噴かせよう、と提議して、賛成してもらった。……わずか、九十一人で、城を三日とささえられるものではない。ひと泡噴かせたならば、はやくて明日、おそくても明後日には、われわれは、城をすてて、ばらばらに、退散することになる。八荒竜鬼隊は、それまでの短いいのちなのだ」

「修羅氏、その考えは、すてて頂きたい。……まさしく、この小人数では、三日とささえられまい。しかし、城をすてても、竜鬼隊が、解散するというのは、不賛成だ。絶対に、解散はせぬぞ。われら九十一人は、一丸となって、乱世を罷《まか》り通ることにいたそうではないか」

牢人者たちは、全員その気持になっていた。

十郎太は、返辞をせずに、小屋に入ると、身を横たえた。

ほどなく、猿丸が、どこからか、もどって来て、

「若、妙なものでござるな。八荒竜鬼隊と名のったとたん、牢人衆の士気が、ちがったものになり申した。敵軍もまた、ふるえあがり申した。愉快！　愉快！」

「あれほど反対したお前が、気分よくなったとは、皮肉だな」

「若、申されるな。猿丸、不明にして、若が抜群の軍師の才があるとは、気づかなかったのでござる」

「お前、いままで、どこへ行っていた？」

「城を脱出する抜け穴をさがして居り申した。……まだ、見つかり申さぬが、明日中には、きっと——」

「この城には、地下を掘った抜け道は、ないようだ」

「そんな……、もしなかったら、全員討死ということに相成りまするがな」

「堂々と、大手の城門をひらいて、討って出るのは、どうだ？」

「むざむざ、討死することはありませぬぞ」

「おれは、滅多に、討死はせぬ。生きているよろこびを知るまでは——」

「恋でござるか」

「それよ。身も心も溶けるような恋をあじわうまでは、死ねぬ」

その言葉をきかされて、猿丸は、いまさらながら、

——わがあるじは、全く、ふしぎな性情を持って居られる。

と、当惑をおぼえずにはいられなかった。

たった九十一人で、四万の大敵を、飜弄する決意をし、そして、それを実行してみせるおそるべき軍師ぶりを示したかと思えば、心の奥底では、なお、絶世の美女にめぐり会って、燃える恋をしたい、という願望を抱きつづけている。

家来の猿丸としては、主人の心中には、全く別の二つの魂が巣食っている、としか思えないのであった。

## 放浪問答

### 一

まさに、奇蹟といえた。

八荒竜鬼隊は、四万の織田勢に包囲されながら、岩村城を、十日間、守り抜いてみせた。

しかも、その十日の間に、九十一名のうち、討死したのは、わずかに三名だけであった。

ひた攻めに攻め寄せて来る敵に対して、修羅十郎太は、次つぎに奇策をあみ出して、追いしりぞけた。

われながら、あきれるくらい、意外の戦法が、脳裡にわきあがって来たのである。

味方も、敵も、舌をまいた。

たとえば——。

城内の地下倉にたくわえてあった篝火《かがりび》用の油を、夜半ひそかに、大手の城門左右の石垣へ流しておいて、夜明けとともに、織田勢が総攻撃の勢いすざまじく、よじのぼって来ようとするや、一斉に、火を放ち、火焔地獄を現出させた。

織田勢は、このために、二千余の死傷者を出し、その敗北で三日間も、沈黙せざるを得なかった。

しかし——。

十郎太は、いつ城を明け渡して、退散するか、という考えが、絶えず、心の中にあった。

いかに奇策をもって、敵軍をなやましても、所詮《しよせん》は、斧《おの》に向って前脚をふりあげる蟷《とう》螂《ろう》でしかないのである。

——退散の汐どきを、失ってはならぬ。

十郎太は、自分に云いきかせていた。

ところが、牢人たちは、一人のこらず、日を追うにつれて、四万の大軍に泡を噴かせる快感に酔った。

「織田信忠に、和議の使者を寄越させてくれるぞ」

「そうだ。この攻防戦は、百年後まで、歴史にのこるわい」

「古今未曽有《みぞう》の合戦だぞ、これは――」

「いまや、八荒竜鬼隊の武名は、波のようにひろがって、遠く関東、九州までもきこえて居るにちがいない」

などと、いやが上にも、士気はたかまった。

十郎太自身、

――こまったぞ。

と、いささか当惑せざるを得なかった。

十日目の夜を迎えてから、十郎太は、一同を集めて、

「おのおのは、一月が三月にわたっても、籠城をつづける覚悟であろうが、織田勢に、ひと泡噴かせる所期の目的は、はたしたいま、そろそろ、城をすてることを考えたい」

と、云った。

すると、牢人たちは、騒然となって、断乎《だんこ》反対した。

十郎太は、

「べつに臆病風に吹かれて、こう申しているのではない。いかに、敵をなやましても、とどのつまりは、勝目のない戦いゆえ、汐どきをみて、旗をおろすのも、兵法なのだ」

と、説いた。

牢人たちは、承服しないまま、夜が過ぎた。

一同が寝しずまった頃合、猿丸が、そっと、そばへ寄って来た。

「若、どうされます？」

「どうするかとは？」

「こうなったからには、竜鬼隊をみすてて、若だけが、退散することは、できませぬぞ」

「うむ」

「さりとて、このまま、籠城をつづければ、一人のこらず討死、という憂目に遭うことは目に見えて居ります」

「うむ」

「若の思案をおきかせ下され」

「やむを得ぬ。逃亡するか、猿丸」

「それでは、若の心意気に泥がつき申すわい」

「では、陥落するまで、がんばるか」

「身も心も溶けるような熱い恋をするまでは、若は、死んではならぬのでござろう」

「ははは……、右せんか左せんか、道は二つ、身はひとつ、困ったな」

そう云いながらも、十郎太の口調は、さして困ったひびきを持ってはいなかった。

二

十一日目の夜が明けた頃合――。

大手の城門前へ、白馬を進めて来た武者があった。

供を連れず、ただ一騎であった。

「それがしは、織田上総介信長が股肱、堂明寺内蔵助。八荒竜鬼隊の隊長に、もの申す」

大音声で、呼びかけて来た。

猿丸の急報で、十郎太は、

「来たか、堂明寺内蔵助が――。たぶん、来るであろう、と思っていた」

と、微笑して、すぐに、出丸の石垣縁へ、出て行った。

ふり仰いだ内蔵助は、

「やはり、そうであったか、修羅十郎太」

と、云った。

岩村城に、八荒竜鬼隊と称する奇怪な一隊がたてこもって、頑強な反抗をこころみている、という報告が、信長の許にもたらされるや、かたわらにひかえていた堂明寺内蔵助は、

「合戦買いの牢人どもが、徒党を組んだのではありますまいか」

と、推測した。

その隊長とおぼしき武者は、出丸の石垣の上で、八荒竜鬼隊の歌をうたいつつ、赤柄の槍をふりまわして、踊ってみせたが、その面ていが人間ばなれしたものであった、ときいた内蔵助は、即座に、ひとつの面影を思いうかべたのであった。

「とりしずめの役目、それがしにおまかせ下さいますよう――」

と、信長に願って、馬をとばしてやって来た内蔵助であった。

予測たがわず、内蔵助は、出現したのが、修羅十郎太であるのを、みとめた。

「修羅十郎太、なにがゆえの抵抗だ?」

内蔵助は、問うた、

「心意気、と知られい」

十郎太は、こたえた。

「たてこもるのは、すべて、合戦買いか?」

「左様――」

「その人数は?」

「千人とも二千人とも、思って頂こう」

「十日間も、守りぬいたとは、あっぱれの振舞いである。ここらあたりで、城を明け渡しては、如何だ?」

「条件次第でござる」

「八荒竜鬼隊の申し入れを、きこう」

「されば――」

十郎太は、胸を張ると、

「ひとつ、われらの武勇をみとめて、隊士全員の生命安堵のこと」

「よろしい」

「ひとつ、八荒竜鬼隊は、堂々と、大手の城門より出て、織田の陣中をまかり通る。手出し無用のこと」

「承知した」

「ひとつ、八荒竜鬼隊は、当城を守るために組織されたものにて、城を出たのちは、解散つかまつる存念なれば、落人狩りの儀は、ごめんを蒙る」

「相判った」

「この三条件を、しかと守られるならば、本日正午、城門をひらいて、立ち出《い》で申す」

「この堂明寺内蔵助が、たしかに、約束いたす」

「なお、織田方に、条件があれば、うけたまわる」

「当方に、なんの条件もない」

十郎太は、牢人小屋へひきかえすと、そこに集合した隊士一同に、右のおもむきをつたえた。

ここにいたっては、あくまで籠城を主張する者は、いなかった。

ただ——。

「八荒竜鬼隊を、解散するのは、反対だ」

と一人が云い出し、皆も異口同音に、それに賛成した。

十郎太は、ちょっと沈黙を置いてから、

「そのことは、堂明寺内蔵助と談合の結果、きめよう」

と、云った。

堂明寺内蔵助は、信頼するに足りる武士だ、とつけ加えておいて、十郎太は、あらためて、一同に頭を下げた。

自分の無謀きわまる思いつきに従って、ただの一人も退散しようとせず、八荒竜鬼隊をつくり、闘志を燃えたたせて、勇猛果敢な戦いをくりひろげた牢人衆は、いまや、同志の気持でつながっていたのである。

戦乱百年を通じて、このようなことは、はじめてであった。

合戦買いの牢人は、それぞれ一匹狼であり、勝敗いずれにせよ、報酬に応じた働きをして、戦いがおわれば、一人一人ばらばらに、何処《どこ》かへ散り去って行くのが、ならいであった。

ところが——。

まだ二十三歳の青年でしかない修羅十郎太を、頭領に仰いで、九十一人が一丸となって、城を守りぬいてみせたのである。欲得ぬきで、戦国武辺の心意気を発揮したのである。

城を明け渡すにあたって、一同の心は、さわやかであった。

三

その日、正午――。

大手の城門が開かれた。

堂明寺内蔵助は、広場をへだてて、待っていた。

『八荒竜鬼』と真紅の四文字を浮かせた旗を先頭に、一列になって、しずしずと歩み出て来た籠城隊を、見まもって、

「ふむ！」

内蔵助は、思わず、ひくうなった。

かぞえて、わずか百名に満たぬ小人数ではないか。

十郎太が、面前に来ると、内蔵助は、

「たったこれだけの寡勢で、お主らは、たたかったのか」

と、感動を語気にこめた。

「城が天嶮に拠っていたおかげと存ずる」

「それにしても、勇気のほど、おそれ入った」

「無謀の振舞いでござった」

十郎太は、微笑してみせた。

「お主に、相談がある」

内蔵助は、云った。

「うかがおう」

「お主は八荒竜鬼隊を率いて、このまま、身共と一緒に、わが主君の前へ、行ってもらえまいか」

「信長殿に、随身せよ、とすすめられるのか？」

「その通り――。八荒竜鬼隊を、織田家の旗本に加えたい。身共が、信長公に願い出れば、ただちに、承知なされよう」

十郎太は、牢人衆をかえり見た。

どの顔にも、この意外なさそいを、率直によろこぶ表情があった。

「ご厚慮、忝じけない」

「承知してくれるか、修羅十郎太？」

「たしかに――」

十郎太は、うなずいてから、

「但し、それがし一人は、除いて頂こう」

と、云った。

「なんと？　お主を除いて、八荒竜鬼隊が、成立つというのか？」

「それがしが八荒竜鬼隊をつくったことは、まちがいないが、隊長はそれがしではない」

「では、誰が隊長だ？」

「隊長は、いない」

「そんなばかな！」

内蔵助は、ばかばかしげに、首を振った。

「隊士一同に、異存がなければ、それがしは、八荒竜鬼隊を、堂明寺内蔵助殿にあずけたく存ずる」

十郎太が、そう云うと、牢人たちは、一斉に、口々に修羅十郎太をはずした八荒竜鬼隊は存在せぬ、と叫びたてた。

「お主ら――」

十郎太は、きびしい表情で、一同を見渡し、

「それがしが、隊長になって居らぬことは、お主らが、知って居るではないか。……しかし、お主らが、八荒竜鬼隊を解散することに反対であり、この堂明寺内蔵助殿が、信長殿に推挙すると確約して下されたいま、それがしが抜けるのは、さまでの問題ではない。……この修羅十郎太は、おのれ自身に納得できぬことは、断じて、やりたくないのだ」

牢人たちは、そのきびしい言葉に、しいんとなった。

ようやく、一人が、

「では、せめて、いつか、八荒竜鬼隊にもどって来る、と約束して下さるまいか」

と、たのんだ。

「しかと約束はできぬが、心にとめておこう」

十郎太は、こたえておいて、あらためて、一同に、別離の挨拶をした。

陽《ひ》が西に傾いた時刻、十郎太は、猿丸をつれて、原野の中をまっすぐにつらぬく細い道を、たどっていた。

「若——」

屈託のある面持で、数歩あとをついて来ていた猿丸が、呼んだ。

「この猿丸でさえも、若という御仁が、さっぱりわかり申さぬ」

「おれほど、わかりやすい男は居らぬぞ、猿丸」

「とんでもない！　自分でつくりあげた八荒竜鬼隊を、自分からすすんですててしまうとは、いったい、どういう存念なのか、わしらには、ふしぎでたまらぬ」

「おれは、隊長になる器ではない。それだけのことだ。八荒竜鬼隊の隊長は、堂明寺内蔵助がふさわしい」

「では、若は、これから、幾年、諸国を放浪なさろう、といわれるのだ？」

「あきたのか、猿丸？」

「いや、主人がおもむくところに、家来が従うのは、あたりまえのことでござるが……、みすみす、せっかくの出世のいとぐちを、すててしまわれるのは、どうかと存じますわい」

猿丸は、いまいましげに、云った。

「よいか、猿丸——、おれに一生仕えていると、いつも不満状態でいなければならぬぞ。……生れた館もすてるし、いつも、負け戦の側にばかり味方するし、出世のいとぐちもこっちから願い下げるし、おれは、生れつき、放浪癖があるのだな」

「若——、どんなことがあろうとも、この猿丸は、若から、はなれませせぬぞ。若が唯一の目的をはたされるまでは——」

「おれが、眉目《みめ》麗しい美女に出会うまでは、か」

「左様、若が、生涯一度の恋をされるのを見とどけるまでは、この猿丸は、どこまでも、くっついて歩いて行き申す」

主従は、再び、行先さだめぬ漂泊の旅へ出て行った。

## 陣場女郎

### 一

四季の巡るのは、早い。

さらに、一年余が、流れ過ぎた。

「ああ、暑いねえ。……ほんとに、いやだよ、夏って——」

「お前さんは、汗っかきだからねえ。……でもさ、いくら汗をかいても、お前さんは、ちっとも痩《や》せなくていいねえ」

「ええ、そうともさ。あたしゃ、どうせ、百貫でぶだからね。あんたのように、すらりとして、山田の案山子《かかし》のように、様子はよくはないさね」

互いに、横目で睨み合うのを、うしろから来ていた一人が、

「およしよ。喧嘩したら、ますます暑くなるじゃないか」

と、たしなめた。

三人連れの女は、べつに旅装をしていなかった。派手な模様の小袖をまとい、裾をからげて、真赤な二布《こしまき》をあらわにし、乳首がのぞくほどに胸もとをひろげたさまは、ただの女どもではなかった。

大和《やまと》から河内《かわち》を横切って、和泉《いずみ》の堺《さかい》へそそぐ大和川に沿うた山中を、辿っているのであった。

戦乱の時世であった。

女ばかりが、山中を旅することなど、ふつうでは考えられないことであった。

野伏や山賊が、いたるところに出没していたのである。

その荒くれ野郎の目を、わざと挑発するような恰好で、旅をしている女、といえば、

当時では、一種類しかいなかった。

陣場女郎。

それであった。

合戦買いの牢人と同様、戦場から戦場をわたりあるいて、春をひさぐ淫売婦であった。文字通り、いのちがけで、陣中で身を売るくらしを、幾年もつづけていれば、おそろしいものは、何もなくなる。

相手が野伏だろうと、山賊だろうと、彼女たちの目には、男としか映らない。男が女にもとめるものは、その肌である、と判っているからには、襲われれば、すすんで、からだをひらけば、べつに危険はないわけであった。

そう割り切った女は、男よりも強い、といえた。

野伏・山賊も、それが陣場女郎とみとめると、

「抱いて、業病をうつされては、かなわん」

と、敬遠したものである。

「ちょいと、そこらあたりで、ひと休みしようじゃないか」

「あたしゃ、泳ぎたくなったよ。……むこうに、いい瀞《とろ》があるのを知っているよ」

「魚をなん尾つかまえられるか、競争しようじゃないか」

人生を割り切って生きる女たちは、むしろ天真爛漫《てんしんらんまん》ともみえる陽気さがあった。

やがて――。

　密林をくぐって、磧へ降りた三人の陣場女郎は、きゃっきゃっとさわぎたてながら、流れの上に突出した巨大な岩を越えて、瀞へ出ようとした。

　と――。

「おや⁉」

　先頭に立って、岩へのぼった女が、次の岩の上に立った人影に、目をとめて、眉宇をひそめた。

　牢人ていで、釣竿《つりざお》をさしのべていたが、その横顔の、異様に突出した天狗鼻を、女は、みとめて、あとの二人を振りかえり、

「ごらんな、あの顔！」

　と、指さした。

「ほんと！」

　あとの二人も、目を光らせた。

　その気配をさとりつつ、釣人の視線は、糸をたれた水面から、動かぬ。

「修羅十郎太様！」

　かんだかい声音で、呼びかけたが、無反応であった。

「旦那！　ちょいと、赤槍天狗様よう――」

「おなつかしや――、こっちを向いて下されよう」

二

十郎太は、依然として、女たちには目もくれずに、

「お前らに、おなつかしや、と云われるおぼえはないぞ」

と、云いかえした。

合戦買いの牢人者と陣場女郎、という間柄であれば、どこかの戦場で出会っていても、べつに、ふしぎはない。

どうやら、この陣場女郎は、いずれも三十前後の年配なので、十年前後の戦場巡りの経験を積んでいるに相違あるまい。修羅十郎太とは、あちらの戦場、こちらの戦場で、ぶっつかっているのであったろう。

但し——。

十郎太は、陣場女郎など、一度も抱いたおぼえはない。

三人の女は、十郎太の立つ岩へ、とび移って来ると、

「陣場女郎のあこがれの的が、お前様だ、ということを、ご自身もご存じのはずですよ、修羅十郎太様」

「あたしたちのうちで、だれがいちばんはじめに、赤槍天狗に抱かれるか、賭をしていたくらいなんだから……」

「陣場女郎が、本気で惚れた殿御は、貴方様だけなんだから……。嘘じゃありませんよ。

おなつかしい、って気持、わかって下されや。……女郎にだって、女ごころは、ちゃんと、のこってんだからさ」

と、口々に、云いたてた。

「うるさいな。お前らのキンキン声で、魚が逃げたぞ」

十郎太は、ようやく、視線を、女たちへまわした。

「三年ぶり、いや、もう四年になるかしらねえ、旦那とお逢いするのはさ。……旦那は、合戦買いを止めて、こんなところにかくれていなさんしたのか」

「その若さで、なんてことだろう。……その気になれば、侍大将にでも、すぐなれるというおひとなのにさ」

「どうして、赤槍天狗ともあろう武者が、こんなところで、のんびり釣などして、いなさんすのかえ?」

十郎太は、矢つぎ早やな女たちのおしゃべりに、いささかうんざりして、釣をあきらめた。

「お前らこそ、こんな山中を、どうしてうろついているのだ?」

「あたしたちはね、本願寺《ほんがんじ》の荒法師をあいてに、かせいでいたんですよ。ふつうの合戦買いの牢人や足軽たちより、荒法師の方が、けたちがいに、金を持っているからね。それに、気前もいいしさ。……ところがさ、今年春に、織田信長様が、本願寺を焼いちまったろう。……本願寺衆は、河内から、大和へ逃げ込んだので、あたしたちは、そのあとを追ったのさ。……ところがさ、坊主というのは、お寺があってこそ、胸を張っているけど、いったん、落人になると、まるで乞食になってしまうってことが、わかって、がっかりしたんですよ。……それに、この大和は、信長様から命じられて、筒井順慶《つついじゅんけい》って狸親爺《おやじ》が仕置するようになったものだから、あたしたちの働き場所が、なくなっちまったんですよ」

陣場女郎だけあって、権力の趨勢《すうせい》にちゃんと目を配っていた。

十郎太は、一人一人の顔を、あらためて、見まわした。

「お前たちは、肌をけがして生きる、という最も下等な世すぎをして居りながら、いつの間にか、人間を観察する力をやしなっているようだな」

「陣場女郎をおだてたって、しかたがありませんよ、旦那——」

「べつにおだてては居らぬ。おれは、陣場女郎など、けがらわしいものと思いきめて、ろくろく顔へ目をくれたこともなかったが、こうして、白日の下で、よく眺めると、さほど肌もすさんで居らぬし、瞳もよごれて居らぬ。……奇妙なことだ」

「修羅十郎太様よ、千人の男にからだを与えても、いや、そうだからこそ、心の中の大切なものだけは、ちゃんと守って居りますのさ。だから、肌だって瞳だって、きれいなんですよ。ねえ、お前ら——」

「そうともさ。あたしたちのからだのきれいなところを、旦那に、見せようじゃないかね」

「いいね。それっ！」

十郎太が、止めるいとまもなく、三人の陣場女郎は、帯を解き、さっと、小袖を脱ぎすて、二布も足もとへすてて、夏の光に、全裸をさらした。

そして——。

高い叫び声を、岩の上にのこして、つぎつぎに、瀞へとび込み、高い水飛沫《しぶき》をあげた。

「あきれた女どもだ」

十郎太は、苦笑した。

三

ひとしきり、水の中で、さわぎたてて互いに沈めあったり、抱きあっていかがわしい行為に及んだり、存分に愉しんだあげく、陣場女郎たちが、岩へもどってみると、十郎太は、となりの岩へ移って、仰臥し、顔へ、編笠をのせていた。

「修羅十郎太様、あたしたちのうち、誰でも、抱いてみる気はないかえ？」

一人が、云いかけた。

十郎太は、睡っているがごとく、無言で、身じろぎもしなかった。

「なんなら、あたしたち三人を、つぎつぎに、抱いてもいいんですよ。貴方様なら、根かぎりに、ご奉仕申し上げますよ、ねえ——」

「銭ぬき、嘘ぬきで、ほんとの女のからだを、あじわわせて、さしあげますよ、旦那」

返辞は、なかった。

「よくせきの女ぎらいなんだねえ」

その言葉を境にして、陣場女郎たちは、あきらめて、さっさと、衣類を身につけると、

「さようなら、旦那。……いずれまた、どこかの戦場で、お目にかかりましょうよ」

と、云いのこした。

女たちが、磧に降りるのを見とどけて、

「やれやれ――」

と、首を振りながら、猿丸が、木立の中から現れた。

猿丸が、そばに来ると、十郎太は、編笠の下から、

「猿丸、おれに代って、あの陣場女郎のうち、一人えらんで抱けばよかったな」

と、云った。

「この猿丸、女色を断つ、と若と約束つかまつった」

「そんな約束をしたかな」

「お忘れでござるか。去年、岩村城が陥ちた際、若はやとわれ牢人だけで、織田勢にひと泡噴かせる決意をなされた。わしが、必死にお止めすると、若は、笑って、織田勢に、ひと泡噴かせることができたならば、お前は、こん後、女色を断つ、と約束しろ、と申されました」

「そうであったかな」

「若は、みごとに、八荒竜鬼隊をもって、織田の軍勢四万を、翻弄され申した。……爾来、この猿丸、女を抱いて居り申さぬ」

「その約束、破ってもよい」

「なんと、申される？」

「あの陣場女郎どもは、心までけがれては居らなかった。これは、おれの、女性観をすこしばかり、変えたぞ、猿丸」

「…………」

「……女子は、三界に家なく、悪性にて、そのえくぼは城を傾く地獄の使い、などと、経文に記されているが、どうやら、二面があるらしい。女の心には、氷のような冷たさと、羽を撫《な》でるようなやわらかさと、相反する性《さが》があるようだ。たぐいまれな美しい婦人にも、目をそむけたくなるような醜い女性にも、それは、あるに相違ない。……ああ！　陣場女郎が、いまだ、純な心根をそこなわずに、持って居ろうとは——」

「…………」

　猿丸は、編笠の下で、十郎太が、どんな表情をしているのか、はかりかねて、かたわらで、腕をこまねいていた。

　陣場女郎の一人が、血相変えて、息せき切って、その瀞へ、駆けもどって来たのは、半刻も経たないうちであった。

「修羅十郎太さまあっ！」

十郎太は、猿丸が持参した弁当を使っていた。

猿丸は、山鳥を獲りに、密林中に踏み入っていた。

「…………？」

不審のまなざしを、磧に落すと、陣場女郎は、太股《ふともも》もあらわに、奔り寄って来て、

「修羅様、お願いっ！」

と、合掌した。

「どうしたというのだ？」

「貴方様の、お力を、お借りしたいんですよっ！」

「おれの力を――？　お前らに、危難がふりかかった、というのか？　これは珍しいことだ」

「いえね、まだ無垢《むく》な百姓娘が、あ、あたしたちのような、陣場女郎に、さ、されようとしているんですよっ！」

だれも、好きこのんで、陣場女郎になった女はいない。

ほとんど例外なく、泣く泣く陣場女郎にされたのである。その経緯は、いくつかの例にみられた。

すなわち――。

そのひとつは――。

農家で、年貢が納められず、滞納がつづくうちに、役人が突然やって来て、年貢代りに、年頃の娘を、連れて行く。

このケースが、最も多かった。

または、その村が戦場になって、良人や子供が殺されてしまい、小者足軽から強姦《ごうかん》されて、なかばやけくそになって、陣場女郎になる、とか——。

いずれにしても、自ら進んで、その最下等な世界に入る者はなかった。

「お前のようなあばずれでも、義憤を燃やすことがあるのか？」

「冗談じゃないや！　あばずれ同士なら、殺しあいもするが、十年前の自分のすがたを、見せられちゃ、かっとなっちまいますよ。ここらあたりの百姓娘が、いじらしく、あきらめて、数珠つなぎになって、曳《ひ》かれて行くのを、見つけちゃ、だまって、指をくわえて、見のがしているわけに、いかないんだ。……修羅様、その赤柄の大身の槍を、ふるって下さいよ」

——筒井順慶が、この大和の庶衆をふるえあがらせるために、苛酷な政治方策をとっている、というわけか。

十郎太は、立ち上った。

「娘は何人、曳いて行く兵はどれくらいだ？」

「娘がざっと三十五六人、つれて行く兵は、二十人近くでしょうかねえ」

「陣場女郎の心意気か」

十郎太は、磧へ、ひととびに降り立つと、

これやこれ、八荒竜鬼隊
いざ見よや、この槍の下
ますらおが示す心意気
たおやめ救う義俠のわざ
さらば、八荒竜鬼隊

朗々と、即興をうたいつつ、大股に歩き出した。

## 奇襲陣

### 一

竹藪が、夏風にゆれていた。

大和川の流れの左右は、目路の果てまで竹藪であった。

十郎太と陣場女郎たちは、その竹藪の中に、身をひそめていた。

藪蚊がうなりをたてて襲って来るので、じっとしているのは、堪えがたい忍耐であった。

なにしろ、ひどい暑さなのであった。

颪は、竹をなでて行くが、中までは、吹き込んで来なかった。

十郎太は、女郎たちに、四五尺の短かさに切った竹槍を幾本も持たせていた。

陣場女郎を手勢にして、正規の兵と闘うのは、もとよりはじめてであったが、なんとなく、遊戯的な気分にならざるを得なかった。

女郎たちの方は、決死の表情であった。生れてはじめて、得物をとって、闘うのであった。尋常一様の覚悟で、できぬことであった。

それというのも――。

純情で無垢な百姓娘たちが、無理矢理に、陣場女郎にされようとしているのを、阻止しようとする大義名分が、彼女たちを、ふるいたたせ、生命をなげ出す覚悟をさせたのである。おそらく、一生一度のことであったろう。

「来たぞ」

十郎太が、云った。

女郎たちは、一斉に、顔面をこわばらせ、全身を石のようにかたくした。

その様子を眺めて十郎太は、

「深呼吸しろ。肩の力を抜け。……おれの策略通りにやれば、きっと成功するのだ」

と、云いきかせた。

そう云われても、女郎たちは、やはり女であった。おちつけるはずもなかった。

互いに顔を見合せて、うなずき合ったが、目は血走り、口の中はからからにかわいていた。

「いいか！　おれの申しつけたようにやるのだぞ」

十郎太は、命じておいて、ゆっくりと、道ぎわまで出て、身を伏せた。

右方の竹藪の中の細径を、降りて来る足音がしだいに近づいて来た。

やがて――。

川沿いの道へ、先頭の者が姿をあらわした。

具足をつけた武士であった。

それにつづいて、足軽が数人、現れた。

そのあとを娘たちが一列になって、降りて来た。いずれも、十代の、色香に程遠い、土くさい姿をしていた。

帯と帯を、綱でつながれている。

十郎太は、先導の武士と足軽を行き過ぎさせておいて、娘の行列が目の前に来た時、不意に躍り立った。

赤柄の槍を、胸前に横たえて、娘たちへ、体あたりをくれた。

数珠つなぎになっていた娘たちのうち七八人が悲鳴をあげて、急勾配の斜面を磧へ、なだれ落ちた。

十郎太は、落ちそこねている娘たちも、容赦なく、槍の柄で突きとばして斜面をころがした。

「曲者っ！」

「おのれっ！　われらは、筒井順慶様の手勢だぞ！」

「素牢人め、何をするかっ！」

口々に呶号するのをしり目に、十郎太は磧へ落ちた娘たちに、

「帯をすてて、自由になって、逃げろっ！」

と、指示した。

そこは、右手も左手も、巨きな岩がそそり立っていて、磧へ降りられるのは、その斜面だけであった。

十郎太は、その斜面縁をふさいで、二十人あまりの筒井勢を敵にまわすことになった。

二

手槍や刀をひらめかせて肉薄して来る群を、平然と見やって、十郎太は、

「お主ら、娘を掠奪する賊徒のまねをしたために、ここで犬死するのは、なさけないと思わぬか」

と云った。

「ほざくなっ！」

武士の一人が、猛然と斬りつけて来た。

十郎太は、むしろかんまんとも見える槍さばきで、その胸へ穂先を刺し込むと、

「こういうぐあいに犬死するのだぞ、お主ら――」

と、云いはなった。

「く、くそっ！」

また一人逆上して、襲いかかって来た。

瞬間――、抜く手もみせず、その敵をもまた、胸を芋刺しにした十郎太は藪の中へ、

「やれっ！」

と、号令した。

とたん――。

藪の中から、竹槍が、つづけざまに飛来した。

そのうち、足軽の頸根《くびね》や肩を刺したのは、二三本にすぎなかったが、筒井勢に与えた衝撃の方は大きかった。

伏兵がある、と知らされた敵がたは、にわかに、浮足立った。

その隙をのがさず、十郎太が、猛然と攻撃に出た。

赤柄の槍の動きは、敵の目にほとんどとらえがたい迅さであった。

三人ばかりが、地面に仆《たお》れたり、斜面をころがり落ちると、もはや、筒井勢は、闘志が失せて、わっと逃げ出した。

「勝ったぞ、陣場の姐《ねえ》さんがた」

十郎太に呼ばれて、女郎たちは、藪の中から、とび出して来た。

「やっぱり、旦那は、お強いねえ」

「ほんとに！　ほれぼれする槍さばきだったよ」

「抱いて欲しいや。肌がうずくよ」

口々にほめながら寄って来るのへ、十郎太は、

「お前たちの援助がなければ、こうもかんたんに追いはらえなかったな。礼を云う」

と、頭を下げておいて、磧にひとかたまりになっている百姓娘たちに、

「あがって参れ」

と、まねいた。

十郎太の前に立った娘の群は、一番年かさの娘を代表させて、礼をのべた。

「家へもどってよいぞ」

十郎太が、云うと、女郎の一人が、

「そりゃ、駄目さね、十郎太様」

と、手を振った。

「どうしてだ？」

「家へもどれるはずがないじゃありませんか。もどったら、いずれまた、とっつかまっちまいますよ。……ぐずぐずしていたら、あいつら、新手を加えて、押し寄せて来るにちがいありません。……乗りかかった船だねえ。修羅様が、どこか、安全なところへ、この娘たちを、つれて行って、やんなさるんだねえ」

「それは、こまる。迷惑だ。……三十余人も、ぞろぞろと、ひき連れて、旅をするわけには参らぬ」

十郎太は、本当に当惑した。

「冗談じゃありませんよ。ここで、ほうりっぱなしにされたら、この娘たちは、途方にくれて、首でもくくるよりほかにありませんよ」

「もどって、かくれて居ればよかろう」

「できぬ相談ですよ。この娘たちが、家へもどっているところへ、あいつらが押し寄せて来たら、それこそ、お父つぁんやおっ母さんまで、とばっちりを蒙って、斬られてしまうかも知れませんよ。そんな可哀そうな目に遭わせても、いいんですか？」

「弱ったな」

十郎太は、娘たちの顔を、順々に見やった。

どの顔も、必死の色をうかべていた。

女郎の一人が、

「旦那、女はね、つれ出されようと、自分で家出しようと、いったん家を出たら、もう二度と、もどれないんですよ。自分で自分の道を見つけて、生きなけりゃならないんですよ。……その道を見つけるまでは、旦那が、責任もって、ひき受けて下さらなくちゃ、いけませんねえ。救いの神なんだからさ」

「おれには、連れて行くあてがないぞ」

十郎太が、そうこたえた時、

「若！」

猿丸の声が、遠くからひびいて来た。

十郎太にとって、猿丸の存在がこのようにたのもしく思えたのは、はじめてだった。

「そうだ、猿丸に、思案させてやろう」

猿丸は、すぐ、道へ奔り出て来た。

「どうなされたのじゃ、若？」

「猿丸、よいところへ来た。……お前の智慧《ちえ》が必要だ」

十郎太は、云った。

「これは、なんとしたことでござる？」

「この娘たちが、陣場女郎にされようとしたので、たすけた」

「ははあ、この陣場女郎どもに、そそのかされましたな」

「そそのかされたのではない。おれが、たすけたいから、たすけた」

「やれやれ……、若は、心そこから、女子には甘《あも》うござる」

「たすけたからには、身のふりかたを考えてやらねばならぬ。猿丸、どうすればよい？」

三

十郎太に問われて、猿丸は、しかめ面になった。

「どうすればいいって、こんなにたくさんの百姓娘を、かくす場所なんて、あるわけがござらぬ」

「思案しろ、猿丸」

「途方もない難題を、お申しつけなさる」

「この修羅十郎太の家来だぞ、お前は——」

「ふうむ！」

猿丸は、娘たち、そして三人の陣場女郎を見わたして、

「お前ら、わしが来い、というところへならどこへでも、ついて参るか？」

と、たずねた。

「はい」

娘の一人が、うなずいた。

「あたしたちは、ごめんですよ。陣場女郎、というちゃんとした職を持っているんだからね」

女郎たちは、笑いながら、かぶりを振った。

「いいかげんで、肌売りの荒かせぎを止めたらどうだ」

「やめたところで、このからだが、生娘にかえるわけじゃありませんからね」

「勝手にしろ」

猿丸は、娘たちに向って、

「ついて参れ。お前らの身の安全をはかってやる」

と、云った。

猿丸には、危険を避けるのに、けもののような嗅覚があった。

そこから三町ばかりさかのぼったところに、滝がどうどうと瀑布《ばくふ》を落していたが、その蔭に、洞窟があった。

猿丸は、その中に、娘たちを、一昼夜かくした。

そのあいだに、十郎太に追いはらわれた筒井家の家臣が、五十人以上の手勢をひきつれて、押し寄せて来た。

しかし、娘たちをさがし出すことは、叶《かな》わず、むなしく、ひきあげて行った。

「さて、これでよし」

猿丸は、十郎太に、「参りましょう」とうながした。

「どこへ行く?」

「奈良でござる」

「奈良のどこへ行く?」

「尼寺でござる」

「成程、考えたものだ。……この娘たちを比丘尼《びくに》にするというわけか」

娘たちは、それをきいて、ざわめいた。

尼になどされるのはいやだ、と思う者も、一人や二人ではなかったろう。しかし、陣場女郎にされるよりはましだ、と考えなおして、みな、黙って、猿丸のあとにしたがった。

翌日――。

三十六人の百姓娘をひきつれた十郎太と猿丸が、奈良の町へ現れた。

「猿丸、なんという尼寺へ行くのだ?」

「法華寺《ほっけじ》でござる」

光明《こうみよう》皇后によって、女人修道の根本道場として、天平《てんぴよう》の大むかしから法燈連綿としてつづいている法華寺は、平城左京一条二坊《へいじようさきよういちじようにぼう》の地にある。

もとは、藤原不比等《ふひと》の邸宅であったのを、光明皇后が、改めて、伽藍《がらん》とした。

法華寺は、いわば、諸国の尼寺の総本山であった。

都が、京都へ移されてから、しだいに、寺運が衰え、さらに、室町時代に入って、戦国乱世になってからは、金堂も講堂も阿弥陀《あみだ》堂も観音《かんのん》堂も、次第に失われた。

それでも――。

いまなお、尼僧は、百数十名が、住んでいる、という。

十郎太は、山門に至ると、

「ここで、待て」

と、とどめておいて、一人で、入って行った。

本堂の右手の中門をくぐり、石畳を踏んで行くと、客殿があった。

本玄関前に立った十郎太は、

「たのもう」

と、呼んだ。

檜戸が開かれ、尼僧が一人出て来た。

「それがしは、流浪中の牢人修羅十郎太と申す」

「ご用の向きは？」

「あわれなる百姓娘三十六人を、おひき受け下されたく、お願いに参上いたした」

「三十六人も——？」

尼僧は、眉宇をひそめた。

十郎太は、事情を説明した。

「門主様に、おうかがいいたしませぬと……」

「それは、そうでござろう。おたのみつかまつる」

尼僧は、奥へひっ込んだが、なかなか、出て来なかった。

待ちくたびれているうちに、十郎太は、前庭の方から、美しい笑い声がひびいて来るのを、ききとがめた。

なにげなく視線を向けた瞬間、十郎太は、はっとなった。

二人の尼僧につき添われて、華かな衣裳をまとった姫君——まさしく、公卿の姫君が、そぞろ歩きして、こちらへ近づいて来た。

年頃は、まだ十四五歳であろう。

その臈たけた美しさは、十郎太の息をのませた。

——まるで、天女か菩薩《ぼさつ》ではないか！

この法華寺の本尊は、光明皇后の姿を写した菩薩像だ、ときいたことがある。

その菩薩が、抜け出して来たのではあるまいか、と疑うばかりの典雅な美しい容姿であった。

## 再　会

### 一

「この世には、やはり、絶世の美女というものは、いるのだな」

十郎太は、そうつぶやいたが、われにかえった時には、その姿は地上から、かき消えているのではあるまいか、というかすかな不安さえも、おぼえた。

と——。

姫君の視線が、何気なく、こちらへ向けられた。

「あ！」

姫君の口から、おどろきの叫びが、発しられた。

「修羅十郎太どの！」

「…………！」

十郎太は、おのが名を呼ばれて、耳をうたがった。

玲瓏《れいろう》たる佳人が、この流浪の牢人者を知っているとは！

全身が、かあっと熱くなった。

姫君が、身ごなしかるく、近づいて来るや、十郎太は、思わず片膝を地面につけて、一礼した。

「修羅十郎太どの、わたくしを、お忘れですか？」

「は——？」

「由香里です。夕月城で、貴方から救い出して頂いた由香里です」

「おお！」

十郎太は、うめいた。

「貴女が、あの少女！」

流石の十郎太が、それだけ云ったきり、あとの言葉が、つづかなかった。

あの時——由香里姫は、八歳であった。

——女というものは、蕾の時と、花びらがひらいた時とでは、こんなにも変るのか！

よく視れば、たしかに十郎太の記憶にある少女のおもかげをとどめていた。

あれから六年の歳月が過ぎている。またたく間に過ぎてしまったようである。

しかし、一人の少女にとっては、六年という歳月は、美しく育つに、決して短くはなかったであろう。

いま、目の前に立つ姫君は、ようやく花咲く季節を迎えている。

あと数年で、らんまんと咲きほこり、その美しさは、文字通りたぐいまれなものになろう。

「どうしたのですか、十郎太どの。わたくしは、由香里に相違ありませぬ」

「姫が、あまりに美しゅう育たれているので、われを忘れていたのです。失礼いたした」

十郎太は、ようやく、立ち上って、冷静さをとりもどした。

「十郎太どの。わたくしは、いつも貴方のことを思い出して居りました。一日も忘れたことはありませぬ」

そう云って、にっこりした表情には、まだ、色香には遠い、あどけなさがあった。

「それがしも、姫君のことは、忘れては居りませんでした」

そうこたえながら、十郎太は、あの時、猿丸と交した会話を、思い出した。

「猿丸、十年さき――由香里姫が、十八歳になった姿を、想像してみろ」

十郎太は、云ったものだった。

「待とうではないか、十年後に、めぐりぞ逢わんその日を——」

「正気でござるか、若?」

猿丸は、眉宇をひそめて、十郎太を眺めたことだった。

「正気だとも! 一分一厘も狂っては居らぬ」

「では、これから十年の間、女子には、惚れぬ、と仰言るので?」

「そうだ、惚れぬぞ、絶対に!」

たしかに——。

あれから、十郎太は、ただの一度も、恋をしなかった。身も心も奪われるような女性に出会わなかった。

まだ十年は経たず、六年ぶりで、めぐり逢ったが、こうして美しく生長した由香里を前にすると、

——おれは、この姫を愛するために、他の女人には惚れなかったのだ。

と、自分に云いきかせていた。

二

「十郎太どのは、どうして、この法華寺へ、たずねてみえたのですか?」

由香里が、問うた。

「陣場女郎にされようとしたあわれな百姓娘どもを、当寺に預って頂きたく、参上した

のです」

「十郎太どのが、その娘らを、救ったのですね？」

「つい、行きがかり上、引き受け申した」

「貴方は、いつも、どこかで、弱い者に味方をされているのですね？」

「べつに、正義を旗じるしにして、諸方をうろついているわけではありませんが……、役まわりが、そうなっているようです」

「その娘らは、いま、どこにいるのですか？」

「門前に、待たせて居ります。なにさま、頭数が多いので、門主殿も、ためらわれているのだと思います」

「幾人ですか？」

「三十六人居ります」

「そんなにたくさん！……でも、せっかく、お連れになったのですから、わたくしからも、門主様にお願いしてさしあげます」

由香里は、客殿の中へ、入って行った。

十郎太は、ぼうっとなっている自分に気づいて、

——あと四年、待て、十郎太！

と、胸のうちで、叫んだ。

やがて、最初に取次いだ尼僧が現れて、

「どうぞ、おあがりなされませ」

と、招じた。

みちびかれたのは、古い礎石や小さな燈籠《とうろう》を配した中庭に面する座敷であった。

そこに、門主と由香里がいた。

「十郎太どの、わたくしがお願いしたら、門主様は、ご承諾下さいました」

由香里が、告げた。

「それは、忝じけのう存じます」

十郎太は、初老の美しい門主に、挨拶した。

門主は、なごやかな面持で、

「お手前様は、この由香里姫を、夕月城からお救い下さいました由、わたくしからも、おん礼申し上げます。わたくしは、この姫の叔母にあたりまする」

と、云った。

その時、十郎太は、ふっと、ひとつの不安をおぼえた。

「失礼なおたずねをつかまつる。由香里姫は、次の門主におなりになるように、さだめられて居られましょうや？」

由香里が、この法華寺に入って、剃髪《ていはつ》得度してしまったならば、これは、十郎太にとって、絶望であった。

由香里は、十郎太の問いをきくや、

「ほほほ……」と笑い声をたてた。

「わたくしは、尼になどなりはしませぬ」

しかし、門主の方は、まじめな態度で、

「なろうことならば、この姫に、門主をゆずりたく思って居りますけれど……」

と、云った。

「いやです、叔母様！　わたくしは、絶対に、いやです。尼になどなりませぬ」

「わかって居ります。そなたは、あっぱれ天下に武名をとどろかせる殿御に嫁ぎたいのでしょう？」

「そうです、叔母様。わたくしは、女子に生れたのですから、人の妻になるしあわせをのぞんで居ります」

「そうですね。尼になって、女のよろこびも知らずに、老い朽ちるのは、さびしいことにちがいありませぬ。でも、この乱世では、よほど、心して良人をえらばぬと、未亡人になって、不幸な生涯を送るおそれがありますよ。わたくしは、たくさんの例をみて居ります。もだえ苦しんだはてに、当寺に参って、御仏に帰依した女人が、十人や二十人ではありませぬ」

「ご心配なく、叔母様！　わたくしは、きっと、きっと、幸せな一生を送りましてよ。……不死身の殿御を、良人にえらびます。この修羅十郎太どののような、強い、立派なおさむらいを、えらびます」

「それがしとちがって、貴女様にふさわしい美丈夫を、おえらびですか？」

十郎太は、こころみに、訊《たず》ねてみた。

「十郎太どのは、立派なお顔です。すこしお鼻が大きいだけですもの。卑下なさるには及びませぬ」

由香里は、大人びた口をきいた。

「ははは……、では、この修羅十郎太も、姫君の良人になる資格は、ないわけではありませんな？　のぞみを抱いても、よろしいですか？」

「はい、どうぞ——。でも……」

「でも？」

「十郎太どのは、いつまで放浪なさるのですか？　……わたくしは、家も禄もない御仁のお嫁になるのは、いやです」

「あ——左様ですか。ふむ！」

「やはり、小さくても、城のあるじになっている御仁でないと、妻としてのつとめができません。……放浪する牢人者に、添うては、山野に起き伏しするだけでも、つらい思いをしなければなりませぬ」

「わかりました」

十郎太は、大きくうなずいてから、

「四年の後に、お逢いつかまつる」

「四年の後に？　どうしてですか？」

居りました。貴女様とお別れする際、あと十年経ったら、めぐり逢いたいものよ、と心にきめて居りました。十八歳におなりになった美しい貴女様に――。ところが、六年目に、めぐり逢うてしまいました。貴女様は、すでにかがやくばかり美しゅう生長なさいましたが、それにひきかえ、それがしは、六年前と全くかわらぬ漂泊の合戦買いぐらしをつづけて居ります。おはずかしい次第です。……四年後には、城主とまでなれずとも、せめて、一軍の侍大将ぐらいには、なって居らねばならぬ、といま決意いたしました」

三

辞去する十郎太を、由香里は、門前まで送って出た。

十郎太は、三十六人の百姓娘を、尼僧に預けると、由香里に、別離の挨拶をした。

「四年後の再会を、お待ちして居ります」

由香里は、微笑して、云った。

「かならず！」

十郎太は、頭を下げた。

遠ざかりながら、十郎太は、敢えてふりかえろうとしなかった。

猿丸が、いくどかふりかえって、由香里を眺めやり、

「若――、尼寺には、途方もない美女がいるものでござるな。やれ、もったいない。あ

んな美しい上臈が、乙女のままで、あたまをまるめて、僧衣をまとうなんて、これは、仏の慈悲とは申せぬわい」

「あの姫君は、尼になどならぬ」

「それで、安心つかまつった。あれは、どこの姫君でござる？」

「お前も、よく知っている姫君だ。……お前が、気がつくかどうか、ためしに、わざと黙っていたが、気がつかなかったな、猿丸――」

そう云われて、猿丸は、小首をかしげたが、突然、「あっ！」と叫び声をたてた。

「あれは――由香里姫！　醍醐中納言家の由香里姫じゃった！　そうでござるな、若！」

「その通り――。お前が、背負うて夕月城から、救い出したのではないか。しかし、由香里姫と気づかなかったのは、お前の不覚ではない。むすめというものが、いかに美しく育って、別人に相成るか、ということを、証明したことだ。あと四年経てば、由香里姫は、いい、らんまんたる花盛りを迎える。この十郎太が、身心を捧げて悔いなき美女ではないか、猿丸？」

「左様でござるな」

猿丸はみとめざるを得なかった。

「ところで――」

十郎太は、行手の空を仰いで、胸を張った。

「猿丸、どうやら、われら主従の漂泊の旅も、おわりが参ったぞ」

「ほう、主取りを決意なされたか？」

「やむを得ぬ。一城のあるじとなるためには、いっぴき狼でいるわけには参らぬ。天下の形勢は、どうやら、乱より治へと、将来の見通しが、あかるくなって来つつある」

「わかり申した。足利将軍家に代って、天下人になるのは誰か、はっきりして来た、と申される？」

「そうだ」

「織田上総介信長公――この御仁にほかならぬ、と申されるか？」

「今年春、近江を過ぎる際、新しく成った安土《あづち》城を、眺めて、おれは、あの天守閣は、天下に号令する威容を持っている、と感じた。……毛利輝元が、いかに、足利将軍家を扶《たす》けようとも、また、上杉輝虎《てるとら》が、たとえ、小田原《おだわら》の北条氏政《うじまさ》と組んでも、もはや、織田信長の勢力は、みじんも崩れはすまい」

「若！　織田家の旗本には、八荒竜鬼隊が居りますぞ」

「堂明寺内蔵助が、隊長となって、八荒竜鬼隊は、目ざましい働きをしている模様だな」

「ああ！」

猿丸は、両手をふりかざした。

「だから、あの時、若は、八荒竜鬼隊の隊長として、信長公に仕えればよかったのじゃ」

「心をきめるには、時節というものがある。おれは、たったいま、心をきめたのだ」

「ははあ、合点がゆき申した。あの由香里姫にめぐり逢うて、急に、心をきめられた、となると、お話なされたことが、上首尾であったのでござるな」

「猿丸、おれが、男人並ののぞみを持っても、よかろうではないか」

「もちろんでござる。若は、武辺の中の武辺、大丈夫の中の大丈夫！　妻に迎えられるのは、あれくらいの美しい女性でなくては、なり申さぬ。姫君も、ご承知なされたのでござるな」

「いや、それと、はっきり、約束したわけではない。……笑ってくれ、猿丸。姫から、貴方は立派な顔をしている、と云われたとたん、おれは、めがくらんで、胸が高鳴った。おれも、男人並ののぞみを持っても、よいのだ、と――」

「当然の儀でござる。……あとは、修羅十郎太の名を、天下に鳴りひびかせるだけでござる。この猿丸の五体も、血がたぎり立って参る」

「うむ！」

十郎太は、微笑して、

「では、参るか、安土城へ――。自慢の鼻も高だかと、八荒竜鬼隊に、その人ありと、うそぶくか」

「左様、そのことでござる。ついでに赤槍天狗に、影の形に添うごとく、猿丸という男あり、と四方にきこえるようになりたいものでござる」

主従の足は、近江へ向けられた。

流浪の旅は、終ったのである。

# 死地命令

## 一

「猿丸、見ろ！」

野の一隅から、十郎太が、北方を指さした。

秋が来たことを告げている乱雲の下に、天守閣が、くっきりと、そびえていた。

「安土城でござるな」

「うむ。いよいよ、あれを、われらが主人の城と仰ぐことになったぞ」

「五年後には、若は、一城のあるじになられているに相違ござらぬ」

「お前から約束してもらっても、はじまらぬ」

「いいや、必ず、若は、出世をなさる。十年後には、若は、織田家出頭第一人におなりでござる。猿面冠者の羽柴秀吉などよりも、上の位に就いておいでござろうて」

「買いかぶりもいいかげんにせぬか」

小半刻ののち、主従は、安土城の大手門前に、到着していた。

ちょうど、その時、後方に馬蹄の音が起った。

ふりかえると、十数騎が、まっしぐらに疾駆して来た。

「若、あれは、信長公でござるぞ。馬責めでもやって参られたのか」

十郎太主従は、石垣の蔭に、しりぞいた。

守備兵が、あわてて、城門の扉をひらこうとしたが、どこかが、なにかに、ひっかかったとみえて、信長がもどり着いた時には、まだ片開きになったままであった。

「なにをいたして居るっ！」

信長の癇癖《かんぺき》の高声は、守備兵をいよいよあわてさせた。

数人が、渾身《こんしん》の力をこめて、扉を引こうとしたが、びくともしなかった。

「おろか者どもっ！　この安土城は、今春成ったばかりだぞ！　もう、すでに、門扉がこわれたとは、どうしたわけだ。おのれら門前に整列せい！」

信長が、呶鳴った。

顔面蒼白になった守備兵十七名が、横列にならぶと、信長は、馬を寄せざま、鞭をふりあげて、一人一人へ、ぴしっぴしっと、振りおろした。

いずれも、顔面へくらって、ぶっ倒れた。

「お上！　しばらく！」

城内から、奔り出て来たのは、羽柴筑前守秀吉であった。

「本日の大手の守備は、この筑前でござる。なにとぞご容赦のほどを、願いあげたてまつる」

秀吉は、衆目をかまわず、その場へ土下座した。

とたん、びゅーん、と鞭がうなり、秀吉のかぶった侍烏帽子が、宙へ高くはねとばされた。

秀吉は、うろたえることなく、平伏した。

「猿！　この門扉を造った大工の首を刎ねろ！」

信長は、そう命じておいて、さっと城内へ駆け込んで行った。

いざ決戦となって、なだれをうって攻め出ようとした時、大手門の扉がさっとひらかなければ、これは勝敗にかかわる一大事である。

しかし、扉を造った大工の首を刎ねろ、という命令は、いかにも苛酷である。

筑前守を猿と呼びすてる信長の態度も、傲慢にすぎるようである。

「若！」

猿丸が、舌打ちした。

「わしは、どうも、信長公が好きになれそうもござらぬ」

「いや、おれは、命じられるままに、平べったく地面に匍っている秀吉の方が、好きになれぬぞ」

二

十郎太は、八荒竜鬼隊隊長・堂明寺内蔵助に、面談を乞うて、ゆるされた。

八荒竜鬼隊の溜りは、本丸の一角に、数棟をつらねていた。

「来たな、修羅十郎太」

堂明寺内蔵助は、すでに十郎太がやって来るのを予想していたように、にっこりした。

「竜鬼隊に加えていただきたく、信長公におとりなしのほどを、おたのみ申す」

「承知した。隊長の座は、いつでも、お主にあけ渡す所存であった」

内蔵助は、早速に、十郎太をつれて、信長に目通りを願い出た。

信長は、面謁は許したが、ひどく機嫌がわるかった。

「赤槍天狗！　いままで、どこを、うろついて居った？」

鋭い眼光で、睨みすえた。

「風の吹くまま、足のむくままに、東は関東から、西は薩摩《さつま》まで、放浪つかまつりました」

「その乞食ぐらしがいやになって、余に仕えようという、身勝手か？」

「御意――」

「こやつが、生意気な！　……余が、召抱えてくれようと申した時は、せせらわらって、退散いたしておきながら、いま頃になって、のこのこと、現れ居った。おのれの気まま通りに、余が、承知すると思ったなら、大まちがいだぞ、化物鼻めが！」

「お叱りの儀、ご尤もながら、この修羅十郎太は、さきには、小谷城から、お市の方と姫君お三かたをお救い申し、また美濃の岩村城陥落にあたっては、自身が組織した八荒竜鬼隊を、未練気もなく、それがし堂明寺内蔵助にあずけて、立去って居ります。この心意気を、なにとぞ、お買いあげ下さいますよう――」

と、内蔵助が、口添えした。

「そちに、ねだられずとも、それくらいのことは、わかって居る。ただ、こやつの身勝手が、いささか小面憎いのだ。……随身を願い出たからとて、おお、よく参った、とかんたんに許すわけには参らぬぞ」

「ご尤もの仰せにございます。しからば、どういたせば、お許しが出ましょうや？」

「待て、いま湯漬けを食ってから、考えてくれる」

信長は、美少女かと見まがうほどの稚小姓に、膳部をはこばせた。

干魚に、菜と芋を煮つけただけの、ごく粗末な昼食であった。

内蔵助と十郎太に見まもらせておいて、信長は、飯に湯をかけて、さらさらと、二椀平げた。

箸を置いた時、信長は、云った。

「今月うちに、多芸《たげ》御所を、討つぞ」

多芸御所とは、伊勢《いせ》の国司・北畠具教《とものり》のことであった。

南朝の忠臣北畠准三宮親房《ちかふさ》から九代目にあたり、乱世の間、百六十万石を領して、その存在は大きなものであった。

一志郡《いちしぐん》多芸に城をかまえていたので、世人は、多芸御所と呼んでいた。

北畠具教は、百六十万石の伊勢の国司、というだけでなく、もうひとつ、天下に名をひびかせている理由があった。

当代第一級の剣豪でもあったのである。

北畠具教は、剣聖塚原卜伝《つかはらぼくでん》から、その秘伝「一の太刀」の奥義をさずかっていた。

日本全土の剣を学ぶ者は、一度は、伊勢をおとずれて、多芸御所の城に入ったものであった。

しかし──。

伊勢・志摩《しま》・熊野《くまの》・南大和の太守であった多芸御所も、織田信長の破竹の勢いの前に、ようやく、権威がうすれていた。

信長が、全兵力をひっさげて、伊勢国へ侵入したのは、永禄十年のことであった。

雲を得て天に昇らんとする竜と、落日をあびながら、嵎を負うている老虎とでは、おのずから、覇気闘志に大きな差がある。

九代にわたって、百六十万石を守っているあいだには、一族の間の争いも起り、領土内で反乱もしばしばみられ、具教の代になってからは、いかに具教自身が傑出した人物でも、統治は、むつかしくなっていた。

信長は、そこにつけ込んで、北畠家を滅亡せしめようと、あるいは各支城をつぎつぎに奪い、あるいはわざと講和して、自分の次男・三男を北畠家の養嗣に送り込んだのである。

『織田家の次男茶筌丸《ちゃせんまる》（信雄《のぶかつ》）を、北畠家の養嗣に、そして三男三七丸《さんしちまる》（信孝《のぶたか》）を北畠家一族の雄である北伊勢の名門神戸《かんべ》具盛《とももり》の養嗣に――』

この要求をつきつけられて、多芸御所は、困惑した。

もしこの要求をはねつければ、信長は、大軍をもって、怒濤のごとく、攻め寄せて来るに相違なかった。

屈辱を忍ぶべきか。

いさぎよく戦うべきか？

一族重臣たちは、異口同音に、

「戦うべきでござる」

と、主張した。

しかし、北畠具教は、ついに、

「和睦いたそう」

と、決定した。

剣を学んで、その奥旨をさとった人物であるだけに、敵味方の兵を無数に殺す大軍と大軍との激闘を、さけたのである。

多芸御所には、三人の息子がいた。

具教は、実子三人をしりぞけて、敵である信長の息子を、後継者に迎える屈辱にあまんじたのであった。

信長の次男茶筌丸は、北畠信雄となり、三男三七丸は、神戸信孝となった。

多芸御所北畠具教は、隠居して、「多芸御所」を信雄にあけ渡し、大河内《おおかわち》城に移り住んだ。

あれから、八年の歳月が流れすぎている。

三

「殿――」

堂明寺内蔵助は、いぶかしく、信長を仰いだ。

「北畠具教卿は、すでに、多芸御所を、信雄公にゆずられて、隠居の身であります。牙を抜かれた虎でありますれば、いまさら、これを討つのは、いかがなものでありましょうか？」

「内蔵助、その方は、甘いの」

「は――？」

「隠居した具教は、たしかに、牙を抜かれた老虎で、もはや、この信長に反逆する意志はあるまい。しかし、その伜どもは、このまま、おとなしくしては居るまい。太御所と呼ばれている長男、長野御所と呼ばれている次男、そして末弟式部大輔の三人が、ひそかに心を合せ、党を組んで、多芸御所の信雄を亡きものにしようと企てている気配がある」

「それは、まことでありましょうか？」

「余が放った忍びの者三名が、それぞれにさぐって来て、報告は一致して居る」

「は――」

「北畠具教を討って、将来の禍根を断たねばならぬ。これが、戦国の世に生きのこるための非情だ」

「はっ」

信長は、あらためて、十郎太を見やった。

「赤槍天狗、北畠具教の討手を命ずる。八荒竜鬼隊のうちから、のぞむだけの頭数をひきつれて、伊勢へ行け」

「北畠卿の首級《しるし》を、土産にして、随身せよ、と仰せられますか？」

「そうだ。北畠具教は、塚原卜伝より、秘奥をさずけられた天下第一等の剣の使い手だ。隠居したとはいえ、いまだ五十にはなって居らぬ。……赤槍天狗が、功名手柄にするには、最もふさわしい敵だぞ」

「………」

「みごと、討ちとって、その首級を持って参れ」

「かしこまりました」

十郎太は、頭を下げた。

八荒竜鬼隊の溜りへもどって来ると、内蔵助が、

「十郎太、竜鬼隊全員を率いて行ってもよいぞ。いまは、百七十六名いる」

と、云った。

「いや――」

十郎太は、かぶりを振った。

「二十名だけ、えらんで参ろう」

「二十名? たった二十名で、北畠具教卿を討ちとることなど、不可能だ。具教卿自身に、二十名が一度に襲いかかっても、はたして討ちとれるかどうか……。大河内城は、隠居所とはいえ、二百騎以上の守備がなされて居るぞ」

「だからこそ、それがしは、小隊をもって、討ちに行く。……この襲撃には、大義名分がない。正義にそむいた暗殺ともいえる。乱世のならいとはいえ、すてておいても滅ぶ者を、敢えて手にかけるのだ。……大隊をもって討つのは、ごめんを蒙りたい」

「逆に、討ちとられては、なんのための働きか、わからぬではないか。戦いは、勝つべきようにして勝たねばならぬ、と孫子も教えて居る」

「堂明寺内蔵助殿、お忘れか。この修羅十郎太は、八荒竜鬼隊百騎をもって、四万の織

田勢に攻められながらも、岩村城を十日間、守り抜いてみせ申した。これほどの無謀の働きが、またとあったか、考えてみられい」

「しかし、こんどは、事情がちがう。敵は、北畠具教卿だ」

「牙を抜かれた老虎を、討つに、二十名でも多すぎる、とそれがしは、考える」

「修羅十郎太、お前は、生れついてのつむじ曲りよのう」

内蔵助は、歎息した。

十郎太が、与えられた一部屋に入ると、そこに、猿丸が待っていた。

「若！　織田家随身は、おあきらめなされ！　おねがいでござる」

「もう、耳にしているのか？」

「伊勢の国司であった太守を、若が、たったの二十人をひきつれて、討ちに行かれるなんて、これは、気ちがい沙汰でござる。……信長公は、若に、死ね、と命じられたようなものでござる。無茶だ。めちゃめちゃでござる」

「合戦買いが、暗殺者になるのは、べつに、恥辱ではあるまい。猿丸、お前も、ついて参れ」

「それは、若が参られるところへは、たとえ地獄であろうと、いといはいたしませぬが、死地とわかって居りながら、踏み込むのは、阿呆としか申せませぬ」

「阿呆でよい。……信長公が天下人となるときまったいま、おれは、他の大将を主人に仰ぐわけには参らぬ。いや、おれがかりに、信長公であっても、修羅十郎太という小面憎い奴、ひとつ、ためしてくれよう、と思うにちがいない。さしあたって、修羅十郎太に討たせる敵は、天下第一等の剣豪北畠具教を措《お》いてほかにはない。……猿丸、おれは、滅多なことで死にはせぬ。安心して、ついて来い」

「若といえども、鬼神ではござらぬ。生身でござれば……、ああ、この無謀は、なんとしても、合点できかねますわい」

「二度と云うな、猿丸！　反対するなら、主従の縁を切るぞ！」

## 多芸御所最期

### 一

「心あてに、折らばや、折らん、初霜の、おきまどわせる、白菊の花」

縁側に立って、庭に咲きみだれている菊の花を愛でながら、百人一首にある躬恒《みつね》の歌を、口にしたのは、長身痩軀《そうく》の武将であった。

さきの多芸御所――北畠具教が、この人物であった。

織田信長によって、むりやりに、隠居させられた時が、四十二歳。

不智《ふち》と号して、大河内城に移り住んでから八年の歳月が経っている。

しかし、その頭髪も、髭も、なかば白く、どう眺めても、六十に近い老けようであった。

からだの衰えは、二年ばかり前からであった。どこが悪い、というのではなく、生気がぬけて、なんとなく気分がすぐれず、いわゆる立ち病みであった。

——胸を患っているのかも知れぬ。

そのうたがいを持って、具教は、秋が長《た》けると、大河内城を出て、冬あたたかい、この内山里という土地に移っていた。

具教のいまの愉しみは、菊作りであった。

百六十万石の太守であり、塚原卜伝から、「一の太刀」の奥義をさずかった身が、あわれ、秋風に病軀をなぶられながら、菊の花の美しさに、憂悶《ゆうもん》の心をなぐさめているのであった。

「殿——、ただいま、もどりました」

奥から、股肱の臣の加藤又十郎《かとうまたじゆうろう》が、出て来て、平伏した。

「うむ」

具教は、加藤又十郎を使者として、『本城』（つまり多芸御所）の当主北畠信雄に、菊をとどけさせたのであった。

「本城は、よい若武者になったであろうな？」

「殿——、それどころではありませぬ」

加藤又十郎の顔面は、異常に緊張し、双眼を血走らせていた。

「なんとした？」

「殿の、その加減のすぐれぬのは、病いではございませぬ」

「なんと——？」

「殿は、二年前より、すこしずつ、毒を盛られておいででございました。このたび、本城へ参向して、茶坊主の一人を、ひっとらえて、白状いたさせました」

「………」

具教は、じっと、庭の白菊へ視線をあてて、黙っている。

「下手人は、木造具康《こづくりともやす》、津川玄蕃介《つがわげんばのすけ》、田丸中務少輔《たまるなかつかさしょうすけ》の三人でござりまするぞ！」

木造具康は、日置《へき》の城主・七万石、田丸中務少輔は、田丸の城主・五万五千石、そして、津川玄蕃介は、具教の息女を妻にしている武将であった。

三人とも、具教にとっては、忠誠の家臣、と目されていた。

その三人が、織田信長にへつらって、ひそかに、具教を裏切っていた、というのである。

「殿、もはや、猶予はなりませぬ。軍勢を催して、本城を奪いかえし、織田上総介打倒の狼煙《のろし》をあげるべき秋かと存じます。殿！　お覚悟をなされませ！」

「又十郎、もう手おくれだ」

「いいや、断じて手おくれではございませぬ。太御所も長野御所も、式部大輔様も——ご三子とも、呼応して決起なさいます。織田信雄ごとき青二才に、みすみす、多芸御所を取られて、このまま、衰亡なさることはありませぬ。織田上総介とても、鬼神にはあらず、殿が、決然起たれて、天下に呼びかけられたならば、四方から、諸将が、ふるって、お味方につきましょう」

「又十郎、わしの五体は、もはや寿命が尽きて居る。ただの胸の患いならば、恢復《かいふく》もいたそう。毒薬におかされているのであれば、もはや、治る見込みはない」

「決して、そ、そのようなことは……」

「わしには、おのが身の衰えが、よくわかって居る。……あきらめるがよい。北畠家の命脈は、断たれる時を迎えたのだ」

「殿！」

「滅び去る運命ときまった者が、さいごに、あがくのは、見苦しい。……具康も玄蕃介も中務少輔も、わしを憎んで、裏切りたくて、裏切って居るのではあるまい。わしを裏切らなければ、おのが身が、信長によって滅されるおそれがあるから、やむなく、そうしたまでであろう。許してやれ。戦乱の世を生き抜くためには、昨日の主人にそむき、今日の友も敵にせねばならぬ」

「殿っ！」

又十郎の双眼から、どっと、泪があふれ出た。

## 二

大河内城から二里ばかり南方に、北畠家の狩場があった。

丘陵と森林と原野の宏大な地域であった。北畠家九代の当主たちが、年二回ずつ、家臣一同をひきつれて、猪や狐や鹿を追い、さかんな野宴をひらいたものであった。時には、京都から、近衛《このえ》家ほか、五摂家が招かれて、華やかな催しがなされたのも、語り草になっている。

十郎太が、信長の命令を受けて、北畠具教を討ちとるべく、八荒竜鬼隊二十名を率いて、南伊勢に入り、仮住居にしたのは、その狩場の休息所であった。

休息所といっても、立派な館構えであった。尤も、具教が隠居して以来、一度も、狩猟は行われず、放置されたままになっていたので、かなり荒れはてていた。けものが、昼も夜も、わがもの顔に出没している地域であった。

黄昏《たそがれ》どき——。

十郎太は、一人、馬を駆って、丘陵を越え、原野を横切り、赤柄の槍で、二頭の鹿を仕止めて、休息所へもどって来た。

鹿鍋を、二十名の隊士たちにふるまっている夕餉のさなか、猿丸が、帰って来た。

十郎太に命じられて、大河内城をさぐりに行ったのである。

「若、三瀬御所《みせ》(具教のこと)は、内山里というところに、避寒におもむかれて居り申した」

「そうか。手勢は、どれくらい引具して行ったか、しらべたか?」

「三十人足らずと、きき及びましたぞ」

「たったそれだけで、大河内城を出たのか。ふむ」

十郎太は、小首をかしげた。

――多芸御所は、織田家から、生命を縮められようとしていることに、全く気づいていないらしい。

高潔な人格の持主であり、百六十万石をいさぎよく信長の次男信雄にゆずって隠居し、しかも、いささかも信長をうらんでいない南北朝以来の名門の武家を、暗殺しなければならぬことが、いまさらながら、十郎太の気を重くした。

「明朝、内山里に向って、出発いたす」

十郎太は、一同に申し渡した。

その後、牀に就いた十郎太は、なかなかねむれなかった。

わが生涯で、はじめて、心にそむく残忍な行為をしなければならぬ不快さが、睡魔を寄せつけなかった。

十郎太は、なるべく、由香里の美しい俤《おもかげ》を、闇に描いて、その不快を忘れようとつとめた。

しかし、払いのけられるものではなかった。

――やはり、おれは、一国一城のあるじになる夢想など抱かず、一介の放浪者に、あまんじるべきではないのか？

――いや、放浪の期間は、過ぎたのだ。男子たるもの、天下に武名を挙げる秋を迎えたならば、もはや、後退はゆるされぬ。

自問自答をくりかえしているうちに、そっと部屋へ忍び入って来る者の気配があった。

「猿丸か。なんの用だ?」

「若――。北畠具教卿は、まことに立派な武将のようでござる。具教卿の悪口を云う者は、伊勢の国では、一人も居り申さぬ」

「わかっている」

「どう考えても、具教卿を討つのは、若の損でござる。この役目、猿面冠者の羽柴秀吉あたりが、ふさわしゅうござる」

「もう云うな。きまったことだ」

「若!」

猿丸の声音は、悲痛なひびきをこめていた。

「猿丸――、おれは、信長公の命令を承知したのだ。家臣となった上は、命令にそむくわけには参らぬのだ」

「生涯の悔いになりはしませぬかな」

「人の一生というものは、悔いを重ねるものだ」

「ああ! 修羅十郎太ともあろう武辺が、一番手柄に、生涯の悔いになる暗殺を行うことになろうとは!」

「云うな!」

十郎太は、思わず、枕を投げつけた。

一睡もできぬままに、その夜は明けた。

三

その日は、木枯しが吹きはじめて、寒気が肌にしみ通った。

十郎太と二十名の隊士が、内山里に到着したのは、深夜であった。

十郎太は、深い雑木林の中で、夜明けを待ち、その館に向って、音もなく迫った。

五名ずつ、四手に分けて、館を包囲させて、

「合図をするまで、攻め入ってはならぬ」

と、厳命を下した。

その館は、ごくささやかな構えであった。濠も、ひと跳びできるほどの狭さであったし、築地も高くなかった。築地の上には、石垣のかわりに、枝ぶりのいい松が、ならんでいた。

十郎太は、ただ一人、助走よろしく、棒高跳びの要領で、赤柄の槍に、五体をのせて、かるがると、濠を躍り越え、築地をのぼった。

そこから、邸内をうかがって、

——宿直《とのい》の士が三十名、とすると、軽輩、下郎を合せても、五十人にも足りない。

十郎太は、悠々と、表玄関へ進んだ。

「不智の卿に、物申す。……織田上総介信長が旗本修羅十郎太、おん首《しるし》を頂戴つかまつる」

大音声で、呼ばわった。

建物の内部が、にわかに騒然となった。


「殿！」

加藤又十郎が、あわただしく、寝所へ馳せ入って来た。

「討手にございます！」

「織田勢か！」

「はいっ！」

「どれくらいの人数か？」

「表玄関に、ただ一人で、立ち申し、修羅十郎太と名のりました。もとより、館は、十重《とえ》二十重《はたえ》に包囲されて居るに相違ありますまいが――」

「たった一人で、押し入って参ったと？　……よほどの勇気ある者だな。……よい。わしが、一騎討ちしてくれよう」

「殿、われら宿直一同に、おまかせあって、ひとまず、落ちのびられましては――？」

「又十郎、先日も申したぞ。この具教の寿命は、もはや、尽きていると……」

具教は、白綸子《りんず》の寝召のまま、愛刀藤四郎《とうしろう》をひっさげると、長廊下を歩いた。

蔀の隙間からは、あさぼらけの明りがさし込んでいた。

表玄関に出た具教は、そこに立つ巨大な鼻梁を突出させた異相の青年武士を、見下した。

「修羅十郎太、と申したな」

「左様でござる。おん首を、頂戴に罷り越しました」

「暗殺ならば、すくなくとも、百騎以上で、乱入して参るのが定法だが、たった一人で、推参いたしたのは、どうしたわけか？」

「それがし、昨日までは、合戦買いの漂泊牢人であり申した。されば、隊を組んで討つ戦法は不得手。いっぴき狼として、獲物を襲うすべしか心得ませぬ。……しかも、貴方様は、うかがうところでは、塚原卜伝から一の太刀を伝えられ、さらに上泉《かみいずみ》伊勢守信《のぶ》綱《つな》より新陰流の極意をさずかった一流の兵法者とうけたまわる。その利剣の冴えを、ぜひとも、拝見つかまつりたく存じます」

「口上あっぱれだ。……されば、冥土の道の露払いをさせようぞ！」

具教は、この異相の青年武士に、好意をおぼえた。

――この者にならば、首級をくれてもよい。

そう思った。

庭へ降り立った具教は、

「いざ！」

と、青眼につけた。

さすが、みじんの隙もない、冴えわたった構えであった。

「参る！」

十郎太は、赤柄の槍をひとしごきして、中段高めに、穂先を具教の胸もとへ狙いつけた。

「む！」

具教もまた、十郎太の構えに、感嘆の呻きを与えた。

ただの合戦買いの槍使いではなかった。その構えには、すがすがしい品位がそなわっていたのである。

対峙は、分秒を刻んで、不動のまま、つづく。

と――。

具教の上半身が、ゆらっと、ゆれた。

とたん、十郎太が、すすっと後退した。

「不智の卿、貴方様とは、一騎討ちはでき申さぬ」

「なに？」

「貴方様は、病んで居られます。その病軀では、勝負になり申さぬ」

「黙れっ！　暗殺者に、慈悲をかけられる北畠具教ではない」

猛然と、具教は、攻撃に出た。

斬る。跳び退る。薙ぐ。はねかわす。

具教は前進をつづけ、十郎太は後退をつづけ、ついに、門扉ぎわに来た。

「不智の卿！」

十郎太は、いきなり、赤柄の槍を、地面へ投げて、土下座した。

「勝負は叶い申さぬ。なにとぞ、ご自害のほどを――」

そうすすめて、ぴたっと、両手を地面につかえた。

「うむ！」

具教は、大きく肩を喘がせた。

激しい疲労が襲って来ていた。

十郎太が、その疲労の度合を看てとって、これ以上の決闘はつづけられぬ、とおのれに云いきかせたのである。

具教は、

「又十郎」

と呼んだ。

又十郎が、まっしぐらに、そこへ奔って来た。

「介錯《かいしゃく》いたせ」

「殿！」

具教は、その場に端座すると、藤四郎の鋩《きつさき》を、おもむろに、おのが咽喉《のど》に、あてた。

十郎太は、目蓋をとじた。

# 明智光秀

## 一

歳月は、人を待たず、という。

古今集にも、

『昨日といい今日とくらしてあすか川、ながれて早き月日なりけり』

という一首がある。

三年の月日が、またたく間に、過ぎ去った。

その三年のあいだに、無数の人々が、死んで行った。

史上にのこる武将では、上杉謙信が逝っていた。

日本全土の山野にくりひろげられる合戦は、なお、いつ止むともなく、つづいて居り、毎日何百人かが、討死していた。

そのあいだに、織田信長は、右大臣になり、事実上、天下の覇者の地位についていた。

京都を中心とする諸国には、もはや、信長に反抗する武将は一人もいなかった。

上杉謙信が逝き、加賀《かが》・能登《のと》・越中の国は、織田家の領土になったし、甲斐の武田勝《かつ》頼《より》は、父信玄の威光を受け継ぐことができず、滅亡寸前にあった。

信長は、あとは、中国の毛利輝元とその一族を撃ち負かせば、敵はなくなるのであった。

信長が、陣を進めるところ、その旗本のうちで、八荒竜鬼隊と称する一隊のはたらきぶりは、敵味方の目をみはらせ、舌をまかせるものがあった。

隊長堂明寺内蔵助が、奇襲作戦をたて隊を指揮し、敵陣へおどり込むのは、常に、副隊長修羅十郎太であった。

天正五年秋、松永久秀が、上杉謙信に呼応して、信長に叛《そむ》き、大和信貴《しぎ》城にたてこもった時、この城へ夜襲をかけて、火を放ち、松永久秀を、自殺せしめたのは、八荒竜鬼隊の働きであった。

上杉謙信がこの世を去ったあとの北国へ、織田軍が攻め入った時も、常に先陣をうけたまわったのは、八荒竜鬼隊であった。

ただ——。

隊長堂明寺内蔵助はそうでもなかったが、副隊長修羅十郎太も、ある一点では断乎として、主君信長に一歩もゆずらぬ頑固さを示した。

たとえば——。

十郎太は、信長股肱のうち、日の出の勢いである羽柴筑前守秀吉が、大きらいであった。

だから、たとえ信長の命令であっても、秀吉の旗じるしの下に入って、戦うことは、頑として、こばんだ。

秀吉は、信長に命じられて、毛利輝元とその一族を討つべく、中国へ攻め入っていたが、これは短期日で、勝利をあげられぬ戦いであった。

信長は、堂明寺内蔵助に、

「秀吉をたすけてやれ」

と、命じた。

内蔵助は、いったん承服したが、十郎太の拒絶にあって、やむなく、信長にむかい、

「八荒竜鬼隊は、つねに、ご馬前にて戦いたく存じます」

と、巧みに、にげた。

「赤槍天狗めが、秀吉の下で働くのを、いやがるのであろう」

信長は、ちゃんと、看破っていた。

内蔵助は、率直に、

「御意――。八荒竜鬼隊は、もともと、十郎太がつくった隊でありますれば、かれが望まぬ戦いを、させることはできませぬ」

と、こたえた。

「赤槍天狗め、憎い奴よ！」

信長は、舌打ちした。

信長は、大変な癇癪《かんしやく》持ちであった。

あいてが、羽柴秀吉であれ、柴田勝家であれ、かっとなると、衆人が見る中で容赦なく、呶鳴りつけ、時には、鞭でなぐった。

明智光秀は、人柄が温厚で、武将にはまれな学識ゆたかな人物であったが、そのものしずかな態度や口のききぶりが、かえって信長のカンにさわることが、しばしばであった。

二

安土城で、盛大な酒宴が、ひらかれた夜のことであった。

将士から兵卒にいたるまで、飲み、くらい、酔って乱舞した。

明智光秀は、酒が一滴も飲めなかった。

一刻あまりは、放歌乱舞の中で、ひっそりと、坐りつづけていたが、折をみて、小用に立ち、そのまま、庭にたたずんで、月の昇るのを眺めていた。

信長は、その姿をみとめると、不意になにを思ったか、広間の長押《なげし》にかけてあった大身の槍をひっつかんで、縁側へ、走り出た。

「日向守！　ここへ、もどれ！」

一喝した。

光秀は、ちょっと眉宇をひそめたが、しずかな足どりで、縁側へ上って来て、その場へ正座した。

「こやつ！　一同が、愉快に、飲み、歌い、舞って居るに、その方だけ、しらじらしい素面《しらふ》で、月など仰ぐとは……、この信長まで、さげすんでいることだぞ！」

「そのようなことは、決して――」

「黙れ！　その下戸面が、おもしろうない！　十万の兵をあずかる大将が、酒を一滴も飲まぬとは、なんたる怠慢ぞ！　酒もまた、修業だぞ。飲めば飲めるのだ。下戸を云いはって、一人、素面ですませて、それで、人の和が、はかれるか！」

信長は、いきなり、槍の穂先で、光秀の咽喉を、小突いた。

血汐が、たらたらとしたたった。

しかし、光秀は、物静かな態度をすこしも崩さず、表情も変えなかった。

信長は、いよいよ、いら立った。

「こやつが！　……突き殺されても、いささかも恨まぬ、というしたり面だぞ！」

いったん、手もとへたぐり寄せておいて、

「えいっ！」

と、突き出した。

穂先は、光秀の耳朶《じだ》を貫いた。

それでもなお、光秀は、自若として、みじんも、反抗の気色を示さなかった。

「内蔵助、大盃を持って参れ」

信長は、命じた。

すると、十郎太が、内蔵助に、

「おれが、持って行く」

と、代った。

信長は、なみなみと盛った大盃を、十郎太が、はこんで来ると、じろりと見て、

「日向守に、渡せ。一滴あまさず、飲ませろ！」

と命じた。

すると、十郎太は、微笑して、

「お上は、たしか、蟹《かに》が、おきらいであった、とうけたまわります」

「それがどうした！」

信長は、蟹を見ただけでも、鳥肌が立つぐらい、きらいであった。

「されば、日向守殿にとって、酒は、お上にとっての蟹と同じであります」

「こやつが、申し居るわ」

「この修羅十郎太、蟹も酒も、好物でありますれば、お上の面前にて、蟹をさかなに、酒を頂戴いたしとうござる」

十郎太は、平然として、云いはなった。

一瞬——。

信長は、十郎太の胸もとめがけて、びゅっと、槍をくり出した。

間髪を入れず、十郎太は、大盃を捧げてこれを貫かせた。

しかし、一滴もこぼさなかった。

穂先が刺し通った大盃へ、十郎太は、口をつけた。

信長は、苦笑して、柄をはなした。

十郎太は、そのまま大身の槍の柄の重さなど、すこしも感じないように、大盃を傾けて、ひと息に、飲み干した。

「十郎太、その槍を、そちにくれてやる。柄を、朱塗りにして、使え」

信長は、そう云いすてて、さっさと奥へひきあげて行ってしまった。

どうなることかと、固唾《かたず》をのんでいた家臣一同は、ほっとしたことだった。

「殿は、あのように、思うがままに、癇癖をぶちまけて居られては、やがて、おん身に、仇《あだ》となって、かえって来るかも知れぬ」

その夜、堂明寺内蔵助は、十郎太と二人きりになった時、憂い顔で、そう云った。

十郎太は、黙って、拝領した槍の穂先を、みがいていた。

「羽柴筑前は、小者あがりであるし、狡猾《こうかつ》ゆえ、肚では煮えくりかえっても、主人に叛く気などすこしも起そうとはすまいが、日向守は、ちがう」

「どうちがうのだ？」

「日向守は、殿の残忍冷酷な血を、天下人の器には盛れぬ、と看ているふしがある。

……つまり、殿の性格の一面を、日向守は、きらって居るし、さげすんで居る。もしかすれば、自分の方が、人間として上である。という気持がある」

「ふうん――」

十郎太は、内蔵助を見て、

「日向守に、天下取りの野心がある、とお主は、看たのか」

「まず――」

「おっと、待った。それならば、云わせてもらおう。……おれは、堂明寺内蔵助の肚のうちにも、天下取りの野心がなくはない、と看るぞ」

「ばかな！」

「山があるから、登るのだ。その山が高ければ高いほど、頂上をきわめたい闘志、野望がふるう。……人並秀れて才器をそなえていれば、一度覇者の座に就いて、思うぞんぶんに、その才器をふるいたくなるのは、人情だろう。才器ありあまって、見識が足らなければ、野望は破れようが、見識をそなえていれば、主君の欠点を批判し、これをおぎなって、天下人になることは、むつかしくはない」

「十郎太、そういうお主は、どうだ。わしに、その野望がある、というなら、お主にも、あろう」

「おれには、ない。全くない」

「かくすな」

十郎太は、明るい笑い声をたてた。

「おれの胸中にあるのは、一点のけがれもよごれもない、臈たけた、絶世の美女のおもかげのみ――」

「天下を取るより、美女を妻にしたい、というのか？」

「左様、その通り。この天狗面が、絶世の美女を手に入れようと、恋いつのって居るのは、お主が天下取りの野望を燃やすのよりも、至難のわざだて。みにくく生れついたがゆえに、おれは、絶世の美女を恋する。……恋せずば、人のまことは知られまじ物のあわれはこれよりぞ知る」

「ははは……」

三

明智日向守光秀が、安土城を退出して、居城亀山《かめやま》へ帰った、その次の日――。

御忍駕籠《かご》で到着した訪問者があった。

それは、いまは大納言となった醍醐尚久であった。

醍醐尚久と光秀は、歌道がとりもつ縁で、十数年前からの知己であった。

ひさびさの対面に、光秀は、よろこんだ。

「都も、ようよう平和に相成り、歌会の催しも、でき申そう」

光秀は、云うと、大納言尚久は、

「いやまだまだ、都に平穏な日々は、めぐって参らぬ」

と、こたえた。

「どうしてでござろう？　松永久秀はすでにほろび、足利将軍家は、もはや羽をもがれた鳥となり、都の治安は、われらがあるじの手で守られて居るに……、なんの不安がござろうか。わがあるじは、帝室の御所修理費、また台所のまかない料として莫大な金子を献上いたしたし、貴方がた公卿衆の旧領も回復させて居りますぞ」

「人気取りとしては、まことに巧妙なやりかたではある」

尚久は、ひややかに云った。

「しかし、わがあるじをさしおいて、都をまかすことのできる大将は、他に見当り申さぬ。上杉謙信は、すでに、この世に居らぬし……」

「織田信長殿は、たしかに器量秀れた武将ではあるが……、あの冷酷無比な気象は、おそれなければならぬ。大坂の本願寺僧徒を捕えて、百数十人を一緒にかためてしばりあげ、焼き殺した残忍さは、どうであろう。多芸御所の北畠具教から、百六十万石を奪いとっただけではあき足らずに、自害せしめた冷酷さを、御辺は、どう思われる？　……他人のことはよいとして、御辺自身も、信長殿の残酷の被害者ではないか。……御辺の母上を間接に、殺してしもうたのは、信長殿でござるぞ」

今年六月はじめのことであった。

明智光秀は、丹波八上《たんばやかみ》城に拠る波多野秀治《はたのひではる》、その弟秀尚《ひでなお》に対して、降伏をすすめた。

波多野兄弟は、しかし、容易に、降伏しようとしなかった。降伏すれば、必ず信長から殺される、とおそれたからである。

そこで、光秀は、自分の母親を人質として、八上城に送って、

「おん身ら兄弟の生命の安全を約束いたす」

と、誓ってみせたのであった。

波多野兄弟は、ようやく安心して、城から出た。

光秀は、波多野兄弟を、安土城に送った。

ところが……。

信長は、光秀の母親が、八上城に人質になっていることを知っているにもかかわらず、波多野兄弟を、近江慈恩寺《じおんじ》の境内で、斬り殺してしまったのであった。

その急報を受けた八上城の留守を守る将士も兵も、烈火のごとく憤って、光秀の母親を、殺したのである。

いわば——。

光秀の母親は、信長によって、殺されたも同じことであった。

光秀の心の底には、信長のやりかたに対して、終生忘れられぬ怨《うら》みが、焼きついているはずであった。

「躬は思うに、信長という御仁は、突如考えを一変すれば、京都の公卿など、無用の存在として、ことごとく、殺してしまうかも知れぬ」

「そのようなことは、考えられぬが……」

「いや、信長殿は、たしかに、そういう人間とは思われぬおそろしい悪魔のような性情を持って居る。……日向殿、家臣で筆頭の御辺が、いちばんよく、ご存じではないか」

「………」

「信長殿に、天下をまかせ、都を支配させるのは、この上もない危険なことじゃよ」

「さりとて、他に、人が見当らぬが……」

「いや、いる。天下人になる器量人は、一人居る」

「誰でござろう？」

「お手前――明智日向守光秀殿じゃ」

大納言尚久は、語気をつよめて、そう云いきった。

## 花ひらく美女

### 一

その年が暮れて、新年を祝う宴席上で、信長は、堂明寺内蔵助を、呼んだ。

「八荒竜鬼隊に、あらたな任務を命じよう」

「は――、どのような任務を？」

「京都の御所の警備だ。ならびに、市中取締りの役目をつとめよ」

「かしこまりました」

信長は、この安土城と京都を、月に一度か二度、往復していた。そのたびに、数千の手勢をひきつれたが、信長には、それが、少々面倒くさくなっていたのである。

いまや、京へ攻め入って来て、信長をその地位から追いはらう軍力と勇気を持った武将は、いなくなっていた。

その点では、安心であり、信長は、安土城も京都も空にして、北陸を討ち、中国を襲っていた。

しかし——。

信長に、家を滅され、領土を奪われて、憤死した武将は、数知れずあった。その遺臣たちが、ひそかに、復讐《ふくしゅう》のほぞをかためて、京都に潜入し、信長がやって来たところを、狙おうとしていることは、ただの噂だけではなかった。

おそらく、数百人の復讐者が、洛中《らくちゅう》洛外に、身をひそめて、機会をうかがっているに相違なかった。

そのために——。

信長は、身辺に警衛の士をはべらせて、油断のない行動をとらなければならなかった。ほんのわずかな供をひきつれただけで、気軽に、安土と京都を往復することは、できなかったのである。

「内蔵助、よいな。竜鬼隊の威力を発揮して、京都から、怪しい者どもは、一人のこらず、追いはらえ。容赦なく、斬り殺してかまわぬぞ」

「治安の儀、かならず、お上のご安心あそばさるように、お引きうけつかまつります」

「うむ。そちを隊長とする竜鬼隊が、京都を治め、御所を守護すれば、余は、数人ひきつれただけで、洛中に入れるぞ」

信長は、そう云って、高笑いした。

「殿! まだまだ、ご油断は禁物にございます。……武田勝頼はまだ滅びては居りませぬし、中国の毛利一族は、勢威を衰えさせては居りませぬ。あまたの間者を、京都へ送り込んで来て居ることは、あきらかでありますれば、なにとぞ、ご身辺の警戒は、厳重の上にも厳重にあそばされますよう——」

「わかって居る。……内蔵助、そちは、若いくせに、ちと、取越苦労をしすぎるぞ。いや、智慧がまわりすぎる、といおうか。赤槍天狗の単純さとは、いい組合わせだ。……よし、明日にも、京都へ行け」

「は——」

二

隊長堂明寺内蔵助、副隊長修羅十郎太に引具されて、八荒竜鬼隊三百二十七騎が、堂々の陣列を組んで、京の都に入ったのは、正月三日であった。

堂明寺内蔵助は、関白近衛前久《さきひさ》に、面謁《めんえつ》して、主君の口上をのべた。

その用向きとは——。

信長は、三年がかりで、京都に住む屋敷を建てて、ようやく、完成していた。二条邸であった。

それを、朝廷にさしあげますゆえ、一ノ宮親王殿下には、どうぞ、お移りあそばすように——。

それが、信長から関白への伝言であった。

「まことに、上総介殿は勤王のお志のあついことである」

近衛前久は、すぐに、天皇に、このことを申し上げた。

天皇は、ことのほかおよろこびになり、一ノ宮親王をお呼びになって、

「さっそくに、二条御所へ、移るがよい」

と、命じられた。

八荒竜鬼隊は、皇居と二条御所と、二手にわかれて、守護することになった。二条御所守護の責任は、修羅十郎太が、ひき受けた。

一ノ宮親王が移転されてから、数日後、新御所内では、盛大な祝宴が、はられた。

五摂家（近衛・九条《くじよう》・二条・一条・鷹司《たかつかさ》）はじめ、清華《せいが》、大臣家、その他の公卿が、ぞくぞくと、御所の表門をくぐっていった。

十郎太は、その表門わきで、警備の任にあたっていた。

と――。

大納言卿とすぐ判る乗物が、近づいて来て、十郎太の前で、とめられた。

「修羅十郎太」

乗物の中から、名を呼ばれて、十郎太は、その場に跪いて、頭を下げた。

乗物が地面におろされ、扉が開かれた。

初老の顔が、のぞいて、

「修羅十郎太、躬をおぼえて居るか！」

「は――？」

十郎太は、顔をあげて、見かえしたが、すぐに記憶の中に、よみがえって来なかった。

「左様、もう十年も前になろうかな。忘れもせぬぞ。その方は、躬とはじめて会いながら、今様をひと節うたってもらいたい、と所望したな」

「おお！」

十郎太は、思い出した。

あの頃は、中納言であったが、いまは、醍醐大納言尚久――まさしく、由香里姫の父君であった。

「醍醐卿におかせられましては、ご健勝のおんおもむき、おめでたく存じます」

「あの折は、その方は、大層ぬけぬけと、躬にたてつき居ったな」

「恐縮に存じます」

「その方の申した言葉を、いまだに、おぼえて居るぞ。……世にもたぐいまれな、美女に、相逢うて、身も心も、おぼれたい、という将来ののぞみを抱いている、と申していたな？」

「御意──」

「どうじゃな？　そのような美女に、出会うたか？」

「出逢いました」

十郎太は、胸のうちで、

──貴方の息女が、そのおひとでござる。

と、云った。

すると、醍醐尚久は、微笑しながら、

「その方が、夕月城より救い出してくれたわがむすめの由香里も、いまは、美しゅう生長した。その方が出会うた娘が、どれほどの美しさか知らぬが、一度、わが館をおとずれて、由香里とくらべてみるがよい」

と、云った。

十郎太は、いぶかしく思った。

──あの時は、大層高慢な人柄だと思ったが、今日は、どうして、こんなに親しげに語うのか？

大納言という、宮廷でも十指のうちにかぞえられる高い地位身分の公卿からみれば、織田信長の家来で、まだ侍大将でもない武士など、ごみ屑《くず》にひとしいはずであった。ましてや、高慢な人柄の公卿ならば、じかに言葉を交すなど、考えもすまいに、わざわざ乗物をとめて、館へあそびに来い、とは——？

十郎太は、なんとも、合点しがたかった。

しかし——。

館へさそわれたことは、願ってもないよろこびであった。

京都に入ってからは、

——ここに、姫君がいるのだ。

という気持は、片ときも、脳裡から、はなれていなかったのである。

奈良の法華寺で、めぐり逢った時の会話を、十郎太は、幾百遍くりかえして来たことであろう。

由香里は、云ったのである。

「わたくしは、修羅十郎太どののような、強い立派なおさむらいを、良人にえらびます」

さらにまた、こうも云ったのである。

「十郎太どのは、立派なお顔です。すこしお鼻が大きいだけですもの、卑下なさるには及びませぬ」

そこで、十郎太は、図々しくも、問うてみたことであった。

「では、この修羅十郎太も、姫君の良人になる資格は、ないわけではありませんな？のぞみを抱いても、よろしいですか？」

するると、由香里は、放浪の牢人者では、妻になると、山野に起き伏しするだけでも、つらい思いをしなければならないから、家も禄もない男子のお嫁になるのはいやだ、とこたえたものであった。

そこで――。

十郎太は、織田信長に仕える決心をしたのであった。そして、四年後には、一軍の侍大将ぐらいにはなっている、と約束したのであった。

八荒竜鬼隊副隊長は、侍大将に近い身分ではある。由香里を妻に迎える資格は、充分ではないまでも、ないとはいえぬ。

「では、十郎太、嵯峨野の館で、待って居るぞ」

大納言尚久は、乗物をあげさせて、しずしずと御所の表門をくぐって行った。

それを、見送りながら、十郎太は、

――姫に逢えるぞ！

と、胸のうちで、叫んだ。

「副隊長――」

そばへ寄って来たのは、竜鬼隊随一の膂力《りょりょく》の持主といわれている竹宮玄蕃であった。

「大納言ともあろうお公卿が、わざわざ、乗物をとめて、挨拶をされるとは、副隊長も、武名天下にとどろいた証拠ですな」

「いや、おれは、あの公卿の息女を、むかし、陥落まぎわの城から、救い出したことがあるのだ。それで、知己になっている」

「それにしても、大納言の方から、敬意を表すとは、貴方の配下として、鼻たかだかでござる」

「なに！」

十郎太は、竹宮玄蕃を、睨みつけた。

「あっ！」

玄蕃は、あわてて、おのが口を掌でふさいだが、もう間に合わなかった。

「玄蕃、うかつな文句を口にすると、そのそっ首がとぶぞ！」

「ま、まことに、ご無礼——。ごゆるしを……」

玄蕃は、蒼くなって、頭を下げた。

「ははは、冗談だ。故意に、この鼻をあざけったのであれば、対手が、たとえ信長公であろうとも、容赦はせぬが……うっかり口をすべらしたのに、いちいち、腹を立てていては、おれは、朝から晩まで、腹を立て通しにしていなければならぬ。……気にせぬぞ。安心しろ」

「は、はあ！」

さすがの膂力十人力の武者が、冷汗かいて、肩をすくめた。

# 三

数日後――。

十郎太は、猿丸をともなって、嵯峨野へ向って、歩いていた。

「若、どこへ参られる？」

「十年経ったのだぞ、猿丸――」

「十年経ったと申されても……あっ、判った！」

猿丸は、双掌を鳴らした。

「由香里様に、逢いに参られるので……」

「そうだ」

「法華寺でめぐり逢われてから、もう四年、経ち申したかや。はやいものだて。由香里様も、すでに、十八歳のむすめ盛りでござるな」

「猿丸、今日までのおれの夢は、まちがいなく、狂わず、あやまたず、次第にふくらんで来た」

「その通りでござる」

「おれは、この十年間、一度も、他の女人に、目もくれず、惚れなかった」

「まさしく――」

「お前は、本当に、心から、おれが、由香里姫を妻にできる資格がある、と思うか？」

「思う段ではござらぬ。修羅十郎太の妻は、あの姫君をおいて他には、ござらぬし、また、由香里様の良人は、わがあるじをおいて他には、ござらぬ」

「しかし、みろ。いますれちがった通行人は、おれを天狗の化身ではあるまいかとおそろしげに、首をすくめたぞ」

「姫様は、貴方様の顔を、立派だと仰言ったではござらぬか」

「うむ、云ってくれたは、くれたが……」

「それで、よろしいではありますまいか」

「しかし、あれは、四年前だ。まだ、姫は、少女であった。恋をする年齢に達してはいなかったぞ」

「いまも、同じと存ずる」

「いや、女子の十四歳と十八歳とでは、心の持ちかたは、百里のひらきがある……十八歳の乙女は、恋をもとめている。その胸に描いているのは、凜々しい美丈夫に相違ない。すくなくとも、おれのように、ぶざまな、みにくい、岬の突っ端のような、赤犬の尻尾のような、押しつぶされた法螺貝のような、南瓜《かぼちゃ》の化物のような鼻の持主ではないぞ」

「また、そのように、自分をさげすみ、あざけりなされて……」

「大納言邸へ向っているこの足が、だんだん、重くなっているのだ。十四歳の姫ならば、あどけなく、お嫁になる、と云ったかも知れぬが、それは、恋をする気持がない年頃であったから、平気で、口に出せたのだ。……色香のなんたるかを知った十八歳の乙女が、このみにくい面を、眺めて、口が裂けても、お嫁になろう、などと云うわけがない。わかって居るのだ、おれは――。わかって居るのだが、おれは、こうして、逢いに行こうとしている。あわれや、修羅十郎太、想い十年、恋四年、恋慕という思案の外なる曲者に血迷わされて、憂身をやつして、盲目だ」

「この期に及んで、どうして、そう自虐の責苦を負いなさる。お止《や》め下され」

「姫と、顔を合せたとたん、ぷっとふき出された時に、かっとならぬために、せっせと、おのれをいじめて、覚悟させているのだと思え」

そこを抜ければ、醍醐邸が、むこうに見える松の疎林に入った時であった。

「あら！」

あかるい美しい声音で、おどろきの叫びをあげた者があった。

そちらをすかし見た十郎太は、にわかに、胸の鼓動がはやまるのを、おぼえた。

「十郎太どの！　修羅十郎太どのではありませぬか？」

木立の中を、小走りに近づいて来たのは、おお、まぎれもなく由香里であった。

なんという美しさ！

たぐいない気品！

四年の歳月は、その典雅玲瓏の美しさを、さらに、十倍にもしていた。

十郎太は、茫然と、われを忘れて、見惚れた。

「ほほほ……、どうしたのですか、十郎太どの。わたくしですよ、由香里ですよ」

近よりざま、由香里は、つと、十郎太の手をとった。

その指さきから、電光のような熱いものが、十郎太の全身をかけめぐった。

## 伊賀《いが》の上忍

### 一

「ほう、修羅十郎太が参ったか」

大納言醍醐尚久は、ちょうど、手紙をしたため終ったところであった。

庭さきには、一人、どことといって特長のない小者が、うずくまっていた。

ただの小者でないことは、目つきの鋭さで、判る。

尚久は、縁側へ出ると、手紙を小者に手渡した。

「よいか、亀山まで、まっすぐの道筋を通っては、相成らぬ。奈良から、遠まわりせよ」

「かしこまりました」

「日向守へ、じかに手渡すことも、忘れるな」

「心得て居ります」

手紙は、明智光秀宛の密書であった。

この小者は、実は、伊賀の忍者百地三太夫《ももちさんだゆう》であった。

去年秋――。

伊賀国は、織田の大軍に攻め込まれ、その徹底的な焦土作戦を受けて、住民の三分の一が殺され、神社も仏閣も民家も、土豪の館もろとも、焼きはらわれてしまっていた。

伊賀国には、たくさんの土豪が、それぞれ山中の小さな盆地をおさめていた。かれらは、かれら同士、互いの土地を奪いあう争いをくりかえしていたのであるが、織田信長によって占領されようとするや、たちまち結束をかためて、勇敢に抵抗したのであった。

北畠具教のあとを継いだ多芸御所北畠信雄は、父信長の命を受けて、しばしば、伊賀を攻略しようとしたが、そのたびに、失敗していた。

ついに、信長は、ごうを煮やして、伊賀の土豪を一人のこらず掃滅すべく、総攻撃をしかけたのであった。

その結果、千年にわたって蓄積保存されて来た伊賀国の文化財は、一朝にして、灰になってしまったのである。

伊賀国には、信長に対する恨みだけが、のこった。

伊賀国には、忍びの術に長けた地侍がいた。その頭領株として、いわゆる上忍と呼ばれたのは三名であった。

百地三太夫、藤林長門守《ふじばやしながとのかみ》、服部半蔵《はっとりはんぞう》。

かれらは、それぞれ、下忍と呼ぶ部下を、数百人したがえていた。

織田勢の怒濤の侵入に対して、忍者団は、阿修羅の働きをしたが、戦いに利あらず、大半が討死した。

しかし、上忍三名は、生きのこって、信長に対する復讐を誓いあったのである。

百地三太夫は、京都に潜入して、復讐の機会をうかがっていたが、偶然のことから、醍醐大納言に召されて、

「その方は、上総介信長に怨みを抱いて、その生命を奪ろうという決意をしているのであろう」

と、云いあてられたのであった。

三太夫は、はじめのうちは、否定していたが、尚久から、

「かくさずともよい。躬もまた、信長という男を好まぬ。信長を天下人にさせたくない、と考えているのじゃ」

と、打明けられて、その下で、働くことにしたのであった。

目下は——。

三太夫は、醍醐尚久と明智光秀との間に、とり交される密書の往復の使者をつとめていた。

三太夫は、密書を懐中にひそめると、屋敷を出た。

門前には、猿丸がしゃがんで、所在なげに、あご髭を抜いていたが、足早やに行き過ぎようとする小者を、なにげなく見やった。

「はてな？」

下郎笠の下の顔に、見おぼえがあった。

「おい！」

猿丸は、立ち上って、

「お主、もしや、伊賀の百地三太夫殿ではないか？」

と、問いかけた。

猿丸は、数年前、一年ばかり、十郎太と別れた期間があった。猿丸は、忍びの術を学ぶべく、伊賀国に入ったのであった。

猿丸に、忍びの術を教えてくれたのは、藤林長門守であった。その時、猿丸は、百地三太夫とも、顔見知りになったのである。

忍びの術の方は、一年や二年の修業で、身につけることは叶わぬ、と判って、あきらめた猿丸であった。

「おい、お主、そうなのだろう？　百地三太夫殿なのだろう？」

大声で呼びかける猿丸に対して、小者ていの男は、

「お人ちがいでござる」

と、かぶりを振って、すれちがってしまった。

「人ちがいかな？　……いや、たしかに百地三太夫だが——。

ふん、忍者は、いったん、他国へ出ると、同郷の者に出逢っても、そ知らぬふりをす

るというからな。ま、しかたがないわい。それにしても、百地三太夫は、この醍醐家に、やとわれて居るのか？」

二

十郎太は、書院で、醍醐尚久の前に、坐っていた。

「由香里に、屋敷の前で、逢ったそうだな？」

尚久は、云った。

「はい。四年ぶりにて、お逢いいたしました」

「どうだな？　その方の心に残っている娘と、由香里と、どちらが美しい？」

「いずれとも、申し上げかねまする」

同一人なのだから、十郎太は、そうこたえるよりほかはなかった。

「躬は、この世に、由香里と美しさを競う娘が、他にいるとは、思うて居らぬが……」

尚久は、笑いながら、云った。

「御意――」

「しかし、その方は、もう一人、美女に出会った、と申して居るぞ」

「は――、たしかに、出会いましたが、あれは、もう四年前のことで、まだ、十四五歳の……」

「由香里も、四年前は、十四歳であったぞ」

「左様でございます」

「ははは……、まあ、よい。その方も、由香里の美しさには、惚れるであろう。若い男子ならば、な」

「仰せの通りにございます」

「美女を眺めるのは、男子の愉しみのひとつだ。時折り、参って、由香里に、茶でも所望するがよかろう」

「忝じけのう存じます」

「ところで――」

尚久は、ようやく、話題を転じた。

「その方は、いま、織田殿の旗本か？」

「八荒竜鬼隊の副隊長を、つとめて居ります」

「つまり、侍大将じゃな？」

「いえ、侍大将は、隊長の堂明寺内蔵助にございます」

「副隊長ならば、同じことであろう。……うわさによれば、八荒竜鬼隊は、その方が組織したと申すではないか」

「その時は、合戦買いの牢人どもを集めた烏合《うごう》の衆にすぎなかったのでございます。……いまは、れっきとした信長公が股肱に相成って居ります。これまでに仕上げたのは、堂明寺内蔵助の手柄にて、それがしは、立派に相成った隊に、ふらふらと立ちもどっただけでございます」

「十郎太、いつの間にやら、へりくだる気持が生れたのう。堂明寺内蔵助という男、その方が感服するほど、器量者か？」

「軍師となって、三軍を指揮する智略をそなえて居ります」

「ふむ！　その器量者が、八荒竜鬼隊を率いて、禁裏御守護の任に当って居るのか？」

尚久は、しばらく、なにやら考えていたが、急にまた笑顔にもどり、

「では、ひとつ、帝におねがいして、隊旗をたまわるように、はからってくれるかの」

と、云った。

「忝じけのう存じます」

十郎太は、頭を下げた。

「ついでに、その方に、きいておくが……、その方ら、八荒竜鬼隊の面々は、まこと心底から、上総介信長殿に、一命を捧げて居るのか？」

十郎太は、尚久を見かえして、

「信長公という武将の人柄には、その下で働くうちに、しだいに、魅せられます」

「短気者で、怒れば、衆人の中で、忠誠の家臣をも、容赦なく、鞭で打ったり、唾を吐きかけたりする由ではないか」

「その欠点も、時には、武将の凜乎たる気概に見えて参るから、奇妙でございます。すくなくとも、それがしのようなつむじ曲りの頑固者には、いつもにこにこして、肚の底

をかくしているような成り上り者とは比べもならぬ豪毅闊達《ごうきかったつ》の気象と、目に映ります」

「ははあ、すると、その方は、羽柴筑前守などは、大きらいとみえるの」

「正直に申しますれば――」

「柴田勝家は、どうじゃ？」

「信長公に似て居られます。白は白、黒は黒、と明確に見分けて、迷われぬ御仁と、お見受けして居ります」

「では、明智日向守は如何？」

「当代まれにみる学識ゆたかな人格者と思われます」

「その方も、どうやら、詩歌をたしなむ風流心を持って居る模様だが、日向守を尊敬して居るらしいの」

「その学識のゆたかさにかぎり、敬意をはらって居ります」

「人柄を好まぬ、と申すか？」

「いまも申し上げた通り、それがしは、怒る時は怒り、悲しむ時は悲しむ――正直に、感情を吐露する御仁を好みます。日向守殿は、あまりに、無表情にすぎるように存じられます」

「なるほど、その方の申し様、率直でよい」

尚久が、うなずいた時、侍女が入って来て、

「茶亭にて、姫様が、点前《てまえ》の用意ができて居ります、と仰せでございまする」

と、告げた。

「十郎太、その方、参って、由香里の点前を受けるがよい」

「はっ！」

十郎太は、にわかに、血がおどった。

三

茶亭へ向って進む、その一歩一歩に、十郎太の胸の鼓動が、高くなり、速くなった。

にじり口の前に立つと、その鼓動を抑えるために、深呼吸をしなければならなかった。

「修羅十郎太、参上いたしました」

「どうぞ――」

にじり口から、身を入れて、客座に就いた十郎太は、由香里がみせている横顔に、

――まるで、美神が丹精こめてつくりあげた天女だ！

と、あらためて、胸のうちで、つぶやいた。

その貌もさることながら、なだらかな肩の線の気品をたたえた優しさ、腿から膝へかけての若くさわやかな流れ、そして、膝でかさねた両の手の雅びた白い細さなど、ひとつとして、十郎太の心を魅了せぬものはなかった。

由香里は、ものしずかに、点前をはじめた。

ひとつひとつのしぐさが、すべて、美しく、はなやいでいた。

「どうぞ――」

楽茶碗を、すすめられて、

「頂戴つかまつる」

と、把《と》りあげた瞬間、十郎太は、幸福というものを胸いっぱいに感じた。

と同時に――。

――おれの幸福は、いま、この一瞬だけで、すぐに、遠くへ逃げてしまうのではあるまいか？

そんな不吉な予感が、ちらと、脳裡をかすめた。

「ご造作に相成りました」

十郎太が、楽茶碗を返すと、由香里は、

「ほほほ……」と、あかるい笑い声をもらした。

「十郎太どのは、あらあらしい戦場武者にもかかわらず、茶道の心得も、おありですのね」

「心得というほどのこともありませんが……、血なまぐさい合戦と合戦のあい間には、しずかに、茶をのみ、書を読み、歌をつくりたいもの、とのぞみだけは、人並に持って居ります」

そうこたえながら、十郎太は、言葉というもののもどかしさをおぼえていた。

この由香里姫とは、互いに、心のかよい合う、みやびで、美しい真実の言葉を、交したかった。

――どうすれば、そのような会話が、できるであろうか？

十郎太は、その時、自分の横顔が、陽ざしを受けて、壁に影となって映っているのを、みとめた。

――ああ！

十郎太は、絶望した。

――なんという醜悪な天狗鼻だ！

こんな化物面を、由香里の前にさらして、どんな美しい真実の言葉を、口にしたところで、心と心がふれ合うはずがないのだ。

――修羅十郎太、あきらめろ！　お前は、所詮、道化者よ。この腕の中に、姫を抱く資格はない。

「なにを考えておいでですの、十郎太どの？」

「は――？　いや、その……これは、ご無礼。貴女様の芳香に、つい、気遠《け》くなったのです。あさましい男の血迷い――とおゆるし下されい」

「ほほほ……、十郎太どのは、はじらって居られますこと」

「は――、たしかに、はじ入って居ります。なんともぶざまなこの鼻が、邪魔になっているのです。なろうことなら、この場で、斬り落したい、と願って居ります」

「よろしいのです、そんなに卑下なさらずとも。……わたくしの前では、はればれと、凛々しい武者として、おふるまいなさいませ」

「お言葉、身にも心にも、しみ入ります。しかし、くやしいことには、おのれの顔はおのれに見えずとも、それ、その壁に、天狗鼻が、にゅっと、映って居ります。このみにくさ！　由香里様は、みにくいとはお思いになりませんか？」

「いいえ――」

由香里は、かぶりを振った。

「他の人たちの鼻が、ひくすぎる、と思えばよろしいではありませんか。ね、そうお思いなさるといいのですわ」

「おなぐさめ下さるのは、忝じけないが……、もし貴女様の指が、そのお美しい指が、二倍の長さを持っておいでならば、それがしは、やはり、みにくいと感じるでしょう……。貴女様は、内心では、この天狗鼻を、おかしくてしかたがないに相違ありますまい」

「そんな、ひがんだ申されかたは、わたくしは、きらい！」

由香里は、十郎太を、にらんだ。

十郎太は、俯向《うつむ》いた。

「おゆるし下され。生れた時から、くっついているこの鼻めが、つい、それがしに、言葉まで、ひねくれさせて居ります」

# 信長残忍

## 一

十郎太主従が、醍醐邸を辞去したのは、陽が沈みかかった頃あいであった。

京の冬は、異常に底冷えする。夕風は肌身を、刺して、疼かせる。

しかし――。

嵯峨野の松林を通って行く十郎太は、五体がぬくもって、宙でも歩いているような気分であった。

由香里の美しさが、こちらの身にしみわたっているような酔い心地であった。

「恋や恋！　水に住む鴛《おしどり》も、梁《はり》に巣づくる燕《つばくろ》も、あわれや、翼をかわすちぎりを忘れず、か」

思わずそんな独語が、口をついて出ていた。

「若、よいごきげんでござるな」

「当然であろう。おれは十年待って、美しく育った姫に、再会したのだ。……この恋、成る成らぬは別として、おれの人生は、姫によって、光があたった。まぶしいまでに、照らされて、うきうきわくわく、なんと形容しようもない夢心地なのだ。……猿丸、すこしは、うらやめ、そねめ」

「とんでもない。大よろこびでござる。……で、姫様は、もう、若のお申出を、お受けなされたので――？」

「なんの申出だ？」

「若は、姫様に、妻になって欲しい、とお申出なされたのではござらぬか？」

「ばか！　そのように、せかせかと、求愛ができるものぞ」

「こういうことは単刀直入が肝要でござる」

「きいた風な口をきくな。愛を打明け、もとめるには、おのずから、その時の至るのを待たねばならん。急ぐものではない。ゆっくりと日時をかけて、互いに、心をかよわせて、云わぬは云うにいやまさる――その汐どきを、迎えて、手をとりあい、熱い息をふれあい……」

そこまでしゃべった時、夕闇を截《き》って数本の手裏剣が、十郎太と猿丸めがけて、つづけざまに、飛来した。

恋に酔うた者の不覚であった。

「むっ！」

その一本が、左肩に、ぐさと突き立った。

「猿丸、伏せろ！」

十郎太は、地面に匐って、手裏剣を抜きとった。

戦場で、受けた矢傷、刀槍傷は、多いので、これしきの痛みは、なんでもなかった。

ただ、おのれの不覚が、腹が立った。

木立を縫って、じりじりと、包囲の陣形を迫らせる曲者の頭数を、

——十人近いな。

と、はかった。

「猿丸——」

「はいっ、ここに」

すぐわきの松の根かたから、返辞があった。

「おれに恨みを抱いて、このような闇討ちをしかけるのは、何者か、見当がつくか?」

「つきませぬな。……若は、いつも、正々堂々と闘って参られましたからな」

「どうやら、こやつら、忍びの者らしいぞ」

「ほ!」

「京の都でも、槍を持って歩かねば、身を守れぬようだな」

云いおわるかおわらぬうちに、十郎太は、地面を一廻転した。

頭上から落下するように、曲者の一人が、襲いかかって来たのである。

一廻転しざま、十郎太は、抜きつけの一閃を、その敵に、送った。

充分の手ごたえがあった。

次の瞬間——。

十郎太は、猿丸に向って、躍りかかった者どもへ、

「こやつらっ！」

と、突返した。

逆斬りの迅業を、つばめがえしに、唐竹割の豪快な振りおろしに、継続させて、たちまち、そこへ二人を仆した十郎太は、

「猿丸！　幹に吸いついて、はなれるな！」

と、命じた。

「かしこまってそろ」

猿丸は、逃げ走るのは得意だが、多敵をむこうにまわして、跳びはねるのは、苦手であった。

二

いくばくかののち——。

十郎太は、五人を斬り伏せて、

「いまだ！　猿丸、つッ走れ！」

と、命じざま、自分も疾駆した。

ひろびろと四方が見渡せる原へ出て、足をとめた。

曲者どもは、追って来なかった。

十郎太の強さをみて、残りの人数では、討ちとれぬ、とあきらめたようであった。

「若、お怪我は——？」

「なんでもない。……それよりも、いまの不意討ちは、ちょっと妙であったな」

「なにがでござる？」

「忍びどもは、おれよりも、お前の方へ、襲いかかったようであった」

「はあ？」

「お前の方が、恨みを受けているあんばいであったぞ」

「若！　あいつら、もしかすれば、伊賀の上忍の百地三太夫の手下どもでは、ござるまいか」

「お前は、百地三太夫に、恨みを受けたのか？」

「いや、それが……」

猿丸は、醍醐邸から小者ていの男が出て来るのを見かけて、それが百地三太夫とみとめて、声をかけたのを、思い出したのである。

「ふむ？」

十郎太は、猿丸の話を聞いて、小首をかしげた。

「百地三太夫が、醍醐大納言殿に、やとわれているのを、お前に知られては、なにかまずいことが、あるというのかな？」

「わからんことでござる」

「いや、わからぬこともない。去年、伊賀国は、わがあるじの命令で、人は殺され、家は焼かれ、さんたんたる荒土となって居る。……百地三太夫らは、織田家を恨んでいる。信長公に、復讐をちかっているかも知れぬ。……織田家の旗本に、おのれが京都にひそんでいることを、知られてはまずかろう」

「なるほど――。百地三太夫は、素姓をかくして、醍醐大納言様の小者になっているのでござるな」

「さて、それだ」

十郎太は、歩き出しながら、

「大納言殿が、伊賀の国の上忍とは知らずに、使っているのであればよいが、知っていてやとった、とすれば……」

と、胸中にひとつの疑惑をわかせた。

しかし――。

八荒竜鬼隊の宿所へもどった十郎太は、隊長の堂明寺内蔵助には、このことは、黙って語らなかった。

二日後の夜であった。

「十郎太――」

内蔵助が、非番で、部屋に横になっている十郎太に、廊下から、声をかけた。

「なんぞ用か?」

「うむ」

入って来た内蔵助は、一昨夜、手傷を負うて、もどって来たそうだな？」

「うむ」

「修羅十郎太ともあろう武辺に、不覚をとらせるとは、よほどの強者《つわもの》とみえる。……何者だ？」

「わからぬ」

「見当ぐらい、ついて居ろう」

「見当もつかぬ」

「かくすな、十郎太。……お主は、戦場では、無双の働きをするが、決して、敵から憎まれぬふしぎな男だ。闇討ちを受けるおぼえはないはず……」

「………」

「一昨日、お主は、醍醐大納言邸をたずねて行ったのであろう？」

「隊長たる者は、なんでも見通しだな」

「その帰り途《みち》に、襲われた、とすると、大納言卿と、なんぞかかわりを持つ曲者か？」

十郎太は、内蔵助の明察ぶりに、少々やりきれぬものを感じた。

堂明寺内蔵助という人物は、あまりにも、頭脳がきれすぎるのである。鋭い神経が五体のすみずみまで、ゆきわたっている。

十郎太は、こういう型《タイプ》の俊才を、実はあまり好きではなかった。

隊長・副隊長の間柄になってみて、十郎太は、内蔵助という人物を、

——おれとは、水と油だな。

と、しだいに、その思いをつよくして来たのである。

内蔵助は、女性など、抱く道具ぐらいにしか、考えていないようであった。女性の顔や肌や肢体の美しさなど、男子の欲情をそそるだけのもので、これに、心を奪われるのは、おろかなことだ、ときめている様子が、十郎太には、面白くなかった。

内蔵助の人生は、競争者を蹴落して、勝者になることだけを、目的としているようであった。

信長の股肱として、織田家にたてつく武将を、片はしから滅し、降服させることに、生甲斐をおぼえているようであった。

——おれの人生観とは、根本からちがう。

十郎太は、内蔵助に人間くささのないのが、いやであった。

「曲者は、べつに、醍醐大納言卿と、かかわりなどあると思えぬ。……物盗りであったろう。そうだ。おれは、あの時、由香里姫の美しいおもかげが、目蓋のうらにやきついていて、酔い心地であったたな。恋におぼれた者の不覚であったろうて」

十郎太は、内蔵助の眼光をあびながら、急に、ぼうっとした表情になった。

内蔵助の鋭い洞察力をかわすためには、由香里の美しい姿を、思いうかべるよりほか

はなかった。

三

亀山城の領主館では——。

明智光秀が、広い庭に面した広縁に立って、密書を読んでいた。

庭さきにうずくまっているのは、伊賀の上忍百地三太夫であった。

光秀は、醍醐大納言尚久から、

「信長の生命を断つには、今年のうちにも、至急に、事を決行されたい」

と、催促されていた。

しかし、光秀の表情は、密書の内容いかんにかかわらず、冷静であった。

読みおわると、光秀は、三太夫に、

「返事をしたためるゆえ、しばらく、待て」

と、云った。

「おそれながら——」

三太夫は顔をあげると、

「使者の儀、これをかぎりに、おことわりいたさねばなりませぬ」

と、云った。

「どうしてだな？」

「それがし、醍醐邸を立出るさい、顔見知りの者に、発見されました。その者、織田家旗本八荒竜鬼隊の副隊長修羅十郎太と申す武辺の家来でありますれば、もはや、それがしが、醍醐邸に出入することは、危険かと存じます」

三太夫は、自分の配下の下忍九人に命じて、十郎太主従を襲撃させたが、失敗におわった旨、報告を受けていた。

「そうか。顔を見られたか。……修羅十郎太ならば、わしもよく知って居るが——」

光秀は、信長からむりやりに大盃で酒を飲まされようとした時、救い手になってくれた十郎太の異相を、思いうかべた。

「うむ」

「使者は、別の御仁に、お命じ下さいますよう——」

「その代り、信長公の動静は、逐一しらべて、おん殿に、お報せ申し上げます」

「よい。行け」

三太夫は、影のごとく、消え去った。

光秀は、居室にもどった。

一人、沈思の時間を、持った。

光秀は、まだ迷っていた。主人信長に反逆し、謀叛《むほん》を起すべきかどうか、迷いつづけていた。

光秀にとって、信長は、恩人であった。尾羽打ち枯らした一介のやせ牢人から、とりたててもらって、大国の城主になったのである。その出世ぶりも、きわめて順調であった。柴田勝家はじめ諸将から、大層うらやまれたくらいの早さで、織田家出頭人となったのである。

この点では、光秀は、信長に、足を向けて寝られない高恩を受けていた。

ところが——。

大変な癇癪持ちの信長は、ひとたび、虫の居どころがわるくなると、たちまち、光秀に、あたりちらし、どなりつけ、ののしり、時には、唾さえ吐きかけた。

光秀の終始かわらぬ物静かな態度が、信長には、気に入らなかった。そしてまた、いくら侮辱を加えても、すこしも光秀が態度をかえぬことが、いっそう信長をいら立たせたのである。

光秀は、諸将の居ならぶ中で、どれほどしばしば、堪えがたい侮辱を蒙ったことであろう。

信長の気まぐれのおかげで、実母も殺されている光秀であった。

——わが主人には、雅量というものがないのだ。

光秀は、暗然としてつぶやく。

その通りであった。

ひとたび怒れば、どんな残忍な行為でも、平然とやってのける信長であった。

戦国時代である。人間一人の生命など、いっぴきの馬にもあたいしないくらい、安かった。

釜ゆで、磔、鋸挽《のこぎりひ》きなど、むごたらしい刑罰も、ふつうのこととして、行われていた。

信長だけが、武将の中で最も残忍ではなかったが、非常に気まぐれであったのは、その特長であった。

たとえば——。

ある時、信長は、小姓数人をひきつれて、安土城を出ると、琵琶湖中の竹生島《ちくぶ》へ参詣した。

ついでに、長浜《ながはま》城の羽柴筑前守秀吉を、おとずれた。

海上五里を加えて、片道十五里。上下三十里（百二十キロ）を、信長は、たった一日で、往復してしまった。小姓たちは、安土城へもどりついた時は、半死半生のていで、一人信長だけが、悠々としていた、という。

ところで、安土城では、よもや今日のうちに主君が帰るとは思わないから、女房（女中）たちは、城外へ出て、薬師詣でなど、いろいろレジャーを愉しんでいた。

城内が空になっているのを知った信長は、

「女房どもの首を、のこらず、くくってしまえ」

と、命じた。

おどろいた留守居の老臣が、

「身共が、許可したのでございますれば、女房どもに罪はございませぬ」

と、詫《わ》びると、信長は、

「その方は、切腹だ」

と、命じた。

まるで血に飢えた悪鬼といえた。

# 於《お》風《ふう》

## 一

「わからぬ！」

亀山城の奥ふかい居室で、長い沈思黙考ののち、明智光秀は、うめくように、もらした。

主君信長にしたがうべきか、そむくべきか——ついに、いずれとも決定しかねて、光秀は、筆をとりあげると、醍醐大納言尚久に対して、返書をしたためた。

その内容は、

『まだ、謀叛の時節到来とは思われぬ。いましばらく、機会を待ちたい』

その意味の言葉を、書きつづった。

封をした光秀は、

「誰かある?」

と、呼んだ。

小姓が、広縁に両手をつかえた。

「醍醐主馬を呼べ」

「はい」

やがて、さわさわと袴を鳴らして、一人の青年が、次の間に入って来た。

「お呼びにより、主馬参りました」

九年前、十郎太主従によって、悪僧兵の手から救われた醍醐主馬は、今年二十四歳の凛々しい美丈夫に成長していた。

眉目秀麗、というのは、主馬のためにつくられたかと、思われる。

この亀山城内に於ても、女房どもから、下婢にいたるまで、主馬の美貌に、心を奪われぬ女はいなかった。

ただ美男子、というよりは、気品があり、双眸の光には、女の魂を吸い込んでしまうような魅力があった。

「主馬は、たしか、醍醐大納言尚久殿とは、縁つづきであったな」

「はい、大納言卿が、拙者の父と従兄弟にあたります」

光秀は、云った。

「そうであった。そちの父左馬助は、もとは公家であったな」

「先般、大納言殿が、ここに参られたが、そちは逢ったか？」

「はい」

「はい、廊下にて挨拶だけいたしました」

「大納言殿には、美しい姫君がいたな？」

「はい。由香里と申し、今年——十八歳になります」

「そちとは、似合いの夫婦になるであろう。美男美女だ」

「………」

主馬は、由香里には、六七年逢っていなかったので、どんなに美しい娘になったか、知らなかった。

「そちを、姫君に逢わせてやろう」

「はあ——？」

「醍醐大納言家へ、使者となって行け」

「かしこまりました」

「但し、ただの使者ではない」

主馬は、主君の面貌が、鋭くひきしまったものになっているのを、視た。

光秀が、家臣に、このような険しい表情をみせるのは、珍しいことであった。

「もそっと、こちらへ寄れ」

光秀は、主馬をさしまねいた。

主馬は、膝行《しっこう》した。

「これからきかせることは、重臣どもにも、まだ打明けては居らぬ。そう心得て、きけい」

「はい」

光秀は、この美貌の青年を、信頼していた。

というのも――。

主馬は、十五歳の時、母を喪って、亀山城へもどって来ると、それまで弱々しかった少年が、別人になったように、武芸の修練にはげむようになった。剣術槍術はもとより、馬責めも水泳も、絶対に朋輩《ほうばい》におくれをとらなかった。馬から、いくらころげ落ちても屈しなかったし、急流でおぼれ死にそうになっても、救いを呼ばなかった。

なにか、異常な執念を燃やしつづけて、武辺の道をまっしぐらに突き進んでいる、という印象は、光秀に、目をかけさせた。

二十四歳になった主馬は、不屈の精神をそなえているに相違なかった。

「先般、当城へ参られた大納言殿の目的は、わしをそそのかして、天下人の野心を持て、ということであった」

「…………」

主馬は、緊張した。

「わがあるじ信長公は、大納言殿に云わせれば、天下の統治者としては、あまりにも、残忍酷薄な性格の持主である、という」

「…………」

「大納言殿は、信長公が、突如、考えを一変すると、京都の公卿をみな殺しにするおそれもある、と申されていた」

「…………」

「公卿の大半は、信長公をきらっている由。……信長公に代って、天下人になるのは、この日向守光秀だ、と申された」

「…………」

「わしは、迷って居る。わしには、主人を裏切る決意など、まだ、つかぬ。……しかし、わしが、信長公から、どれほどの侮辱を与えられ、忍耐に忍耐をかさねているか、その実状は、そちも、よく存じておろう」

「はい」

「わしには、いずれは、大納言殿らとかたらって、主人にそむく運命にあるのではないか、という気持もある」

「…………」

「主馬、この手紙は、大納言殿から送られて来た密書への返辞がしたためてある。……そちに、使者を命ずる。必ず、大納言殿の手に、渡せ」

「かしこまりました」

## 二

翌日——。

醍醐主馬は、亀山から、遠まわりして、奈良へ出て、京都をめざした。

奈良街道は、早春の陽ざしをあびながら、歩いて行く主馬は、牢人ていになり、笠で顔をかくしていた。

吹きつける北風は、しだいに五体を凍《い》てつかせて来る。

路傍に、よしず囲いの甘酒屋があるのをみとめて、主馬は、

——からだをあたためよう。

と思って、内へ入った。

そこには、一瞥で、陣場女郎と判る女が四五人、たむろしていた。

「甘酒を熱くして、くれ」

主馬は、陣場女郎たちに、背を向けて、となりの床几へ腰を下した。

と——。

陣場女郎の一人が、老爺《ろうや》から甘酒を受けとって、そっと足音をしのばせて、主馬に、近づいた。

「お待ちどおさま」

そう云われて、主馬は、何気なく、振りむいた。

女郎は、笠の下の顔を、のぞき込んで、

「ひやっ！　目がつぶれる！」

と、大袈裟《おおげさ》な叫びをあげた。

「なんだえ？」

「どうしたのさ？」

女郎たちは、一斉に、主馬へ視線を集中させた。

「なんだって？」

「大変だ！　こんな色男、お目にかかったことがないよ」

女郎たちは、ぞろぞろと立って、近寄って来た。

主馬は、甘酒椀を手にしたまま、飲むこともならず、

「お前ら、うるさいぞ、無礼なまねはするな」

と、叱りつけた。

あいてが、わるかった。戦場で、からだを売るあばずれどもであった。

「ちょいと眺めたって、べつに鼻が欠けるわけでもないだろう、ご牢人さん」

「その笠をとっておくれな」

前へまわった一人が、図々しく、笠へ手をかけて来た。

「無礼者！」

主馬は、かっとなって、突きとばした。

「なにしやがるんだい！ 色男なら、女子から顔を見られるのは、冥利《みようり》じゃないかよ……。へん、陣場女郎だと思って、ばかにしやがると、承知しねえよ」

「こうなりゃ、どうでも、その笠、ひきむしってくれらあ」

「さあ、ぬぎな、ご牢人！」

主馬としては、陣場女郎あいてに喧嘩をするのは、いかにもばかげていたし、つまらぬ騒動を起す身ではなかった。

しかし、わいわいがやがや、からまれると、どうにも、腹立たしく、一人のこらず、斬りたい衝動にかられた。

「おのれら、これ以上、無礼を働くと、容赦せぬぞ！」

「どうするというんだい、色男！」

「斬るとでもいうのかい。……血をみるのがこわくて、陣場女郎が、つとまるかい」

主馬は、一向に怯《おび》えようとしない女郎たちを、逃げ散らせるために、いきなり、抜刀した。

さすがに、女郎たちは、悲鳴をあげて、とび退いた。

しかし、おとなしくはならなかった。

「さあ、斬ってみな！」

「千人の男に抱かれたからだだよ。斬れるものなら、斬ってみやがれ！」

主馬は、叫びたてる女郎どもを、もてあました。

その時――。

往還から、一人、ふらりと入って来た陣場女郎が、あった。

これは、造作の整った。色白の、まだ崩れていない二十二三歳の女であった。

しかし、その目つきは鋭く、口もとは、ひきしまり、いかにも勝気そうであった。

「どうしたんだい、これは？」

「あ――於風だ。……なァに、このご牢人が、あんまり、色男なものだから、ちょいと、からかってみただけさ」

「つまらないまねは、止めときな」

於風と呼ばれた女郎は、

「ご牢人さん、ごめんなさい。刀を腰にもどして下さいな。……悪気はなかったんですよ。お前様が、美男子すぎた、というだけのことだったんですよ」

三

主馬は、ふたたび、街道をひろいはじめた。

ものの三町も歩いたところで、不意に、かたわらの松の木立の中から、ひらりと、行手に立ったのは、於風であった。

いつの間にか、先まわりしていたのである。

「ご牢人さん、京都へお行きになるのでしょう？」

「うむ」

「あたしを、お供にしちゃ、おいやですか？」

「迷惑だな」

「ところが、迷惑じゃなくて、お役に立ちますよ」

「…………」

「京都にはね、いま、怪しい曲者を取締る織田家のさむらいが、いたるところに、関所を設けているんです。この街道を、行けば、まず、伏見《ふしみ》の関所に、ぶっつかりますよ。……陣場女郎をお供にすれば、あやしまれなくてすみますよ」

「拙者は、べつに怪しい者ではない」

「どっこい！　お前様は、ご牢人じゃない。れっきとした、どこかのご家中ですよ」

「…………」

「あたしにゃ、ちゃんとわかるんだ。ただ戦場をうろうろして、春をひさいでいませんよ。陣場女郎を五年もつづけていりゃ、これは、どんなさむらいか、ひと目で、見わけがつきますのさ。……お前様は、わざとご牢人姿になっているだけ。いいえ、牢人の息子さんでもない。立派な武家を、父親に持ち、そうさね、千石取り、というところかしらね」

於風の推測は、あたっていた。

父の左馬助は、侍大将で、三千石の禄高であり、主馬は、千石をもらっていた。

「お前は、なんのために、拙者に、くっついて来るのだ？」

「女は、美男子には弱いのさ、と云いたいところだけど、あたしも、京都へ行きたくてね。陣場女郎一人だけで、ふらふら関所を通ろうとすると、番士野郎どもにつかまって、十人以上も、あいてにさせられるんでね。……それが、いやなんです。お前様と惚れあって、夫婦になろうとしている、と云えば、見のがしてくれるからさ」

「…………」

「ね、お供をしますよ、それが、お互いのトクなんだからさ」

「勝手について参れ」

「あら、うれしい。……関所を通ったら、どこかの旅籠《はたご》で、あたしは、根かぎりの奉仕をして、お前様をよろこばせてあげますよ」

「無用だ」

「陣場女郎なんぞ、けがらわしい、と思っているんでしょう？」

「…………」

「たしかに、からだは、けがれていますさ。十六の年から、女郎にされてしまったんだからね。でも、あたしは、心まで、よごしてはいませんよ。一度だって、男に惚れたことはないんだから――」

「…………」

「嘘じゃありませんよ。陣場女郎だって、ちゃんと、ひとつ誓いをたてて、その誓いをなしとげるまでは、心だけは、清く保っているんだから……」

「なんの誓いだ？」

「復讐――敵討ち」

「敵討ち⁉」

「父親の仇を討つ、という悲願を、十三の時から、たてたんだ、あたしは――」

「お前の父親は、さむらいだったのか？」

「さむらいが、戦場で討死したのなら、娘のあたしが、敵討ちをすることはないのだけど、あたしは、目の前で、父親が殺されるのを、見てしまったんでね。この恨みは、きっと、はらしてやる。と自分に誓ったんだ」

「………」

「あたしの父親はね、琵琶湖をかせぎ場にしている盗賊の頭領だったんですよ」

「盗賊の頭領なら、退治されても、しかたがあるまい」

「そりゃ、そうですよ。悪事を行っていたんだからね。でも、あたしは、その娘なんですからね。目の前で、むざむざ、父親が殺されるのを、眺めさせられて、そのくやしさを、忘れることはできませんよ」

「十年も前のことだろう」

「はい」

「敵の顔をおぼえては居るまい」

「いいえ、ちゃんとおぼえていますさ。なにしろ、人間ばなれした顔を持っていやがったのだから」

「人間ばなれのした？」

「そうですよ。とんでもない顔をしていたのだから、めぐり逢えば、ひと目でわかるんです。……あたしは、立派に、父親の恨みをはらしてやるんだ！」

主馬の方は、

——湖賊の娘が、陣場女郎になって、いまなお、復讐の念を抱きつづけているとは！

と、感動した。

「もし、その場に、拙者が居合せたら、助太刀してやろう」

# 決闘廓

## 一

醍醐主馬と於風は、べつに怪しまれずに、伏見の関所を、通ることができた。

関所の取調べは、於風が云った通り、たしかに、厳重であった。

於風が、伏見のてまえで、素人ふうに身装《みなり》をかえて、主馬につき添うたので、夫婦とみられ、

「通れ」

と、許されたのである。

化粧をおとし、小袖をかえると、たしかに、於風の姿からは、陣場女郎のにおいなどみじんも、しなくなっていた。

誰の目にも、おとなしい若女房としか映らなかった。

「妙な女子だな、お前は――」

堤の上の街道を歩きながら、主馬は、云った。

「なにがです？」

「陣場女郎のくせに、身装を変えると、まるで男は、亭主しか知らぬようにみえる」

「泥水の中で咲いていても、蓮《はす》の花は、きれいですよ」

「自分を蓮の花だと思っているとは、うぬぼれがつよすぎるぞ」

「からだは売っても、心は売らぬ――その心がまえなんです、あたしは」

「父親の敵を討つ、という目的があるからか」

「女というものは、なにか生きる力を持たなければ、ずるずると堕落してしまいます。陣場女郎という、この世でいちばんみじめなあきないをしている女だからこそ、ちゃんとした誓いをたてて、これを守っていなければならぬのです」

「ふうん！　立派なことを申すものぞ。……お前は、いつの頃から、そんな立派な考えを持つようになったのだ？」

「あたしは、十五の年に、湖賊の一人に、手ごめにされて、十六で、女郎にされたのですが、その時から、自分一人で生きてゆこうと、心にきめたのです。男も女も、だれも他人というものは、信じられない。生きてゆくのは、自分自身の力だけだ、と思ったのです」

「それで、お前は、今日まで、一度も、男に惚れなかった、と申すか」

「そうなんです」

「それは、しかし、自慢にならぬぞ。男は女に惚れ、女は男に惚れる——これが、自然の理《ことわり》ではないか。……そうだ、お前は、惚れるような男に、一人も出会わなかったのだな。可哀そうな女子だ」

「とんでもない。惚れかかったことは、百ぺんもありましたよ。だけど、あたしは、敵討ちをする身なのだから、と自分を、じっと抑えて来たのです」

「ばかな！」

主馬は、青年らしく、高声をあげて、

「男に惚れることと、敵討ちをすることとは、なんの関係もないぞ！」

と、きめつけた。

「ふん！　そういうお前様だって、女に惚れたことはないのでしょう。いいえ、もしかすると、お前様は、まだ女を抱いたことはないのじゃありませんか？」

「その通りだ」

「それごらん。大きな口をたたけないはずですよ」

「拙者は、武芸修業のために、女子に惚れるいとまなど、なかったのだ。……しかし、これからは、惚れることにする。あてもある」

「美男子に添うのは、醜女が多いそうだから、お気をつけられませ」

「くだらぬさしで口をたたくな。拙者が妻にするのは、絶世の美女だぞ」

「そりゃ、そうでしょうよ。だから、あたしが、どこかの旅籠で、思う存分奉仕する、と云っても、無用だ、と仰言るのですね」

「お前は、京の都に入っても、やはり、春をひさぐつもりか？」

「いいえ。あたしは、踊子になります」

「踊子？」

「ご存じないのですか。いま、京の都では、踊子がもてはやされているのですよ。人気者になると、上は関白様から、下は加茂《かも》河原の乞食までが、夢中になって、大さわぎしてくれるとか……。あたしは、踊子になって、都で一番の人気者になってやるんだ。……千人の男に許したこの肌は、踊によって色香をまきちらして、男たちの目をたのしませる自信が、あたしには、あるんです」

## 二

主馬は、五条の橋たもとで、於風と別れた。

——まっすぐ、嵯峨野へ行くべきか？　それとも、夜に入るのを待って、闇にまぎれて、醍醐邸を、訪《おとの》うべきか？　主馬は、まよったが、用心するにこしたことはない、と考えて、陽が落ちるまで、時間をつぶすことにした。

旅籠を物色して、歩いているうちに、

「そうだ！」

主馬は、急に、決心した。

於風の言葉を、思い出したのである。

「お前様は、まだ女を抱いたことはないのじゃありませんか」

於風は、云いあてたのである。

「よし、女を抱いてやる！」

やがて、主馬が、入って行ったのは、六条柳町《ろくじようやなぎまち》の廓であった。

まだ、陽が沈むには一刻ばかりの間があった。

軒をならべた青楼は、戸毎に屋号入りの暖簾《のれん》をかかげ、戸外には床几を出して、遊女たちが、これに坐って、遊歩の客を、招いていた。

さすがは、京の都で、客を呼ぶ声音も、態度も、おっとりとしていた。

主馬は、笠を傾けて、なるべく遊女に顔を見られないようにして、歩いた。

生れてはじめて、女を抱こうとするのであるから、胸の動悸《どうき》がせわしかった。

と——。

主馬は、とある床几に坐っている一人の遊女に、目をとめた。俯向いた項《うなじ》も、肩も、胸も、腰も細かった。遊女になってまだ日も浅いように見受けられた。

主馬は、その前に立った。

「買おう」

声をかけられて、遊女は、顔をあげた。

目も鼻も唇も、細く薄かった。なんとも陰気な雰囲気が、遊女にむいていない女であった。

「お前を、買おう」

主馬は、くりかえした。

「へえ――」

遊女は、頭を下げた。

となりのでっぷり肥えた年増の遊女が、笠の下をのぞいて、

「ええ殿御ぶりどすな。千寿《せんじゅ》はん、うらやましゅうおすえ」

と、云った。

廓に通い馴《な》れた遊野郎なら、見向きもせぬ遊女にちがいなかった。

部屋にみちびかれた主馬は、

「わしは、はじめて、女を抱くのだ」

と、正直に打明けた。

「へえ」

「お前は、おとなしそうだから、わしがまごついても、わらわぬであろう」

「わらいまへん」

「よし。教えてくれ」

すでに、部屋には、牀が延べてあった。

主馬は、袴と小袖を脱ぎすてて、掛具をはねのけると、仰臥した。

千寿という遊女は、緋色の寝衣にきかえて、そっと、かたわらに、すべり込んで来た。

「どうするのだ？」

主馬は、問うた。

「お抱きやす」

「抱け、というて……、こうか？」

主馬は、あらっぽい動作で、千寿の細いからだを、双腕の中へ入れた。

「これから……、どうするのだ？」

「どうするというて——」

「教えてくれ」

「うちの上へ、お乗りやす」

「うむ」

主馬は、のしかかった。

するど、千寿が、そろそろと、片手を下へおろして、主馬の股間を、さぐった。

すでに、主馬の物は、男の本能をふるいたてて、大きくかたく、力をみなぎらせていた。

千寿は、そっと、それを握ると、おのが茂みの蔭の柔襞《やわひだ》へ、あてた。

その時、主馬の心臓は、早鐘のように鳴っていた。口腔《こうくう》内は、かわいていた。

夢中で、柔襞を突き破り、同時に、女のからだを、骨も折れよと抱き締めた瞬間、たちまち、したたかな放射をし終えてしまった。

官能の波は、あっという間に引き去り、主馬は、自分自身あっけにとられるほど、しらじらしい正気にもどった。

主馬は、身を起して、

「ふうん——」

と、ひくく唸った。

「どうおしやしたえ？」

千寿が、けげんそうに、訊ねた。

「こんなものなのか」

「…………」

「これだけの行為をするために、男どもは、血眼になって、女をあさるのか」

「…………」

「ばかげて居る。……かあっとなった自分が、はずかしい」

「殿御は、おわったあとは、うちらの顔を、見るのもいやにおなりどす」

「いやにはならんが、男女の契りなど、つまらんことが、判った」

「かんにんしておくれやす」

「お前が、あやまることはない。しかし、わしは、二度と、遊女を買わぬぞ」

主馬が、そう云った時であった。

不意に、杉戸をへだてた隣の部屋から、

「うるさいっ！」

呶号が、あがった。

「男女の契りはつまらんとか、二度と遊女は買わんとか——、生れてはじめて、抱いただけで、女の味が、わかってたまるか、青二才め！」

三

「なにっ！」

主馬は、かっとなると、大急ぎで、小袖をまとい、袴をはいた。

「青二才とさげすんだな、その青二才の腕前をみせてくれる。おもてへ出い！」

「おう、面白い。やるか！」

杉戸が、ぱっとひき開けられた。

八字髭をはねあげた、眉間と頬《ほお》に戦場傷のある素裸の武辺者であった。

「ははは……、まさに、見当たがわず、のっぺりした青二才だわい。対手としては不足だが、挑まれれば、やらずばなるまい」

ふんどしひとつのままで、太刀をひっ携《さ》げると、ぬっと仁王立った。

主馬は、すこしも怯じずに、

「立合った上で、高言をほざけ！」

と、あびせかえした。

遊女たちは、廓の中で、決闘沙汰は珍しくないとみえて、鼠《ねずみ》のようなすばやさで、逃げかくれてしまった。

「青二才、まず、名乗っておいてやるから、逃げ出すなら、いまのうちだぞ……織田上総介信長公が旗本、禁裏守護に任ずる八荒竜鬼隊に、その人ありと知られたる大庭左源《おおばさげん》太《た》だ。そうときいても、やるか？」

「八荒竜鬼隊が、どうしたと申すのだ。対手になってやる！」

「ほう、これは、いい度胸だ。どこの家来だ、名乗れ！」

「主取りなど、これから、えらぶ天下の牢人者だ。……醍——大門主馬之介だ」

八荒竜鬼隊隊士・大庭左源太と主馬は、夕風の冷たい往還《みち》へ、とび出した。

「来いっ！」

「おうっ！」

双方、同時に、白刃を抜きはなった。

遊客や遊女が、わあっ、とさわぎたてた。止めようとする者は、一人もいなかった。

「色男、しっかりやれ！」

「八字髭に、負けるな、おれがついているぞ！」

「こらあっ、八字髭、遊女を取られたうらみか」

「色男、逃げ出したら、承知せんぞ。逃げ出したら、おれが、ぶった斬るぞ！」

見物人は、口々に、叫びたてた。

血なまぐさい修羅場は、毎日のように見受けられる乱世であった。

大庭左源太は、対峙してみて、この優型の美男子が、意外に、剣を使うのを、みとめた。

「ふむ！　やるのう！」

闘志をあふられて、左源太は、大上段にふりかぶるや、

「や、や、やあっ！」

物凄い威嚇《いかく》の雄叫《おたけ》びを、ほとばしらせた。

主馬は、もう幾度か戦場へ出ていたが、いつも、主君光秀の傍にひかえていたので、まだ一度も、人を斬った経験がなかった。

闘うのは、いまが、はじめてであった。

大庭左源太が、無数の死地をくぐり抜けて来た古強者であることは、主馬にも、判っ

た。

どうしても、その気魄に押されて、主馬は、受身にならざるを得なかった。

武芸に精進して、充分の自信を身につけているとはいえ、いざ、こうして決闘の場に立ってみると、やはり、経験豊富な武辺者には、敵わぬような気がした。

――くそっ！

主馬は、胸中で、うめいた。

「ゆくぞ！」

左源太は、予告しておいて、大上段の白刃を、振り込んで来た。

きえーっ！

宙を截る刃音の無気味さだけでも、主馬のきもは、縮んだ。

あやうく、その一撃をかわして、ひといきつくいとまもなく、第二撃、第三撃が、襲って来た。

主馬は、跳びにげるばかりであった。

見物の人垣から、罵声が、雨と降った。

主馬は、なんとか、反撃の隙をとらえようと、躍起に、目を血走らせたが、その瞬間が来そうもなかった。

左源太は、攻撃しつつも、防禦《ぼうぎょ》のかためもかたかった。

主馬が、一太刀あびせられるのは、あといくばくの時間でもない、と誰の目にも映った。

その折、人垣を割って、一人の武士が、急ぎ足に、近づいた。

「左源太、止せ！　大人気ないぞ！」

鋭い語気で、叱咤したのは、竹宮玄蕃であった。

「玄蕃、止めるな、この生意気な青二才の手か足か、一本刎ねてやらんと、気がすまんのだ」

「左源太！　われらは、ただの旗本ではないのだぞ。禁裏守護という任務を与えられているのだ。市中取締りの役目も仰せつかっているのだ。……竜鬼隊の名をはずかしめるのであれば、おれが、対手になってやるぞ！」

竜鬼隊随一の膂力の持主から、きめつけられて、左源太も、ようやく、白刃を下げた。

「青二才、生命びろいをしたぞ。さっさと、廓から退散しろ！」

## その宵

### 一

次の日――陽が落ちてから、醍醐主馬は、人目を忍んで、嵯峨野へおもむいた。

小松の林の中の小径を、通っている時、闇の中から、声が、かかった。

「醍醐主馬殿、百地三太夫でござる」

「おう！」

主馬は、主君光秀から、

「京都には、百地三太夫と申す忍びがいて、そちを、かげながら、護衛してくれる」

と、申しきかされていた。

「大納言家を、訪問なさるのは、道を遠まわりなされい。また、時刻は、もうすこしおそい方が、よろしゅうござる」

「うむ」

「ついでに、ご忠告申し上げますが、廓あたりで、つまらぬ騒動を、起さぬよう、くれぐれもご自戒のほどを――」

百地三太夫は、そのことを、ちゃんと知っていたのである。

「わかった、あれは、拙者の軽率であった」

「なお、この際、お教え申すが、八荒竜鬼隊は、ただの織田家旗本ではござらぬ。いずれも、元は合戦買いの、ひと癖もふた癖もある、生命知らずの牢人あがりの徒党でござる。その隊長は、堂明寺内蔵助と申し、十万二十万の軍勢を、自由自在に動かす器量を持った人物であり、また、副隊長は、修羅十郎太といい――」

「修羅十郎太！」

「知って居る、天狗のような巨大な鼻の持主であろう」

「ご存じか？」

「少年の頃、出会ったことがある」

「左様――」

「槍を取っては、天下無双の強者でござる。……この修羅十郎太が、近頃、大納言家を、訪れて居り申す。大納言様は、どうやら、十郎太をお気に入りのご様子。……堂明寺内蔵助と修羅十郎太は、最も警戒を要すべき人物でござれば、くれぐれもご油断なさらぬよう――」

「承知した」

主馬は、九年前、自分を救ってくれた男を、敵にまわすことになった宿運に、いささかうしろめたさをおぼえた。

百地三太夫は、闇の奥へ去った。

小半刻ののち、主馬は、大納言尚久と書院で対座していた。

明智光秀の返書を読み終った尚久は、びりびりとひき裂くと、火鉢《ひばち》へくべながら、

「日向守の優柔不断は、なんたることだ！」

と、吐き出した。

「…………」

主馬は、尚久を見まもりながら、

――わが主君が、信長公に代って、天下人になり、この大納言卿が後楯《うしろだて》となれば、おれは、すくなくとも、二十万石の大名にはなれるぞ。

と、考えていた。

「主馬！」

「はい――」

「日向守の態度は、迷うていると、見受けたか？」

「わたくしに申されたところでは、――主人を裏切る決意は、まだつかぬが、わしは、いずれは、大納言殿らとかたらって、主人にそむく運命にあるような気がする、と……」

「ふむ！　迷うているのが四分、そむく気持が六分、というところじゃな」

尚久は、宙を睨みすえた。

「いま一度、密書を送るか。……よし、そういたそう」

「はい」

「したためるゆえ、ただちに、亀山へ持ちかえれ」

「かしこまりました。」

主馬は、両手をつかえた。

尚久は、立って、せかせかと、居室へ向った。

二

「二十万石か！」

主馬は、いずれの国かの城のあるじになった自分の姿を、想いうかべてみた。

上段の座に就いた自分に、居ながれた家臣一同が、平伏してくれる。想像しただけで、思わず微笑が、うかんで来る。

廊下に、衣ずれの音がした。

「主馬様――」

美しい声音に呼ばれて、主馬は、われにかえった。

「あ――由香里殿か」

書院に入って来た姿を、一瞥した瞬間、主馬は、思わず、叫びをあげた。

なんという美しく﨟たけた成長ぶりであったろう。

由香里の方も、主馬の凜々しい美男子ぶりを眺めて、胸をときめかした。

「由香里殿！」

「主馬様！」

二人とも、同時に呼び合って、向い合って坐ると、しばらく、微笑のまなざしを交して、言葉がなかった。

と――。

急に、主馬は、なかば無意識に、いざると、由香里の手を、取った。

「美しゅうなられたな、由香里どの！」

「主馬様は、ほんとにご立派なおさむらいにおなりになって、わたくし、まるで、夢でもみているような思いがいたします」

「い、いや、そのう……」

主馬は、なにか、うまい言葉で応えたかったが、とっさに、口から出そうもなかった。

いたずらに、力をこめて、由香里の手を、ぎゅっと、にぎりしめるばかりであった。

由香里は、その痛さに、ちょっと、眉をしかめたが、

「主馬様は、亀山で、どのようなおくらしをなされておいでなのか、おきかせ下さいませ」

と、もとめた。

「兵法修業に、はげんで居ります」

「それだけ……？」

「それだけです。起きぬけに、二里ばかり馬を責め、朝食後は、槍を突きまわし、そのあとは、重臣がたから、軍略の講義をきき、午後は、殿が弓を引かれるのをお手伝いしたり、鷹狩りのお供をしたり、夕食前は、木太刀の素振りを五百回ほど、やります。……いいかげんくたびれますから、夜ははやばやと寝てしまいますな」

「主馬様は、物想う時をお持ちになりませんの？」

「物想う時？」

「合戦に、身をきたえるだけではなく、若い男子ともなれば、物想う時をお持ちのはずと存じます。……宇津保物語にも、心のどこかにもの思うこそよけれ、と書かれて居ります」

「はあ、そうですか。……しかし、それがしは、目下は、主君の馬前にて、いかに目ざましく働くか、その心掛けしか持って居りません」

「いいえ、わたくしの申すのは、人の心には、なんとなく、口には出せぬ精微なものがある、ということなのです。そうではありませんこと？」

「そ、そうです。そう思います」

主馬は、由香里の云うことが、よく理解しがたかったが、ともかく、一応相槌《あいづち》を打った。

その折、尚久が、密書を携えて、入って来た。

若い男女は、あわてて、はなれた。

尚久は、その有様へ、冷たい視線をあてたが、べつに、なにも云わず、座に就いた。

由香里は、出て行った。

尚久は、密書を主馬に手渡し、

「主馬、よいか、日向守が決意するよう、お前からも、すすめよ」

「はい」

「時節というものは、到来するのを待つのではなく、自らの手で、つかみ取るのだ。そのことが、日向守には、まだ、わかって居らぬ。……半年、一年、二年、三年と――月日が過ぎれば、過ぎるだけ、機会もまた遠のく。……やろう、とほぞをかためた時から、用意し、準備をすすめなければならぬ。お前も、そのこと、充分に、心得ておくがよかろう」

「わかりました」

主馬は、密書を、懐中にした。

「すぐに、亀山へもどれ！　急げ！」

「はい」

主馬は、もう一度、由香里の顔を見たかったが、乞うても許されそうもなかったので、廊下から庭へ降りて、裏手へまわった。

居室へもどった尚久は、いらだたしげに、

「日向守をして、必ず謀叛させるぞ！」

と、自身に云いきかせた。

「お父様――」

由香里が、作法も忘れて、走り込んで来た。

「主馬様は、どうなされたのです？　お父様が、追い出しておしまいになったのですか？」

「追い出したのではない。用事を申しつけて、亀山へ帰らせたのだ」

「そんな！」

由香里は、うらみのまなざしを、父にあてた。

「せっかく、わざわざ、七年ぶりに、たずねて参られたのに、一夜も泊めずに、用事をお申しつけになるなんて、むごい仕打ちをなさいます！　……わたくしは、主馬様と、せめて半刻でも、お話したかったのに……」

「由香里――。主馬は男ぶりがよいゆえ、思慕の念が生じたのであろう。……それならば、しばらくのあいだ、主馬と逢瀬《おうせ》を愉しむ、などという気持を起さぬがよい」

「なぜでございますか？」

「そなたのような娘に、打明けるわけには参らぬが、どうせ、良人にするなら、主馬が大名である方がよかろう」

「まあ！　主馬様が、大名におなりになることができますの？」

「できる。それも、さほど遠い日のことではない」

「うれしい！　……でも、どうして、主馬様のような若い武士が、いきなり、大名になど、おなりになれるのでしょうか？」

「きいてはならぬ。また、父がそのようなことを口にした、などと、召使いの者にも、もらしては相成らぬ」

尚久は、きびしい語気で、申しつけた。

おそるべき陰謀が、京都で企てられているとは、夢にも知らぬ織田信長の行動は、あわただしかった。

# 三

この年の正月、四国の長宗我部元親《ちようそかべもとちか》と、絶交したし、羽柴筑前守秀吉には、春が過ぎぬうちに、中国一円を征服せよ、と命を下したし、織田信忠には、信濃を攻めさせて、仁科信盛《にしなのぶもり》が守っていた高遠《たかとお》城を攻略させていた。

そして――。

信長自身、いよいよ、武田勝頼を滅亡せしめるべく、安土城を出た。

しかし、信長は、まっすぐに、東へ向わず、ごく小人数の供をひきつれて、いったん、京都へ入った。

つまり、中国、四国の戦況を、正しく報告させて、作戦をたてなおすとともに、京畿《き》内《ない》の平和が、保たれているさまを、その目でたしかめておきたかったのである。

宿舎にしている本能寺《ほんのうじ》に入った信長は、姫路《ひめじ》から、ひきかえして来た羽柴秀吉を迎えて、その戦況を聴取した。

中国一円を征服するのは、半年はおろか一年でも、むつかしい、と秀吉は、正直に言上した。

「もしかすれば、紀伊雑賀《きいさいが》衆と結んだ長宗我部元親が、毛利と密約して、わが軍をはさみ撃つおそれなしと、いたしませぬ」

「兵を増したければ、そう申せ」

「いえ、兵の頭数は充分でございます。ただ……」

「ただ、なんだ？　はやく、申せ！」

「先駆けする荒武者が、幾人か居れば、士気がちがうか、と存じられます」

「ふうん、荒武者がのう」

「たとえば、八荒竜鬼隊の修羅十郎太のごとき者が、先駆けつかまつれば、一挙に、軍を備前備中《びぜんびっちゅう》まで、進めることができるかと存じます」

「よし、わかった！」

信長は、地図をひろげて、秀吉と攻略の作戦を練った。

それがすんで、夕餉の膳に就きながら、信長は、くつろぎもせず、堂明寺内蔵助と修羅十郎太を、面前に坐らせた。

信長は、塩づけの鹿肉を、左手につまんで、食いちぎり、右手の箸で、煮芋を突き刺して、口へはこぶ、せわしい喰べかたをしていた。

「内蔵助、洛中洛外の治安は、保たれているようだな？」

「もはや、ご懸念には及びませぬ」

「坊主めらの動静は、どうだ？」

信長は、僧侶という存在が大きらいであった。

三年前は、大坂の本願寺門跡以下、僧侶全員を追いはらっていたし、去年は、高野山《こうやさん》の僧侶数百人を殺していた。

僧兵の群が、突如として、洛内へ攻め入って来るおそれは、なくはなかった。

内蔵助は、こたえた。

「本願寺の諸国門徒には、もはや、反抗の気色はありませぬ」

「ふん。……坊主という奴、死人を葬る役目だけつとめて居ればよいものを、……高野山の坊主どもを片づけたのは、よいみせしめになったな」

「御意――」

「ところで、内蔵助、八荒竜鬼隊を、二分せぬか？」

「は――？」

「その一隊を、赤槍天狗に率いさせて、猿面冠者を、助けさせろ。秀吉が、そうのぞんで居るぞ」

「それは、十郎太の心次第でございます」

「天狗、どうだ？　承知せい」

信長は、十郎太を、見据えた。

十郎太は、平然と、その鋭い眼光を受けとめて、

「その儀ばかりは、ご免を蒙ります」

と、ことわった。

すでに、十郎太は、以前にも、秀吉の旗じるしの下に入ることを、拒否していたのである。

こんど、また、ことわれば、どのような信長の憤りを買うか、それを知りつつ、十郎太は、頑固であった。

信長は、呶号をほとばしらせる代りに、無言で、うしろにひかえた小姓の手から太刀をつかみ取ると、抜きはなった。

「天狗！　その鼻を、斬り落してくれるぞ！」

「…………」

「覚悟は、よいな！」

「…………」

「よしっ！」

ずかずかと、十郎太の横あいへ進んだ信長は、白刃をふりあげた。

十郎太は、眉毛一本動かさず、目蓋も閉じなかった。

びゅーっ！

刃音が鳴った。

白刃は、紙一重すれすれに、巨大な鼻のさきを、かすめた。

十郎太の自若たる態度は、みじんも変らなかった。

# 花の宴

## 一

　武田勝頼が、織田信長の率いる大軍勢に包囲されて、ついに、甲斐国天目山《てんもくざん》のふもと田野《たの》というところで、腹をかっさばいて、三十七歳の生涯を終えた、という報がとどいた頃、都には、春が来ていた。

「織田信長様が、新しい将軍家におなりになるそうな」

　その取沙汰が、洛中洛外に、ひろまると、庶民たちは、

「これで、百年以上もつづいた戦乱は、しずまって、都には、平和が来る」

と、早合点した。

　庶民たちは、どれほど、平和を待ちのぞんでいたことだろう。いま七十を過ぎている老人が、生れた時から、毎日、兵火におびえながら、育ったのである。

　まったく、暗い時代であった。

　だれかが、天下人になって、平和な世をつくって下さらぬものか、と祈りつづけていたのである。

　織田信長という武将に対する人々の信頼は、神を仰ぐにひとしかった。

「きっと、信長様が、天下をとりしずめて下さる」

その期待は、裏切られなかった。信長は、おのれに反抗する者を、片はしから討ち滅し、ここ数年、洛中洛外を、戦場にしなかったのである。

都は、今年から、永遠に、平和が保たれるにちがいない、と住民たちに信じさせた。

信長が派手な行事を好むことは、誰もが知っていた。

都の各処に、春の花が咲きみだれると、上は公卿から、下は加茂河原の乞食までが、桜狩りにうかれた。

信長が将軍職に就き、都を永遠の平和に置くと保証してくれたように、早合点してしまったのである。

らんまんの春が、平和を告げているように、今日も、花見の宴は、あちらにも、こちらにも、くりひろげられていた。

ここ――嵯峨野のあたりにも。

一本桜が咲きほこる野に、色あざやかな紫地に、金の定紋をうった幔幕《まんまく》が、張りめぐされ、朱の長柄の大傘の下、敷きのべられた緋毛氈の上で、殿上人たちの風雅な酒席が、設けられていた。

内大臣・醍醐大納言尚久が、主人となって、開いたのである。

客は、五摂家筆頭・太政大臣近衛前久の嫡男信光《のぶみつ》であった。それに、京三長者の一人・茶屋四郎次郎《ちゃやしろうじろう》と絵師海北友松《かいほうゆうしょう》が、相伴していた。

海北友松は、ただの絵師ではなく、かつては浅井長政の重臣であった。主家が滅びるのをみて、刀をすて、絵筆をとり、のちに海北派と称される独特の画風をひらいている人物であった。

いま、宴席では——。

近衛信光が、横笛の調べを披露して居り、そこにはべる人たちに、耳をすまさせていたた。

「のんきなものよ、公卿というしろものは——」

幔幕の外で、ひくく吐きすてたのは、護衛の任に当っている八荒竜鬼隊の一人——郡《むれ》新八郎《しんぱちろう》という青年であった。

「公卿は、政治をするために、帝にはべっている者なのに、やっていることといえば、笛を吹いたり、鼓を打ったり、舞を舞うたり……、ばかげている！　足利将軍家が、あの公卿にならって、腑抜けになったから、天下は、麻と乱れたのだ」

「ふうん、新八郎、どうせのことなら、幕の内へ踏み込んで、太政大臣の伜へ、面とむかって、そう呶鳴ってやれ」

けしかけたのは、大庭左源太であった。

「やってもよい、隊長が迷惑を蒙らぬ、とわかって居れば、おれは、呶鳴ってやる」

「やれ！　やれ！　……公卿は、われら八荒竜鬼隊が警固しているから、身が安全なのだ。……花見の番犬にすぎぬ、などと見下げられていては、癪にさわる」

「よし！　おれは、堂々と、諫言《かんげん》してやるぞ」

血気の青年隊士は、大股に進みかけた。

「待て！」

竹宮玄蕃が、あわてて、行手をさえぎった。

「分際をわきまえろ！　隊長の許可なくして、勝手な振舞いは、許さん。……大庭左源太、貴様も、若い奴をたきつけるのは、止めろ！」

二

宴席では——。

近衛信光の調べがおわると、茶屋四郎次郎が、

「おみごとでございます。わざのお上手は申すまでもないことながら、云うに云われぬ雅びの音色は、太政大臣近衛前久様のおん曹子、というお育ちのおおらかさから、生れるもの、と存じます。わたくしども、卑しい商人ずれには、どう修業いたしましても、おぼつかぬものがございまするな」

と、ほめたたえた。

信光は、おっとりと微笑をうかべて、

「そのかわり、お許には、金もうけという、麿《まろ》たち公卿には、及びもつかぬ、うらやましいわざがある。茶屋四郎次郎といえば、都の三長者と指を折られるほどの大身代で、

その気になれば、唐天竺《からてんじく》へでも遊山に出かけられる黄金を持ちながら、まだまだ、そこいらに金もうけの種はなかろうかと、その目の色の油断のならぬことよ」

と、云った。

「いや、これは、おそれ入りました。……大納言様、若君がご機嫌ななめなのは、由香里姫様のおいでが、おそいゆえかと存じます。……若君様、そうではございませぬか？」

「いかにも、その通りじゃ」

信光は気持をかくそうとしなかった。

信光は、由香里の美しさに、心を奪われていた。なろうことなら、由香里を妻にもらい受けたい、とのぞんでいた。

「麿は、このらんまんの花の下で、由香里姫の小鼓と、調べ合せをいたすのを、愉しみに参ったのじゃ」

大納言尚久は、信光の横顔を、じろりと見やった。

——この若者が、大事を打明けるに足りるだけの器量を持っていれば、由香里を妻にくれてもよいのだが……。

尚久は、信光にそんな器量のないのを、看抜いていた。

いや、堂上公卿のうちで、政治の権力を、自分たちの手にとりもどそう、という気持を持った者など、皆無といえた。

織田信長が、京へ入るまでは、写経をして、それを武将や豪族に買ってもらって、ほそぼそと露命をつないでいた公卿たちは、信長から、生活費を与えられるようになると、

「上総介を、新しい将軍家に――」

と、一人が云い出し、たちまち、全員が賛成したものであった。

かえって、信長の方が、その申し入れをきくや、からからとわらって、

「将軍家は、腰抜けながら、まだ足利義昭殿が、その座に就かれて居り申す。この上総介は、泥棒猫のまねなどいたさぬ」

と、拒否したことであった。

もとより、公卿たちは、信長の高慢不遜《ふそん》な、作法知らずの言動を、憎んではいたが、信長のおかげで、台所が安泰になり、こうして花見の宴も催すことができるようになると、さもしくあさましい、と判りつつも、

「信長以外に、自分たちを守ってくれる武将は居らぬ」

と、思い込んだのである。

醍醐尚久ただ一人、公卿たちの腑抜けぶりが、腹立たしかった。

尚久は、明智光秀に裏切らせて、信長を滅し、自分が関白の座に就いて、政治の大権をにぎりたい野望の権化となっていた。

もとより、公卿たちは、尚久の切望を、すこしも知らなかった。

「大納言殿、由香里姫は、今日は、ここへ参られぬのではあるまいか？」

信光が、訊ねた。

由香里は、朝がた、蓮華院《れんげいん》の歌会の席へ、おもむき、午には、こちらの花見の宴に、加わる、と云いのこしていたのである。

「ま、そのように、おせき召さるな、催促の迎えを出して居るゆえ、おっつけ、参り申そう。……この嵯峨野で、うららかな宴の一刻《ひととき》を持ったのは、幾年ぶりであろう。心のどかに、愉しまれることだ」

そう云ってから、尚久は、視線を、海北友松に、移した。

「友松、お許は、右大臣上総介殿の評判を、どう受けとめて居るのかな?」

さぐるように、訊ねかけた。

海北友松は、信長から、安土城が完成した時、大広間の襖絵《ふすまえ》をたのまれたが、病いを口実にして断って気骨をみせていた。

友松は、笑って、

「刀を絵筆に代えた世捨人でござれば、浮世のことは、見ざる云わざる聞かざる、でござる」

と、こたえた。

「うまく、逃げたの。……ま、今日は、浮世のうさを忘れるための桜狩りじゃ。かたい話は、座が白けよう。……花に酔い、酒に酔うて、たけなわの春を、心ゆくまで愉しむことにいたそうか」

　すると、信光が、だだっ子ぶりを、表情に出した。

「花は咲き、盃は重ねても……、美しい生きた花が、かたえにおじゃらぬと、心が楽しゅうない。おそいのう、由香里姫は——」

　とたん、友松が、いささかとぼけた口調で、

「てまえも、また、生きたはなに、逢いとうなり申した」

　と、云った。

　信光が、「なにを申すぞ、お許、世捨人であろうが——」

　と、とがめた。

「ははは、てまえが逢いたいのは、女子ではなく、男でござる。それも、戦場のにおいをたちこめさせた武辺でござる」

「なに——」

「ははは、はなははなでも、この——」

　と、友松は、自分の鼻を指さして、

「こちらの鼻の方で——。たしか、あの赤槍天狗は、禁裏御守護をうけたまわる八荒竜鬼隊の副隊長を、つとめて居る由」

「ほう、友松は、修羅十郎太を、存じて居るのか？」

　尚久が、問うた。

「小谷城攻防のみぎり、修羅十郎太は、合戦買いの牢人として、籠城側にやとわれて居

りましたが、織田勢のまっただ中へ斬り込んで、阿修羅となって闘った武者ぶりは、いまも、てまえのまぶたの裏に、やきついて居り申す」

そればかりか、修羅十郎太は、信長の実妹である長政夫人お市の方と三人の幼女を、火焔の中から救い出して、信長の本陣へともなうはなれ業を、やってのけたのである。

爾来、海北友松は、修羅十郎太という武辺のことを、忘れなかった。

三

由香里が、その花見の宴席に、姿を現したのは、それから小半刻すぎてからであった。

八荒竜鬼隊隊長・堂明寺内蔵助が、つき添うていた。

内蔵助は、隊士たちの勤めぶりを見廻りのため、ここへ来る途中、大沢の池のほとりで、由香里と出逢ったのである。

つい先日、内蔵助は、醍醐邸へ招かれて、由香里と知りあったばかりであった。

尚久は、内蔵助という人物を、観察するために、自分の屋敷へ招いたのであったが、

——この男、修羅十郎太とはちがい、ひと癖もふた癖もある悪者だな。

と、看て取ったことであった。

由香里が、薄絹の被衣《かずき》をかぶって、近づくと、幔幕ぎわに整列していた隊士たちは、その美しさに、一斉に、声をあげた。

「天女だのう、まるで——」

「目がくらむ！」

「死にそうだぞ、おれは――」

無遠慮な高声をあげた。

由香里は、それらの感嘆の声をきき流して、幔幕の内に、入った。

「おそなわりました」

被衣をとると、信光が、喜色満面で、立ち上り、

「おう、参られた参られた！……それにしても、おそい。姫は、蓮華院から、お徒歩《ひろい》で参られたのではないか。迎えの者の気のきかぬ。乗物の用意をいたせばよいものを――」

「いいえ、駕籠の迎えが参りましたが、わたくしが、勝手に返しました。花がすみに包まれた野辺を、ひろいながら、物想いにふけって。それは、よい心地でございました」

「物想いに――？」

「はい、物想いに」

「どんな物想いにふけられた？」

「それを、申し上げては、わたくしの夢が、こわれてしまいます」

「それは、そうじゃが、気になる」

「ほほほ……、娘の心の中を、のぞくなど、信光様も、風流人ならば、お止しなされませ」

「いや、躬は、ただ、その……、美しいひとが、胸に秘めた想い、ときいただけで——、なにやら嫉妬のほむらに、身が焼かれるのじゃ」

しかし、信光は、由香里が、傍に坐ると、すっかり機嫌をなおして、はた目におかしいくらいの無邪気な恋狂いぶりを、態度に示した。

それを見た茶屋四郎次郎が、

「では、ここらで、若君に、風流の味を、ご馳走にあずかりたいものでございますな」

と、申し出た。

「おう、調べ合せの儀か。姫、宴のさかなに、小鼓打たせられい。麿が、笛を合せるほどに——」

信光が、もとめた。

しかし、由香里は、

「蓮華院のお歌の会で、大層苦吟いたしましたので、わたくし、疲れて居ります。おゆるし下さいませ」

と、ことわった。

信光は、たちまち、不興気に、

「左様か——」

むすっとなった。

尚久が、「やりなさい」と、すすめたが、由香里は、肯《き》かなかった。

信光は、由香里のきりりとした態度に、あわてて、

「い、いや、お気のすすまぬことなれば、やめにいたそう」

と、云った。

「そうですわ。気がすすまねば、鼓も決して、よい音は出ませぬ。それでは、禁裏随一の笛の上手と評判の信光様に、かえってご無礼になります。そうでございますね、信光様？」

「さ、さよう、いかにも、その通り――、では、ざんねんじゃが、又の折ということにいたそう」

信光がこたえた折、突然、幔幕の北側から、激しい吶号があがった。

十数人の牢人者が、抜刀して、踏み込んで来たのである。

## 槍の舞い

### 一

八荒竜鬼隊の面々は、南側の幔幕の出入口の左右を、警固して居り、北側には、十歩置きに、一人ずつ配されていたにすぎなかった。

忍び寄った牢人の群は、不意を襲って、二人の隊士を、なぐり倒しておいて、幕内に

乱入して来た。

侍女たちは、悲鳴をあげて、逃げ出そうとした。

「狼藉者！」

公卿ざむらい三四人が、牢人者たちをさえぎろうとして、峰撃ちをくらって、あっけなく、倒れた。

内蔵助が、進んだ。

「おのれら、なんの狼藉沙汰か！　ここを、醍醐大納言卿の宴の場所と知っての乱暴か？」

「知らんな」

牢人者の一人が、うそぶいた。

「どこのどなた様の宴席かは、知らぬ。ただ、誰のものでもない嵯峨野の野辺を、仰々しい幔幕で仕切って、わがもの顔で、独り占めしているのが、腹の虫にさわったまでだ」

「そうよ」

もう一人が、受けて、

「いわば、ここは天下の往来、われらが通ろうが、居坐ろうが、勝手というものだ」

と、わめいた。

内蔵助が、冷笑した。

「おのれら、死出の旅路をいそぐために、盃をくみかわして、酔うたか」

「なにをほざく！　尾羽打ち枯らした牢人が、花見酒を飲んで、なにがわるい！　……おう、朋輩、ここらあたりが、眺めが、いちばんよさそうだぞ」

「そうだ、ここで、酒盛といいたすか」

数人が、どっかと車座に、坐り込んだ。

内蔵助は、こんないやがらせに、腹を立てるのも、大人気ない、と思い、なるたけおだやかに、牢人の群を、ひきあげさせようと、

「些少《さしょう》の金子なら、合力《ごうりき》しよう。おとなしく去れ」

と、云った。

「われらは、乞食ではないぞ。……そうだ。酒なら、いくらでも、ふるまってもらおうではないか」

一人が、瓢簞《ひさご》を携げて、近づいて来た。

「ついでのことに、肴《さかな》も無心いたす。そちらの美しい姫君が、酌をして下さるのであれば、なおさら、結構――」

六七人が、宴席を包囲する陣形を布いて、迫って来た。

信光が、突っ立って、蒼白になりながら、

「内蔵助！　は、はやく、この山犬どもを、追いはらってしまえ！」

と、叫んだ。

内蔵助も、この上は、やむを得ぬと、

「おのれら、この宴席を護衛いたすのは、右大臣織田上総介信長公の旗本八荒竜鬼隊と、きいてもひきさがらぬか。……吠《ほ》え面かかぬうちに、退去いたすことだな」

と、きめつけた。

すると、牢人たちは、顔を見合せた。

「織田の手の者とあっては、どうあっても、おとなしゅうひきさがるわけには参らぬぞ」

「ふむ。すると、右大臣家に主家を滅された野犬どもか、おのれら――」

内蔵助は、

――あらしになろう。

と、ほぞをきめた。

それを看て、海北友松が、歩み出て、

「牢人衆、止さぬか。……なにごとぞ、花見る人の長刀。花見の席は、呉越同舟だ。いまさら、戦さの怨みを持ち出して、花を散らすのは、野暮の骨頂と申すもの。酒と肴ぐらいは、もらってやるほどに、この場は、ぶじに退散してもらいたい」

と、なだめかかった。

「うるせえ！　退いていろ」

無腰とみて、牢人者は、友松を突きとばそうとした。

友松は、その手を逆につかんで、ねじると、

「どこまで無法を通す気か！」

と、睨みまわした。

流石は、戦場往来の古強者であった。威風あたりをはらった。

内蔵助は、友松に、

「これは、やらずば、すみ申さぬ。海北殿、あとへ退って、ご見物下され」

と云って、狩衣《かりぎぬ》の袖くくりの紐《ひも》を、しぼって、結ぶと、頸にかけた。

二

——公卿がたに、武士の闘いぶりを披露しておくのも、一興かも知れぬ。

内蔵助は、そう考えたのである。

十数人の牢人者たちは、内蔵助に向かって、襲撃の布陣をとった。

幕外から、竹宮玄蕃はじめ隊士数人が、馳せ込んで来たが、内蔵助は、

「ご一統の警固をせよ。……こいつらを、片づけるのは、隊長にまかせておけ」

と、申しつけた。

隊士たちは、内蔵助の強さを知っていたので、面白い見世物になると、顔見合せた。

こうなると——。

牢人者一同も、ただの狼藉ではすまなくなり、必死の形相になって、白刃をそれぞれ

に構えて、じりじりと迫って来た。

　その時。

「やあれ、しばらく……おん待ち候え」

　幕外から、能がかりよろしく、声をかけて、扇子で顔をかくしながら、するすると入って来た者があった。

「おっ、副隊長！」

　隊士の一人が、叫んだ。

　十郎太は、内蔵助の脇へ、進み出て、扇子を、顔からはずした。

「いまをはやりの歌舞伎《かぶき》がかりで、まかり出でたは、八荒竜鬼隊副隊長修羅十郎太。こんな野良犬対手では、隊長が出るまでのことはない。おれにまかせろ」

「うむ。……お主の槍さばきを、お公卿がたに、ごらんに入れるか」

「その通り――。おい、牢人衆、なにを、あっけらかんと、おれの顔を、見て居る？」

　十郎太は、白刃の陣を見わたして、

「どうした？　おれの顔のまん中に、何を見つけた？　山車《だし》でも通る、というのか？　鳥でも、巣食っているというのか？　さてはまた、奇妙奇天烈、唐天竺、呂宋《るそん》じゃがたら南蛮国の、見たこともないけだものが、くっついているとでもいうのか？」

と、まくしたてた。

　牢人者どもは、ようやく、われにかえって、

「化物め！」

「それだけか」

「なに！」

「ほかに云うことはないか？」

「くそでっかい鼻めが……」

「それから？」

「珍妙きわまる鼻だ！」

「それから？」

「邪魔っけな鼻だっ！」

「それから？」

「みっともない鼻だ！」

「ふん――」

十郎太は、せせら笑った。

「うぬら、この鼻を、さげすむのなら、もうすこし、気のきいたあざけりの言葉を、ならべたらどうだ。なんのかざりも洒落《しゃれ》もない、お粗末きわまるむき出しの言葉を、吸鳴るだけでは、この天に冲《ちゅう》する鼻は、ビクともせぬぞ。

おれが、代って、この鼻を、あざけるなら、気のきいた文句は、山ほどあるぞ。

そうだ、まず、喧嘩腰でかかるなら、

『あいやお主、さような鼻が、それがしのものなら、おのれがおのれの脇差で、抜
手もみせずに、斬り落し申すぞ』

廓の女郎なら、
『これさ殿御、小盃ではお鼻が濡《ぬ》れまする。どうせ召し上るなら、腰高の大盃にな
されませ』

叙事でやるなら、
『おお、そは岩なり、そは山なり、そは岬なり』

みやびでやるなら、
『いとしき君の情なら、手塩にかけた小鳥ゆえ、可愛い足のとまり木に、その鼻さ
きを借りまする』

隠者流にやれば、
『鼻静かにして太古の如《ごと》し』

李白をまねれば、
『鼻は人面より起り、雲は、馬頭に傍《そ》うて生ず』

戒めでやれば、
『やすい代物ほど高い』

謡いでやれば、
『雨は降らねど、この宿は、一樹の蔭とおぼえたり』

大袈裟に仰天して云うなら、

『やれおどろいた、びっくりだ、疾風《はやて》ならでは風邪ひかぬ鼻』

誇張好きでやれば、

『もしや鼻血が出たならば、実に紅海《こうかい》も啻《ただ》ならず』

淫乱ならば、

『あれえ、いつ、股ぐらから顔へ、移り住んだのかえ』

新古今でやれば、

『おしなべて、むなしきはなと思いしに、藤咲きぬれば、紫の雲』

……と、まあ、ざっとこれくらいの文句がならべられぬようでは、おのれら、この鼻を、あざける資格はないのだぞ」

三

立板に水を流す、とはこのことであったろう。

十郎太に、云いまくられて、牢人団は、しばらく立往生のけしきであった。

「ははあ、どうやら、啞になったようだな。……このあたりで、そろりそろりと退散した方が、身のためだぞ。それとも、遠慮なく、あしらって欲しいと申すなら、おのれらがのぞむところを、鼻唄まじりに、ちょいちょいと、お見舞い申そう。どこがいい？　髷《まげ》をとばすか、小鬢《こびん》を殺ごうか、小指一本頂戴しようか、それとも、二の腕あたりに、おれの名でも刻んでやろうか」

「くそっ！　木っ端《こっぱ》天狗め！」

ようやく――。

一人が、猛然と、斬りつけた。

十郎太は、かわしざまに、その腰を蹴とばして、

「あわてるな！　狙って来るなら、この鼻にしろ」

と、笑っておいて、

「猿丸！」

と、呼んだ。

「おっと、合点、猿丸、参上！」

幕外の松の幹を、かけのぼって、ひょいと、顔をのぞけた。

「投げろ！」

「かしこまって候」

猿丸が、ぽうんと投げた赤槍を、振り向きもせずに、宙で受けとめた十郎太は、りゅっとひとしごきした。

「猿丸、例によって、この槍の舞い、ひとつ、はなづくしで行くか」

「おやりなされ。ひさしぶりで、うかがいましょう」

「ようし……牢人衆、殺しはせぬゆえ、かかって参れ」

十郎太は、朗々と、自作の今様をうたいつつ、包囲陣の中へ、五体を容《い》れた。

　春や春
　はなの都のはないくさ
　はなは桜木、人は武士
　ところも、京のはな嵯峨野

「ほれ、来た！　洟水《はなみず》たらした餓鬼っ面」

斬りつけて来たのを、穂先ではじいて、石突きで足ばらいをくれておいて、

　はなに嵐のたとえもござる
　さよならだけが、人生じゃ

横あいから振り込んで来たのを、ひょいとかわして、ひと薙ぎに、胴をぶちのめし、

　はな毛をのばした、この阿呆面
　はな汗かいたはなつまみ

突如、攻撃に転じて、目にもとまらぬ迅業で、鼻やら耳朶やらを、片はしから殺ぎまくり、

　はなであしらうこの迅業は
　はなも実もあるはなむけなり

ぱっと、身構えるや、

「おのれら、これ以上、歯向って来ると、どいつも、心の臓を、ひと突きだぞ！」

と、一喝した。

いい加減、戦意を失っていた牢人団は、その凄じい一喝で、完全に怯じ気づいて、どっと、後退した。

歓声に追われて、牢人者どもが、退散した時、十郎太は、かえって、にがい面持になっていた。

由香里を意識した上で、調子に乗ったおのれの道化ぶりに、ふと、自己嫌悪にかられたのである。

「いかん！　どうも、それがしは、いささか、おっちょこちょいすぎ申す。ごめん――」

行きかける十郎太を、内蔵助が、呼びとめた。

「十郎太、海北友松殿が、久闊《きゆうかつ》をのべたいと申して居られるぞ」

「おう、海北殿か」

友松は、そばへ寄って来て、

「いつもながらの見事な槍さばき、目の馳走でござったぞ」

「慙じ入り申す」

「なんの、公卿がたの桜狩りには、この上もない座興でござった」

「つい、調子づくのが、それがしの悪癖でござる」

いたたまらない様子で、十郎太は、幔幕を出て行きかけて、大股に入って来ようとする一人の青年に、あやうくぶっつかろうとした。

「あ——主馬様！」

由香里が、呼んだ。

青年は、醍醐主馬であった。

「由香里どの！」

主馬は、手をあげた。

十郎太は、その水もしたたる美男ぶりに、思わず、見惚《みと》れた。

主馬は、その視線を感じて、十郎太を見かえした。

「醍醐主馬です。九年前、比叡山中で、貴殿に救われ申した——」

「おお、あの時の少年が——、ふむ、これはまた、美丈夫に育ったものぞ」

十郎太は、主馬が、由香里とは、復従兄妹の間柄であるのを、思い出した。

主馬が、由香里のそばへ寄るのを、見送って、十郎太は、

「美男美女か。似合いだな」

と、つぶやいた。

胸のうちを、冷たい風が吹き抜けるようであった。

急に、由香里が、はるか彼方に遠のいたようなむなしさをおぼえた。

——このおれが、抱いた夢は、もう、もろく消えはてようとしている。

主馬の出現は、十郎太にとって、大きな衝撃であった。

# 酒乱天狗

## 一

「ここらあたりへ来ると、まるで、天下は泰平になったあんばいだな」

ぶつぶつとつぶやきながら、六条柳町の廓へ入って来たのは、猿丸であった。

まだ真昼であったが、遊客が列をなしているほど、通りは雑沓《ざっとう》していた。すでにしたたかに酔っぱらって、ふらふらとよろめいている者もいた。

戸外の床几からは、遊女たちが、なまめかしい媚態をつくったり、甘い声で呼びかけたりしていた。青楼内からは、三弦の音や歌声がひびいていた。

「はてな？」

猿丸は、とある店から出て来た笠で顔をかくしている武士へ、目をとめた。

その背恰好は、醍醐主馬のようであった。

「もし醍醐様――」

呼びかけてみたが、武士は、振りかえろうともせず、足早やに遠ざかって行った。

「あれは、たしかに、醍醐主馬様とみたが……？」

猿丸は、首をひねった。

主馬が、遊女を買ったとしても、べつに、ふしぎはない。しかし、猿丸は、なんとなく、主馬が遊蕩《ゆうとう》する青年とは考えたくなかった。

——人ちがいかも知れぬ。

猿丸は、歩きながら、先日、嵯峨野の桜狩りの宴席で、由香里と手をとりあった主馬の姿を思いうかべた。

絶世といっても誇張ではない美男と美女の寄り添うた風景は、周囲の人々を見惚れさせたものであった。

その時、猿丸は、そっと、十郎太を、ぬすみ視たが、巨鼻を突き出した横顔には、おのれをさげすむ暗い哀しい表情があった。

——途方もない色男が、わがあるじの恋敵となるのではあるまいか？

ふっと、そんな予感がわいたものであった。

ともあれ、醍醐主馬が廓で遊ぶ、というのは、猿丸にとって、なんとなく妙な気がした。人ちがいだと考えたかった。

やがて——。

猿丸が、あがったのは、六条柳町でも、五指のうちにかぞえられる『佐渡島』という大籬《おおまがき》であった。

当時——。

京都の廓には、評判のお国歌舞伎をまねて、遊女歌舞伎がつくられ、人気を呼んでいる。

遊女たちを、男装させて、歌舞伎踊や能楽を演じさせて、客寄せの趣向としたのである。

大籬には、能舞台をまねた舞台もつくられていた。

猿丸が、そこをのぞいてみると、塗り笠に紅の腰蓑《こしみの》をまとった十数人の遊女が、鉦《かね》を叩《たた》き、笛と鼓に拍子を合せて、念仏踊の群舞をやっている最中であった。

猿丸が、さがす対手は、そこに見当らなかった。

猿丸は、禿《かむろ》の一人をつかまえて、

「八荒竜鬼隊の副隊長殿は、どこじゃな？」

と、たずねた。

「あの天狗様かえ。……天狗様なら、離れで、飲んでおいやすえ」

「いつから、飲みつづけて居る？」

「五日前からどす」

「やれやれ――」

猿丸は、中庭を横切って、その離れ座敷に、近づいた。

「……恋せばや、恋せばや、……ああ、恋せばや……」

十郎太の声が、流れ出ていた。

「うちわびて……呼ばわん声に、山彦の、こたえぬ山はあらじ……、山はあらじ……」

二

猿丸は、縁さきに立った。

床柱によりかかった十郎太は、酔眼を宙に据え、だらしなく胸をはだけ、両足をなげ出していた。

ただの飲み様ではなかった。

座敷中に、さまざまの品がとりちらかされ、寝牀も敷きっぱなしになっていた。

喰《た》べたものの片づけも、座敷の掃除も許さず、十郎太は、流連《いつづけ》五日間をすごしている模様であった。

「若――、なんというていたらくでござる?」

猿丸は、臭気をはなっている喰べのこしの皿や小鉢を、片隅へ寄せておいて、十郎太の前に坐った。

「なにがだ、猿丸?」

十郎太は、酔眼を、唯一の郎党にあてた。

「なにがではござらぬぞ、若――。若は、いまは、八荒竜鬼隊の副隊長でござる」

「それが、どうしたというのだ?」

「どうしたもこうしたも……、なさけのうござる」

「おれが、廓酒に酔い痴《し》れているのが、そんなに、なさけないのか?」

「なさけのうござる。赤槍天狗が、このようにだらしないていたらくを、さらしてしまわれるとは、なんというなさけなさ！」

「ははは……、猿丸、お前の主人修羅十郎太が、生身の人間であることを、お前は、忘れたか。いったい、幾年、おれのそばにくっついているのだ。そのお前さえも、おれという男が、わかって居らぬとは、その方が、なさけないぞ」

「若！」

「若と呼ぶのは、止めろ！」

「では、あるじ様、貴方様がこのように荒れておいでになる胸のうちが、この猿丸に、わからぬ、と仰せか。とんでもない。百も承知、千も合点でござる……。若——いや、あるじ様のお気持は、そのまま、この猿丸の気持でもござる」

「それならば、なさけないなどと云うな。笑いたい時には笑い、泣きたい時には泣き、飲みたい時には飲む。これが、おれの人生だ」

「しかし、いまは、ただの牢人者ではなく、八荒竜鬼隊の副隊長でござる」

「おれが、八荒竜鬼隊に入り、いずれは一国一城のあるじになろう、と思いきめたのは、出世欲にとりつかれたためではないことを、お前は知っているではないか」

「もとより、存じて居ります」

「世にもたぐいまれな美しいひとを、妻にできるなら、という夢を抱いたがために、おれは、右大臣家の家来になった。その美しいひとは、しかし、はるかに、遠いものになりそうだ。……これが、飲まずにいられるか！」

「姫君の前に、衆を抜いた美男が、現れたので、あるじ様は、勝手に、そう思い込まれただけでござる」

「お前も見たではないか。あれほど、似合いの雄雛雌雛《おびなめびな》は、世にまたとないぞ。どう考えても、夫婦として、あれだけの一対は、居らぬのだ」

「眉目かたちは、そうでござろう。しかし、心と心が、はたして似合いか、どうか……？」

「おれをなぐさめるつもりか、猿丸？　……おれが、この世で最もきらいなものは、あわれみをかけられることだぞ。憐憫《れんびん》されるよりは、軽蔑してもらった方が、ましだ。なぐさめられるよりは、ののしってもらった方が、気楽なのだ。……猿丸、お前は、主人を理解しているようでいて、毛頭みじん、判っては居らぬのだぞ」

十郎太が、そう云った時、中庭を通って来る足音がきこえた。

「副隊長に、申しあげます」

この『佐渡島』の番頭が、呼びかけて来た。

「なんだ？　出て行け、というのなら、そっ首が飛ぶのを覚悟してから云え」

「とんでもない。八荒竜鬼隊のおかげで、この廓から、喧嘩沙汰がとだえ、怪しいごろつきどもの姿も消えました。有難いことでございます。いつまででも、流連て下さいまして、結構でございます。……つきましては、酒のおあいてに、あたらしくやといました舞姫を、連れましてございます」

「女には用はない」

「ま――、そう仰言らずに、おそばにはべらせて下さいますよう、お願いいたします」

番頭にうながされて、座敷に上って来たのは、まばゆいばかりの華やかな衣裳をつけた女であった。

厚化粧の貌は、たしかに、造作が整って、美しかった。肢体に色香をたたえ、ふつうの客ならば、これは上玉だ、とよろこぶに相違なかった。

「於風と申します」

両手をつかえて、名のった。

十郎太は、しかし、一瞥もくれようとせず、

「猿丸、お前がのぞむなら、この女、ゆずってくれるぞ」

と、云った。

「いや、身共は、あれ以来、女色を断って居り申すゆえ……」

猿丸は、しりごみをした。

顔をあげた於風は、一瞬、十郎太の横顔を、食い入るように、にらんだが、すぐ、あでやかな笑顔をつくって、

「主様、舞台の方へ、参られませぬかえ。つたないわたくしの踊を、ご披露いたしますほどに……」

と、さそった。

「おれは、ここを動かぬ。そなたのような美女にはべられても、欲情を催さぬ。……すておけ」

「主様、どうして、そのように、すねておいでなさんすのかえ？　……女ぎらいで通して参られたのなら、この於風が、腕によりをかけて、女の肌の味をお教え申しますぞえ」

於風は、そう云いつつ、にじり寄った。

十郎太は、とたんに、すっとかわして、立ち上った。

「猿丸――、屯所へもどるぞ」

「お供つかまつる」

無視された於風は、中庭を遠ざかる十郎太の後ろ姿を、憎悪をこめて、にらみつけた。

「化物天狗め！　待っているがいい！　きっと、敵を討ってくれるから――」

三

その時刻、醍醐主馬は、嵯峨野の醍醐大納言邸を、おとずれていた。

書院で、対座すると、尚久は、

「日向守の肚がきまったのは、なによりのことだ」

と、云った。

明智光秀は、千思万考の挙句、ついに、主君信長を裏切って、謀叛を起す決意をしたのであった。

その時節は、まだ、光秀も尚久も、きめていなかったが、すくなくとも、この半年以内であることは、互いに密書で盟《ちか》ったのである。

「上総介は、数日うちに、安土に帰る由だが……、いずれ近い日に、京都へ出て参ろう。……討つのは、その時だな」

「はい」

主馬は、尚久を見つめて、うなずいた。

主君光秀が、天下人になれば、

——自分は、すくなくとも、十万石以上、二十万石、あるいは三十万石の大名になれるかも知れぬ。

主馬は、その野望を、しだいに、胸中にふくれあがらせていたのである。

「主馬、ついては、そちには、間者として、敵の腹中に入ってもらおう」

「は——！」

「そちは、信長の旗本になるのだ」

「はい」

「間者であることを、絶対に気どられてはならぬ。……よいな」

「承知いたしました」

「ほどなく、そちを旗本に入れてくれる織田家の家臣が、ここへ参る」

「今日より、そちは、織田家の忠実な家来と相成る」

「はい。……しかし、それがしが、明智家の者と知りながら、織田家旗本へ加えられましょうか？」

「その理由は、わしが、考えてやっている」

尚久は、うすら笑った。

それから半刻ばかり過ぎて、醍醐邸へ姿をあらわしたのは、堂明寺内蔵助であった。

尚久は、内蔵助に、主馬をひきあわせた。

「この者、先日の花見で、見知り居ろうが、あらためて、名のらせよう」

「は――」

「主馬、こちらは、八荒竜鬼隊の隊長だ」

「それがし、醍醐主馬と申します。なにとぞ、以後よろしくおひきまわしのほどを、お願いつかまつる」

内蔵助は、尚久に、

「ご当家と、縁つづきになって居られましょうか？」

と、たずねた。

「うむ。これの父親と、わしは、従兄弟でな。……妙な男で、公卿であることをきらって、武士になり居った。……明智光秀の麾下《きか》に入って、侍大将をつとめて居ったが、これが五歳の頃、みまかった。……お許も承知のように、当家は、由香里という娘しか居らぬ。ついては、これを婿にして継がせようと思い、日向守にたのんで、明智家から、はなれさせた。ところが、これは、どうしても、公卿になるのは、いやだと申す。あくまで、武士として生涯をつらぬきたいと、頑として肯き入れぬ。……いまさら、これを亀山城へかえすわけにも参らぬので、ふと思いついて、お許にたのんでみようと、来てもらったのじゃ」

「八荒竜鬼隊に入れろ、と仰せでありますか？」

「左様――、たのむ」

尚久は、かるく、頭を下げた。

内蔵助は、冷たく冴えた眼眸を、主馬に送った。

「八荒竜鬼隊は、もともと、合戦買いの牢人どもの集りでござる。作法知らずの荒くれ者がそろって居り申すゆえ、入隊されると、気に入らぬことが、つぎつぎと起って参ろうが……」

「それも、修業のひとつと心得ます」

「ほう、若いのに、性根がすわって居られる模様だ」

内蔵助は、微笑した。

「堂明寺、では、この若者を、たのむぞ」

「かしこまりました」

「存分に、びしびしと、きたえてくれてよいぞ」

「わかりました」

「主馬、ただちに、この隊長に従って、屯所へ行け。……つらさに堪えられぬ、というて、もどって参っても、門を入れぬぞ。その覚悟で、行け」

「はい」

主馬は、両手をつかえた。

内蔵助は、尚久と主馬をそっと見くらべて、

――この公卿が、どうして、甥《おい》を竜鬼隊の隊士にしようというのか？

疑惑をわかせていた。

尚久の言葉の裏には、なにかが、かくされているように思えたのである。

## 遊女歌舞伎

### 一

大籬『佐渡島』の舞台のある広間が、いちだんと、にぎやかになった。
　宇治のなあ、さらしには
島の洲崎《すさき》に浪《なみ》たてて

浜の千鳥が、友を呼ぶ、友を呼ぶ
ちりちりや、ちりちり
ちりちりや、それ、ちりちり、ちり、
それに合せて、島かげに、
恋の小舟の、艪《ろ》の音が
それ、
からり、ころり、からころり

どうやら、数十人が輪になって、踊りはじめたらしく、この離れにまで、踏み鳴らすひびきが、つたわって来た。

「猿丸っ！」

十郎太が、呼んだ。

手枕で寝そべり、うとうとしかけた矢先であった。

「あの下等な、騒々しい踊を止めさせろ！」

「それは、無理でござる。あの広間で大尽遊びをしているのは、堺の納屋助左衛門《なやすけざえもん》でござれば――」

「納屋助左衛門が、どうした？　たかが、成上りの商人ではないか」

「信長公のごひいきを蒙り、鉄砲納入を一手にひき受けて居る商人でござる」

「それが、なんだというのだ！　他の客の迷惑など一向にかまわず、あぶく銭をまきちらす根性が、気に食わぬぞ！」

十郎太は、むっくり起き上った。

昨日、屯所へ戻るべく、いったん廓を出ながら、また、踵をまわして、『佐渡島』へ舞いもどった十郎太であった。酒気は、もう六日間も、総身から抜けてはいなかった。

猿丸は、床の間にたてかけた赤柄の槍をつかみとる十郎太を見て、あわてて、

「若――いや、あるじ様、場所をお心得めされ。ここは、廓でござる」

と、とどめた。

「おれが、堺の成上り商人に、槍の舞いをみせてくれようというのだ」

「広間を買いきっているのは、助左衛門でござれば、ことわりもなく踏み込むのは、野暮と申すもの」

「野暮は承知の狼藉だ」

十郎太は、中庭へ降りると、まっしぐらに、広間へ奔った。

踊っていた遊女連は、いきなり抜身の槍をひっさげた十郎太の出現に、悲鳴をあげて、四方の片隅に、逃げた。

中央に進んだ十郎太は、朗々と竜鬼隊の歌をうたいつつ、舞いはじめた。

　これやこれ八荒竜鬼隊
　いざ見よやこの旗の下
ますらおが花咲ける武者振りを

ただ、舞うのではなかった。

縦横むじんに、旋回させ、くり出し、はねあげつつ、目にもとまらぬ素早い動きを示していたが、そのうち、

「あっ！」

「ひいっ！」

遊女のうちから、つぎつぎと悲鳴が、あがった。

穂先の閃光とともに、帯が両断され、あっと目くらんだ刹那《せつな》、衣裳の前を、ぱっとひきめくられていたのである。

わが身をかばったり、逃げ出したりするいとまはなかった。

穂先に裾を貫かれ、悲鳴をあげた次の瞬間には、裾をぱあっと拡げられて、たちまち、胸も下腹も下肢も、ひんむかれていた。

そうされる前に、あわてて、廊下へ逃げようとした遊女は、背後から、槍に襲われて、帯を両断され、裾をはねあげられ、臀部《でんぶ》まる出しになった。

十郎太自身は、あたかも無心で唄い舞うがごとく、

いざ聞けや、この旗の下

もののふが勇々しき雄叫びを

いざ行かむ、この旗の下

千万の大敵も、ものかは

太刀を振り馬を駈り
山を抜き野を走る
これやこれ八荒竜鬼隊
七八人の遊女が、その穂先をくらって、またたく間に、素裸にされてしまった。

二

ぴたっ、と停止した時、十郎太は、その穂先を、納屋助左衛門の鼻さきすれすれに、突きつけていた。

「八荒竜鬼隊副隊長・修羅十郎太が座興の見世物、とくと見とどけられたかな、成上り大尽殿」

そう云いかけて、にやりとした。

納屋助左衛門は、豪腹をもってきこえた南蛮交易の大商人であったが、さすがに、顔色を蒼ざめさせていた。

「まことにお見事な槍さばきでございますな」

「空世辞は、置いてもらおう。無粋な狼藉沙汰に、腹を立てているのなら、正直に、そう云ってもらおう。この泥酔の化物天狗めが、と内心、軽蔑して居るのだろう、どうだな、成上り大尽殿？」

「どういたしまして、決して、そのような……。ただ、もう、貴方様の槍さばきのお見事さに、感歎いたして居ります る」

「商人という者は、こちらが空世辞やへつらいを好まぬ人間と、わかっていても、しつっこく、心にもない言葉をならべるものだな。……おれは、お主のような狡猾で、欲深で、図々しい、金のためなら、権力者の足の裏でも、平気でなめるような奴が、大きらいなのだ。……どうだ、納屋助左衛門、お主は、織田信長が、右大臣になり、天下人になれたのも、自分が南蛮から鉄砲を仕入れて、売りつけたからだ、と思って居るのではないのか？」

「なんの、右大臣様は、古今東西まれにみる器量人でございますれば……」

「それみろ、またしても、ぬけぬけと、心にもない嘘を、ほざく。……おれは、お主のその舌を、ぐさりと、突き刺したくなったぞ」

十郎太は、本気で突く気色を示した。

その時、

「修羅十郎太様、そのお振舞いは、八荒竜鬼隊の副隊長とは、思われませぬぞ」

声が、かかった。

ふりかえると、先日、嵯峨野の桜狩りの宴で、出逢った茶屋四郎次郎であった。

「ははは……、こんどは、京都の成上り大尽の出馬か」

「このこと、醍醐大納言様のお耳に入りましたら、貴方様は、お出入り禁止に相成りかねませぬ。槍をお引き下さいますまいか」

四郎次郎は、十郎太の胸中を見通している冷やかな表情だった。

――おれの弱いところを、衝《つ》き居った。

十郎太は、助左衛門の鼻さきから穂先を引くと、廊下にひかえている猿丸へ、槍を投げおいて、その場へどっかと、胡座《あぐら》をかいた。

「両大尽ならびに、取巻きの面々に、うかがおう。この修羅十郎太の顔を眺めて、どう思っているのか、ひとつ、きかせてもらいたい」

ぐるりと、見まわした。

一同は、しいんと押し黙っている。

「おいっ！　そこの鼻べちゃ番頭」

十郎太は、一人を指さした。

「へ、へえ――」

「おれの鼻を、じろじろ眺めているわけを云ってみろ」

「い、いえ、わたくしは、べつに……」

助左衛門の番頭は、あと退《ずさ》りした。

「赤犬の尻尾みたいに、ぶらんぶらん、振っているというのか？」

「て、てまえは、そんなことなど――」

「それとも、不動明王の股ぐらから、大きな代物が、おれの顔に、鞍がえしたとでも思っていやがるのだろう」

「とんでもない」

「いやァ、きっと思ってやがるのだ。奇妙奇天烈で、破天荒で、言語道断で、天変地異で、抱腹絶倒で、猥褻《わいせつ》きわまる代物が、顔のどまん中にくっついていると、思っていやがるに相違ないのだ」

「決して、そ、そのようなことは……」

「思っていない、というのか？」

はったと睨みつけられて、番頭は、ふるえあがると、

「おゆるし下さいまし」

と、べったり平伏してしまった。

十郎太は、ぐるっと視線をまわして、別の取巻きの一人に、

「どうだ、そこの御仁、お主は、この鼻を、いささか大きすぎると、思って居ろうな？」

「いえ、決して……ただ、ほんのすこしばかり――」

「ふざけるな！　ほんのすこしだと！　この大嘘つきのかたり野郎！　対手を誰だと思っているのだ。堺あたりの成上り大尽とは、わけがちがうぞ！　……大きいと思ったら、大きいと申せ。……天狗もびっくりして腰を抜かすような、途方もない鼻でございますとな」

控え部屋から、殺気立った牢人者数人が、どやどやと、広間へ向って来たのは、その

折であった。

堺の大商人は、どの大名にも属さず、堺の町そのものを、ひとつの城廓として、多数の牢人者をやとい入れて、自衛体制を確立していた。

したがって、納屋助左衛門などが、京の都に遊ぶ際にも、絶えず、護衛の牢人者が幾人か、つき添うていた。

三

「おっ！　いけんわい！」

猿丸が、迫って来る牢人者たちを見て、あわてて、広間へとび込もうとした。

瞬間――。

牢人者の一人が、投げた手裏剣に、足くびを刺されて、猿丸は、

「くそっ！」

と、槍をふりまわした。

一人が、ひと跳びに、宙を躍って、猿丸の眉間を蹴った。

猿丸が、ひっくりかえった刹那には、もう、槍は、牢人者の手に移っていた。

それを眺めて、納屋助左衛門が、

「修羅十郎太殿、槍がなくては、お手前は、岡にあがった河童《かっぱ》ではございませんかな？」

と、薄ら笑った。

十郎太は、にやりとして、

「どうせのことなら、水に落ちた天狗、とでも云ってもらいたいものだ」

と、こたえておいて、やおら、立ち上った。

五人の牢人達に向い立った十郎太は、

「この赤槍天狗、槍ばかり使って居っては、刀の方に錆《さび》がつくゆえ、時には、抜いて、用いねばなるまい。べつに、腰に、伊達《だて》に差して居るわけではないのだぞ、お主ら、やるか」

「大きな口をたたき居る。下種の大鼻め!」

「そう来なくては、いかんな。せいぜい、おれに、腹を立てさせてもらおう。……さ、もっと、おれの鼻を、ののしってくれ!」

「木っ端天狗め!」

「それだけでは、足らんぞ」

「木偶《でく》の棒め!」

「まだ、あろう」

「うるさい! つべこべほざくなっ! 参るぞ!」

牢人連は、一斉に、抜きつれた。

「ほう、拝見いたしたところ、いずれも、人を斬った、殺しの頭数を誇る御仁ぞろいのようだ……。斬り上手は、また、斬られ上手であることを、自身で試されよ」

十郎太は、じりじりと肉薄する五人の敵を見わたしながら、ゆっくりりと、刀の柄《つか》へ手をかけた。

とたん――。

ところは高の、高砂の、尾上の松も年ふりて……

華やかな、りんと張った小謡が、舞台から、ひびいて来た。

扇子をかざして、氷上をすべるように姿を現したのは、片肌脱いで、胸の隆起をあらわにした一人の遊女であった。

人々は、あっけにとられて、小謡をうたいつつ、舞いはじめた遊女を、眺めやった。

それは、於風であった。

十郎太も牢人連も、殺気をさまたげられて、唖然となった。

老の波もより来るや、この下かげの落葉かく、なるまでいのちながらえて、なおいつまでか生《いき》の松、それも久しく名所かな、名所かな

於風が、舞いおわるや、一同は、やんやと喝采した。

「ははは……、乳房は、剣よりも強しか」

庭からその言葉が、投げられた。

堂明寺内蔵助が、そこに立って、笑っていた。

茶屋四郎次郎が、助左衛門に、

「あれが、八荒竜鬼隊の隊長堂明寺内蔵助という器量人でありまするて」

と、ささやいた。

助左衛門は、立って、内蔵助に挨拶すると、それを汐に、広間を去った。

「十郎太、相当荒れて居るな」

人影のなくなった広間で、対座すると、内蔵助は、笑いながら、云った。

「荒れては、いかぬか?」

「いかぬ、とは云わぬ。ただ、八荒竜鬼隊副隊長の身分としては、不埒きわまる」

「副隊長を、止めればいいだろう」

「そうは、参るまい。八荒竜鬼隊とお主は、切っても切りはなせぬ。竜鬼隊が滅びる時まで、お主は、副隊長として生きねばならぬ。いや、いずれ、お主は、それがしに代って隊長となる身だ。自重してもらおう」

「内蔵助、酔い痴れた者に、説法は無駄だな。酒きわまれば則《すなわ》ち乱れ、楽しみきわまれば則ち悲しむ。ははは……、人生とは斯《か》くのごときもの。すてておいてもらおう」

十郎太は、寝そべってしまった。

「やむを得まい」

内蔵助は、どうやら十郎太の胸中を読みとった様子で、座を立った。

しばらく、無人の静寂が、つづいた。

やがて——。

そっと、足音をしのばせて、入って来たのは、於風であった。

十郎太は、まどろんでいるのか、動かぬ。

「…………」

於風の目が、光った。

――この男が、父を殺した時、わたしは、そばにいたのだ！

於風は、あの日の光景を思いうかべて、あらたな怒りを燃えあがらせた。

――わたしが、陣場女郎になったのも、こいつに父を殺されたからなのだ！

――仇を討たずにおくものか！

於風は、自分に云いきかせつつも、なぜか、いまは、懐中にかくした短剣を抜く気には、なれなかった。

十郎太の寝顔に、孤独のさびしい翳《かげ》があるのをみとめたからであった。

同じ討つなら、修羅場のまっただ中で、果したかった。

――いずれ、こいつを討つ日は、近いうちに、きっと来る！

於風は、十郎太に、夜着をかけてやり、あらためて、その寝顔を、見まもった。

たしかに――。

高い鼻梁を持った横顔には、女心をふっとひきつけるものがあった。

# 鼻づくし

## 一

燭台のあかりがまたたく広間には、静寂がつづいていた。

ただ一人、仰臥して微動だにせぬ十郎太は、そのまま、死んだようにねむりつづけるか、と思われる。

夜着をかけておいて、そっと於風が立去ってから、もう半刻以上が経っていた。

と――。

中庭をへだてたむこうの座敷が、にわかににぎやかになった。

隊長堂明寺内蔵助が、あらたに八荒竜鬼隊に加わった醍醐主馬を、隊士たちにひきあわせるべく呼び寄せて、宴席をもうけたのであった。

「竹宮、たのむぞ」

内蔵助は、所用がある様子で、ちょっと座に就いていただけで、すぐに腰を上げていた。

「承知いたしました」

竹宮玄蕃は、内蔵助が立去ると、あらためて、主馬を眺めて、

「お主、見れば見るほど、惚れぼれする色男だのう」

と、云った。

「……………」

主馬は、返辞をしなかった。

「むらがる女子を、かきわけかきわけするのが忙しゅうて、武芸など修業するいとまはなかったのではないか」

大庭左源太が、からかった。

主馬と左源太は、先般、この六条柳町の廓で、あわや、血の雨を降らす決闘を演じようとしたことがある。竹宮玄蕃の仲裁で、中止されたが、互いに、しこりをのこしている。

「御辺がのぞむなら、ここで、あらためて、立合ってもよい」

主馬は、左源太を睨みつけた。

「やるか」

左源太は、肩をゆすって、にやりとした。

「おい、左源太、隊長は、この醍醐主馬を、隊士に加えたのだぞ。無益の殺生沙汰は、止めろ」

玄蕃は、とどめておいて、

「醍醐、お主は、ただの牢人者ではなかろう。どこから来た？」

と、問うた。

「亀山城より参った」

「明智日向守殿の家臣だったのか？　どうして、牢人した？」

「いささか仔細《しさい》あって……」

「判って居るぞ。お主は、醍醐大納言卿の縁者であろう。大納言家の姫君は、絶世の美女だ。それが目当てで、明智家を退散して来たに相違ない」

「それは、おかしいではないか。それならば、どうして、竜鬼隊に入った？」

郡新八郎が、疑わしげに、主馬をじろじろ見やった。

「それがしは、公卿は好かぬ。武辺として生涯をつらぬく所存だ」

「ならば、きたえた腕前を披露してもらおうか。これは、どうでも、この大庭左源太と、立合ってもらわねばなるまいて。……玄蕃、止めるなよ。裏手の空地で、やらせろ」

左源太が、呶鳴るように、云った。

「いかん！　同士討ちは、断じて許されん。隊長は、醍醐主馬を新参として、歓迎してやってくれ、と申されて、ここへともなわれたのだ」

「隊長は、大納言卿のたってのお頼みで、しぶしぶ、隊士にさせたに相違ないて。ふうん、どう眺めても、腕が立つとも、智慧がまわるとも、学識ゆたかとも、見えんわい」

左源太は、しきりに、主馬を激怒させようと、挑発した。

しかし、主馬は、口をひきむすんで、表情を動かさなかった。

そこへ、猿丸が、ひょっこり、顔をのぞかせた。

「おや、ここには、見当らないが……？」

首を振った猿丸は、主馬の姿をみとめて、

「へえ？」

と、首をひねった。

「猿丸、お前は知って居ろうな」

玄蕃が、呼びかけた。

「なんでござる？」

「お前の主人は、醍醐大納言邸へ、しばしば招かれて居る。……この醍醐主馬なる若者が、どうして、公卿の養子にならずに、竜鬼隊に入ったか、その理由を、お前はきいて居ろう」

「いえ、一向に……」

猿丸は、かぶりを振った。

二

「猿丸！　どうだ、ひとつ、赤槍天狗の強さを、この新参者にきかせてやらぬか」

左源太が、云った。

猿丸は、ちらと主馬を、視やった。

——わがあるじは、この美男が出現したために、酒に酔い狂って居るのだわい。

主人の気持は、わが胸のうちのことのように、わかっている猿丸であった。

「かしこまって候」

すすっ、と中央に進み出た猿丸は、大袈裟に身がまえると、

「では——、わがあるじ赤槍天狗の肝っ玉と腕前のほどを、ご披露つかまつり、この新参の若殿の……」

「鼻っ柱をへし折るか」

主馬が、笑いながら、自分の鼻さきを、はじいてみせた。

——くそ！

猿丸は、むかっとなったが、きこえぬふりで、

「ちょうど、十日前の宵のこと、ところは、五条の橋の上。お寺詣でのもどりとみえる被衣の上臈を、したたか酔うた牢人どもが六七人、おっとりかこんだが——」

「はなしの突端」

主馬が、すかさず、云った。

「通りかかった赤槍天狗が、それを眺めて——」

「鼻を突っ込み」

「対手が、名のある武士なら、いざ知らず——」

「鼻も曲る汚ない奴ばら、ちょいと鼻であしらってくれようと」

猿丸は、間髪入れぬ主馬のからかいに、みるみる、額に汗をにじませたが、きかぬふりで、

「河原へ降りろ、おれが対手になってやると——」

「鼻たかだかと、鼻息あらく」

「降りるや、たちまち、取りかこんだる白刃の陣。いざござんなれと、赤槍天狗は、すらりと太刀を抜きはなち」

「鼻で笑って、鼻先突っ込む」

「折しも、月はにわかに雲がくれ」

「鼻つままれても、わからぬ闇」

「ちぇっ！」

猿丸は、かっとなって、主馬を睨みつけた。

主馬は、にやにやしながら、

「どうした、鼻たかだかの武勇伝を、つづけぬか」

と、うながした。

猿丸は、ぶるんとからだをひとぶるいさせてから、

「闇をさいわい、背後へまわった卑怯者、声もかけずに斬り込む太刀先」

「鼻であしらい」

「発止と受け止め、鍔《つば》ぜりあいの」

「鼻と鼻」

「ひっぱずして、真っ向から唐竹割り」

「鼻から肋《あばら》まで、斬り下げた」

「一人は袈裟がけ、一人は胴斬り」

「鼻から血を噴く、はなくれない」

「返す刀で――」

「刎ねとばしたる鼻、鼻、鼻！」

主馬が、思いきり大声で叫んだ時であった。

「おいっ！」

廊下から、凄まじい一喝が、かかった。

一同が振りかえると、十郎太が、そこに仁王立ちになっていた。

「醍醐主馬！　広間の方へ、来てもらおう！」

十郎太は、憤怒を抑えた凄味のある声音で、うながした。

玄蕃、左源太、新八郎、そして隊士の面々は、顔を見合せた。

――赤槍天狗が、心底から、怒ったぞ！

皆は、主馬が血煙あげて仆れる光景を、まざまざと描いた。

「よし！　参ろう！」

主馬は、さすがに顔面蒼白になっていたが、すこしもわるびれずに、立った。

一同が、つづいて立とうとすると、十郎太は、

「お主らは、ここを動くな。おれは、醍醐主馬と対決する」

と云った。

三

遊女歌舞伎の舞台のある広間へ、ひきかえすと、十郎太は、主馬と対座して、しばらく、まばたきもせずに、対手を、凝視した。

主馬は、その鋭い眼光を、受けとめているだけで、全身からあぶら汗が、にじみ出た。

十郎太は、容易に、口をひらこうとしなかった。

主馬にとって、この上の無気味さはなかった。

主馬が、猿丸の語る十郎太の武勇伝を、鼻づくしで野次ったのは、大庭左源太らに小ばかにされ、あざけられたことに対する反撥《はんぱつ》であった。

赤槍天狗の武名は、京洛はおろか、北国・四国までひびいていた。そして、十郎太が、鼻をあざけられることを、極度にきらっていることも、主馬は、耳にしていた。

それゆえにこそ、主馬は、意地になって、威勢のいいところをみせたのであった。

新参者として、さげすまれることが、堪えられなかったのである。醍醐大納言尚久の間者として、竜鬼隊に加わったことを、つい忘れた主馬であった。

いま、その軽率を悔いつつも、引くに引かれぬ覚悟をきめて、主馬は、十郎太の眼光

を、受けとめている。

……十郎太が、口をひらいた。

「造化の神は、どうして、人間に対してだけ、不公平な仕打ちをしたのか」

「………」

「牛馬、犬猫のたぐいは、その顔つきに、さしたる差はつけられて居らぬ。ところが、人間と来たらどうだ。お主の顔とおれの顔の、雲泥のちがいは、どうだ」

「………」

「こんなばかげた不公平はない。腹が立つ。肚の底から、腹が立つではないか」

「………」

「そうではないか、醍醐主馬氏？」

「身共を殺したい、と憎んで居られるのか？」

「いや、修羅十郎太、お主を、泣きたいくらい羨望いたして居る」

「………」

「お主は、いま、おれの鼻を、さんざに嘲弄した。あっぱれな度胸だ。いまだかつて、これほど小気味よく、おれの鼻を、からかい、あざけった者は居らぬ。……余人であったならば、いま頃は、お主は、三途の川を渡っている頃だ」

「どうして、身共を、斬ろうとされなかったのです？」

「お主が、もし、平凡な面構えであったならば、ためらわずに、斬ったろう」

「それだけの理由で、手を下さなかった、と申されるのか」

「鴛鴦《えんおう》、比翼、連理――美しいものは、常に一対でなければならん。一方が欠けては、色あせよう。……水に住む鴛、梁に巣を組む燕、いずれも、翼を交すちぎりを忘れず、だ」

「どういうことです？」

「しらばくれないでもらおう。お主と由香里姫とならんだけしきは、まさに、人の世の華だ」

「はあ――」

「自身も、そう思わぬか？　……由香里姫は、お主を好きなのだろう？」

「たぶん――」

「たぶん、ではない。きっと、好きなのだ。姫は、お主を恋うて居る」

「身共も、姫を愛して居り申す」

「ぬけぬけと、おれの前で、それを云うな」

「真実《まこと》だから、申して居るのです」

「似合いだ。それが、おれには、死ぬほどうらやましい」

「修羅殿は、恋をされたことは――？」

「ある。あるとも！」

「あいては、どんな女性でござったか？」

「きくな！」

十郎太は、顔をそ向けた。

「修羅殿、さっきの雑言を、お許し下され」

主馬は、頭を下げた。

「うむ」

「新参者として、隊士たちから、かろんじられてはならぬ、とわざと肩肱《ひじ》を張り申した。しかし、そればかりではなく、実は、お手前の武名が、すこしばかり憎かったのが、正音でした」

「武名など……」

「いや、まことを申せば、大納言卿は、お手前を大層信頼されている様子であったので、あるいは、由香里姫もまた、お手前を好いているのではあるまいか、といささか、妬心を起しても居り申した」

「ばかな！　この化物面の男を、姫が、好いたりなどするものか」

「女心は、男には、判り申さぬ。……もしかすれば、姫の心の中には、身共よりも、お手前の姿の方が、焼きついて居るやも知れ申さぬ」

「おい！　おれを、かっとさせるな。姫の恋の対手は、天下広しといえども、お主を措いて、他には居らぬのだ」

「身共は、しかし、公卿の息女と、恋を語るには、まことに不得手の男なのです。万葉集も古今集も、源氏物語も伊勢物語も、読んだおぼえがござらぬ。……黙って居れば、なんとか恰好がつき申すが、口をきいたならば、おしまいでござる」

「さっきのやじりかたは、まんざらの唐変木ではやれぬ芸当であったぞ」

「あの程度の文句なら、どうにかひねり出せますが、女人の前に出たら、ぐうの音も出ない木偶でござる。ものを雅びに云うことができれば、と存ずるが……、この無学では、由香里どのの心をひきつける言葉など、一句さえも出せぬ」

投げ出すように自嘲する主馬を、十郎太は、腕を組んで見まもりながら、

――おれが、これだけの颯爽たる美貌を持ち合せていたならばなあ！

と、思わずにはいられなかった。

「由香里どのは、歌道のたしなみがふかいゆえ、もし、雅びの話になれば、身共は、たちまち、ボロを出してしまい申す。……あァあ、そのことを思うと、背すじが寒うなる」

「おれが、たすけよう」

十郎太が、云った。

「たすける、とは――？」

「いまにわかる」

十郎太は、宙を見据えて、

「美男の身を借りて、醜き男が、恋を語るか」

と、つぶやいた。

## 去来の道

一

春が、過ぎた。

武田勝頼を討ち滅した織田信長は、甲斐から駿河へ出て、天下の名山富嶽《ふがく》の美しい姿を愛でたのち、東海道を、悠々と凱旋《がいせん》して来た。

信長の威勢は、北陸はもとより、関東を圧し、東北にもふるった。駿河《するが》・遠江《とおとうみ》・三河《みかわ》の太守となった徳川家康は、信長に忠節をちかっていた。

安土城へ信長が帰って来たのは、四月十日——新緑の風が吹きわたる季節であった。

「もはや、東には、余に敵対する者は、一人も居らぬ。のこったのは、中国の毛利だけだ」

信長は、家臣一同に向って、云った。

いま、中国には、羽柴秀吉が、大軍を率いて、攻め入っているが、毛利勢の反抗は、凄じいばかりであった。

山陽方面の毛利方の総大将は、小早川隆景《こばやかわたかかげ》であったが、その下にいる備中・備後の諸城主は、いずれも、降服するよりは、死をえらぶつわものぞろいであった。

事実――。

備中の冠山《かんむりやま》城の守将林重真《はやししげざね》は、織田軍の怒濤のごとき攻撃をうけて、陥落するや、従士百三十九人とともに、腹をかっさばいて、死んだ。

備中に於いて最も力のある武将は、高松城を守る清水長左衛門宗治《しみずちょうざえもんむねはる》であった。

秀吉としては、高松城を攻め落さなければ、備中一円を手中にすることは、できなかった。

ところが――。

高松城は、東北に立田山《たつたやま》、鼓山《つづみやま》、竜王山《りゅうおうざん》などの連山をひかえ、西南に足守《あしもり》川の大河が流れ、しかも、城の周囲三方は、人が踏み込むことのかなわぬ沼地であった。

掘られた塹壕《ざんごう》は深く、真正面から攻めたてることは、全く不可能であった。

秀吉は、一万五千を率いて、竜王山に布陣したが、その要害堅固ぶりを眺めて、

「これは、いかん！」

と、かぶりを振った。

秀吉が、これまで攻め落した名城とは、全くおもむきを異にした構えであった。

ただ、大軍をたのんで、襲いかかってみたところで、十日や二十日で、陥落させることはできぬ、とさとった。

高松城には、清水宗治の兵二千五百と、小早川隆景が応援にかけつけさせた末近信賀《せちかのぶよし》

の手勢二千と合せて四千五百、それに、おのおの進んで、城主を助けようと入城して来た農兵五百を加えて、五千人が、たてこもっていた。

秀吉は、こころみに、備前岡山の宇喜多《うきた》家の兵一万に命じて、八幡山《はちまんやま》から攻撃させてみた。

これに対する城兵の反撃は、人間ばなれのしたもの凄さで、宇喜多勢は、たちまち、七百の討死者を出した。

山と河と沼と密林にまもられた高松城は、まさしく、難攻不落であった。

「どうしたらよいか？」

信長が、安土城へ凱旋した頃、秀吉は、思いあぐねていた。

そして、ついに――。

「よし！　やむを得ぬ。長期戦でやる」

秀吉が、思いついたのは、水攻めであった。

足守川と沼を、逆に利用して、高松城を、水中に孤立させる――その思案であった。

もうすぐ、季節は、梅雨に入る。

この長雨が、秀吉に、もっけのさいわいの武器となる、と思いつかせたのである。

秀吉は、五月に入って、雨が降り出すのを待って、四辺の村落を焼きはらい、大きな堤を築いて、足守川を堰《せ》きとめ、高松城を水攻めするむねを、安土城に、報告した。

「猿の奴、気の長い攻めかたを考え居った」

信長は、苦笑した。

信長の気象は火であり、秀吉の性格が水のようであるのと、対蹠《たいしょ》的であった。

長い堤を築いて、川の流れを堰きとめ、じりじりと攻める、といったやりかたは、信長には、とても我慢がならぬことであった。

「まあ、よかろう。猿の好きなように攻めさせておいて、この信長が、やがて、出陣し、一気呵成《いっきかせい》に、毛利を片づけてくれる」

信長は、もはや、天下に、自分に勝てる者は居らぬ、という満々たる自信を、五体にみなぎらせていた。

二

信長は、わが股肱の一人明智日向守光秀と内大臣・醍醐大納言尚久との間に、おそるべき密約が交されていようなどとは、夢想だにしていなかった。

京の都は、春が去っても、平和はつづいて居り、もはやふたたび、兵火は起るまい、と庶民はかたく信じきっていた。

その日――。

醍醐大納言邸の茶亭には、客が一人、いた。

画人海北友松であった。

友松は、ふたたび、放浪の旅へ出るべく、大納言にいとま乞いをしに来たのであった。

「惜しい！」

大納言尚久は、心から、そう云って、茶碗をかえす友松を、見すえた。

「なにが、惜しいのでござるかな？」

「御辺の力が、惜しい。かつて、浅井家の軍師として縦横の智略をふるって、天下にその武名をとどろかせた御辺の力が、惜しい」

「ははは……、浅井家が滅びた時、海北紹益《しょうえき》という武士も死にました。左様、あの時、てまえは、四十歳でありました。四十歳を一期として、一人の絵師に生れかわったのでございます。……もともと、武士であるよりも、絵師として生きる方が、似合いの男でありますれば、内大臣様から、惜しい、などと仰せられますと、くすぐったい思いがします」

「御辺の画才は、堂上家もひとしくみとめるところ、まさに、天才ではある。しかし、いまの時世は、まだ画才よりも、武の力をもとめて居る。御辺が、そのつもりになって、三軍を動かすならば、天下を取ることも、むつかしくはない」

「天下を取る！」

友松は、眉宇をひそめた。

尚久はすこしあわてて、

「ははは……、つまりはじゃ、御辺に、海北家を再興して欲しい、というわけじゃ。海北家は、大原《おおはら》判官重綱《しげつな》より出た名家ではないか。御辺が、それだけの軍略の才を持ちながら絵師としておわるのは、先祖に対して申しわけあるまい。……きくところでは、浅井家が、織田信長に滅された時、御辺の父上綱親《つなちか》と兄者も、長政とともに、討死した由。御辺にとっては、いわば、右大臣信長は、父兄の敵──」

「そのことは、仰せられますな。……小谷城が陥落した頃に、てまえも、中国に入って、毛利家に仕え、織田殿に、ひと泡ふかせてくれよう、などという気持も、なくはございませんでした。しかし、一管の絵筆を友とし、行雲流水、世の浮き沈みを、夢まぼろしとみて、気随気ままに、さすらい歩いているうちに、いつしか、俗世の野心や欲情は、消えてしまいましたな」

「友松、この大納言が、両手をつかえて、ひとつ、志をたてて、さむらいにもどってくれ、とたのんでも、肯《き》かぬか？」

「さむらいにもどって、なにをせよ、と仰せられます」

「たとえば……たとえばじゃ、明智日向守のような、聡明にして、礼儀正しく、人を遇する道を知っている武将を、主として軍師となり……、天下に、まことのさむらいぶりを示す、とか──」

「なにを仰せられるか、と思えば、これはまた、途方もないおさそいを申し出される。……では、この辺で、おいとまを──」

友松は、頭を下げた。

「友松、わしのいま申したこと、ききすてにすまいぞ。御辺が、ふたたび、都へ帰った折には、もしかすると、天下の形勢は一変し、御辺もさむらいにもどる気になるかも知れぬ」

「おじゃまいたしました」

「どちらへ、行く？」

「その日、その後の風まかせでございます」

「戦国の世をよそに、風流なことよのう」

友松は、庭さきへ降りた時、急に、鋭くひきしまった表情になり、

「内大臣様」

と、呼んだ。

「なんじゃ？」

「雲居の上のみやびな御身でありますれば、あまり俗世の焔《ほのお》に、身をお焼きなさいませぬように――」

尚久の心中を看破った強い語気で、忠告した。

「……む！」

尚久は友松を、睨みかえした。

「おさらばでござる」

友松は、ひょうひょうとした足どりで、遠ざかった。

――友松め、われらの謀計を察知し居ったな。

尚久は、一瞬、はげしい殺意をおぼえた。

しかし、すぐ、思いかえした。

——友松が、父兄の仇である信長に密告するはずがない。

三

醍醐主馬が、大納言家を訪れたのは、それから半刻あまりのちのことであった。

尚久は、まだ、茶亭にいた。

主馬は、縁側に近づくと、あたりに目をくばってから、

「亀山城より、密使が参り、この書状を——」

と、さし出した。

「うむ」

いそいで、受けとった尚久は、書面に目を走らせた。

それは、光秀からの密書であった。

羽柴筑前守秀吉が、備中高松城を、水攻めにしようとしていること。そのような長期戦は、信長の好まぬところゆえ、必ず、ここ一月うちには、安土城を出て、中国へおもむくに相違ないこと。その出陣の途次、信長が、かならず、京都に、一泊か二泊することは、うたがいないところゆえ、謀叛を起して、信長を討ちとるのは、その時であること。

光秀は、その日を、梅雨あけの六月はじめ、と予想していた。

「ふむ！　よし！」

読みおわって、尚久は、満足げに、うなずいた。

「時機は、いよいよ、迫った。……主馬、お前の方の手筈も、ととのったか？」

尚久は、主馬に、八荒竜鬼隊の内情をさぐらせ、隊員のうちから、これはと看込んだ者を、味方につけよ、と命じておいたのである。

「は――、ただいままでに、大庭左源太、安宅平十郎《あたかへいじゅうろう》と申す猛者二名を、味方に――」

主馬は、六条の廓で、決闘した大庭左源太とは、常に反目し、互いに折あらば、再び決闘する様子をみせておいて、ひそかに、大事を打明け、

「この事が成ったならば、お主を、一万石の大名にすると約束しよう」

と、好餌を与えて、食いつかせたのであった。

尚久は、しかし、

「一月かかって、ただの二人しか、味方につけられぬのか」

と、不満気であった。

「竜鬼隊の隊士は、いずれも筋金入りの荒武者ぞろいにて、隊長堂明寺内蔵助に心服いたして居りますれば、切り崩しは、むつかしゅうございます」

「堂明寺内蔵助という男は、わしも、主君を裏切らせることはできまい、とみた。しかし、隊士どもは、いずれも合戦買いの牢人あがりであろう。餌次第では、平気で、裏切

るはずだぞ」

「それが、いまや、隊員らは、八荒竜鬼隊の旗じるしの下で働くことを、大いなる誇に、思って居りますゆえ……」

「主馬！　お前が間者であることを、よもや堂明寺内蔵助に疑われては居るまいな？」

「決して！」

　主馬は、かぶりを振った。

「身共は、うまく立ちまわって居りますゆえ、誰一人、疑っては居りませぬ」

「甘い！」

「は——？」

「堂明寺内蔵助という男は、その態度には、決して、本心をあらわさぬ曲者じゃ。お前に、疑われて居らぬ、と信じさせておいて、実は、蔭から、ひそかに、不審の目を向けて居るかも知れぬのだぞ」

「左様でありましょうか？」

　主馬は、不安な面持になった。

「だから、お前は甘い、と申すのだ。堤が崩れるのも、蟻の一穴からと申すではないか。くれぐれも、油断するな」

「はい。……ただ、副隊長の赤槍天狗の修羅十郎太は、身共を、弟のように遇してくれて居りますれば……」

「そうだ、あの天狗を、味方につけることができれば、この上のさいわいはないのだが、お前の腕では、やれまい」

「いえ、身共が、きっと――」

「待て！　あせるまいぞ。あの天狗は、わしが説き伏せてくれようて。うまい餌を、投げ与えてな」

尚久は、薄ら笑って、立ち上ると、

「ここで、待って居れ。日向守への返書を、したためて来る」

と、庭へ降りた。

尚久に代って、茶亭に入った主馬は、

「赤槍天狗か――」

と、つぶやいた。

主馬は、いまは、修羅十郎太という人物に、肉親以上の親近感をおぼえていた。

自分が、由香里を愛していることを、みてとった十郎太は、

「恋を、生甲斐としても、男子として恥にはならぬ。恋のために、出世の道をすてても、それが、まことの恋であれば、これも人生と申すものだ」

と、云ってくれたのであった。

武士の身で、こんな言葉を平気で口にする者を、主馬は、知らなかった。

醜く生れたゆえに、美しい女人を愛したいと願う気持が、人一倍であろうが、それに

しても、ひとたび戦場へ出れば、文字通り阿修羅の働きをみせる十郎太が、恋こそ人生、と云うと、主馬には、

——そうだ！

と、心から合点できた。

生きる目的は、誰もかれも、ひとつである必要はないのだ。

武士の身である限り、立身出世せねばならぬ、ときめられては居らぬのだ。恋のために、武士をすてるのも、ひとつの生きかたであろう。

——おれは、由香里のためなら、武士をすてられる。

主馬は、自分に云った。

その時、偶然にも、庭の彼方から、優しい声音が、つたわって来た。

由香里が、侍女と話しながら、こちらへ近づいて来る。

主馬の胸の鼓動は、にわかに早くなった。

## 恋狂い

### 一

四月末（旧暦）の、京都の宵は、一年中で、最もいい季節である。

由香里は、その心地よさに、いささか酔うていた。

いつも、影の形に添うようにつかえている侍女のしのぶをつれて、庭の露地をひろいながら、

「ほんに、いい気分なこと――」

と、宵空にかかった丸い月を、仰いだ。

しのぶが、

「頰をなぶる風にも、なにやら緑の香がいたします」

と、云うと、由香里は、

「この月かげの下を、わたくし、笛でも吹いて都大路を歩いてみたい。……そうじゃ、行こうか、しのぶ」

と、さそった。

「姫様、織田信長様のおかげで、都に平和が、おとずれた、と申しても、女子の夜あるきなど、もってのほかでございます。……先夜も、羅城門跡に、若い女子二人が、殺されていた、という噂がございました」

「男姿をして行けば、どうであろう。被衣をかぶり、くくり袴をはいて……、それ、牛《うし》若丸《わかまる》のように――」

「まあ、姫様！」

「わたくしね、一度、男の装《なり》をしてみたい、と思っているのよ。……しのぶも、男にな

ってごらん。目にうつる世界が、別のものになるかも知れませぬよ」

「いけませぬ。大納言様に、きつうお叱りを蒙りまする」

「内緒で、こっそり、出て行ってみようではありませぬか。ね、行こう、しのぶ」

由香里は、自分の思いつきを、本当に実行するけしきを示して、しのぶを当惑させた。

その折——。

茶亭から、そっと足音しのばせて、姿を現す者を、しのぶは、みとめた。

——主馬様。

由香里は、まだ気づかぬ。自分の思いつきに夢中になっている様子である。

主馬は、しのぶに、黙って居れ、と合図しておいて、いきなり、背後から、由香里に、

「えいっ！」

と、斬りつけた。

もちろん、五六歩も距離をとったおどかしであった。

しかし、刃音の凄じさに、由香里は、悲鳴をあげて、その場へ、崩れた。

「牛若丸！　おぼえたか。身共は、武蔵坊弁慶《むさしぼうべんけい》なるぞ！」

主馬は、太刀をふりかざして、由香里に迫った。

「ひどい！」

由香里は、対手が主馬であるのをみとめながら、

「いたずらも、程があります、主馬様！」

と、とがめた。

「ははは……、そんな油断ぶりでは、男装して、市中を歩くなど、思いもよらぬことだ」

主馬は、白刃を腰に納めると、

「怒られたか、由香里どの」

と、手をさしのべて、たすけ起した。

「すこしばかり、おどろいただけです」

由香里は、ちょっと、つんとしてこたえた。

「許されい。やはり、女子は女子らしゅう、振舞われたがよい。……美しい！」

月の光と、茶亭から流れ出る燈火を受けた由香里の容姿は、主馬の血汐をわきたたせた。

「貴女が、こんなに、美しいひとになられるとは！」

「ききあきました、主馬様」

「なんですと？」

「貴方は、わたくしの顔さえ見れば、ただ、子供だましのように、美しい、美しい、とだけ仰言います」

「それァ……しかし、美しいのだから、美しい、と申して居るのです」

主馬は、もう一度、由香里の手をとろうとした。

由香里は、つと、身をひいて、

「ただ、美しい、とだけ仰言らずに、このきれいな宵にふさわしい、雅びなお話を、おきかせ下さいな、主馬様。女子の心を、とらえるようなお話を——」

と、もとめた。

二

——ああ、いかん！

主馬は、絶望的に、自分につぶやいた。

ひたすらに、戦場を馳せめぐって、武勲をたてることだけを、心がけて来た主馬であった。女子とは、欲情を処理するもの、とだけ考えて来て、げんに、その本能をしずめるために、主馬は、しばしば、六条の廓へ行って、遊女を抱いている。

自分が、恋のとりこになろうなどとは、夢想だにしなかった主馬である。

しかし——。

由香里を眼前にすると、主馬は、彼女を愛している、と思わざるを得なかった。

これほど美しい娘を、他の男に、渡してなるものか、と胸中で、叫ばないではいられない。

由香里が、他の男に抱かれる光景を、想像しただけで、かっとなるのであった。主馬は、嫉妬のはげしさを、はじめて知らされたのである。

五摂家筆頭・太政大臣近衛前久の嫡男信光が、かねてより、由香里を妻にのぞんでいる、という噂も、主馬は、耳にしていた。

——姫は、必ず、おれのものにしてみせる！

そのほぞをきめたのは、修羅十郎太と、由香里について語り合った時からであった。

——おれには、雅びな、女心をとらえる話など、できぬのだ。……それよりも、男の力を、示せば、女は、しぜんに、順《したが》って来るものではないのか。

「主馬様、どうあそばしました？　なにか、わたくしをよろこばせるようなお話を、して下さいませ」

「されば……、ちょっと、お待ちを——。いま、考えます」

「まあ、いま考えます、だなんて……」

由香里は、きれいな声音で、笑った。

「されば、どういう、話をいたそうか」

主馬は、ぐるぐる歩きまわりながら、由香里に気どられぬように、しのぶへ向って、

——この場をはずせ。

と、手で合図した。

しのぶは、合点して、

「姫様、都大路と仰せられず、このお庭で、小鼓を打たせられませ。そして、主馬様が、笛をお吹きあそばして、調べ合せをあそばしては——」

と、すすめた。

「あ——、そうですね。いつぞや、わたくしが、主馬様に、笛をおたしなみでは、とお

うかがいいたしましたら、笛ぐらい身共にも吹ける、と申されて居りましたね」

「そ、そうでしたか。……しかし、なにしろ、もっぱら兵法修業にはげんでいて、そのあい間のつれづれに、吹いただけですから……」

「いいえ。ごけんそんには及びませぬ。きっとお上手ですわ。……しのぶ、小鼓と笛を――」

「はい」

しのぶは、去った。

由香里は、泉水に架けられた石の太鼓橋に立つと、

「月が映って、きれい！」

と、云った。

若い男女が、恋を語るには、またとない宵であった。

由香里は、そこへしゃがむと、謡曲の中にあるらしい言葉を、口にした。

「おろかやな、心からこそ生き死にの、海とも見ゆれ真如の月の、春の夜なれど、曇なき、心も澄める今宵の月」

それに応えて、主馬が、なにか巧みな言葉をかえしてくれるのを、期待したものであったろう。

主馬は、由香里の背後に、立った。心の臓が、破裂するようにさわいでいた。総身の血汐がたぎり立って、いまにも、五体からほとばしり出そうであった。

「由香里どの！」

興奮のあまり、その声は、かすれて、笛の音のように高かった。

「わたくしの心を、とらえるようなお話を、思いつかれましたか、主馬様？」

「………」

主馬は、ひと喘ぎした。

由香里は、ふりかえった。

とたん――。

由香里は、主馬の殺気にも似た険しい気配に、処女の自己守護の本能的な戦慄をおぼえた。

「由香里どのっ！」

主馬は、やにわに、由香里を抱いた。

「あっ！　……な、なにをなされます！」

「姫っ！　好きなのだ！　身共は、貴女を、好きなのだ！」

「は、はなして！」

「はなさぬ！　好きだ！　好きなのだ！　……ああ！　身共は、貴女を、好きで、好きで、気が狂うほどだ！」

主馬は、双腕に、渾身の力をこめた。

由香里の唇へ、口を寄せた。

由香里は、ぱっと、顔をそ向けた。

「いや！」

「姫！　身共を、きらいなのか？」

「い、いえ……、きらいではありませぬ」

「そ、それならば……」

主馬は、片手を由香里の頬へあてて、むりやりに、向きかえらせて、口づけをもとめた。

「いや！　ゆ、ゆるして！」

「身共をきらいではないならば、どうして、こばむのだ？」

「こんな、乱暴な！　……むたいな振舞いを、なさると、わたくし、主馬様を、きらいになります」

そう云われて、主馬は、しぶしぶ、由香里をはなした。

由香里は、立って、主馬に背を向けると、

「……恋とは、このように、荒々しいものではないはず――。わたくしを、お好きならば……」

「好きなのです。大好きです。死ぬほど好きです。身共は、貴女のためには、死んでもいいのだ」

「主馬様！」

由香里は、主馬が躍起になればなるほど、平静になった。

「なんの飾りもなく、むき出しに仰言らず、もっと、優しく、雅びな言葉で、ご自身のお心のうちを、おきかせ下さいませ。……わたくしが、一生、くりかえして、思い出せるような歌を詠んで、貴方の想いをおつたえ下さるわけには、参らぬのでしょうか」

「そ、そんな……身共は、歌道などの、たしなみは……」

主馬が、ふたたび、迫ろうとした時――。

「そこで、二人きりで、なにをいたして居る？」

母屋と茶亭をつなぐ渡廊《わたどの》の上に、いつの間にか、大納言尚久が、立っていた。

主馬は、狼狽《ろうばい》した。

三

由香里は、父に見とがめられながら、すこしもわるびれず、おちついて、

「夜風にあたりながら、主馬様と、幼い頃の思い出話をいたして居りました」

と、こたえた。

そこへ、しのぶが、小鼓と笛を持って、近づいて来た。

「持参したかえ」

「はい、持って参りました」

「主馬様、笛をおきかせ下さいませ。わたくしが、小鼓を打ちます。……父上様も、おきき下さいませ。……主馬様は、きっと、近衛信光卿よりも、お上手だと存じます」

「ほう……、主馬は、笛を吹けるのか？」

「は――、いや、身共は、そ、そのう――」

主馬は、いよいよ、狼狽した。

「さ――どうぞ」

由香里に、笛を手渡されて、主馬は、万事窮す、と立往生した。

そこへ――。

救いの主が、現れた。

家人が、いそいでやって来て、

「修羅十郎太殿が、おみえにござりまする」

と、告げた。

尚久は、

「来たか」

と、うなずき、

「主馬――」

と、呼んだ。

主馬が、渡廊の下へ走り寄ると、尚久は、封書を渡し、小声で、

「顔を合せてはまずい。十郎太に見られぬように、裏手から、立去れ」

と、命じておいて茶亭に入った。

「由香里どの、おいとまいたす」

いそいで、はなれようとする主馬のそばへ、由香里が近づいて来た。

「主馬様、修羅殿が参られたのであれば、お父上とお話のすみ次第、ご一緒に、おひきあげなされませ」

と、すすめた。

「い、いや、身共は……」

「あ、わかりました。まだ新参の隊士が、勝手に、遊んでいては、副隊長におとがめを蒙るのですね」

「実は、そうなのです。ごめん――」

一礼して立去ろうとする主馬を、由香里は、呼びとめた。

「お待ち下されませ」

しのぶから、笛を受けとって、

「これを――」

「は？」

「この、佳い宵の思い出に、さしあげます」

「姫、忝じけのうござる」

月あかりに、二人は、じっと、見つめあった。

「主馬！」

茶亭内から、大納言の鋭い声が、かかった。

「早う行かぬか」

「はい」

主馬は、裏手の方へ、姿を消した。

「父上様――」

由香里が茶亭の庭さきに歩いて来た。

「わたくし、ここへはべらせて頂いても、よろしいでしょう。修羅殿のお話を、うかがいとう存じます。……あの御仁は、それはもう、あとで思い出しても、笑いがとまらぬようなおもしろいお話をして下さいます。……わたくしの知らない世間の、珍しいうわさ話を――」

尚久は、しかし、きわめて不機嫌な様子で、

「あとにせい。大事な話があるのだ」

「そのお話がおわりましたならば、お逢いしても、よろしゅうございますか？」

「う、うむ」

尚久は、承知した。

「うれしい！」

由香里は、心からうれしそうに、微笑した。

「わたくし、あの御仁ほど、豊富な話題をお持ちの人を、存じませぬ。お話をうかがっ

ていると、まるで、目の前に起っているように思いうかべることができますもの」

由香里にとって、十郎太は、どうやら、尊敬する兄のような存在になっている模様であった。

## 好餌

### 一

修羅十郎太は、家人の案内で、渡廊を渡って来た。

「修羅十郎太、お召により参上つかまつりました」

「うむ。入れ」

茶亭に坐って、待ち受けた大納言尚久は、いつにないおだやかな微笑をうかべて、十郎太を迎えた。

「夜中、呼び出して、ご苦労であった」

「ご斟酌《しんしやく》には及びませぬ」

十郎太は、両手をつかえて、頭を下げた。

尚久の顔は、微笑していたが、目は冷たく光っていた。

「酒《ささ》でも、くれようか」

「いえ、結構にございます。都の平穏ぶりに、八荒竜鬼隊の面々は、あまりに手持無沙汰にて、六条あたりで、酒をくらって、ひまつぶしをして居りますれば、それがしも、つい、酒気の抜けぬ日ぐらしをいたして居りますれば……」

「うわさによれば、そちは、信長殿より、羽柴筑前の手勢に加われ、と命じられても、頑として、ことわって居る由じゃな」

「この天狗鼻のせいか、性根がひねくれ、好悪の情が人一倍激しゅうございますれば——」

「そうであったな。いつぞやも、羽柴筑前をきらいだ、と申して居ったな」

「はい」

「そちは、相変らず、信長殿に、叱られつづけて居るのかな?」

「羽柴殿への助勢を命じられて、かたくご辞退つかまつりました際には、あやうく、この鼻を、斬り落されるところでございました」

「そのように憎まれても、そちは、いまだ、信長殿に一命を捧げても、悔いぬか?」

「そのお人柄に魅せられて居る気持は、毛頭みじん変りませぬ」

それをきくと、尚久は、話題を転じた。

「八荒竜鬼隊の戦場での働きは、目ざましい限りであったそうだし、竜鬼隊が、この都の治安の任務に就いてからは、夜盗のたぐいも身をひそめた。信長殿は、そちたちの働きに、大いにむくいるところがあるべきであろうな。……そうさの、わしが信長殿なら、さしずめ、堂明寺内蔵助に五万石、そちには三万石、くれてもよい」

「…………」

十郎太は、大納言がどういう気持で、そんなことを云い出したのか、不審の表情になって、見かえした。

「どうじゃな。そちも、おのが働きに、むくいられるところが、あまりにすくないとは、思わぬか？」

「べつに、思いませぬ。それがしは、合戦買いあがりの一介の武辺。大名におとりたてにあずかったりなどすれば、とまどうばかりでございます。せいぜい、侍大将ぐらいが、分相応と心得ます」

「そうかな」

尚久は、薄ら笑った。

「男子と生れ、武門から出た者ならば、一国一城の主たらんと志すのは、当然ではあるまいか」

「…………」

「この乱世に在って、立身出世をのぞまぬ武士があろうか。それも、並秀れた腕と智能を兼備した男がだ。……そちは、立身出世がしたいからこそ、織田家に随身したのではないか。……吐け、本心を——。申せ、胸の裡《うち》を——」

尚久は、迫った。

――そうだ。おれも、大名になりたい。その望みはある。

十郎太は、心中で、云った。

――しかし、それは、覇気があってのことではないのだ。権勢欲が旺盛なためではないのだ。大名になれば、もしかすれば、一人の絶世の美女を、妻にできる可能性も生れよう、と思っていたからなのだ。

――しかし、その美女は、どうやら、おれの腕の中に入って来る希望はない。

「十郎太！」

尚久の方は、自分の言葉に、十郎太の気持が動揺した、とみた。

「どうじゃ。ひとつ、志を大きく持たぬか？」

「と、仰せられますと？」

「信長公に仕えて居っては、所詮、侍大将どまりであろう、ということだ」

「織田家をはなれて、他家に仕官せよ、とおすすめなされますか？」

「そちは、織田家譜代の家臣ではない。万という知行をくれようと、さそう武将がいれば、思案の余地はあろう」

尚久は、語気をつよめて、云った。

二

十郎太は、ちょっと沈黙を置いてから、

「いずこの武将が、それがしを買おうと、申されて居られるか、おきかせを――」

と、もとめた。

「いや、もし、いたならば、という仮定の上での話じゃ」

「大納言様、言葉を返しますが、それがしは、織田家をはなれる意志は、毛頭みじんもございませぬ」

「そちが、信長殿を好きなことは、判る……。しかし、短気者の信長殿が、かっと逆上いたせば、こんどは、本当に、そちの鼻を斬り落すかも知れぬぞ」

「あまんじて、斬り落させましょう」

「なに⁉」

「わがあるじは、豪直奔放、それがしも並はずれたつむじ曲りの頑固者。時には主従たることを忘れて、激しくおのが主張を曲げず、憤りをあびせられ、甘んじて蒙りますが、その時が去れば、互いにからりと忘れる。そういう主従関係が、それがしの気象には合って居ります」

「ふむ、そうか。……そちの存念、みとめよう」

尚久は、座を立って、縁側へ出た。

庭を見やりながら、

「時に、十郎太――」

「はい」

「由香里のことだが……」

「は――？」

「由香里の縁組みの話だがの」

「はあ、太政大臣の御曹子信光卿との御縁組、もはや、おきまりでございますか？」

十郎太は、醍醐主馬の姿を、ちらと思いうかべつつ、訊ねた。

「なんの――、躬は、青白い腰抜け公卿などに、姫をくれてやる気なぞ、ない。……これからは、天下を左右するのは、武辺じゃ。由香里は、槍一筋で、一国一城の主になるさむらいに、嫁がせてやりたい、と思って居る」

「それは！」

十郎太は、胸がにわかにさわいだ。

向きなおった尚久は、微笑を顔面にもどしていた。

「十郎太、こういう趣向は、如何であろうな。……これぞと見込んだはさむらいをえらび出して、槍試合をさせる。みごとに勝ち残った者に、姫をつかわす。どうじゃな、この趣向は――？」

「は――、はあ！」

十郎太は、あまりの意外な提案に、あっけにとられた。

「十郎太、もちろん、躬がえらぶ者の中には、そちも、入って居るぞ」

「お、お待ち下さい。……姫君は、その儀、すでに、ご存じでございますか？」

「知らぬ。……が、否やは云わせぬ。それが、躬のため、姫のため、ひいては、天下のためになることじゃ」

「天下のため？」

尚久は、なんとも奇妙な面持になっている十郎太を、おもしろそうに眺めやって、

「どうじゃ、面白い趣向であろうが――」

「は、はあ……、姫君を……槍試合に、勝った者の妻に……」

「そうじゃ。躬は、そうときめたことは、必ず、実行するぞ」

「姫様が、はたして、ご承知なさいましょうか」

「ふふ……、女子と申すものは、添うてしまえば、しぜんに、良人に従うように生れついて居る。……たとえば、そちのように、天狗鼻を持った男にでも、添うてしまえば、その鼻さえが、たのもしいものに、見えて来る。……そちとても、由香里のような美しい娘を、妻にできれば、と思う時があろう。……ははは、かくすな。躬には、そちの心中が、とくと看えて居るぞ」

「大納言様！」

「いや、べつに、そちに姫を、くれてやろうと申して居るのではない。槍試合に勝ったならば……という話だ」

尚久は、廊下をまわって、

「躬の話は、これまでじゃ」

「はっ！　では、それがしも、これにて……」

「待て。……由香里が、そちに、面白い世間話を、してもらいたいそうじゃ。ゆるりとして参れ」

そう云いのこして、尚久は、渡廊を遠ざかって行った。

一人になると、十郎太は、遠くへ眼眸を置いた。

——どうしたらいいのだ？

——おれは、醍醐主馬が、姫を愛していることをたしかめたのだ。また、姫も、主馬を慕《した》うているに相違ない、と考えていた。

——しかし、主馬はおれに向って、もしかすると、姫はお手前を好いているのではあるまいか、と云った。そのために、妬心を起した、と、云った。おれは、即座に否定したのだが……。

——ああ！　おれは、主馬に約束をしたのだ。主馬と姫の恋が成就するように、おれがたすけてやると！

なんということであろう。

大納言尚久は、槍試合を催して、勝ちのこった者に、由香里をくれてやる、と明言したのである。

ということは——。

あきらかに、「十郎太、そちに、姫をやる」と約束したも同じではあるまいか。

思いめぐらしたところ、この修羅十郎太の赤槍の前に、互角に闘うことのできる者は、一人も居らぬのだ。

——どうなる、というのだ、これは？

三

十郎太は、立ち上ると、なかば無意識に、茶亭の中を、歩きまわった。

と——。

「修羅様」

ひそやかに呼ぶ声があって、十郎太は、はっとなった。

「わたくし、姫様におつかえして居ります侍女でございます。しのぶと申します」

「あ——左様か、お入りなされ」

しのぶが、入って来たので、十郎太は、あわてて、座に就いた。

しのぶは、ほどなく入って来るであろう由香里のために、点前の支度をしながら、

「わたくし、はしたないまねをいたしました」

と、云った。

「はしたないとは？」

「もの蔭にて、ただいまのお話を、うけたまわってしまいました」

「あ——、槍試合の儀を？」

「はい」

「姫君は、あの話、まこと、ご承知ではないか？」

「ご存じございませぬ。……大納言様が、つい、いま、お思いつかれたのではございますまいか」

「左様だと、それがしも思う」

「槍試合とも相成れば、貴方様に勝てる御仁は、ござりますまい。大納言様も、そのおつもりでございましょう」

そう云われて、十郎太は、このしのぶという女中、自分の味方になるような気がして、

「おそらくな」

と、うなずいた。

とたん――。

しのぶは、じっと、十郎太を見上げて、

「お勝ちなされまするか、修羅様？」

と、問うた。

その双眸には、なにやら、とがめるような色があった。

十郎太は、はっとなった。

しばらく、沈黙があった。

十郎太は、しのぶを凝視したなりで、

「しのぶどの」

「はい」

「いかぬか、この修羅十郎太が、男子人並の望みを持っては——？」

うめくように、咽喉奥から、押し出した。

「許されぬのか、このぶざまな、奇妙な奇天烈な天狗鼻を持った男が、ほんのかすかな希望の灯を、胸にともしても——？」

「…………」

しのぶは、うつ向いた。

「云ってくれ。こたえてくれ。……おい、なぜ、こたえぬ……」

「…………」

「そうか。姫は、すでに、醍醐主馬と、恋を語ったのだな？　互いの心をたしかめあったのか？」

「いえ、そ、そのような……」

「まだ、ないというか？」

「は、はい」

その折——。

渡廊を歩いて来る衣ずれの音が、きこえた。

「姫様のお渡りにございます」

「…………」

十郎太は、座に就いた。

しのぶは、ひそやかな小声で、

「修羅様――、姫様のお心のうちを、……なにとぞ――」

「…………」

十郎太は、しのぶを見かえした。

しのぶは、おじぎをして、さっと立った。

「十郎太殿――」

由香里が、あかるい声音で、入って来た。

十郎太は、その美しさがまぶしく、目を伏せて、挨拶した。

由香里は、茶釜の前に坐って、点前をはじめながら、

「父上の御用は、なんでございましたの？」

と、たずねた。

「それがしの一身上のことにつき、有難いご配慮をたまわりました」

こたえつつ、十郎太は、由香里の姿を、そっと眺めやった。

……なんという美しさだろう！

造作の神が、これほど精魂こめてつくりあげた美しい女人が、古今東西、この世にまたと在ったろうか。

由香里が、なにかしゃべっているが、その言葉すら耳に入らぬうつつな状態に、十郎太は、陥ちて、痴呆のように、その容姿に、見惚れている。

――この美女を、おれの妻にする……そんな、夢が実現するはずがあろうか。

――修羅十郎太、血迷うな！

十郎太は、おのれを叱咤した。

由香里が、けげんな面持で、

「どうかなさいましたか、十郎太どの？」

と、問うた。

「い、いや――」

十郎太は、狼狽した。

「どうも、いたさぬ」

## 絶望の夜

### 一

十郎太が、さし出された楽茶碗を、作法通りに、手にして、飲みおわって返すのを、由香里は待っていてから、云った。

「わたくしが、この茶亭に入ろうとするのを、父は呼びとめて、こう申しました。修羅十郎太は、武辺の中の武辺だ。いったん承知すれば巌《いわお》にも槍を突き刺すであろう。そなたからも、父の申し入れたことを、承知させよ、と申しつけられました。……父は、十郎太どのに、どうせよ、と申したのですか？」

「いや、べつに、ただ、なんとなく、侍大将ぐらいでとどめておくのは惜しい男だ、と仰せになりました」

「そうですね。十郎太どのの槍ならば、十万石も取れましょう」

「それがしは、栄達をのぞみ、覇道を進む志は、きわめて薄い男でしたが……」

「でも、いまは、大名になりたい、とお思いではありませんの？」

「あります。大名になれば、あるいは、この胸の底にひそめている想いを、口にできるかも知れぬ、と……」

「その想いとは、なんでしょう？　打明けて下さいますか？」

由香里からもとめられて、急に、十郎太は、総身の血が熱くなった。

「いや、いまは、申し上げられませぬ。いずれ、機会があれば……」

「十郎太どのには、わたくし、どんなことでもご相談できる、気持で居ります。父も申して居りました通り、わたくしの知っている限りの男子で、貴方様ほど、たのもしいおさむらいは、見当りませぬ」

「………」

――姫！

十郎太は、胸のうちで、うめいた。

「ですから、思いきって、わたくしのお願いを、貴方に、きいて頂きたいと思って居ります」

「うかがいましょう。仰せあれ。この修羅十郎太、貴女様のためならば、石を水に浮かべさせ、木の葉を沈めて欲しい、とおたのまれしても、お引き受けつかまつる」

「まあ！」

由香里は、美しく、笑って、

「十年前、わたくしを、夕月城から救い出して下さった御仁ですもの、はずかしいことを、思いきって、お願い申します」

「どうぞ！」

十郎太は、由香里を視かえしながら、心の臓が、早鐘のように鳴るのをおぼえていた。

「わたくし……」

由香里は、うつ向いて、

「近衛信光卿から、妻に、と申し入れを受けて居ります」

「由香里様は、嫁ぐお気持が……？」

「毛頭みじん、ございませぬ」

「お父上も、そう申されました。青白い腰抜け公卿などに、姫をくれてやる気はない、と——」

「まあ！　父が、そう申しましたの？」

由香里の顔が、ぱっとかがやいた。

「申されました。槍一筋で、一国一城の主になるさむらいに、嫁がせてやりたい、と——」

「うれしい！」

由香里は、両手を胸に置いた。

「姫君！　それがしの方から、貴女様がご相談になりたいことを、申し上げましょうか？」

「はい。あててごらんなさいませ」

「貴女様の胸の中には、慕うおもかげが、おありなさる」

「はい、そうなのです。おあてになりました。……わたくし、恋をして居ります。でも、その御仁は——その御仁ご自身は、わたくしをもとめておいでなのですが、わたくしも、その御仁を、心からお慕いしていることは、ご存じありませぬ。あるいは、わたくしが、きらっているのではあるまいか、と不安に思うておいでなのです」

「なるほど！」

十郎太は、五体がふるえるような思いであった。

——もしや、その男とは、おれではあるまいか？

ちがう、と打消す意識の底に、その期待が、しつっこく、十郎太の心の奥に、まつわりついたのである。

「でも、いままでのところは、その御仁は、わたくしにきらわれている不安がおありになっても、もうすぐ、わたくしの心が、おわかりになると存じます」

「なるほど！」

「わたくしには、その御仁が、どんなに心から、わたくしを愛して下さっているか、それはもう、はっきりと判って居ります」

「なるほど！」

十郎太は、痴呆のように、同じ返辞をつづけた。

二

「ただ、その御仁は、わたくしの心の中を、看ようとはなさらずに、ただもう、ご自分が恋していることに、夢中におなりになって居るのです」

「なるほど！」

「もっと男らしく、平静に、女心を読みとって下さらないものか、と思って居ります」

「なるほど！」

「その御仁は、十郎太どのもよくご存じでございます」

「それがしが——!?」

十郎太は、由香里の端整な唇を、見つめた。

「それは、貴方でございます」

その言葉が、その唇から吐かれるのではあるまいか、と思った。いや、祈った。

由香里は、その言葉を吐くかわりに、うつ向いて、手で、膝をさすった。

「姫君！」

十郎太は、あせったあまり、思わず、高い声音で、呼んだ。

「え――？」

「誰です、それは……その果報者は？」

「八荒竜鬼隊の御仁なのです」

「なに⁉　……ま、まこと、そうですか？」

――夢ではないか！　この臈たけた美女の心に、やきついたおもかげは、みにくい鼻を持ったおれなのだ！

――ああ、はやく、云ってくれ。それは、貴方だと。修羅十郎太殿、貴方なのだ、と。

十郎太が、あせればあせるほど、由香里は、わざとのように、口をつぐんで、云おうとしなかった。

「由香里様、八荒竜鬼隊に、貴女様の心を奪うような者が、居りますか？」

「はい、勇気もあり、叡智《えいち》にかがやく目を持ち、気高く、若く、そして、それはもう、凜々しい……」

「女子なら、誰でも、はっとなる美しいお顔で――」

「凛々しい？」

「………」

一瞬、十郎太は、顔面から血の気が引くのをおぼえた。

――あいつだ！　醍醐主馬だ！　やはりあいつであった。

絶望とは、このように凄じい嫉妬の中から生れるものと、十郎太は、思い知らされた。

由香里は、十郎太の一変した表情を眺めて、

「あ――、お許しあそばせ。貴方の前で、まるで比べるように、こんなことを申しました。どうぞ、お許しを――」

「なんの……、醍醐主馬は、千人の女子に会えば、その千人から恋される美男子でござる」

「おわかりになりましたのね、わたくしのお慕いしている御仁が――」

「わかりましたとも！」

十郎太は、絶望のどん底から、おのれを起ちなおらせた。

「醍醐主馬は、もはや、すでに貴女様に恋を打明けましたな？」

「はい」

「失礼ながら、その時の醍醐主馬の態度を、おきかせ下さいませぬか！　雅びな言葉で、貴女様を、優しく、くどきましたか！」

「…………」

由香里は、こたえなかった。

――そうか。いきなり、乱暴に、抱きすくめようとしたのだな。それで、姫は、こばんだ。主馬は、きらわれた、と思ったのだろう。姫も、また、きらっている、と主馬に受けとられたのではあるまいか、とおそれているのだ。

十郎太には、その場の光景が、目に見えるようだった。

「醍醐主馬は、貴女様にふさわしい男子でござる。鴛鴦といい、比翼といい、連理といい、美しいものは、常に一対でなければなりませぬ。……醍醐主馬と貴女様がならんだすがたは、絵にも歌にもなります。この上の美しい眺めはござらぬ」

「でも……」

由香里は、ちょっと不安な面持になった。

「もし、主馬様が、お顔のように、心が美しゅうなく、あの時、ただ、激しい欲情にかられただけで、わたくしをおもとめになったのであるとすると……？」

「由香里様、青年と申すものは、たとえ山ほど雅びな言葉を知り、優しい心を持っていても、恋に夢中になると、とっさに、乱暴なふるまいに及ぶことがござる」

「そうでしょうか。それなら、よろしいのですけど……」

「そうです。それがしにも、おぼえがあります。その瞬間には、青年という奴は、俗物で、間抜けな、荒々しい野人と化すものです。そのふるまいだけで、青年の純粋な愛情を疑ってはなりますまい」

そう教えながらも、十郎太は、前日、猿丸から、告げられたことを思いうかべていた。

「醍醐主馬様は、こそこそと、六条の廓にかよって、遊女を抱いてござる模様でありますわい」

――おれが、もし主馬の立場に在れば、そんなまねはせぬのだが……。

「十郎太どの」

由香里に呼ばれて、十郎太は、われにかえった。

「お願いと申すのは、これからも、八荒竜鬼隊は、幾度《た》びとなく、戦場へ出て行かれましょう。つぎつぎと討死をなされましょう。……どうか、その折は、主馬様のお身を、守って下さいませぬか？」

「承知つかまつりました。たとえ百度び、合戦をしても、醍醐主馬は、必ず、貴女様の許に、帰れるように、それがしが、引き受けました」

三

修羅十郎太は、幽鬼の足どりで、醍醐大納言邸を出た。

――化物め！

十郎太は、おのれをあざけった。

――化物は化物らしく、はじめから、あきらめればよいものを、なまじ、万が一の期待を抱くから、このざまだ。莫迦《ばか》め！　阿呆め！　道化め！　月も、あざけり、星も、わらって居るわ。その松の枝ぶりは、おれに、首をくれ、と誘って居るようだ。

十郎太は、六条の廓に入って、酔いつぶれる気力さえも失って、竜鬼隊の宿所へ帰って来た。

屯所は、二条寺という古刹《こさつ》であった。

副隊長室は、方丈にあった。

十郎太は、どたりと畳へ倒れた時、隣室から、

「十郎太」

隊長の堂明寺内蔵助が、呼んだ。

まだ、起きていたのである。

「うむ」

返辞をすると、

「ちょっと、相談がある」

内蔵助は、襖を開けて入って来た。

「醍醐大納言卿に、呼ばれて行って来たそうだな？」

「うむ」

「卿は、お主に、なにか、相談をしかけたか？」

「いや、べつに……。気になるのか？」

「いささかな」

燭台のまたたきをあびた内蔵助の顔は、きびしくひきしまったものになっていた。

「どういうことだ？」

「伊賀の上忍で、百地三太夫という者が居る。……去年、伊賀攻めに、討死したものと思っていたが、生き残って、この京都に潜入していた」

「その百地三太夫が、どうしたというのだ？」

「醍醐大納言邸に、ひそかに出入りしていた事実が、判った。……お主が、今年のはじめ、醍醐邸へ呼ばれて、辞去した時、曲者の一団に襲撃されたことがあったな。あれは、百地三太夫とその手下どもであったのだ」

「…………」

あの折、襲撃したのは、百地三太夫らしい、と猿丸が察知して、十郎太に、告げたことがあった。

十郎太は、しかし、内蔵助には、黙っていたのである。

「十郎太――。大納言は、もしや、お主を、何万石かの大名にしてやろう、とでも誘ったのではないか？」

「いや、そんな話は、出なかった」

「まことだな？　かくすなよ、十郎太」

「かくしたりはせぬ」

「わしは、あの醍醐尚久という公卿、ただの人物ではない、と看て居る。肚の中に、一物を持って居るに相違ない」

「…………」

「怪しい、とにらんだわしのカンは、十中八九、狂っては居らぬ。……ついでに、きかせておけば、大納言が、わざわざ、亀山から、日向守の家臣であったのを止めさせて、醍醐主馬を、呼び寄せ、八荒竜鬼隊にあずけたのも、なにか、裏があるような気がするのだ」

十郎太は、内蔵助の言葉に、愕然《がくぜん》となって、視かえした。

「裏があると？」

「うむ、必ずある、とわしは看た。……大納言が、わしに、主馬をあずける時の理由が、いかにも尤もらしかったが、嘘に相違あるまい。……主馬が、公卿になるのがいやだ、と申すなら、亀山城へかえせばよいのだ。いずれ、侍大将にもなれる身なのだからな。……それを、明智家にかえさず、竜鬼隊に入れたのは、どうしても、怪しい！」

「…………」

「竜鬼隊は、合戦買いの牢人や野伏あがりの者の集団だ。立派な家柄で、主君持ちの武士が、その地位をすててまで、加わる隊ではない。そうだろう、十郎太？」

「…………」

「大納言は、何か考えるところがあって、主馬を、隊士にしたのだ。この堂明寺内蔵助は、それほど、甘くはない。十郎太、お主も、主馬の挙動を、監視していてくれ」

「うむ」

内蔵助が、隣室へひきこもると、十郎太は、暗然として、しばらく、身じろぎもしなかった。

——醍醐大納言は、たしかに、只者《ただもの》ではない。しかし、主馬が、その手先の曲者とは！

姫に、守ってみせると約束したおれは、いったい、どうすればよいのだ？

## 猿丸報告

### 一

それから、数日の後——。

十郎太は、六条柳町の大籬『佐渡島』の一室に、酔うて、寝そべっていた。

一昨日から、飲みつづけていた。御所守護の役目など、全くなげすてたていであった。

遊女は、そばにいなかった。

猿丸も、ずっと顔をみせていなかった。

猿丸は、十郎太の命令を受けて、この京の都のどこかに身をひそめる伊賀の上忍百地三太夫を、探索して歩きまわっているはずであった。

「おや、十様、ここかえ」

ひらりと、舞い込むように入って来たのは、いまは『佐渡島』随一の太夫となった於風であった。

そばへ坐ると、

「もういいかげん、酒にはあきてしもうたのではないかえ、十様？」

あでやかに、笑いかけた。

十郎太は、のろのろと起き上ると、床柱によりかかった。

「もう一樽《ひとたる》、持って来い」

「十様、いくら天下一の槍武者でも、酒ばかり三日も飲みつづけていては、からだをこわしてしまいますわえ」

「したりげに、忠告などするな。酔って正体を失う修羅十郎太か」

「十様！」

於風は、十郎太に、しんなりと身をよりかけると、その手を取った。

片膝を立てたので、裾が乱れ、緋の腰まきの蔭から、白い内股がのぞいた。

「わたしは、十様に、惚れましたぞえ」

「遊女に惚れた、とくどかれて、まことと受けとるのは、よほどの阿呆者よ。ましてや、この天をも衝く天狗鼻を持った男に、なれなれしゅう、申すな。……たとえ遊女でも、惚れた、という言葉は、生涯に一度だけ、心の臓のまん中から出せ」

「うそではない。わたしは、しんそこ、十様に、惚れたのじゃ」

於風が、そう云って、すがりつこうとしたとたん、したたかに、突きとばされた。

於風は、わざと、股奥あらわに、仰向けに倒れた。

「うつけ！」

その一語が、十郎太の口から出た。

「そうじゃ。わたしは、うつけじゃ。いくら突きとばされようと、惚れることを止めはせぬ」

「お前のことを、うつけと云ったのではない。おれがおのれ自身を、あざけったのだ」

「どうして、十様は、そんな鼻ぐらいで、心までゆがめてしまわれるのかえ？」

「遊女風情に、この修羅十郎太の心中が、わかってたまるか」

十郎太が、吐きすてた時であった。

「於風！」

廊下の彼方で、呼び声が起った。

「於風、どこだ？」

こちらへ、近づいて来た。

──醍醐主馬だな！

十郎太は、にわかに、四肢がひきしまった。

「於風、どこにかくれて居る！　出て来い」

於風は、しかし、返辞もせぬ。

十郎太は、於風を視て、

「お前は、あの醍醐主馬と、もう寝たのか？」

「わたしは、あのような美しい男子は、好かぬのじゃ。いくら、くどかれても、枕など交しはせぬ」

「主馬は、この廓へ、しばしば、参って居るようだな？」

「…………」

「うわさによれば、非番の日には、必ず来て、つぎつぎと、女をえらんで、遊んで居るそうな」

「…………」

主馬が、この部屋の前へ来て、「於風っ！　出て来い！」と呼ぶと、十郎太は、

「於風は、ここだ」

と、こたえた。

戸を開けた主馬は、

「お！　副隊長でしたか」

と、おどろきの目をみはった。

二

「主馬、お主は、この於風を追いまわして居るのか？」

十郎太は、問うた。

「い、いや、その……、この女子とは、亀山から、この京へ上って来る途次、偶然、連れになり申したので……」

主馬は、いささか、あわてながら、弁解した。

十郎太は、立ち上った。

「一緒に来い、話がある！」

「話なら、ここでも……」

「来るのだ！」

十郎太の語気は、鋭かった。

於風は、凜乎たる十郎太に、はじめて接して、息をのんだ。

十郎太が、主馬をともなったのは、廓外の、竹藪に沿うた野であった。

初夏の陽ざしは、まぶしく、草をもえさせていた。

対《むか》い立った十郎太は、

「お主は、先日、大納言卿の屋敷で、由香里姫を、抱こうとしたな？」

「誰から、それを——？」

「黙ってきけ！　お主は、抱こうとして、強く拒絶された。そうであろう？」

「う、うむ。その通りだ。身共は、雅びな言葉など知らぬ。だから、つい……」

「むすめ心を無視して、抱きすくめて、唇でも合せれば、なびくものと思って、乱暴な振舞いに出たというのか？」

「では、万葉集も古今集も、源氏物語も何も、読んだことのない身共が、どうやって、くどけばよかった、というのだ？」

「笛ぐらい吹けぬのか、お主？　姫の鼓と合せることぐらいできぬのか？」

「そんな風流な遊びごとをしているいとまなど、身共には、なかった」

「では、武芸だけは、自信がある、というのだな？」

「それは――ある！　貴殿に、救われて、亀山城へもどった十五歳の時から、武芸には、必死にはげみ申した」

「そうか」

十郎太は、腰の太刀を、抜きはなった。

主馬は、あわてて、

「身共と真剣勝負を、する、と申されるのか？」

と、一歩退った。

十郎太は、黙って、竹藪に近づくと、手頃な竹を二本、両断して、枝をはらって、竹槍をつくった。

主馬は、いったい、なにをするのだろう、といぶかった。

十郎太は、その一本を、主馬に投げた。

「どうする、といわれるのだ?」

「おれに、かかって来い」

「槍の稽古などして、どうなる、といわれるのだ?」

「おれは、先般、お主の恋が成就するように、たすけようと約束した」

「………………」

「きかせておいてやる。由香里姫は、お主を慕うて居る。心から愛して居るのだ。……それと気もつかず——むすめ心を読みとるすべも知らず、廓をうろついて、遊女を追いまわして居るとは、なんというなさけなさか」

「そのことと、この槍稽古と、なんの関係がある、といわれるのか?」

「近いうちに、槍試合が、催される。おそらく、関白以下堂上公卿衆の面前でな」

「………………」

「醍醐大納言卿も、由香里姫も、見物されるだろう」

「槍試合ならば、貴殿に勝つ者は、誰も居り申さぬ」

「ところが、一人、居るのだ」

「誰でござる?」

「醍醐主馬、お主だ!」

「え――？」

「お主が、この修羅十郎太に勝つのだ」

「そ、そんな……、身共など、とうてい、貴殿の敵ではござらぬ」

「ところが、お主がおれに勝つのだから、嗚呼《ああ》、この世の人間関係は、なんと、なさけないしくみになっていることか」

十郎太は、自嘲の笑いをもらした。

「槍試合に、もし万が一、身共が、勝ったならば、いったい、どうなる、といわれるのだ？」

「槍試合に勝った者に、由香里姫が与えられる。大納言卿が、そう申されたのだ」

「…………」

主馬は、眉宇をひそめた。

「さあ、かかって来い」

「副隊長、貴殿は、わざと、身共に勝をゆずるおつもりか？」

「ゆずるのではない。おれが負けるのだ。お主が勝つのだ。……わかったか。わかったら、突いて来い！」

十郎太は、ぴたっと、竹槍を構えた。

一分の隙もない十郎太の姿が、主馬の目には、にわかに、仁王像のように、巨大なものに映った。

「何をためらって居る！　突いて来い！　生命をすてて、かかって来い！」

「よ、よしっ！」

主馬とても、槍術の修練は、一年や二年ではなかった。

修羅十郎太といえども人間であるからには、突けぬはずはなかった。

主馬は、じりじりと、距離を縮めて行った。

三

その時刻――。
堂明寺内蔵助は、安土城からの信長の書状を、披《ひら》いていた。
内容は――。
羽柴秀吉の備中高松城の水攻めは、梅雨明けによって、完全に城を孤立せしめた模様であるが、清水宗治以下籠城の面々は、決死の覚悟をしているからには、容易に降服いたすまい。この信長自身が、おもむいて、総指揮をとらぬ限り、毛利勢を屈服せしめることは、おぼつかぬ。ついては、五月末に、安土城を出て、中国へ向って出陣するであろう。京都は、本能寺を宿所とさだめた。しかし、この信長自身が、中国へおもむくことを、毛利方に知られるのは、まずい。総大将がじきじきに指揮をとると知った敵は、その戦略を変えて、総勢をもって、立ち向って来るであろうゆえ、こちらは、極秘裡に、安土城を出発することにした。供ぞろいも最小限にとどめ、主上（天皇）にご機嫌うかがいをするようにみせかけて、京都に入ることにする。したがって、八荒竜鬼隊は、殊更に、ものものしい警戒をいたさぬように命ずる。なお、明智光秀には、秀吉を援けさせるため、堂々と軍勢を率いさせて、出陣せしめる。すなわち、毛利勢には、秀吉援軍は、明智光秀だけであると思わせる策略である。

読み了《おわ》った内蔵助は、

「本能寺は、警備無用、とのことか」

と、つぶやいた。

信長は、これまでも、わずか二三十名の供だけを率いて、さっと京都へ乗り込んで来ることが、しばしばであった。

まさに、その行動は、余人のうかがい知れぬところがあった。

信長は、高松城を攻めている秀吉から、毎日のように注進状を受けていたに相違ない。

そのうちに――、

「面倒だ。余自身が、毛利勢を蹴ちらしてくれる！」

とほぞをかためたに相違ない。

そして、自分の出陣を、わざと秘密裡にする、というのも、いかにも、信長らしい考えからであった。

しかし――。

なぜか、このたびだけは、堂明寺内蔵助は、ふっと、いちまつの不安感に、おそわれた。

醍醐大納言尚久の相貌が、思いうかんだからである。

——あの内大臣は、なにか、企むところが、あるのではあるまいか？

その疑惑が、絶えず、脳裡につきまとっていた内蔵助である。

と——。

庭さきに、人影がうごいた。

内蔵助が視やると、それは、修羅十郎太の家人猿丸であった。

「おう、猿丸か。如何した？」

「あるじは、いずこに在りましょうや？」

「また、六条柳町であろう。……十郎太にたのんで、お前に百地三太夫の行方を探索させたのは、このわしだ。報告をきこう」

「たしかに、百地三太夫は、伏見のさる家に、ひそんでいるのをつきとめました」

「そうか、やはり——。で、いかがいたした？」

「二昼夜、見はりをつづけて居るうちに、ついに、百地三太夫が、その家を忍び出ましたので、必死の追跡をいたしましたところ、行き着いたさきが、……明智日向守光秀様の、亀山城でございました」

「なに⁉」

内蔵助は、愕然となった。

「百地三太夫が、亀山城へ行ったと⁉」

信じられぬことであった。

「日向守が、百地三太夫を、ひそかに、やとっていた、ということか！」

とっさに、内蔵助の脳裡に、
醍醐大納言尚久――明智日向守光秀
このつながりが、ひらめいた。

――醍醐大納言と日向守が、密約を交していた？

そんなばかなことがあろうか、という否定の方が、強かった。

たしかに、光秀が信長から、手ひどい侮辱を蒙っている光景は、内蔵助自身も、幾度びか目撃させられている。しかし、信長から面罵されたり、堪えがたい軽蔑を加えられているのは、光秀だけではないのだ。羽柴秀吉の方が、それ以上ともいえる。

内蔵助は、光秀の人柄、挙措態度、すべてを思いうかべてみた。

とうてい謀叛など起すような人物ではないのだ。

「わからぬ！」

内蔵助は、うめくように、もらした。

猿丸は、庭さきから、じっと、内蔵助を仰ぎ視ている。

「猿丸！」

「はい」

「お前は、これより、急遽《きゆうきよ》、亀山へ参れ」

「は――？」

「日向守が、出陣を前にして、どのような動きを示すか、さぐるのだ。そして、つぶさにしらべあげて、もどって参れ」

「はあ、では、わがあるじに、その旨を伝えておきまして……」

「そのいとまはない。……よいか、生命をすててかかれ！」

内蔵助は、厳然として、命じた。

「かしこまって候」

猿丸は、一礼すると、風のように去った。

一人になった内蔵助は、宙を睨んで、

「日向守と醍醐大納言が、謀叛の密約を交していると……、謀叛を起す場所は、この京の都だ！」

と、強い語気で断定した。

## 槍試合

一

天正十年五月十五日——。

織田信長の安土城へ、一人の賓客が、やって来た。

徳川家康《いえやす》であった。

信長は四十九歳、家康は四十歳の男盛りであった。

家康は、宿敵武田家を、信長と協力して、滅亡することができ、駿河・遠江両国の領主にしてもらったので、そのお礼に、浜松《はままつ》城を出て、安土へやって来たのである。

信長は、大いに歓待した。

そのご馳走役に、明智日向守光秀を命じた。

光秀の主君弑逆《しいぎゃく》の肚は、すでにきまっていた。しかし、もとより、そんな様子は、誰にもみじんも気どらせず、大いそぎで、京都と堺から、珍しい山海の食物をとり寄せて、ご馳走の準備をととのえた。

十五日から十七日までの三日間、その饗応《きょうおう》の席にはこばれたかずかずの料理は、大いに家康をよろこばせた。

後年——。

明智光秀が、主君信長にそむいたのは、その馳走役ぶりが信長を激怒させ、

「その方に馳走役はつとまらぬ。早々、亀山へ帰って、秀吉援助に、中国へ行け」

と、叱咤されたのが、直接の動機になっている、とされた。

すなわち——。

信長は、家康の宿舎を、明智光秀の館に定めた。

当日朝、その馳走の用意は、どういうぐあいであろうか、と信長は、見分にやって来た。

ところが、門を入った時、すでに、くさりかかった生魚の臭気が、ぷうんとただようて来た。この日は、特に暑気がはげしかったのである。

信長は、たちまち、顔色を一変させて、料理の間へ踏み込んで来ると、

「日向！　おのれは、徳川家康に、腐った料理を食わせる気か！」

と、呶鳴りつけ、

「馳走役はつとまらぬ！」

と、即座に、家康の宿舎を、他の大名の館に変更してしまった。

光秀は、面目を失い、せっかく用意した料理の品々を、その器具もろとも、安土城の濠へほうり込んでおいて、亀山へ帰って行った、と史書は記している。

ご馳走役を免じられたのは、事実であるが、光秀が、腹にすえかねて、そのようなやけくそなふるまいに及んだ、というのは、つくりごとである。

光秀は、山海の珍味をととのえおわった時、信長に呼ばれて、

「馳走役は、堀《ほり》久《きゅう》太《た》郎《ろう》に代える。そちは、すぐに、亀山へ帰って、中国へ出陣せい」

と、命じられたのであった。

羽柴秀吉からの密書がとどき、火急の援助が乞われたからに相違なかった。

「かしこまりました」

光秀は、神妙に受けて、安土を去った。

誰一人、光秀に謀叛の心がある、などとは、夢にも察知できなかった。

光秀が、丹波亀山城へ帰着したのは、五月二十六日であった。

亀山の北方に、愛宕山《あたごやま》があった。

光秀は、その翌日、愛宕山へのぼった。そして、愛宕神社へ詣で、宿坊に一泊している。

次の日、光秀は、里村紹巴《さとむらじようは》とか、宿坊のひとつのあるじ西坊《にしのぼう》などという、連歌仲間と、なごやかにその興行を催している。

ときは今あめが下知る五月哉《かな》　　光秀
水上まさる庭のまつ山　　西坊
花落つる流れの末を関とめて　　紹巴

その西坊の座敷の床下に、猿丸は、身をひそめて、全神経を耳に集めていた。

連歌の興行というものは、まことにもの静かであった。

やがて、光秀の発句が、読みあげられるのを、猿丸は、きいた。

「ときは今あめが下知る五月哉——か」

猿丸は、その発句を、口のうちでくりかえし、それから、しかと記憶にとどめた。

## 二

同じ日――。

この春、花の宴が催された嵯峨野の一本桜の野に、あの日と同じく、華やかな幔幕がめぐらされて、ひとつの催しが、くりひろげられていた。

それは、連歌興行などという風雅な遊びではなかった。

荒武者たちの槍試合であった。

これを見物するのは、主座に、近衛信光が就き、そのわきに、醍醐大納言尚久、ほか数人の堂上公卿が居ならんでいた。

別の席には、由香里はじめ、公卿の子息や息女たちが、こわいもの見たさでならんでいた。

催したのは、醍醐尚久であり、

『勝ちのこった者には、望みのほうびを下される』

と、申し渡したのである。

いずれも、白刃のきらめく真槍をひっさげて、名のり出たのは、さまざまの腕達者たちであった。

大名の家臣もいたし、牢人者もいたし、衛門府の衛士《えじ》もいたし、八荒竜鬼隊の隊士もいた。

巳刻《みのこく》（午前十時）から、はじめられ、正午を迎えた時には、西国の牢人者が勝ち残っていた。すでに、七人を抜いていた。

牢人者は、二人を即死させ、四人に重傷を負わせ、一人に槍をすてさせていた。

「どうやら、この黒田豪右衛門《くろだごうえもん》の敵は、もはや、居らぬようでござるな」

にやりとして、昂然と胸を張った時であった。

「おっと、しばらく――」

幕外から、声をかけて、扇子で顔をかくしながら、赤柄の槍を小脇にかかえて、するすると入って来た者があった。

「おう……赤槍天狗が、参ったぞ」

醍醐尚久が、大声で云い、見物席はどよめいた。

修羅十郎太が、いつ、現れるか、期待していたのである。

見物は許されぬが、幕をへだてて、警護の任にあたっている八荒竜鬼隊の面々も、十郎太の出現を、いまかいまか、と鶴首して待っていたところだったので、

わああっ！

と、喚声をあげた。

西国の牢人者黒田豪右衛門も、すでに、修羅十郎太の武名はきいていたとみえて、

「ふむ！　赤槍天狗とは、お主か」

と、睨んだ。

「左様——、あの世への土産話に、とっくりと、この天狗鼻を眺めておかれい」

十郎太は、槍を、とんと直立させると、ふうっと、熱い息を吐いた。

どうやら、したたかに、酔っている。

上半身が、ゆらりとゆれた。

「おいっ！」

黒田豪右衛門は、かっと、炬眼《きよがん》をひきむくと、

「おのれは、酒をくろうて居るな？」

と、呶鳴った。

「槍試合にあたり、酒をくらってはいかぬ、という規則でも、設けてござったか」

十郎太は、微笑した。

「ふざけるなっ！」

「酒は天の美禄、百薬の長、愁いをはらう玉箒《たまばはき》、然《しか》り而《しこう》して、この天狗鼻の肥料《こやし》でござる」

「おのれっ！　この黒田豪右衛門の槍の前で、いまだ、かちどきあげた者は居らぬと知れい！」

「おっと！この修羅十郎太は、いまだ、死して酒壺とならん、などという気持は、一向起しては居り申さぬよ。……お主程度の槍使いならば、ちょうど、ほろ酔い加減が、

あつかいやすい。一盞《いっさん》の酒、一世の栄華――さめての後のうたかたは、あわれや、人と生れし宿命《さだめ》なり」

云いおわらぬうちに、黒田豪右衛門の猛然たる突きが、襲って来た。

「あっ！」

悲鳴をあげたのは、由香里はじめ、十郎太を知る人々であった。

十郎太が、胸いたを貫かれて、倒れた、と思ったのである。

事実――。

十郎太は、地ひびきたてて、仰のけに、倒れたのである。

しかし、突き刺されて、倒れたのではなかった。

「うぬっ！」

豪右衛門が、満面を朱にして、槍を手もとに引いて、第二撃を、びゅっ、と突きくれると、地面上の十郎太は、風に吹かれた木葉のような軽やかさで、くるっと、一廻転した。

豪右衛門は、穂先を、土の中へ、ぐさと突き立てた。

ゆらりと起ち上った十郎太は、

「さあ、いよいよ、こちらから、攻撃と参るぞ」

と、赤槍を構えた。

しかし、肩も腰も、酔いでさだまらず、見物する人々の目には、まことに不安なものに映った。

穂先を、土の中から抜きとった豪右衛門だけは、

——こやつ、わざと酔ったふりをして居るのだな！

と、看破していた。

五体は泥酔しているようにみせかけているが、その双眸は、冷たく光っていたのである。

豪右衛門は、修羅十郎太が、どうしてそんなまねをしているのか、理由が判らぬままに、からかわれているような侮辱感で、総身の毛穴から、闘志の炎を噴かせた。

「ややあっ！」

これぞ、いくたびかの戦場に於ける功名首を挙げた必殺の突き——と、自他ともにみとめる迅業を、十郎太めがけて、あびせた。

三

瞬間——。

誰の目にもとまらなかったが、十郎太の赤槍の穂先が、ひらっと舞いあがった。

次の一瞬には、豪右衛門の槍は、その双手からはなれて、空高く、はねとばされていた。

「お主の負でござるな」

十郎太は、赤槍にすがりつくような姿勢で云った。

黒田豪右衛門が、まだおのれの敗北を信じられぬ様子で、立去ると、十郎太は、その場に、どさりと、あぐらをかいた。

「ふうっ！」

熟柿《じゆくし》臭い息を吐いて、がっくりと、うなだれた。

そこへ――。

幕外から、つかつかと歩み入って来たのは、醍醐主馬であった。

「それがし、対手をつかまつる！」

胸を張って、云いはなった。

幔幕の外では、

「あいつ、気が狂ったのではないのか。副隊長に挑みかかるとは！」

「酔っているとみて、自分なら勝てる、と思い上ったらしい」

「ばかな奴だ。みすみす、恥をさらしに行き居った」

がやがやと、云いたてていた。

十郎太と主馬とが、すでに、打合せずみであることなど、二人以外に知る者はなかった。

「修羅十郎太殿！　立たれい！」

主馬は、いささか上ずった声音で、せかした。

十郎太は、首をゆらゆらとゆさぶりながら、主馬を見上げた。

「ほう、醍醐主馬が、この赤槍天狗に、かかって参るのか」

十郎太は、「ははは……」と高笑いして、

「止せ。修羅十郎太の敵は、日本中に、一人も居らぬ」

と、云った。

「参る！」

主馬は、槍をかまえた。

十郎太は、赤槍にすがって、よろよろと起ち上ると、

「止めておけ、と申すのだ。おれに勝てるはずがない」

「参るぞっ！」

主馬は、突きかけた。

十郎太は、あやうく、かわして、ふうっ、と肩を上下させた。

主馬は、突きまくりはじめた。

十郎太は、はらいのけたり、かわしたりしつつ、しだいに後退した。

「えいっ！」

主馬が、手筈通りに、大きくくり出すや、十郎太は、はらうはずみに、石かなにかに蹴つまずいたとみせかけて、よろめいた。そして、横転した。

その手から、赤槍がはなれて、ごろごろところがった。

「参った！」

十郎太は、ぶざまに、両手をさしあげた。

主馬は、槍をたかだかとさしあげて、

「醍醐主馬！　勝ちのこり申したぞ！」

と、叫んだ。

幕外の隊士連が、ざわめき立った。信じられないことが、起ったのである。修羅十郎太ともあろう達人が、負ける道理はないのであった。酒をしたたかにくらったのが、不覚だったのだ。

一同は、そう思いつつも、どうも、納得しがたい表情になった。

主馬は、醍醐尚久の前に、進んだ。

「主馬、よくやった」

そう云いつつも、尚久は、にがい顔つきになっていた。

「忝じけのう存じます」

「なにが所望じゃ？」

尚久は、問うた。

「はっ――」

主馬は、跪くと、

「姫を……」

と、云った。

「なに？　なんと、申した？」

「姫を——、由香里殿を、拙者の妻に……」

主馬は、喘ぐように、云った。

「由香里を欲しい、と申すのか？」

「はい——」

勝ち残った者には、望みのほうびをとらす、という条件をつけている以上、由香里を欲しい、と申し出られても、尚久は、ならぬとしりぞけるわけにいかなかった。

「よい」

尚久は、しぶしぶ承知した。

その時、幔幕ぎわに坐り込んでいた十郎太が、ぐらりと寝そべった。

高いびきが、そこからきこえた。

一同は、あっけにとられて、十郎太の寝姿を、眺めやった。

由香里だけが、その眸子をうるませて、

——有難う存じました、十郎太殿。

そっと、頭を下げていた。

主馬と自分を夫婦にしてくれるために、十郎太がわざと負けてくれたのだ、と由香里にだけは、判ったのである。

# 時は今

## 一

天正十年五月二十九日。

その日、織田信長は、夜明け前に、安土城を出て、まっしぐらに、馬をとばし、途中、一度の休息もせず、京都に入り、宿所本能寺に入った。

武装をせず、神官のような白衣白袴姿であった、という。

供にしたのは、名もない若い小姓衆二十七人であった。

津田源十郎《つだげんじゅうろう》とか加藤兵庫守《かとうひょうごのかみ》とか蒲生右兵衛大輔《がもううひょうえだゆう》とか櫛田忠兵衛《くしだちゅうべえ》とか、武名を持った将士は、すべて、安土城に留守居として、のこされた。

信長が、本能寺に到着した時、これにおくれることなく、うしろにつきしたがっていたのは、わずかに八人であった。あとの十九人は、ずうっとおくれてしまっていた。

安土から本能寺まで、終始、背後にぴたっと添うて、はなれなかったのは、寵童の森《もり》蘭丸《らんまる》であった。

信長は、湯漬けを三杯、さらさらと喰べると、

「宵まで、睡るゆえ、誰人が参っても、通すな」

と、蘭丸に命じておいて、寝所に入った。

その日――。

二条御所と目と鼻の間にある妙覚寺《みょうかくじ》には、信長の嫡男信忠が、兵三十余を率いて、泊っていた。

二条御所は、正親町《おおぎまち》天皇の皇子誠仁《さねひと》親王の住居であり、これの警固に当っているのが、八荒竜鬼隊であった。

詰所は、御所内の、表門近くの苑内に、在った。

修羅十郎太は、そこにいた。

竹宮玄蕃が、入って来て、

「副隊長――」

「先刻、わが殿は、本能寺に入られたとの報告があり申した」

と、告げた。

「うむ。たぶん、今日あたりであろう、と思っていた」

「殿が中国入りをされるのであれば、わが八荒竜鬼隊も、お供をできるのでござろうか？」

「御所守護には、あきあきした、というところか？」

「どうも、われら野武士あがりは、公卿という存在が、性に合いませんな。花見だとか、歌会だとか、蹴鞠《けまり》だとか……、遊び呆けることだけしか、考えて居らぬし、礼儀だ作法だと、自分も他人も、自由を束縛して、いったいなにが、生甲斐でござるのか？　……第一、最も面白くないのは、おのれらを警護してくれているわれわれ武辺を、下人扱いにして、露骨にさげすみの態度を示しやがる。これが、いちばん、頭に来申すわい」

「生甲斐のない日々を送っているかれらを、あわれと思うがよかろう。ものは、考え様だ」

十郎太は、遠くへ眼眸を送って、自分に云いきかせるように、云った。

「ともかく、公卿の番犬にされて居るのは、やりきれぬ。副隊長、わが殿に願って下されい。中国征伐に加わって、また、雄叫びして、敵城へ一番乗りをいたそうではありませんか」

「たぶん、そうなるだろう」

「ところで——」

玄蕃は、先日から訊ねようと思っていたことを、口にした。

「副隊長は、あの日——槍試合に、どうして、泥酔されて居られたのか、おうかがいしたいものでござる」

「………」

十郎太は、こたえなかった。

「副隊長は、やはり、公卿が大きらいで、その面前で、槍試合など、阿呆らしいと思うて、わざと、酒をくらって、参られたのか？」

「まあ、そんなところだ」

「しかし、醍醐主馬に、勝をゆずられたのは、どうかと思い申すな。……遠慮なく、云わせて頂くならば、あれでは、醍醐大納言のご機嫌とりをした、と受けとられても、しかたがござらぬ」

「あれは、わざと負けたのではない。この修羅十郎太も、人間だよ。不覚をとることはある」

「左様でござるか。どうも、信じられぬ」

「疑い深い奴だな、玄蕃……。酒をくらったのが不覚であったのだ」

「では、そういうことにしておき申すか」

不服げな面持で、表門の方を見やった玄蕃は、

「おう、副隊長に勝って、主馬が仕止めた獲物のご入来だ」

と、云って、さっさと、詰所を出て行った。

二

表門を入って来たのは、被衣をかぶった由香里であった。しのぶが供をしていた。

十郎太は、近づいて来る由香里を眺めて、微《かす》かな胸の痛みをおぼえた。

槍試合から、十日あまりが過ぎていた。

醍醐主馬と由香里は、晴れて許嫁《いいなずけ》の間柄になったのである。十郎太にとって、もは

や、由香里は、手のとどかぬ遠いものになっていた。

顔を合せたくはなかった。

由香里の方から、たずねて来た以上、さけるわけにはいかなかった。

「十郎太殿、ご機嫌よろしゅう――」

由香里は、あでやかな笑顔をみせた。

「やあ、おいでなされ。……主馬に逢いに参られましたか？」

「はい。……主馬殿は、あれから、一度も、屋敷に参られぬのですもの。……せっかく、着物を仕立てて、待って居りましたのに……、参られる様子がないので、持参いたしました」

「主馬は、只今、裏門の守りについて居ります。半刻ほどせねば、交替でき申さぬが……」

「おねがい！　ちょっとだけ、お目にかからせて下さいませ。……すぐに、おいとまいたします」

「役目中は、私用は足せ申さぬが……」

「八荒竜鬼隊は、そんなに、隊規がきびしゅうございまして？　……槍試合に、酔うて出場しても、隊長の堂明寺内蔵助殿は、べつに、貴方をおとがめではなかったのでしょう」

「ははは……、これは参りましたな。――おい。郡新八郎」

十郎太は、呼んだ。

「はっ、なにか――！」

詰所に入って来た新八郎に、十郎太は、由香里を裏門へ案内して、主馬に逢わせるように、命じた。

「ついでに、主馬と交替してやれ」

「…………」

新八郎は、むっとした面持で、返辞をしなかった。新八郎は、醍醐主馬という色男が、きらいであった。

新八郎は、竹宮玄蕃以上に、槍試合で十郎太が主馬に勝をゆずったことを、不快に思っていた。

――あれは、由香里姫と主馬を、夫婦にさせるための、副隊長のはからいであったのだ。そうに相違ない。

新八郎は、看てとっていた。

――副隊長こそ、由香里姫の良人にふさわしい人物なのに！

あれ以来、新八郎は、主馬とは口もきいていなかった。

「新八郎、はよう案内せぬか」

十郎太に、うながされて、新八郎は、むすっとした態度で、詰所を出た。

それを見やった由香里が、小声で、

「十郎太殿、主馬殿は、他の隊士がたと、反目したりしては居りませぬか？　仲よう、お役目をつとめているのでございましょうか？」

と、たずねた。

「ご心配無用です。……この修羅十郎太が、貴女様に、主馬をかばう、と約束いたしたではありませんか。……尤も、天女のように美しい女性を妻にできる、となれば、若い隊士どもに、多少のねたみ心が起るのは、やむを得ますまい」

「十郎太殿、お願い申します。主馬殿を、どうぞ、よろしく――」

由香里は、十郎太に、両手を合せて、頭を下げると、出て行った。

――惚れているのだな、姫は、主馬に……。

十郎太は、その後ろ姿を見送りながら、

――姫が主馬に惚れている以上に、主馬の方は姫に惚れているかどうか？

ふっと、その懸念が、脳裡をかすめた。

――ばかめ！

十郎太は、おのれをあざけった。

――いまさら、おれが、主馬に嫉妬してなにになる！

三

その時刻――。

二条寺に於ては、堂明寺内蔵助が、縁さきに、一人の小者ていの男をひき据えて、睨み下していた。

内蔵助は、かねて、伊豆から十人あまりの関東乱波《らっぱ》と称《よ》ぶ忍者を、呼び寄せて、洛中洛外にひそむ、曲者探索を、ひそかにつづけていたのである。

その探索の網にひっかかったのが、この伊賀忍者であった。

「その方、百地三太夫に使われている下忍であろう？」

問うてもこたえぬと知りつつ、内蔵助は、糺《ただ》した。

伊賀下忍は、膝の前の地面の一点へ、視線を落して、身じろぎもせぬ。

「百地三太夫が、わが殿右大臣家に、怨恨を抱き、報復せんと企てていることは、すでに明白である。その方は、三太夫に命じられて、ひそかに、醍醐大納言尚久卿の屋敷に、出入りして居った。おそらく、密書をとどけたり、また、受けとって、はこんでいたに相違あるまい。……京都と何処を往復していたか、ありていに白状いたせば、一命だけは助けてとらす。……申せ！」

「…………」

「それとも、白状せぬまま、拷問にかけられるか？　忍者ならば、よほどの痛苦にも堪える修業ができて居ろうが、わが八荒竜鬼隊の責めは、青竹でなぐったり、逆吊りにしたり、石を抱かせたり、などという手段は、とらぬ。……羅切だ」

内蔵助は、ずばりと云ってのけた。

羅切とは、男根切断である。

伊賀下忍は、はっとなって、顔をあげた。

「その方が、白状いたせば、織田家の忍びとして使ってくれよう。どうだ？　いずれをえらぶ？」

甲賀・伊賀の忍者は、上忍と下忍とにわかれているが、これは、決して主従関係ではなかった。上忍は、多くの下忍を使っているが、家来として絶対服従させているわけではなかった。親方と弟子、とでもいう間柄であり、上忍は、武将にやとわれ、その報酬を、下忍に配って、働かせるのであった。

忍者というのは、全く独特の存在であり、昨日は、Aという武将にやとわれているが、その任務を果せば、今日は、Aの敵であるBという武将にやとわれる、というあんばいで、節操というものは、持たなかった。その忍びの術を売る、いわば戦争プロフェッショナルであった。

したがって、上忍と下忍の関係も、忠節でむすばれては居らず、時としては、上忍の方が、A将にやとわれているにもかかわらず、下忍は、敵がたのB将にやとわれる場合もあり、同じ里の忍者同士が、殺し合ったりするのであった。

「どうだ、はようえらべ。白状するか、それとも羅切の憂目に遭うか？」

内蔵助にせかされて、伊賀下忍は、口をひらいた。

「申し上げれば、まこと、織田家にやとって下されましょうや？」

「八荒竜鬼隊は、合戦買いの牢人、野伏野盗のたぐいの集りだ。お前も、隊士に加えてくれよう」

伊賀下忍は、しばらく、沈黙を置いて、

「密書は、亀山城より醍醐大納言様邸へ、二度、はこびました」

と、こたえた。

「よし、判った」

内蔵助は、うなずくと、伊賀下忍の左右にひかえている関東乱波に、目で、

——斬れ！

と、合図した。

こういう冷酷なやりかたに、内蔵助は、一瞬のためらいも示さなかった。

伊賀下忍は、隊士に加えてやっても、いつまた、裏切って、敵方につくか——そのおそれがあったからである。

関東乱波によって、伊賀下忍がひきたてられて行くのと入れちがいに、庭さきに、猿丸が、姿を現した。

「亀山より、戻って参りました」

「うむ。きこう」

猿丸は、明智光秀が、愛宕山へ登って、一泊し、連歌興行をした旨を、報告した。

光秀の発句が、

ときは今あめが下知る五月哉
というのであった、ときくと、内蔵助は、それを、口のうちで、くりかえしてみてから、

「どうやら、おのが心を告白しているようだな」

と、つぶやいた。

それから、

「そのほかには——？」

「は——、興行がおわって、斎《とき》の膳をかこんだ時、日向守様が、里村紹巴に、本能寺をとりかこんでいる堀は、深いか、浅いか、存じて居ろうか、と問われましてござる」

「ふむ本能寺の堀のことをな」

——謀叛は、疑いないものとなったぞ！

内蔵助は、鼓動が早鳴るのをおぼえた。

「日向守が、その西坊に一泊した夜、お前は、朝まで、床下にひそんでいたのだな？」

「はい」

「日向守の様子は、寝苦しげではなかったか？」

「たびたび、寝返りをうたれて、……時折りは、嘆息の声も、もらされました。……左様でござる。かたわらに臥していた里村紹巴が、目をさまして、日向守様に、なにかご気分が悪しゅうおわすか、とたずねました。日向守様は、いや、睡れぬままに、佳句を

案じて居るまでだ、とこたえられました」

「ようききとった。猿丸、礼を云うぞ」

「はい、おほめにあずかり、忝じけのう存じます」

「猿丸！」

「はい」

「すぐに、二条御所へ奔って、修羅十郎太を呼んで参れ」

「かしこまりました」

「至急だ！　大至急だ！　十郎太に、天下の一大事が起る、と告げろ」

「ははっ！」

猿丸は、風の早さで、疾駆して行った。

内蔵助は、宙を睨んで、

——日向守は、一挙に、京都へ攻め込んで来るぞ！

と、確信した。

## 敵は本能寺

一

本能寺では——。

織田信長は、あらたに設《しつら》えさせた檜の香の満ちた湯殿にいた。

信長の背中を、せっせと流しているのは、ポルトガル・カピタンが献上した黒ん坊であった。

至極愛敬者で、よく立働いて、信長に可愛がられていた。体臭の強さと、春になるともう上半身はだかになる慣習をすてようとせぬのが、小姓たちを閉口させていた。しかし、信長は、平気であった。

遠い海洋の彼方から、連れて来られ、漆黒の肌を持った土人が、すこしも故郷を恋うる様子をみせず、奴隷として主人に仕えていることが、いかにもうれしそうに立働くさまは、信長の性情に、かなっていた、といえる。

信長は、ひくく、口ずさんでいた。

「人生五十年、化転《けてん》のうちをくらぶれば、夢幻のごとくなり」

想えば、いまから、二十二年前——永禄三年五月十九日、こう謡《うと》うて、まっしぐらに桶狭間《おけはざま》を奇襲し、今川義元を討ちとって以来、兵馬を、四方へ進めて、一日として、無心の境にいることはなかった信長である。

いまや——。

その五十年の人生も、あとわずか一年をあますのみとなった信長は、なお、戦いつづけて、勝利のみを確信している。

まことに人の一生など、朝の露、滄海《そうかい》の一粒の粟にひとしい。李白は、「古人今人、流水の如し」とうたっているが、まさにその通りである。

一生などというものは、風の前の灯、水の上の泡、あっという間に、夢のように消え去ってしまう。

この心得は、信長は、二十二年前、死を決して出陣した時と、いささかも変ってはいない。

ただ――。

信長は、天下の覇者として、一日たりとも、茫然とわれを忘れる静けさの中に、身を置いていることのできない武将であった。脳中には、一瞬も休むことなく、すばやく働く闘志があり、その闘志が、いくたの残忍な行動をとらせた。

愛することも激しかったが、憎むことも激しい武将であった。

「上様――」

脱衣の板敷きから、森蘭丸が、呼んだ。

「なんだ?」

「八荒竜鬼隊の副隊長修羅十郎太殿が、火急の用向きにて、拝謁を願って居ります る」

「赤槍天狗か、なんの用向きか。……待たせておけ」

信長は、浴槽に、首まで沈めると、目蓋をとじた。

「澄めば見ゆ、にごれば欠くるさだめなき、この身や、水にやどる月かげ、か」

悠々として、湯心地を愉しんで、しばらく、動かなかった。

十郎太の方は、方丈の広間で、いらいらしながら、円座に坐っていた。

堂明寺内蔵助から打明けられた事実は、十郎太をして、

——やはり、そうか！

と、大きく目をみひらかせた。

内蔵助から、

「お主が、疾駆して行って、殿に、申し上げて、宿所を二条御所内にお移りなさるように、おすすめするがよい」

と云われ、その心づかいを感謝しながら、馬をとばして来た十郎太であった。

この前——。

やはり、この本能寺を宿舎とした信長に、面謁した十郎太は、

「八荒竜鬼隊を二分して、その一隊を赤槍天狗が率いて、秀吉を助けろ」

と命じられた際、

「その儀ばかりは、ご免を蒙ります」

と、ことわり、激怒した信長から、あやうく、その鼻を斬り落されるところであった。

信長は、あるいは、本気で、十郎太の高い鼻を斬り落すつもりであったかも知れぬ。

考えてみれば、家来として、主君の命令に反逆したのである。首を刎ねられてもしか

たのないことであった。

内蔵助は、その時のことを思い出し、十郎太に、明智光秀謀叛の事実を、急報させて、手柄にさせてやりたかったのである。

森蘭丸が、入って来た。

「ほどなく、上様は、ここへお出ましなされます」

「うかがっておくが、安土よりお供をして来た人数は――?」

「小姓二十七人であります」

「すると、他の勇猛な将士は、安土城の留守居か?」

「左様です」

「当宿坊の手勢は?」

「百名あまりです。尤も、阿能のお局《つぼね》の女中どもをはぶけば、六十人あまりでござろうか」

「それでは、もし、野犬になった牢人どもが三百も徒党を組んで、押し寄せて来ただけでも、ふせぎようはない」

「八荒竜鬼隊のおかげで、京の都は、平穏無事になって居る由、上様も、ご承知でござる」

二

信長は、湯上りのくつろいだ白衣姿で、黒ん坊をともなって、入って来た。

「火急の用とは、なんだ、天狗？」

「おそれながら、お人払いを――」

「ここには、於蘭と、言葉を解さぬ黒冠者だけしか居らぬ、かまわぬ、申せ」

「森殿には、次の間と廊下の見張りをお願い申す」

「十郎太！　こんどこそ、その天狗鼻を殺がれたいか？」

信長は、呶鳴りつけた。

蘭丸は、あわてて、

「上様――、修羅十郎太殿は、よくせきのことでなければ、駆けつけて参られますまい。身共、見張りをつかまつります」

と、云いおいて、退《さが》って行った。

「さ、申せ、なんの用向きだ？」

「意外の報をいたしまする。明智日向守光秀殿が、醍醐大納言尚久卿と密約を交し、謀叛を企てて居るけはいがありまする」

「なんだと？」

信長は、一瞬、眉宇をひそめたが、突如、立ち上るや、十郎太のそばへ寄って、

「もう一度、申してみよ」

「明智日向守光秀殿が、謀叛を企てて居るけはいがありまする」

「うつけ者！」

信長は、一喝しざま、十郎太の横顔へ、平手打ちをくれた。

夢想だにしなかったことを、十郎太から、口にされて、信長は、かっとなったのである。

明智光秀という家臣は、三千石の小身から、二十五万石、一万の将兵を率いる大名にとりたててやった人物であった。

この恩義を忘れ去るような光秀とは、とうてい信長には考えられなかった。

信長にとって、光秀は、羽柴秀吉とともに、股肱中の股肱であった。

斎藤道三や今川義元が生き還《かえ》った、ときかされるよりも、腹立たしい注進であった。

「上様！」

十郎太は、信長の平手打ちぐらいでは、ひるまなかった。

「それがしの申し上げること、一通りおききとり下さいますよう――」

「ききとうない！　天狗、退れっ」

十郎太は、退らなかった。

醍醐大納言尚久が、かねてより、伊賀の上忍百地三太夫を、ひそかに出入りさせていたこと。その三太夫が、亀山城にも、忍んで行き、両者の密書の使者をつとめていたこと。自分の家来猿丸という男が、亀山へ行き、光秀の動静をさぐって来たこと。そして、光秀が、連歌興行で、「ときは今あめが下知る五月哉」と発句をよんだこと。

里村紹巴に、本能寺のまわりの堀の深さはどれくらいか、問うたこと。

十郎太は、信長がきこうがきくまいが、述べたてて、

「無遠慮に申し上げますならば、上様と日向守殿は、全くそりの合わぬ性情にて、上様がその場限りに面罵なされても、日向守殿は、後日まで、大名高家の面前であびせられた屈辱を、忘れぬ御仁でございます。……思い出されませ。上様が、大名高家の面前で、いくたび、日向守殿をののしり、打たれ、蹴られたかを——。このたび、徳川家康殿が安土へ参られた際も、日向守に、馳走役をお命じになりながら、用意ととのうや、すぐに、役御免になされたことなど、日向守には、どれだけ無念に思い、いかほどの怨みとして胸中にのこして居るか、ご推量頂きとう存じます」

「黙れっ！　黙れっ！」

「いいえ、黙りませぬ。……日向守殿は、羽柴筑前守殿とは、人柄がちがいまする。筑前守殿なら、たとえ、上様から、人前で、唾を吐きかけられようとも、平然として、雲は行くもの水は流れるもの、といささかも恨みとはいたしますまい。日向守殿は、ちがいまする。屈辱の想いは、根雪のように、胸底につもり、溶ける季節を待たず、骨髄にしみ通ったかと存じられます。……怨みは人の小さな過ちを捨てざるにあり、患《うれ》いはあらかじめ謀計をさだめざるに起る、と素書にも記してございます。……日向守殿の怨みは、つもりにつもって居り、また、上様の方は、かように無防備な宿舎に入られて、あらかじめの用心を、おこたっておいでになります。……なにとぞ、万が一の場合をご考

慮されて、宿舎を、二条御所の方へお移しなさいますよう……」

「ばかめ！　天狗、おのれは、いつの間に、八卦見になり居った。小ざかしゅう、陰陽《おんよう》師《じ》面などいたし居って、この信長を、たぶらかす気か。……おのれが、いま、申したてたこと、ひとつとして、謀叛の証拠にはならぬ！」

「ときは今あめが下知る五月哉。この連歌の発句ひとつにも、日向守殿の逆意の兆しをよみとりまする」

「ほざくな！　疑心暗鬼もいい加減にせい！……余には、そんな発句など、意味もないつぶやきとしか、きこえぬぞ」

「百地三太夫が出入りしていた事実を、如何にお受けとりなされます？」

「伊賀の忍びならば、毛利方にやとわれて、わが方の味方同士を離反させ、主従の仲をひきさく役目をつとめて居るのであろうて。稚拙もきわまる初歩の間法じゃ。そんな策に、この信長が乗ってたまろうか」

「上様――、上様はあまりにも、おのが覇力に過信をお持ちにございます。……明智日向守光秀殿のような、平素物静かで、礼儀作法正しく、しかし、心中は決して人に語らず、主君に対して一度もさからわず、罵詈《ばり》にも堪え、喜悦にも応えず、ただ一人、黙々として身を守っている御仁こそ、いざとなると、途方もない野望を抱く曲者でございます。このところを、よろしく、ご勘考のほど、願い上げまする」

十郎太は、平伏した。

「天狗、立て！　帰れ！　もし、まだ、ごたごたと述べたてようといたせば、こんどこそ、本当に、その鼻を斬りとばしてくれるぞ！」

信長は、ついに、十郎太の注進に、耳をかさなかった。

三

亀山城に在る明智光秀は、その日、中国へ向って、鉄砲の玉薬、糧食などの荷物百駄ばかり、送り出していた。

そして、その夜更けてから、明智左馬助はじめ重臣幹部五名を、自室へ呼び寄せた。

「そちたちのうち、うすうす気づいた者もあろうが、この光秀の決意のほどを、いま、打明ける。……そちたちは、この光秀が、これまで、いくたび、大名衆、高家衆の前で、上様より面罵され、面目を失って来たか、よく存じて居ろう」

光秀の鋭くひきしまった、一種鬼気迫るほどの厳しい態度が、五人の重臣に、息をのませた。

「遺恨は、片刻たりとも、わしの心から消え去って居らぬ。……つらつら、事を案ずるに、天下世間の有為転変のならい、一度は栄え、一度は衰える、とはよくつたえて居る。わしは、老後の思い出に、一夜なりとも、天下人になってくれよう、とほぞをかためた」

「…………」

光秀は、沈黙する一同を見渡して、

「主君は、手勢なく、本能寺に、逗留中だ。ものの千騎もあれば、これを討ち取ることは、むつかしゅうはない。……しかし、そちたちが、わしと同心ではなく、謀叛は許されぬ、と反対をとなえるのであれば、助けはかりぬ。わし一人だけで、旗本を率いて、本能寺に攻め入る覚悟だ。……おのおのの意見をきこう」

と、もとめた。

「殿！」

斎藤内蔵助が、膝を進めた。

「殿のご胸中は、すでに、われらが推察申し上げていたところでござる。お一人のお胸の底にひそませておいでになっても、天知る、地知る、人も知る、のたとえもござれば、ましてや、こうして、五人の者に、仰せきかされた上は、思いとどまりなさるように、とおいさめいたすことは、できませぬ。ご覚悟の程、ご立派と申し上げるよりほかにございませせぬ」

「そうか。賛同してくれるのか」

五人の重臣は、一斉に、両手をつかえて、誓った。

「忝じけない。では、当城出発は、明後日――六月一日といたす。内蔵助、人数をえらぶには、どれくらいがよいか――」

「一万三千ぐらいがよろしいかと存じます」

「うむ。出発の時刻は、申刻《さるのこく》（午後四時）といたす。夏の短か夜を急げば、京都まで五里の道程は、ほのぼの明けには、本能寺に到着できるであろう」

光秀の覚悟は、重臣たちの決意ともなった。

世は、戦国であった。

家来が主人を殺しても、さして、それを重大な罪とは考えぬ時代であった。家来が主人を討ち、弟が兄を殺し、時には、子が父を滅す例も、珍しくはなかった。

武田信玄は、父を追放し、兄弟を殺している。斎藤道三は、おのが嫡男に、攻め滅されている。その道三は、主人を殺して、美濃国を取ったのである。

下剋上は、決して、悪を為すことではなかったのである。

六月一日。

明智勢一万三千は、主君にそのような謀叛心があることは、すこしも知らされずに、人馬粛々として、亀山を出発した。

夜に入って、老の坂にさしかかった。

右へ行けば、山崎天神馬場《やまざきてんじんばば》、摂津《せっつ》街道であった。

左へ下れば、京へ出る道であった。

先頭を進む明智光秀は、右へ行かず、左へ――京都へ向って、馬を進めた。

# 火焔の中

## 一

夜が、ほのぼのと明けそめて来た。

明智光秀が率いる大軍は、桂川《かつらがわ》に至っていた。

「わが主君日向守光秀様は、京都本能寺に在る信長公を、攻め滅し、明日より、天下人の地位にお就きになる」

この布令《ふれ》は、小者や馬夫にいたるまで、ゆきわたっていた。

馬のくつは切りすてられ、従士は新しい草鞋《わらじ》にはきかえ、鉄砲組は、火縄に火をつけた。

準備は、ととのった。

光秀は、天野源右衛門《あまのげんえもん》を呼び、

「夜が明けたゆえ、すでに、東寺《とうじ》あたりの野には、瓜《うり》づくりの百姓が出て居ろう。わが軍の入京を見て、注進に及ぶおそれがある。百あまりの手勢をひきつれて、先に行き、百姓どもの姿を、見つけ次第、一人のこらず斬り殺せよ」

と、命じた。

天野源右衛門が、一隊をひきいて、ひそかに、桂川を越えて行ったあと、光秀は、さらに、布令を出した。

『本日の働き次第では、足軽をとりたてて、士とし、一躍二十騎、三十騎を与えるであろう。さらにまた、手柄次第では、千石取りを一万石取りにひきあげ、そのまま、その知行を子孫へ受け継がせる。たとえ、子がない者でも、縁者に相続させるであろう。家中一同、その働きによって、明日は、身分が逆になって居ると覚悟せよ』

これをきかされた軍勢は、

——いでや！

と、ふるい立った。

先頭に立って、桂川を越えた光秀は、天野源右衛門が、命令通りに、夜明けの野に出た百姓たちを、斬り殺しているさまを、目にとめた。

「これよりは、それがしが、先陣つかまつる」

斎藤内蔵助が、光秀のわきを駆け抜けて、馬を進めて行った。

京の都は、まだ、ひっそりとねむっていた。

明智勢は、三手にわかれた。

本能寺の森は、かなり遠くからでも、それとわかる。

また、森のはしに、巨大なさいかちの樹が、本堂の屋根よりも高く、そびえていたので、目あてにするには、恰好であった。

明智勢は、一挙に、町の木戸を押し破って、本能寺めがけて、殺到した。

二

織田信長にとって、一生最大の不覚であった。

信長にとって、股肱に裏切られた経験がなかったわけではない。

四年前、伊丹《いたみ》城主荒木村重《あらきむらしげ》が、謀叛を起し、毛利方についたことがある。

伊丹城は、一年余、頑強な抵抗ののち、城門をひらいて、降服した。しかし、荒木村重は、逃げて、いまは、毛利輝元の食客となっている。

信長は、股肱たる荒木村重の裏切りを、憤怒して、摂津一円の民家を焼きはらい、神社も寺院も、燃やしてしまったばかりか、地下の者たちも、老幼男女の区別なく、斬り殺してしまったのである。

伊丹城が降服したのちも、荒木村重がなお、尼崎《あまがさき》城にたてこもって、抵抗するや、信長は、

「よし、それならば！」

とばかり、伊丹城から、ひき出した百二十二人の身分のある婦女子を、磔刑にし、さらに、召使いの女三百八十八人、若党小者百二十四人――合計五百十二人を、四軒の家に押し込めて、四方に乾草を積み、火をつけて、焼き殺したものであった。

その残忍きわまる所業を、明智光秀は、つぶさに、目撃している。

裏切るということが、どんなおそろしいむくいになるか、光秀は、知りすぎているはずであった。

信長が、荒木村重の謀叛に対して、そのような凄じい残酷な仕置きをしてみせたのは、諸将に対して、

「その方らも、もし、裏切れば、結果はこうなるのだぞ」

と、警告したことにほかならなかった。

だからこそ――。

修羅十郎太が、注進に及んで、明智光秀に謀叛のきざしがある、といさめても、信長は、とりあげようとしなかったのである。

――加茂川の水が、さかさに流れても、光秀が裏切ることがあろうか。

信長は、光秀を信じきっていた。

そうでなければ、せいぜい六十人あまりの旗本・小姓をひかえさせただけの、本能寺に、悠々と泊っているわけがなかった。

八荒竜鬼隊には、天子の御所と親王の二条御所を、警備させて、本能寺のまわりには一人も、置いてはいなかった。

わあっ！

わあっ！

鬨《とき》の声とともに、鉄砲の音が、本能寺の森の中から、あがった時、堂明寺内蔵助は、

二条寺の方丈で、がばとはね起きた。

「十郎太！」

と、呼ぶと、打てばひびくように、

「おうっ！」

と、返辞があった。

「日向守が、攻め入って来たに相違ない！　お主、本能寺へ、駆けつけろ！」

「承知した。お主の方は——？」

「醍醐大納言が、きっと、二条御所にいるにちがいない。親王様を人質にし、織田信長討伐の勅命を、禁廷に迫るに相違ない。……おれは、醍醐尚久を斬る！」

「うむ！」

すばやく、具足をつけながら、十郎太の脳裡には、ちらと、由香里の面影が、うかんだ。

——醍醐主馬は、どうなる？　主馬を斬ることは、おれにはできぬ。

由香里には、戦場では、必ず主馬の身を守ってやる、と約束したのである。

しかし、いまは、それどころではなかった。

内蔵助が、馬にとび乗るのにつづいて、十郎太も、赤柄の槍をひっさげて、馬上の人となった。

二条寺の山門を、馳せ出ると——。

明智方には、ぬかりはなかった。八荒竜鬼隊屯所たるこの二条寺めがけて、三千余の軍勢が、殺到して来ていた。

「内蔵助っ！　裏手から二条御所へまわれ！　ここは、おれにまかせろ。おれが、突破してくれる！」

十郎太が、叫んだ。

「十郎太、たのむぞ！」

内蔵助は、馬首をまわした。

十郎太は、自分につきしたがっているのが、わずか二十数騎であるのを、ちらとかぞえたが、

「行くぞ！」

下知もろとも、まっしぐらに、雲霞の敵勢へ向って、疾駆した。

わあっ！

わあっ！

鯨波は、夜明けの京の町を、ふるわせた。

三

信長は、本能寺本堂に、住職用の曲彔《きよくろく》に腰をかけて、かっと宙を睨んでいた。

白絹の寝召姿で、わずかに袴をつけるいとましかなかった。

閨の声をきいて、目覚め、

「蘭丸、なんのさわぎだ？」

と、問い、蘭丸を奔らせた時には、森の中はすでに、謀叛の軍勢でうずまっていたのである。

激しい銃声が、絶え間なく、ひびきはじめて、信長は、

「あっ！」

と、声をあげたことだった。

「光秀め！　そむき居った！」

十郎太の報告は、まちがいなかったのである。

蘭丸が、馳せもどって来て、

「上様！　乱入して参ったのは、明智が手勢にございまする！」

と、告げるや、信長は、

「わしの寿命は、五十年に一年、足らなかったな」

と、云いすてて、立ち上ったのであった。

「上様、はよう、お馬にて、逃げのびなされますよう——」

蘭丸が、すすめたが、信長は、薄ら笑って、

「こういう奇襲は、まず、討手は、厩《うまや》を奪うものよ。すでに、厩は、敵の手中にあろう」

と、云った。

その通りであった。

厩を守備していた矢代勝介《やしろしようすけ》、伴太郎左衛門《ばんたろうざえもん》、伴正林《ともしようりん》、村田吉五《むらたきちご》など、いずれも二十代の血気の旗本たちは、阿修羅となって、攻めかかって来た明智勢と闘い、一人のこらず、斬り死していた。その供の中間たち二十四人も、みな、奮戦して、討たれていた。

本堂を守るのは、森蘭丸、その弟二人、小河愛平《おがわあいへい》、高橋虎松《たかはしとらまつ》、金森義入《かなもりよしいり》、菅谷角蔵《すがやかくぞう》、魚住勝七《うおずみしようしち》、武田喜太郎《たけだきたろう》、大塚又一郎《おおつかまたいちろう》など、まだ十代の小姓衆であった。

いずれ、将来は一国一城の主にもなれる勇気と知能をそなえた少年たちであったが、運命の神は、かれらに対して、十代にしてこの世を去る悲運を与えていた。

境内が、明智勢のものとなり、本堂の廻廊めがけて、つぎつぎと、とびついて来る速影をみとめた信長は、蘭丸から弓矢を受けとり、

「くらえ!」

びゅん、びゅん、と放って、数人を斃《たお》した。

しかし、もはや、反抗すべくもない、とさとった信長は、槍を把るや、

「於蘭、わしが、奥へ入るとともに、火を放て。女子どもには、逃げ口を与えてやれ」

と、命じておいて、廻廊へ、躍り出た。

槍を突きまくる信長の姿は、二十二年前、桶狭間に於て、今川義元を奇襲した時と、全く逆の立場にありながら、みじんも死をおそれぬ、颯爽たる武者ぶりであった。

そのうち――。

一矢が、信長の右肱に、突き刺さった。

もはやこれまで、とばかり、信長は、槍をその場へたたきつけ、

「下郎ども！　退れ！　この信長の屍骸《かばね》を、おのれらの面前に、さらしてなろうか！」

と、睨みつけた。

その悽愴《せいそう》な立姿が、明智の面々を、ひるませた。

信長は、さっと、本堂奥ふかく、消え去った。

同時に――。

蘭丸の一声で、小姓衆が、いたるところに火を放った。

修羅十郎太が、重囲の敵陣を突破して、本能寺境内へ、駆け込んで来たのは、その時であった。

十郎太は、途中で、馬を、銃弾で倒され、やむなく、突いて奔り、奔っては突き、鬼神にひとしい働きをみせて、本能寺に到着したのである。

「ああっ！」

十郎太は、本堂からも方丈からも、一斉に、紅蓮舌がはい出るのを目撃して、歎《なげ》きの息を吐いた。

「一足、おくれた！」

自分がそばにつき添うたならば、信長をして無事に逃げのびさせる自信があったので

ある。

いまは、そののぞみも、むなしかった。

燃え狂う本堂前で、十郎太は、敵勢へ向って、仁王立った。

「昨日までの家来どもが、織田信長公の首級を取ろうとは、おこがましいぞ！　おのれら、火焔の中で、公が姿を消されるのを、心しずかに待て！」


二条御所には――。

醍醐大納言尚久が、かねての手筈通り、今年十三歳の誠仁親王を、配下数名に命じて人質にして、奥にひそんでいた。

御所のおもてでは、殺到した明智勢と八荒竜鬼隊が、修羅場をくりひろげていた。

さらに、目と鼻のさきにある妙覚寺に於ても、信長の子信忠が、その手勢とともに、明智勢を迎え撃っていた。

醍醐尚久は、明智勢のかちどきが、おもてであがるのを、いまか、いまか、といら立ちながら、待っていた。

かちどきは、容易にあがりそうもなかった。

八荒竜鬼隊のあばれぶりは、人間ばなれがしていた。その大半は、合戦買いあがりであった。阿修羅の働きを売って来た面々である。

一人で、十人や二十人をあいてに闘って、そうやすやすと討死するような者は、いなかった。

しかし——。

なにしろ、百数十名で、数千の敵を引き受けているのであるから、しだいに、死傷者の数を増すのは、やむを得なかった。

戦いの場は、御所内へも移って来た。

と——。

廊下から、

「親王様は、いずれにおわすか？　醍醐大納言卿とともに、おわすか？」

と、尋ねる大声が、ひびいた。

「おお！　ここぞ！　親王様は、ここぞ！」

醍醐尚久は、てっきり明智の武将が、やって来たものと思い、こたえた。

襖が、ひらかれた。

尚久は、ぎょっとなった。

入って来たのは、堂明寺内蔵助であった。

「推参な！　お、おのれごとき、身分いやしき者が、御座所まで、踏み込んで参るとは……」

尚久は、恐怖で声をふるわせつつも、虚勢をはった。

内蔵助は、ゆっくりと近づきながら、

「大納言卿、御辺が、明智日向守と密約を交していたことは、すでに、それがしらの察知するところであった」

と、云った。

「な、なに⁉」

「いまさら、そらとぼけても、もうおそい」

「信長は……信長は、もはや、討死いたしたのであろう。……ならば、その方も、降服せい！」

「笑止！　日向守が、この京都で、天下人面をしていられるのは、せいぜい、三日ぐらいであろう」

「な、なにを、申すか！」

「大納言卿は、日向守より一足さきに、あの世へ、行かれるがよろしかろう。あの世で、信長公に、詫びを入れられるがよい」

「あ、ああっ！」

尚久は、逃げ出そうとした。

すばやく、前をふさいだ内蔵助は、一太刀のもとに、尚久に血煙りをあげさせた。

その頃、織田信忠は、本能寺が陥落したときき、父のあとを追って、妙覚寺の奥の間で、切腹していた。

# 天下の形勢

## 一

「おい、内蔵助——、これから、いったい、どうなるのか、お主の予想を、きかせてくれ」

杉の老樹の根かたに腰を据えている堂明寺内蔵助の前に、十郎太が、立った。

ここは、比叡山中腹の密林の中であった。

かつて、十郎太が猿丸とともに、とじこもった場所に、近かった。

十郎太は、その頃、叡山の僧侶で、罪を犯した者がとじこめられた牢舎であった建物を、仮住いとして、読書にあけくれたものであった。

その建物は、つい、数町のさきにいまも在る。

悪夢に似た一日であった。

天下の覇者織田信長が、突如として、その股肱の武将明智光秀に、殺されたのである。

八荒竜鬼隊は、二条御所を中心とした戦場で、文字通り阿修羅となって、明智勢と血みどろの闘いをくりひろげ、三分の一に頭数が減った。

そして、隊長堂明寺内蔵助の思慮によって、のがれて、この比叡山中に入ったのであった。

隊士たちは、いずれも、血汐にまみれた姿で、彼処此処に、寝そべって、憩うていた。

負け戦さは、いくたびも経験している面々であったが、このたびのような滅茶滅茶な闘いは、はじめてであった。

なにしろ、京都の市中には、八荒竜鬼隊しかいなかったのである。

信長がいた本能寺には、わずか六十余名、信忠のいた妙覚寺には、たった三十余名しか、守備の士兵はいなかった。そして、かれらは、信長・信忠とともに、全員が壮烈な討死をとげてしまっていた。

市中では、一万余の明智勢をむこうにまわして、八荒竜鬼隊三百数十名が、鬼神の働きをしたあげく、百余の死骸を各処にのこして、この比叡山中へ、遁れたのであった。

「いったい、どうなるのか？」

と、修羅十郎太から、問われて、内蔵助は、宙へ視線を送りながら、

「天下は、もう一度、戦乱のちまたとなり、それぞれが、天下人になろう、とねらうことになろうな」

「明智光秀の天下は、短い、というのか？」

「日向守には、天下を統率する器量はない。……すぐに、滅されるだろう」

「…………」

「さよう――、この急報が、羽柴筑前守の許にとどいたならば、秀吉は、ただちに、毛

利と和議をむすんで、ひきかえして来るであろうな」

「光秀と秀吉との決戦になる、というのか？」

「たぶん、そうなろう」

「明智に味方する武将も、居るだろう。光秀の娘の聟《むこ》である細川忠興《ほそかわただおき》とか、郡山《こおりやま》城主の筒井順慶とか、あるいは蒲生賢秀《かたひで》・氏郷《うじさと》父子、京極高次など……」

「いや――」

内蔵助は、かぶりを振った。

「明智日向守光秀という人物は、それらの諸将を味方につけるほどの、大きな魅力をそなえては居らぬ」

「徳川家康は、どうだ？」

「家康は、天下の形勢をみる目を持っている。絶対に、明智には味方をせぬ」

「では、羽柴と明智が決戦したならば、後者は、敗れるな？」

「そうだ。光秀は、滅びるに相違ない」

「すると、次の覇者は、羽柴秀吉か？」

「かも知れぬ」

「まっぴらだ！」

十郎太は、吐きすてた。

「十郎太、お主は、よほど、秀吉がきらいだな？」

「きらいだ！　秀吉という人物、たしかに、常人ではない。大層な頭脳と肚を持って居る。……しかし、おれは、虫が好かぬ。虫が好かぬ以上、秀吉の下で働くのは、まっぴらごめんだ。……内蔵助、お主は、よもや、八荒竜鬼隊を率いて、秀吉の旗の下に参じるつもりではあるまいな？」

「わしも、秀吉という人物は、好きではない。しかし、八荒竜鬼隊の隊長として、滅びる側につくわけにはいかぬ」

「おれは、秀吉なんぞに、天下の覇者にならせとうはない。……そうだ。信長公のお子らが、いるではないか。織田信雄殿がいる。信孝殿もいる」

「信雄殿も信孝殿も、天下人になる器量はない」

内蔵助は、断定した。

「それなちば、柴田勝家がいるぞ。柴田勝家は、羽柴秀吉よりも、諸将の信頼が厚かろう」

「さあ、どうかな。……ともあれ、光秀と秀吉との決戦ののち、覇権が、誰の手に帰すか——これは、いまは、判断しがたい。われわれは、黙って、眺めているよりほかはあるまい」

二

そこへ——。

竹宮玄蕃が、両手をしばりあげた醍醐主馬を、小突きながら、近づいて来た。

「隊長、明智の間者であった此奴を、如何される？」

内蔵助は、

「…………」

黙って、冷やかな視線を、主馬にくれた。

十郎太は、複雑な想いに駆られつつ、主馬を見まもった。

「拙者が、首を刎ね申そうか？」

玄蕃が、云った。

「そうだな。この間者を、主人光秀の許へ帰してやる必要はあるまい」

内蔵助は、云った。

「では、拙者が、斬りすて申す」

玄蕃が、刀を抜いた。

「待て！」

十郎太が、あわてて、とどめた。

「醍醐主馬は、たしかに、明智の間者であったかも知れぬ。しかし、竜鬼隊に入ってからは、間者の働きはして居らぬ。……おれは、この男に、槍試合にも負けて居る。……殺すのは、止めてもらおう」

「副隊長らしからぬ言葉を吐かれるものだ。明智日向守が、主君を裏切るために、送り込んで来たこやつを、許すとは！」

「玄蕃――、見渡してみろ。竜鬼隊の面々は、信長公に仕えはしたが、もともとは、合戦買いの牢人あがりが大半だ。昨日、味方した武将を、今日は敵として、生きぬいて来た者どもだ。……明智の間者であった、という理由で、殺したところで、信長公が生き還って参られるものではあるまい。許してやれ」

「しかし――」

「許すにあたっては、条件をつける」

十郎太は、主馬の前に立つと、

「主馬、お主は、今日ただいまより、明智光秀の家来ではなく、八荒竜鬼隊の隊士である、という誓いをたてろ。よいか、かりに竜鬼隊が、羽柴秀吉側について、明智勢と戦っても、お主は、旧主人に向って、突撃するのだ。……どうだ、誓いをたてられるか？もし、誓いがたてられぬ、というのであれば、この場で、死んでもらうぞ」

主馬は、十郎太の深い意味をこめた眼眸を受けて、

「それがしは、少年の日、この比叡山中で、お手前に生命を助けられた。……お手前の命令にしたがって、誓いをたて申す」

と、こたえた。

十郎太は、内蔵助をふりかえって、

「主馬の身柄を、それがしに、あずけてくれ。それがしが、責任を持つ。もし主馬が、

明智へにげかえろうとした際は、余人の手はかりぬ、この修羅十郎太が、殺す」

「よかろう。……玄蕃、主馬の縄を解いてやれ」

と、云った。

内蔵助は、命じた。

玄蕃は、はなはだ不服な表情であったが、しぶしぶ、主馬の、身を自由にしてやった。

内蔵助は、玄蕃と主馬が、遠くへしりぞくと、

「十郎太、お主という男も、ふしぎな気象を持って居るな」

と、云った。

「………」

「お主は、醍醐大納言の息女に、惚れていた。……にもかかわらず、槍試合では、わざと主馬に勝をゆずった。明智方の間者と判明したいまも、殺さずに、許した。……主馬を斬れば、お主は、醍醐大納言の息女を、わがものにできるではないか？」

「お主は、恋をしたことがあるまい。恋する女人のために、すべてを犠牲にして、つくす、という気持は、わかるまい」

「わからぬ」

「おれは、由香里姫をなげかせることができぬのだ。……主馬が死ねば、あるいは、由香里姫は、あとを追うて、自害するかも知れぬ」

「………」

「由香里姫が、この世から去ったならば、おれの生甲斐はなくなる」

「主馬を生かしておけば、いずれは、夫婦になるのだぞ。他人の妻となった女子を、お主は、想いつづけて、それを生甲斐とするのか？　ばかげている」

「そうだ！　ばかげている。こんなばかげた話はない。しかし、おれは、大うつけ者とさげすまれても、この気持をすてることはできぬ。……主馬と姫が夫婦になって、幸せにくらしてくれるならば、それでよいのだ」

「ふうむ。お主という男の心の中には、神のようなものが宿って居るらしい」

「わらってくれてよい。……おれは、この世で、最も美しいものは、恋だと思っている。心身をささげて悔いぬ女人に、生涯ただ一度、出逢うことが、おれの念願であった。……その女人が、由香里姫であったのだ。おれは、由香里姫を、幸せにしてやることを、使命と思っている」

三

下界では――。

備中高松城を水攻めにしていた羽柴秀吉が、本能寺の変の急報に接したのは、六月三日正午であった。

すでに、高松城の運命は、旦夕に迫っていた。

秀吉は、信長の死をかくして、高松城内へ、使者を送り、

「城主清水宗治が、切腹するならば、毛利方と和議を成立させ、水を引き、籠城将士及び兵の身の安全を、約束する」

と、口上させた。

清水宗治は、承知し、翌四日、小舟に乗って、城を出た。

西は、味方の大将毛利輝元、吉川元春《きつかわもとはる》、小早川隆景の陣営であった。

東は、敵の大将羽柴筑前守秀吉の陣営であった。

その両陣の間に、小舟は、進められた。

羽柴方より、検使役堀尾茂助《ほりおもすけ》が、船に乗って近づいて来た。

堀尾茂助は、秀吉からの贈りものとして、酒を与えた。

宗治は、礼をのべ、末期の盃を、同道の実兄月清《つききよ》と末近左衛門《さえもん》太夫と交したのち、誓願寺の曲舞を謡った。

然るのち、従容として、切腹して相果てた。行年四十六歳であった。

秀吉は、その日のうちに、毛利方と和睦の誓紙を交した。

次の日――五日。

秀吉は、一糸みだれぬ統率ぶりで、全軍を、備中からひきはらった。

六日の夜は、はやくも、秀吉は、姫路に至っていた。

一方――。

明智光秀の方は、安土城を奪うべく、近江へ入った。瀬田《せた》城主山岡景隆《やまおかかげたか》は、光秀の降服の使者を斬って、城を焼きはらい、瀬田橋をうちこわしておいて、甲賀山中にのがれ去った。

瀬田橋を修理して、光秀が、安土城に入ったのは、ちょうど、秀吉が、備中からひきはらったのと同じ日であった。

光秀は、使者を、諸将へ、はしらせて、味方になるように、もとめた。

しかし――。

光秀は、娘の聟である細川忠興からさえも、

「主君に対する裏切り者に味方するのは、おことわりする」

と、拒絶されてしまった。

光秀に、こころよく味方しようと、応えた者は、一人もいなかった。

郡山城主筒井順慶は、味方をするとも、せぬとも、いずれをえらぶか、きわめてあいまいな態度をとった。

蒲生賢秀、その子氏郷は、居城日野《ひの》城に拠って、頑として、光秀のさそいに応じなかった。

徳川家康は、堺にいたが、本能寺の変をきくや、伊賀越えの間道をぬけて、三河へ逃げ帰ってしまった。

明智光秀は、京都を手中におさめながら、完全に孤立してしまった。

二度、三度、使者を送って、味方になるようにたのんだ諸将は、その使者を、帰して

は来なかった。

「どうすればよい？」

「どうなるというのだ？」

光秀は、ただ、いたずらに、あせり、迷った。

当然――。

光秀は、羽柴筑前守秀吉が、中国から馳せもどって来るであろうことを、予想していた。

秀吉と戦うためには、強力な味方がいなければならなかった。

その味方が、一人もいないのであった。

尤も――。

羽柴秀吉が、即座に毛利氏と和議をむすんで、京都めざしてひきかえして来るであろうとは、光秀も、考えなかった。

秀吉が、ひきかえして来るには、二月や三月は、かかるであろう、と考えていた。

その間に、強力な味方を自分につければいい、と思っていた。

「筒井順慶を、もう一度、説き伏せよう」

光秀は、再三再四、郡山に使者を送り、

「紀伊、和泉一円を、すべて与えよう」

と、申し入れたが、返答はなかった。

そのうちに――。

秀吉が、毛利氏と和睦して、急遽、全軍をひきかえして来た、という急報がもたらされた。

「秀吉め！」

光秀は、自分の軍勢だけで、秀吉と決戦をしなければならなくなった。

その頃、八荒竜鬼隊は、比叡山の山中に、ひそとして、身をかくして、動かずにいた。

隊長堂明寺内蔵助は、

「羽柴秀吉にも味方せず、ただ、黙って、形勢を見まもっていることとする」

と、十郎太に告げ、全員に申し渡したのである。

## 槍　手　柄

### 一

堂明寺内蔵助の予想は、的中した。

羽柴秀吉軍と、明智光秀軍は、山崎に於て、激突した。

両軍の兵力に於て、すでに、いちじるしい差があった。

秀吉の率いる軍勢は、二万六千余。光秀の引具する軍勢は、一万七千足らず。約一万の差があった。

なお――。

秀吉の方には、丹後《たんご》の細川忠興、伊賀・伊勢の織田信包《のぶかね》（信長の弟）、北畠信雄（信長の子）、近江南部の蒲生賢秀・氏郷、そして大和の筒井順慶が、いつでも、味方につく臨戦態勢をとっていた。

秀吉には、主君の讐《あだ》を復《う》つという大義名分があった。光秀の方には謀叛人という汚名があった。

戦わずして、その旗色は、おのずから明白であった。

六月十三日午後――。

両軍の先鋒は、鬨を噴かせて、激突した。

彼我ともに、死にもの狂いであった。

半刻あまりのうち、両軍とも、それぞれ、七八百人の戦死者を出した。

やがて――。

敗色濃くなった明智勢は、武将から一兵にいたるまで、

――所詮、裏切りには、天罰が下るか。

という意識が、わいた。

もはや、そうなると、総崩れになるのは、時間の問題であった。

暮れがたになると――。

右翼を守っていた伊勢貞興《さだおき》ら部将以下、二千のうち、八百人以上が討死した。山の手支隊の隊長並河易家《なびかやすいえ》以下数百人も、斃れた。

右翼隊で生きのこった部将御牧兼顕《みまきかねあき》は、

「このままでは、全滅してしまう」

と、急使を、予備隊五千を率いる光秀の御坊塚の本陣へはしらせて、

「すみやかに、退陣を――」

と、すすめた。

そして、御牧兼顕自身は、残兵二百余を引具して、主君退却の掩護《えんご》をし、文字通り血みどろの死闘をした挙句、全員ことごとく、討死してしまった。

光秀は、夜陰に乗じて、坂本《さかもと》城へ退却せざるを得ぬ、と知って、やむなく、馬首をめぐらした。

主君が、逃げ出したのである。

ただでさえ、天罰意識をわかせていた明智勢は、全く士気をうしない、四散した。

光秀のあとにしたがったのは、わずか一千余にすぎなかった。

しかし――。

この山崎合戦で討死したのは、羽柴軍も明智軍も、ほぼ同数――三千余人であった。

まことに、凄じい激闘であった。

合戦の前に、斎藤内蔵助が、光秀に、

「彼我の兵力に、あまりの差がござるゆえ、この戦いは、さけて、いったん亀山へひきあげ、籠城されては如何？」

と、いさめた、とつたえられている。

「いや、わしは、たたかうぞ！」

光秀が、その諫言をしりぞけたのは、失敗であった。

また——。

明智家随一の猛将明智左馬助を、安土城にのこしておいたのも、失敗であった。もし、明智左馬助が、先鋒となっていたならば、こうも、もろくも、敗北はしなかったであろう。

光秀は、午後七時頃、勝竜寺城《しょうりゅうじ》へ、逃げ込んだ。

しかし、この城は、きわめて規模が小さく、防ぎ守るには、はなはだ不利な構えであった。

すでに、味方の兵は、五百以下に、減ってしまっていた。

部将の一人明智茂朝《しげとも》が、

「敵がたには、殿が、ここを死守とみせかけて、こっそり、かこみを脱して、坂本城へ、落ちのびられませい。そして、再起をはかられるのが、最後の手段でござる」

と、すすめた。

「そういたそう」

光秀は、夜が更けるのを待って、勝竜寺城の裏手から、わずか数人の従者を引具して、脱出し、間道をはしった。

伏見の北方を駆け、大亀谷《おおかめだに》より小栗栖《おぐるす》にさしかかった時であった。

謀叛人の最期にふさわしい不運が、そこに待っていた。

竹藪の中から、黒い影が躍り出るや、

「明智日向守殿とお見受けつかまつる。お生命頂戴いたす！」

叫びざま、槍を電光のごとくくり出した。

穂先は、ぞんぶんに、光秀の横腹をつらぬいた。

まことにあっけない最期であった。行年五十五歳。

「しゃっ！」

「おのれっ！」

あとをついて来ていた従者五人は、馬からとび降りて、抜刀するや、曲者めがけて、襲いかかろうとした。

「待て！」

光秀は、苦しい息の下から、家来たちをとどめた。

「そやつの手柄にさせい。……わしは、もう、た、たすからぬ。……おい、その者、わ、わしの首を、刎ねい」

もはや、たすからぬ重傷とさとった光秀の態度は、いさぎよかった。

「かしこまった。ご免候え」

討手は、腰の刀を抜いて光秀に近づいた。

従者たちは、それが、ちゃんとした武士ではなく、忍者ていの小者であるのを、十三夜の月かげに、見分けた。

二

比叡山中にこもった八荒竜鬼隊は、下界の激戦も知らず、例の建物の内外で、休息をつづけていた。

壁によりかかった十郎太は、黙然として、目蓋を閉じていたが、ふと、誰かがそばへ寄って来た気配で、薄目をひらいた。

醍醐主馬であった。

「副隊長、わが旧主は、羽柴筑前守に、敗れるであろうか?」

「日向守殿は、武将であるよりも、読書人としての才能のある御仁だ。攻防のかけひきに於て、猿面冠者とくらべものになるまい」

「では……、この八荒竜鬼隊はどうなるのでござる?」

「おれなら、解散するが、隊長の内蔵助は、そうはすまい」

「………」

主馬は、うなだれた。

「主馬——、お主は、隊士になったおかげで、一命をとりとめたのだ。明智勢に加わって居れば、いま頃は、討死して居ったろう」

「…………」

「お主には、由香里姫という許嫁がいる。生命を大切にしろ。……そうだな。刀槍をすてて、公家の世界にもどるがいい。醍醐大納言家のあとを継げば、少納言ぐらいには、してもらえるかも知れぬ」

「それがしは、公家などにはならぬ！　……お手前も、八荒竜鬼隊の隊士となれ、と誓わせたではありませんか」

「お主の首を、玄蕃に斬らせたくなかったので、方便として、誓わせたまでだ。……どうせ、主君を失った徒党だ。脱落者は、つぎつぎに、出るだろう。お主も、頃合をうかがって、由香里姫の許へもどって行くがいい」

「おことわりする。それがしは、隊士となる誓いをたてたからには、必ず、武名を挙げてみせる！」

「由香里姫と、しずかな、平和なくらしをしたくはないのか？」

「それがしが、いま、醍醐邸へ行けば、姫は、それがしを、卑怯者とさげすむに相違ない……。修羅殿も、姫の心は、おわかりでござろう」

「…………」

十郎太は、再び、目蓋を閉じた。

主馬の云う通りだ、と思った。由香里は、主馬が勇気ある武辺であることを、のぞんでいる。主馬が、明智の間者であったことは、知らないのだ。

八荒竜鬼隊が、存在するかぎり、主馬が、隊から脱落すれば、臆病者と思い、恋心もさめるかも知れぬ。

――やはり、この男は、竜鬼隊の隊士として、生きぬかねばなるまい。

しかし――。

十郎太は、八荒竜鬼隊は、織田信長があってこその部隊だと思っていた。主君を失った竜鬼隊は、存在が無意味なのだ。すみやかに、解散して、それぞれが、生きる道を見つけるべきではなかろうか。

秀吉に随身する者もいてもよし、柴田勝家の旗本に入る者もいてもよし、徳川家康の家来になる者もいてもよいのだ。

――おれ自身は？

十郎太は、自分に問うてみた。

――おれは、もとの合戦買いの牢人に、もどるか。

由香里という絶世の美女を、妻にできる希望を抱いたからこそ、十郎太は、織田信長に仕えて、やがて一城のあるじにもなってみせる、と決意したものであった。

由香里が、主馬の許嫁となったいま、十郎太には、立身出世の野望など、心にわかなかった。

合戦買いの牢人者として、自由に、放浪のくらしを送る――その方が、一城のあるじになるよりは、よほどましな気がした。

「副隊長――」

むこうから、郡新八郎が、呼びかけた。

「なんだ？」

「赤柄の槍を、どうされた？」

そう問われて、十郎太は、首をまわしてみた。

壁にたてかけていた槍が、なくなっていた。

「………………？」

十郎太は、隊士のうちで、槍をぬすむ者などいるとは考えられず、首をかしげた。

「おーい！　副隊長の槍を知らぬか？」

新八郎が、外にいる隊士たちに、大声で、たずねた。

誰も、知らぬ、とこたえた。

「猿丸が、どこかで、穂先を、研《と》いでいるのかも知れぬ」

十郎太は、そうつぶやいた。

三

猿丸が、その赤柄の大身の槍をかついで、ひょっこり、姿を現したのは、次の日の午すぎであった。

「あるじ殿、この槍を、ちょっと、お借りいたしました」

「どこへ行っていた？」

「明智勢の敗北ぶりを、見物にな」

猿丸は、にやっとしてみせた。

「どうであった、様子は？」

「いやはや、ものすごい合戦でござったわい。明智勢も、死にもの狂いで、たたかい申した。……が、なにせい、兵力がまるで、ちがって居り申した上に、昇る者と沈む者の差が、あきらかに、見え申した」

「明智軍は、全滅か？」

「左様、全滅いたしましたわい」

「日向守は、どうした？」

「あっぱれな最期でござった」

「お前が、見とどけた、というのか？」

「たしかに、この目で——」

それをきいたとたん、十郎太は、はっとなって、猿丸が壁へもどした自分の槍へ、視線をくれた。

「猿丸！」

「なんでござる？」

「お前、日向守を、討ち取ったな？」

あたりにきこえぬように、云いあてた。

猿丸は、ぱちぱちと、しきりにまばたきしながら、

「なんでござる。つまり、その……、小栗栖の竹藪の中で、見物中に、坂本城へ逃げもどろうとされている総大将の姿を、見かけ申して、……自然と、この槍が、動き申して、その横腹を、ぶすり、とつかまつった」

と、告げた。

「明智日向守光秀ともあろう武将が、お前ごとき小者に、刺されるとは！」

十郎太は、暗然として、もらした。

「いえ、わしらの手柄ではござらぬ。赤槍天狗の槍が、なんとなく、働き申したのでござる」

「その首級《しるし》は、どうした？」

「従者連が、切り取って、持ちかえり申した。屍《しかばね》の方は、わしが、藪の中へ埋めてさしあげ申した」

「うむ」

十郎太は、この猿丸の手柄を、堂明寺内蔵助にも隊士らにも、報せる気にはなれず、うなずいたばかりであった。

明智光秀は、羽柴秀吉に、天下取りの機会を与えてやる結果をまねいた。

もし、光秀が謀叛を起さなければ、織田信長は、あと十年いや二十年も生きのびて、日本の歴史は、変っていたであろう。秀吉が、豊臣太閤《たいこう》となる機会はなかったに相違ない。

秀吉が、おのれ一個の武力をもって、明智光秀を討ち滅したことは、かれの地位を、一躍、織田家の武将中第一位にのしあげた。

それまでは——。

織田家の武将の中で、第一の出頭人は、柴田勝家であった。

本能寺の変があった時、柴田勝家は、越中に於て、上杉景勝《うえすぎかげかつ》と激戦のまっ最中であった。

したがって、主君の弔合戦に加わることができなかった。羽柴秀吉に、その功をうばわれてしまったのである。

かくして——。

主君信長亡きのち、天下をどうするか、諸将は、清洲《きよす》城に会合して、評議することになった。

その清洲会議を行う前に、秀吉は、安土城に入って、自分の権力の地がためをしておき、それから、清洲にやって来た。

清洲城には、織田三法師丸《さんほうしまる》がいた。

三法師丸は、信長とともに、京都で亡くなった信忠の子であった。すなわち、信長の直系であった。まだ、わずか三歳であった。

清洲城内で、諸将の大評定がひらかれた。

柴田勝家が、大評定のふれ頭になった。つまり、議長となった。

信長には、信孝、信雄という息子たちがのこされていた。柴田勝家は、信孝こそ、織田家の後継者である、と主張した。

それに対して――。

秀吉は、云った。

「家督というものは、筋目を通さねばなり申さぬ。織田家の嫡男は、信忠殿でござる。その信忠殿が、亡きのちは、信忠殿のお子である三法師君こそ、跡目を襲《つ》がれるべきである」

すなわち――。

秀吉は、筋目を通す、と主張したのである。

たしかに、その通りではあったが、わずか三歳の幼児を主君にすることは、秀吉にとって、思いのままに織田家をあやつることができるわけであった。

秀吉の狡智《こうち》というべきであった。

それを、柴田勝家が、承知する道理がなかった。

# 雪

## 一

清洲城内に於ける会議は、大いに紛糾した。
会議に出席した顔ぶれは、次の通りであった。
羽柴秀吉。
柴田勝家。
丹羽《にわ》長秀《ながひで》。
滝川《たきがわ》一益《かずます》。
細川《ほそかわ》藤孝《ふじたか》。
池田《いけだ》勝入《しょうにゅう》。
筒井順慶。
蒲生氏郷。
蜂屋《はちや》頼隆《よりたか》。
そして、織田信長の次男信雄・三男信孝。
秀吉は、信長の後継者として、信長の嫡男信忠の子三法師（三歳）を推挙した。これが正しい筋目である、という次第であった。

秀吉の云い分は、たしかに、正当と思われた。

信雄は、さきに信長に滅された多芸御所北畠具教の養嗣になり、北畠信雄と名のっていた。また、信孝は、北伊勢の名家神戸具盛の家を継いで、神戸信孝と名のっていた。

つまり、二人とも、正統の後継者の地位から、はずれていた。

しかし——。

わずか三歳の三法師を、かしらにいただいて、秀吉が、思いのままに、織田家を左右することは、第一の出頭人柴田勝家にとっては、堪えられなかった。

「三法師君は、あまりに、幼少におわせば、やはり、父君の気象を享けられた信孝殿があとを継がれるべきかと存ずる」

勝家は、主張した。

次男の信雄をさしおいて、三男の信孝を、勝家が、推挙したのは、亡父信長の覇気をそなえて、いかにも、大将たるにふさわしい青年だったからである。

信雄の方は、きわめて凡庸な、武将になるよりも、儒学者にでもなった方がよさそうな青年であった。

勝家の主張は、しかし、信雄を憤然とさせた。

信雄は、長男信忠と母を同じくしていた。つまり、母は、立派な家の出の女性であった。それに反して、信孝の母は、きわめていやしい家の出であった。それだけで、信雄は、異母弟の信孝を、軽蔑していた。

この異母兄弟は、お互いに、ろくに口もきかぬほど、仲がわるかったのである。

信雄は、柴田勝家が信孝を家督相続者として、推挙すると、たちまち、不服をとなえた。

羽柴秀吉は、評定が、さんざ乱れもつれるのをみた挙句、

「やはり、おん跡目は、筋目を通し、三法師君にされ、信雄殿が、後見人になられては、いかがかと存ずる」

と、云った。

いかにも、尤もな主張であった。

この主張を、席次第三番目にいる丹羽長秀が、支持した。

こうなると、柴田勝家も、秀吉の肚の中が、はっきりと看えすいているものの、敢えて、反対しかねた。

それというのも――。

秀吉は、おのれ一個の力で、主君信長の仇を討ったのである。この功績が、ものをいった。

柴田勝家は、それまでは第一の出頭人であったが、秀吉功績の前に、その地位をゆずらざるを得なかったのである。

たとえ三歳の幼児とはいえ、直系である三法師が相続者になることは、たしかに、筋

目が通っていた。

会議の結果——。

勝家の主張はやぶれ、秀吉の主張が通った。

二

八荒竜鬼隊は、なお、比叡山中にたてこもって、動かずにいた。

隊長の堂明寺内蔵助だけが、猿丸をつれて、山を降りて行き、清洲へ向って、馬をとばして行ったが、やがて、もどって来ると、十郎太ら一同に、

「やはり、予想した通り、秀吉が、主導権をにぎった」

と、告げた。

「三法師君が後継者になり、秀吉が、その後見人になった、というのか？」

「いや、後見人は、一応信雄殿と信孝殿になったが、……もはや、信長公の地位は、秀吉にとって代られる」

会議が終了すると、柴田勝家、丹羽長秀、池田勝入ら諸将は、それぞれ、自分の領国へ帰って行った。

ただ一人、秀吉だけは、姫路に帰ろうとせず、明智光秀を攻め滅した山崎に、城を築いて、もっぱら、京都に在って、四方へ、にらみをきかせはじめた、という。

後継者の三法師は、岐阜にとどめられ、前田玄以《げんい》、長谷川丹波守が守役となった。明

智勢によって焼かれた安土城が、再建され次第、そこへもどって来て、信雄、信孝が後見人となって、近江三十万石の太守となるはずであった。

「天下人たる主君が亡くなると、部将どもが、その領地を分け取って、——われこそは、次の天下人に、と虎視《こし》眈々《たんたん》となる。これが乱世のならいだな」

内蔵助は、云った。

信雄は尾張国を、信孝は美濃国を取った。秀吉は丹波を、勝家は、近江国のうち長浜六万石を取った。池田勝入も丹波長秀も滝川一益もそれぞれ、領土を増した。

「これで、いよいよ、天下は、二派に分れるな」

「どう分れる？」

「わしがみるところ、秀吉を中心として、信雄殿に、池田勝入、織田信包（信長の弟）、細川藤孝・忠興父子、蒲生賢秀・氏郷父子、筒井順慶、中川《なかがわ》清秀《きよひで》、高山《たかやま》右近《うこん》、森長可《ながよし》、蜂屋頼隆、それに丹羽長秀が、味方する。これに対抗して、勝家が中心となり、信孝殿をかしらにいただき、滝川一益、佐々《さっさ》成政《なりまさ》、佐久間《さくま》盛政《もりまさ》、金森《かなもり》長近《ながちか》、前田利家《としいえ》という北国勢だな」

「秀吉と勝家は、どうしても、覇を争うか？」

「必ず決戦しよう」

「おれは、徳川家康が味方する方が、勝つ、と思うが……」

十郎太が、云うと、内蔵助は、かぶりを振った。

「家康は、いずれへも味方すまい。三河を動くけはいはみせぬであろうな。利巧者だからな」

「内蔵助、お主の予測では、どちらが、勝つと思う？」

十郎太にたずねられて、内蔵助は、

「十郎太、秀吉が勝つ、とわしが予想したら、秀吉の軍に加わるか？」

「おれが、猿面冠者を大きらいなことは、お主が一番よく知って居るではないか……。おい、内蔵助、お主が、秀吉の勝利を予測して、羽柴勢に加わるというのなら、おれは、お主の敵となるぞ」

「わしは、迷っている」

「なに⁉」

「わしも、お主同様、秀吉に味方するつもりは、さらさら、ない。しかし、柴田勝家の旗下に入るのは、どうであろうか？」

「勝家が敗れると予想するのか？」

「いや、必ずしも敗北するとは、かぎるまい。しかし、秀吉を滅すだけの力が、あるかどうか」

「どうするのだ？」

十郎太は、いらいらして、問うた。

「われわれ八荒竜鬼隊は、秀吉と勝家の決戦を、横目で眺めておいて、徳川家康に随身する、という方法もある」

「内蔵助！」

十郎太は、目をいからせた。

「おれは、秀吉もきらいなら、家康という人物も虫が好かぬ。……勝負の予想は別として、おれは、柴田勝家の、豪放直情の気象が、性分に合って居る。敢えて味方するとすれば、柴田勝家だ」

十郎太は、諸国放浪の途中、柴田勝家の越前の領地を通ったことがある。山野には新道がつくられ、川には立派な橋が架けられ、働く農民たちの顔が明るかったのを、おぼえている。

越前国は、むかしから一揆《いっき》がしばしば起って居り、そのために、農家では、すべて、武器をかくし持っていた。

勝家は、その武器を回収することにした。

領民たちは、勝家が領主となってから、自分たちのくらし向きを楽にしてくれた恩義を感じて、われもわれもと、北荘《きたのしょう》城へ、武器を持参した。

集った兵具は、無数であった。

勝家は、それらのうちから、良い品は城内に納め、大半は、鍛冶《かじ》を召し寄せて、鍬《くわ》や鎌などにうちなおさせて、あらためて、農民たちにくばった。

治政の才にも長けた勝家であった。

十郎太は、また、信長にむかって、真っ向から堂々と進言して、一歩も退かぬ勝家の姿を、幾度か、見かけたことがあった。

たしかに、そういう武辺らしい武辺を、十郎太は、好きであった。

内蔵助は、しばらく、沈黙を守っていたが、

「この八荒竜鬼隊をつくったのは、十郎太、お主だ。……お主が、柴田勝家に、味方する、と主張するのであれば、わしも反対はせぬ」

と、云った。

「そうか。では、きまった」

十郎太は、にっこりとした。

「但し、もし、柴田勝家が滅びる時は、この八荒竜鬼隊も、また同時に、滅びる。その覚悟は、しておいてもらわねばならぬ」

内蔵助は、云った。

「それも、よし。桜花は散りぎわが、美しいものよ」

三

天正十年秋から、翌年春にかけて、秀吉の巧妙なかけひきは、ぞんぶんに発揮された。

秀吉は、亡君の讐を復った功績により、従五位上左近衛少将に叙任され、自分から諸将につたえて、十月、信長の葬儀を、洛北紫野《むらさきの》に新たに建立した総見寺《そうけんじ》で、とり行った。

その葬式の大がかりなきらびやかさは、未曽有のものであった。

秀吉が一人で、発意し、とりしきって、行ったのである。洛中洛外の八宗の僧侶が、のこらず集められた。

正親町天皇は、宸翰《しんかん》をたまい、信長に従一位、太政大臣をおくられた。

この大葬儀も、ある意味では、秀吉が、自分こそ、信長のあとを継ぐ者であることを暗示する一大デモンストレーションであった。

大名から土民にいたるまで、

——筑前守が、次の天下人になろう。

という意識をうえつけさせた、といえる。

次に——。

秀吉は、安土に仮城ができたにもかかわらず、神戸信孝が、三法師を、岐阜にとどめて、なかなか、かえそうとしないのを、はげしく、とがめた。

さらに——。

秀吉は、自分には天下を取る意志など、毛頭ないことを示すために、わざと、明智光秀の持っていた亀山の坂本城を丹羽長秀にゆずり、近江一円を、ことごとく柴田勝家にゆずってみせた。

尾張国は信雄に渡し、美濃国は信孝に渡し、秀吉自身は、一向に、領土をひろげようとするけはいを示さなかったのである。

こういう態度は、民衆の人気を集めた。

十二月。

秀吉は、突如として、丹羽長秀、筒井順慶をともなって、軍を起し、岐阜へ向って、進撃した。

神戸信孝から、三法師をとりかえして、安土城につれもどす、という名目であった。

この急報は、北荘にもたらされた。

――しまった！　秀吉に、してやられた！

勝家は、無念のほぞを噛んだ。

すでに、越前は、積雪に埋まり、兵を出すことは、不可能だったのである。

秀吉の進軍をくいとめる者は、一人もいなかった。

十二月十八日、秀吉は、三万の兵を率いて、まっしぐらに美濃に入った。二十一日には、大垣《おおがき》に陣し、兵をわかって、諸城を制圧し、岐阜に迫った。

その疾風の進撃に対して、岐阜の神戸信孝は、いたずらに狼狽するばかりで、なすすべもなかった。

柴田勝家、滝川一益の援軍が来ない限り、降服するよりほかにすべはなかった。

秀吉は、三法師を受けとって、悠々と近江へひきあげ、安土城に移し、後見人として信雄をあてた。信雄は、秀吉の云いなりになっていた。

雪という敵に封じ込められて、身動きならぬ北荘の城内に在る勝家は、急使を送って、甲府にいる徳川家康に、応援をたのんだ。しかし、家康は、動かなかった。

城内には、苦悩が満ちた。

八荒竜鬼隊は、その北荘城にいた。

「十郎太、いよいよ、秀吉が、牙をひきむいたぞ！」

内蔵助が、天守閣からもどって来て、十郎太に告げた。

「やられたな。……この雪では、指をくわえて、眺めているよりほかはあるまい」

「来春の雪どけまでには、秀吉は、京畿《けいき》をはじめ、美濃、尾張すべてを、手中におさめて居ろう。……こちらに、勝目はない」

「勝目のない合戦には、合戦買いの頃から馴れている」

十郎太は、笑いながら、霏々《ひひ》として降りしきる雪を、眺めやった。

「八荒竜鬼隊としては、べつに、柴田家に、随身しているわけではない。……どうだ十郎太、頃あいをみはからって、退散することにしては――？」

「内蔵助、われわれは、卑怯者になってもいいというのか。……おれは、生涯、卑怯者にだけはなりたくない、と自分に云いきかせている。この鼻に誓ってだ」

「では、柴田勝家とともに、八荒竜鬼隊は滅び去ることになるが、それでもよいか？」

「しかたがあるまい」

十郎太は、平然として、こたえた。

「お主も、よくよくの強情者だな。このぶんでは、お主は、いつも、滅びる方に味方して、ついに、一国一城のあるじになる機会にめぐまれぬであろう」

「信長公が他界されたいまとなっては、おれに魅力をおぼえさせる武将は、一人も居らぬ。……合戦買いで、生涯を終るように生れついて居るのかも知れぬ」

「わしは、ごめんだな。……おのれの器量を、十万石でも安い、と考えて居る」

「たしかに、お主は、それだけの器量はある。おれには、ない。隊長と副隊長の差だな」

十郎太は、笑った。

内蔵助は、降りしきる雪へ、視線を移して、

「来春、雪がとけて、さて、どれだけのあいだ、この城が、ささえられるか」

と、つぶやいた。

## 恋　文

### 一

「猿丸――」

朝から、ずっと、城内北端にある籠《こも》り堂に、とじこもっていた十郎太が、午になって、

食事をはこんで来た猿丸に、一通の手紙を、さし出した。

この籠り堂は、士分の者が、なにかの落度があって、その罪をざんげするために、自ら十日も二十日も、とじこもって、魂を浄化するために建てられたものであった。

柴田勝家という武将は、よほどのことがなければ、家臣を罰せぬ人物であった。憤って、手討ちにした、などということは、かつてなかった。

その点では、亡君信長とは、対蹠的であった。

籠り堂は、勝家が建てた。そして、家臣一同に、

「落度があれば、自身を罰するがよい」

と、申し渡したのである。

十郎太は、そういう勝家が、好きであった。

勝家は、十郎太から、

「籠り堂をおかりいたしたい」

と願い出られると、

「御辺にも、おのれをとがめることがあるのか？」

と、問うた。

十郎太は、

「それがしは、孤独の時間を持つのを好みます」

と、こたえた。

そういう言葉を吐く十郎太を、勝家もまた、好んだ。

勝家のいまの夫人は、信長の妹お市の方であった。小谷城の城主浅井長政の妻であった絶世の美女である。

小谷城が、陥落する際、十郎太が、長政とともに自害しようとするお市の方を、諫止《かんし》して、三人の姫君とともに、救い出し、信長の手に渡していた。

のち――。

信長は、勝家に、お市の方を嫁がせたのである。

運命の偶然は、ふたたび、十郎太をして、お市の方と、対面させ、

「あの折は、そなたにいのちをたすけてもらい、こうしてまた巡り逢うことができました。うれしく存じます」

と、礼をのべられたのである。

勝家は、そのことをきいて、十郎太に対しては、殊更に、好意を持った。

「籠り堂は、御辺に、くれてつかわそう」

勝家から、許されて、十郎太は、一人、ずうっと、孤独な日々を送っていた。

「猿丸――、すまぬが、この雪の中をご苦労だが、京都まで、使いしてくれ」

「かしこまって候。羽柴筑前守の動静をさぐるのでござるな？」

「いや、その探索は、ついででよい。この手紙を、嵯峨野へとどけてくれ」

嵯峨野――すなわち、醍醐邸のことであった。

大納言尚久が横死ののちも、由香里は、侍女のしのぶにかしずかれて、いまもなお、その屋敷に、ひっそりとくらしているのであった。

「たしかに、お届けつかまつる」

受けとった猿丸は、しかし、一瞬、不審の面持になった。

「これは？」

差出人の名が、醍醐主馬、となっているのであった。

「主馬からの手紙だ」

十郎太は、平然として、云った。

「あるじ様！」

「よいのだ。……姫は、恋しい良人の便りを、一日千秋の思いで、待ちこがれて居る」

十郎太は、この北荘へ来てから、主馬に、「姫に便りをするがいい」とすすめたが、「この世で一番にが手は、筆を把って、文を草することだ」と、ことわられたのである。

そこで――。

十郎太は、ひそかに、主馬の名をかりて、想いのたけを、由香里に送ることにしたのであった。

そのために、籠り堂が、必要だったのである。

「………」

猿丸は、あらためて、十郎太の顔を、つくづくと見まもった。

——なんという御仁だ！　……恋をゆずったのみか、その良人に代って、姫をなぐさめようとされて居る！

猿丸は、目がしらが、じいんと熱くなった。

「猿丸！　はよう行け」

十郎太は、背を向けて、云った。

「か、かしこまりました。返書を頂戴して参ります」

二

年が明けた。

明けるとすぐに、羽柴秀吉は、山崎の宝寺城を出て、自分の居城である姫路城へ行き、悠々とすごした。

これは、わざと、京都を留守にしてみせたのである。

京都を留守にすれば、必ず、岐阜に在る神戸信孝が、動き出す、と鋭い予想をたてたのである。

はたして——。

信孝の部将で、亀山城をあずかる関盛信《せきもりのぶ》が、年賀のために、姫路にやって来た留守中に、滝川一益が、亀山城を乗っ取った。

秀吉は、これを、待っていた。

「よし！　まず、滝川一益を、討つ。されば、柴田勝家は、否が応でも、決戦をいどんで来るであろう」

二月十日、秀吉は、姫路城を出発するや、総勢七万五千を率いて、まっしぐらに、亀山城へ向って、進撃した。

秀吉攻撃の急報は、すぐさま、北荘に、もたらされた。

越前国は、まだ春雪の中にあった。

しかし――。

勝家は、もはや、雪のとけるのを待ってはいられなかった。

「秀吉め、いよいよ、牙をひき剝《む》き居った。彼奴に、天下を取らせることはできぬ！」

ただちに、二万の役夫を動員して、街道をうずめた雪を除かせた。

そして、先鋒として、佐久間盛政に、盛政の弟保田安政《やすだやすまさ》、柴田勝政《しばたかつまさ》、原房親《はらふさちか》、徳山則秀《とくやまのりひで》、金森長近、不破勝光《ふわかつみつ》らをしたがわせて、出発させた。その兵数八千五百人。

次いで――。

勝家は、堂明寺内蔵助を呼び、

「近江柳瀬《やながせ》の月見砦《とりで》に、拠って、ふせいでもらいたい」

と、命じた。

そこは、越前と近江との国境で、由緒ある古刹《ふるでら》があった。

柳瀬附近は、山が深く、道は、渓谷に沿うて居り、敵も味方も、一挙して進撃することは、不可能であった。

八荒竜鬼隊は、いまは頭数も減って、わずか百三十余人になっていたが、柳瀬の月見砦に拠るかぎり、そこは、充分に守り通せる目算があった。

堂明寺内蔵助は、それを承知してから、勝家を見まもり、

「持久の策を、おとりになると思われますが、味方のうちに、裏切りのおそれのある者は居りますまいか？」

と、たずねた。

「考えられぬ」

勝家は、かぶりを振った。

すると、内蔵助は、微笑して、

「たとえば、前田利家殿ですが……」

「なに？」

「前田殿は、犬千代《いぬちよ》といったむかしから、木下藤吉郎であった秀吉とは、最も親しい友です。たまたま、領土が、この越前と隣りあわせたため、貴方様の味方になったのでありましょうが……、はたして、秀吉と、まことに、戦う意志があるかいなか――その本心のほどは、うかがう由もありますまい」

「その疑いは、わしも、抱かぬではなかった。しかし、利家は、戦う意志はなくとも、決して裏切るような男ではない」

「越中富山の佐々成政は、いかがでありましょう？　秀吉と性分が合わぬ、というだけのことで、貴方様に味方したとき及びますが――」

「堂明寺、御辺は、筑前方と当方との志気に格段の差がある、と申したいのか？」

「遠慮なく申せば――」

「勝敗は、兵家の常。まず、みて居るがよい。御辺ら八荒竜鬼隊が、月見砦の天嶮に拠ってくれるかぎり、秀吉の軍勢は、そこを抜くことは、かなわぬ」

勝家は、毅然として、云った。

先鋒佐久間盛政らは、雪中を突破して、越前を越え、三月五日には、はやくも、近江柳瀬の椿坂《つばきざか》附近に入った。

主将勝家は、三月四日、前田利家とともに、二万余を率いて、北荘を発し、九日には近江に入って、中尾山《なかおやま》に陣した。

その周辺には、たちまちのうちに、いくつかの砦が築かれた。

八荒竜鬼隊が拠る月見砦も、そのひとつであった。

秀吉が、率いる七万五千の軍勢は、この柳瀬めがけて、ひたひたと押し寄せて来た。

しかし――。

さきに述べたごとく、柳瀬附近の険しい山岳と渓谷は、双方が、主軍を激突させる地形ではなかった。

いきおい――。

睨みあいの持久戦となった。

三

月見砦は、うしろに断崖絶壁を背負い、前面を密林で掩われた山岳の中腹に位置していた。

古刹の建つ境内だけが、平地になって居り、前面の密林とは、累積した巨岩でさえぎられていた。

まさしく、守るに易く、攻めるに難い砦であった。

そして、拠ったのは、その大半が、合戦買いという、戦場働きを商売とした面々であった。

まるで、この決戦を愉しむかのように、

「今夜あたり、四五十ばかり、首を取って来るか」

と云って、竹宮玄蕃などは、わずか二十人あまりひきつれて、密林をくぐって、降りて行き、夜陰に乗じて、敵陣に、なぐり込みをしかけ、火を放って、あばれまわり、ついでに、兵糧を奪いとって、ひきあげて来る、といった働きを示した。

隊長は本堂に住み、十郎太の方は、鐘撞《かねつき》堂に起居した。梵鐘《ぼんしよう》は、盗賊にでも盗みとられたものとみえて、なくなって居り、十郎太は、そこで、一人、毎日、料紙に筆を走らせている時間を持った。

猿丸が、その手紙を持って、砦を出て行き、三日か四日後に、帰って来るのを、隊士たちは、

「どういうのだろうな？」

と、眺めていた。

どこへ、なんのために、手紙を書き送るのか——それを知る者は、ほとんどいなかった。

たずねた者がいたが、十郎太は、笑って、こたえなかった。

醍醐主馬自身、それが自分の名で、由香里の許へ、はこばれていることを、すこしも気づいてはいなかった。

ある宵——。

京都から、戻って来た猿丸が、そっと、

「あるじ様——、由香里様が、どうしても、この月見砦に参って、主馬殿に逢いたい、と云い出されましたぞ」

と、告げた。

「とどめたであろうな？」

「もちろん、絶対になりませぬ、とおとどめいたしましたが……、これは、つまり、あるじ様、貴方様の罪でござるわい」

「…………」

「手紙をおとどけするたびに、姫様の恋情を、日毎にあふるあんばいになるのでござるからな。……どんな危険を冒しても、ひと目でも、恋しい殿御に逢いたいと、昼も夜も、想いをつのらせるようになるのは、自明の理と申すものでござる」

「…………」

「いや、この猿丸が、敵陣をくぐり抜けて、往復するのを、嫌うあまりに、こう申して居るのではござらぬ。……あるじ様が、姫の恋情をあふり、そそるのは、はたして、よいのか、わるいのか――どうも、姫のご様子を眺めて居ると、わしには、わからなくなり申した」

「猿丸！　許せ」

十郎太は、宙へ眼眸を置いて、云った。

「許せ、とは？」

「おれの生甲斐は、お前が持ちかえってくれる姫の返書を読むことだけなのだ」

「…………」

「宛名が他の男であろうとも、おれのしたためる文が、姫の心をとらえ、その返書に、恋情のありったけをこめて居る――そのことが、おれには、うれしいのだ。姫が恋しているのは、主馬ではない、おれの手紙の文なのだ。……おれは、もう、手紙を書くことを、止めることはできぬ」

「そう申されると、わしも、おとどめすることはでき申さぬが……。しかし、姫様は、きっと、決死の覚悟をして、京都を出て、この月見砦へ、参られますぞ。その時は、どうなさる。すべてが、露見してしまい申すぞ。そうなった時、あるじ様は、どうなさるおつもりじゃ?」

「わからぬ。……お前が、できる限り、ひきとめてくれ」

「やれやれ、こんなつらい任務は、いいかげんで、解いて頂きたいものでござるわい」

猿丸は、嘆息した。

「猿丸、お前も、因果な主人を持ったものよ」

「なんの、貴方様にお仕えするのは、わしらが生れた時からの天命と心得て居り申す。それはそれで、よいのじゃが……、貴方様の恋が、このように、他人の名をかりてしか、あいての女性につたえられぬのが、なんとしても、口惜しゅうござるのじゃ」

「よいのだ、これで――」

十郎太は、さびしく微笑した。

両軍が、対峙して、はや一月余が過ぎた。

やがて――。

佐久間盛政が、決然として、秀吉軍に向って、不意の奇襲をしかける作戦をたてた。

盛政は、秀吉を裏切った山路将監《やまじしょうげん》から、秀吉の虚を衝くのは、いまだ、と進言を受けたのである。

秀吉軍の陣形のうち、大岩山《おおいわやま》にある中川砦と岩崎山《いわさきやま》にある高山砦が、他の砦とはるかにかけはなれていて、防備が手薄である。

こちらが、間道を潜行して、突如として、奇襲すれば、容易に陥落するに相違ない。

この進言をきいて、盛政は、

「よし！　やる！」

と、ほぞをかためた。

これが、味方の大敗北をまねくきっかけになろうとは、もとより、佐久間盛政は、神ならぬ身の知る由もなかった。

# 月見砦

## 一

虚を衝く——。

これが、孫子の戦法で最も強く主張するところである。

佐久間盛政は、秀吉の虚を衝くことに、絶対の成功を期した。

しかし、盛政が、中尾山の本陣にやって来て、この奇襲の旨を告げると、柴田勝家は、容易に、首をたてに振らなかった。

「秀吉は、いくつかの砦を連ねているが、ちょうど、中川砦と高山砦の間を、手薄にしているのは、わざと、おびき寄せる策かも知れぬ。秀吉は、そういう奸計《かんけい》に長けて居る」

「それは、考えすぎと申すものでござろう。秀吉は、地形にしたがって、砦を築いたまででござれば、決して、さそい出そうとしているわけではござらぬ……。中川砦と高山砦の間は、わが陣地からも最も遠いところでござれば、この中央へ、まっしぐらに突入いたせば、さすがの秀吉も、あわてふためくに相違ござらぬ」

盛政の決死の作戦は、ついに、勝家の心を動かした。

「御辺がそれほどまでに、覚悟をきめて居るのであれば、やむを得ぬ。思い通りにやるがよろしかろう。しかし中川・高山両砦を陥落せしめたならば、すみやかに兵をかえして、決して、他の砦までも攻略する存念を起さぬ、とかたく約束してもらいたい」

なにしろ、敵陣のまっただ中へ突入するのであった。

失敗すれば、袋だたきに遭うのは、目に見えていた。

これは、ただに、佐久間盛政勢の潰滅のみならず、柴田全軍の敗北をもたらすおそれがあった。

攻撃体勢は、ととのった。

先鋒は、不破勝光、徳山則秀の率いる四千人。

本隊は、佐久間盛政四千人。

監視隊として、賤岳《しずがたけ》方面には、柴田勝政三千人。堂木山《どうぎやま》、神明山《しんめいさん》、塩津《しおつ》方面にかけては、前田利家二千人。

そして、東野山《とうのやま》方面に、本陣をさだめた柴田勝家七千人。

すなわち——。

柴田軍は総勢二万人であった。

天正十一年四月二十日、羽柴秀吉と柴田勝家の、天下を争う決戦は、こうして、佐久間盛政の奇襲攻撃によって、その幕をきっておとした。

同じ頃——。

近江柳瀬の渓谷沿いの木樵《きこり》路を、二十人あまりの女たちが、辿っていた。

陣場女郎の群であった。

その中には、幾人かの六条柳町の廓にいた遊女たちが、交っていた。

於風の顔も、見受けられた。

本能寺の変によって、京都の様相は一変してしまっていた。廓はさびれ、遊女たちは、半減した。

於風は、やはり、陣場女郎にもどるよりほかはなかった。

二十人も一団となれば、おのずから、統率者ができる。春菜《はるな》という女であった。

安土城の饗宴に、給仕として、六条柳町の遊女たちが、呼ばれた際、信長の目にとまって、一夜の伽《とぎ》を命じられたことを、唯一最高の誇にしている春菜は、年齢も三十を超えて居り、いつの間にか、かしらになっていた。

尤も——。

柴田勢の砦へ行くか、羽柴軍の陣営へ身を寄せるか、彼女たちにとっては、どちらでも、かまわぬことであった。

陣場女郎は、戦場で、春をひさぐ特殊な売春婦であった。

昨日、抱かれた軍勢が、今日滅びれば、明日は、その敵の陣中へ、身を移している、といったあんばいに、行方さだめぬ生きかたをしていた。

百年という長い歳月の戦乱が生んだふしぎな存在であった。

その前身は、さまざまであった。武家の良人が討死し、敵兵に犯されて、やけくそになって陣場女郎に身を落した者もいた。百姓娘が、年貢代りに役人に連れて行かれて、足軽どもに、たらいまわしに抱かれた者もいた。なかには、商家の女房で、兵火に店が焼かれ、亭主に云いふくめられて、身を売った者もいた。

したがって——。

知能のひくい者や、なかば気の狂った者もいた。

いま、春菜のあとを、とぼとぼとついて行く於千《おせん》という女は、村が戦場になり、子供を殺されたために、気が狂い、木仏をわが子代りに抱いて、しきりに、小さな声で、子守唄をうたっていた。

「春菜——」

於風が、呼んだ。

「もうそろそろ、羽柴勢の砦だよ、どうするのさ？」

「きまっているじゃないか。どっちの砦だろうと、そこが、あたしたちのかせぎ場さ」

「わたしは、羽柴秀吉の陣地なんぞ、まっぴらごめんを蒙るよ」

「なぜだい？」

「わたしは、柴田の軍勢の砦へ行くのさ」

「お前、柴田勝家が好きなのかい？」

「目的があるのさ」

「なんの目的さ？」

「八荒竜鬼隊が、柴田勢に加わったろう。わたしは、竜鬼隊の砦へ行くんだ」

二

「へえん……、竜鬼隊に、惚れた男でもいる、というのかい？」

「いるのさ」

「誰さ？　……隊長の堂明寺内蔵助かい。あれは、大物だよ。柴田勝家が、勝ったら、一国一城のあるじになる武辺だからね」

「ちがうよ」

於風は、かぶりを振った。

他の女郎が、云った。

「きまっているじゃないか、竜鬼隊には、とびきりの色男がいるわさ。醍醐主馬って、あんな色男は、日本中どこをさがしたって、いるものじゃないやね」

「醍醐主馬には、天女のように美しい奥方がいるんだよ。大納言の姫君でね」

「女房持ちが、なにさ。戦場では、わたしたちが、女房になってやるのじゃないか。……於風、もったいぶらずに、惚れた男が誰か、お云いな」

「修羅十郎太」

於風は、こたえた。

「なんだって!?　あの赤槍天狗に、お前は、惚れたのかい」

「ああ、惚れちまったのさ。……あいつ、わたしの父親の敵なのに、どういう因果か、惚れちまったんだ」

「冗談じゃないよ。……親の敵に惚れるばかがいるもんか」

「そういうばかだから、わたしは、陣場女郎になったのさ」

「あァあ、いやンなっちまうよ、ほんとに……。親の敵なら、隙をねらって、仇討すりゃいいじゃないか。赤槍天狗を討った陣場女郎、となりゃ、いっぺんに、名をあげて、もしかすれば、どこかの侍大将の奥方にしてもらえるかも知れないよ」

「ふん。織田信長に一晩抱かれたのを、たったひとつの自慢にしているような春菜なんぞに、わたしの気持が、判ってたまるものか」

「大きな口をたたくない、於風！」

　春菜は、いきなり、於風の胸ぐらをつかんだ。

「なにをするんだ！　わたしを誰だと思っているんだ。琵琶湖の湖賊の頭目の娘だよ……。わたしに、喧嘩を売ろうなんて、おこがましいや」

　於風は、春菜の片手をつかんで、ねじりあげた。

「ちくしょう！　殺してやる！」

「殺されるのは、そっちだい！」

　つかみ合う春菜と於風を、女郎たちが、あわてて、ひきわけた。

　女郎同士の争いは、日常茶飯事であり、終れば、けろりとして、また行を倶《とも》にする。

　ひきわけられると、春菜は、於風に云った。

「於風、教えておいてやるがね。赤槍天狗という男はね、六条柳町の廓で遊んでも、たった一度も、遊女を抱いたことはないんだよ」

「知っているよ」

「ましてさ、陣場女郎なんぞに、目もくれぬ男じゃないか。親の敵の、そんな石地蔵みたいな男に惚れて、いったい、どうなるというのさ」

「ほっといておくれ。わたしの勝手さ。……わたしは、ともかく、八荒竜鬼隊の砦へ行くんだ。……春菜は、どこの砦へでも、行くがいいさ」

於風が云うと、同じ六条柳町の遊女をしていた女たちは、みなそれぞれ、竜鬼隊の隊士と枕を交した連中だったので、

「あたしも、行く――」

「あたしもさ」

と、賛成した。

いかに、あばずれの陣場女郎でも、そこは、女であった。

せっかく、二十人が一団になったので、ここでばらばらになるのは、なんとなく、いやだった。

「それじゃ、籤《くじ》びきしようじゃないか」

春菜が、一同を見渡して、

「いいね」

と、返辞をもとめた。

「いいよ」

右へ行くか左へ向うか――こういう場合の籤びきのやりかたは、いかにも陣場女郎らしかった。

春菜と於風は、ともに、小袖の前をはぐって、二布をまくりあげると、それぞれ、恥毛を一本ずつ、ひき抜いた。

その長さを、比べたのである。

於風の恥毛の方が、すこしばかり、長かった。

「負けたよ。あたしたちは、八荒竜鬼隊の砦へ行くんだ」

春菜が、云った。

木像を抱いた於千だけは、渓流へ、うつろなまなざしを落して、子守唄を、うたいつづけていた。

三

佐久間盛政が総指揮をとる柴田の軍勢は、中川清秀が守る大岩山の砦に向って、夜明けとともに、殺到した。

中川清秀が率いる守備兵は、わずか三百であった。

とうてい、怒濤の攻撃の前に、敵すべくもなかった。

清秀は、阿修羅の奮戦の果てに、ついに討死し、したがう士卒もことごとく、これに殉じた。

中川砦にとなり合せていた岩崎山にある高山砦では、守将高山右近は、隣砦が陥落したときくや、一戦に及ばずして、砦をすてて、逃げた。

高山右近は、決して、卑怯な武将ではなかった。山崎合戦にあたっては、明智光秀勢に向って、先鋒として、激突し、功名をあげている。

ただ、右近は、きりしたん信徒であり、敗北がきまっている砦を、守って、みすみす討死するのは、犬死にひとしい、と考えたに相違なかった。

いずれにしても――。

一挙に、めざす中川・高山両砦を手中におさめた佐久間盛政の意気は、まさに天を衝いた。

「両砦を奪ったならば、すぐに、ひきかえせ」

という主将勝家の命令を、盛政は、つい忘れた。

「よし！　この勢いに乗じて、賤岳砦を、明朝を期して、攻め落してくれる！」

盛政は、ほぞをきめた。

北国街道を狐塚《きつねづか》附近まで進んでいた柴田勝家は、盛政の情報をきくと、

「あるいは？」

と、心配して、急使をはしらせると、

「ただちに、ひきあげよ」

と、命じた。

しかし、盛政は、肯かなかった。

一方――。

羽柴秀吉は、中川・高山両砦が陥落した、という敗報に接すると、逆に、にことして、

「勝機、我にあるぞ！」

と、云いはなった。

佐久間盛政が、このまま、ひきあげるはずはない、と看破したのである。

その日、秀吉は、大垣に在ったが、敗報に接した一時間後には、自ら、先頭に立って、馬に鞭をあてていた。

つきしたがったのは、一万五千の兵であった。

大垣より木之本《きのもと》まで、疾風の勢いの進撃であった。

佐久間盛政は、秀吉が自ら進撃して来るとしても、おそらく、二日後であろうと考えていた。

大誤算というべきであった。

その日の夜――。

美濃街道に、数十万の蛍火のように、松明のあかりがまたたくのを、鉢ケ峰《はちがみね》に陣した佐久間勢は、みとめた。

「秀吉め！　来たか！」

盛政は、さすがに、茫然となった。

史上にのこる有名な賤岳の戦いは、戦わずして、すでに、旗色は、明白であった。

盛政は退き、秀吉は追った。

翌二十一日――。

盛政は、戦っては退き、退いては戦った。

その間に、秀吉の援軍は、続々と到着した。

盛政の弟柴田勝政は、兄の命令によって、飯浦坂《いいうらざか》の東方に布陣して、必死の防戦をしていたが、ついにたまらず、退却をはじめた。

これを見てとった秀吉は、自身につきしたがう麾下の若武士たちに、

「一気に攻めたてて、勝政を討ちとれ！」

と、命じた。

加藤清正《かとうきよまさ》はじめ、七人の若武士が、鬼神の化身かと思われる勢いで、真一文字に、突入した。

これが、いわゆる賤岳の七本槍と称される功名ぶりであった。

勝政は、血まみれになって奮闘した果てに、七本槍に包囲されて、討死した。

佐久間盛政は、急使をはしらせて、前田利家に、救援をもとめた。

しかし――。

前田利家は、布陣したまま、びくとも動かなかった。

もし、利家が、猛然と、秀吉に向って、戦いを挑んだならば、勝利の神は、あるいは、柴田勝家の頭上に微笑んだかも知れなかった。

前田利家は、勝家に味方して、出陣しながら、ついに、傍観者の態度をかえなかった。

柴田勝家は、賤岳の敗報をきくと、

「盛政に、奇襲を許したのは、わしのあやまりであった」

と云い、居城北荘へひきあげて行った。

この日、柳瀬方面に於て、柴田勢の戦死者は五千余人に及んだ。

ただ、ひとつだけ、頑として陥落しない砦がのこった。

八荒竜鬼隊の守備する月見砦であった。

## 死の酒宴

### 一

柴田勝家が、居城北荘へ遁《に》げかえるとともに、柳瀬附近の砦は、ことごとく陥落したが、ひとつだけ、月見砦が、殺到する軍勢を、巧妙きわまる千変万化の戦法で、追いしりぞけ、文字通り孤塁を死守している報が、総大将秀吉の許へ、もたらされた。

「砦の部将は、何者だ？」

秀吉は問い、堂明寺内蔵助、ときくと、

「そうか、あの男、八荒竜鬼隊を率いて、たてこもって居るのか。陥落せぬのは、道理だの」

と、笑い、

「しばらく、すてておけ。いま攻めれば、攻めるたびに、兵を喪うばかりだ」

と、云った。

堂明寺内蔵助が隊長であり、修羅十郎太が副隊長である限り、八荒竜鬼隊が、わずか百名足らずの寡勢であっても、これを抜くことは、五千以上の軍勢を必要とするであろう。

なにしろ、背面に、いまだ人跡をとどめぬ断崖絶壁の山岳を負い、前面もまた懸崖になり、その下方が密林の渓谷となっている月見砦であった。

そのむかし、禅僧が、必死の修行をするために、断崖をよじのぼって、そこへ断食堂を建てた、といわれている。

足利初期に、立派な堂塔伽藍がつくられていたが、どのようにして、材木をはこんで、建築したのか、いまでは、見当もつかぬ。それほど、隔絶された霊地であった。

寄手は、密林をくぐり抜け、累積した巨岩を乗り越え、さらに、懸崖をよじのぼらなければならなかった。

千余の兵が、三度ばかり、一挙に攻撃をしかけたが、いたずらに、その頭数を減したばかりであった。

八荒竜鬼隊の面々は、野戦などよりも、こういう峻険な山岳に拠って、闘う方を得意としていた。

平野で、まともに激突すれば、いかに合戦買いできたえあげた強者といえども、ついに、衆寡敵せず、散り散りばらばらになって、敗退せざるを得ないであろう。

月見砦に拠って闘う上では、一人一人が、思う存分の力を発揮できるのであった。樹木や岩や懸崖が、味方となり、身を守ってくれるからであった。

さらに――。

堂明寺内蔵助のたてる作戦は、敵の意表を衝き、まさに、千早《ちはや》城に拠った楠木《くすのき》正成の智謀ぶりを再現するかの観があったし、修羅十郎太の赤槍は、一騎当千という言葉を誇張でないものとする働きぶりを示したのである。

秀吉は、たとえ五千の軍勢で攻めても、十日や二十日では陥落せぬ、と考えた。

まず、月見砦は、すてておいて、北荘を攻めて、柴田勝家を滅すのが、先決であった。

秀吉は、北荘を攻めるには、府中《ふちゆう》城にある前田利家と和睦する必要があった。

柴田勝家は、北荘へ遁げかえる途中、府中城に立寄って、利家と対面し、

「佐久間盛政の策を許したのが不覚であった」

と云い、湯漬けを所望した。

それから、駿馬《しゆんめ》一頭をもらい受けて、勝家は、うちまたがると、駆け去った。

去るにあたって、勝家は、見送る利家に、

「其許は、筑前（秀吉）とは、むかしから兄弟のように親しい間柄であった。事の成りゆきで、このたびは、敵味方にわかれたが、この勝家が敗北した上は、もはや遠慮は無用、筑前と仲直りされるがよい」

と、云いのこした。

いさぎよい武将ぶりに、利家は、頭を下げた。

やがて——。

秀吉は、府中へ、軍勢を進めて来た。

「鉄砲を撃ちかけては相成らぬ」

きびしく下知しておいて、秀吉は、ただ一騎で、馬印をかざして、大手門前へ、進んだ。

「われは、羽柴筑前守である。友として、前田又左衛門《またざえもん》利家に、談合に参った。城内へ入れてもらいたい」

総大将がたった一人で、会いに来たのである。

大門の扉は、左右へ開かれた。

秀吉は、なんのおそれる気色もなく、馬を乗り入れた。

前田利家は、いまさらながら、秀吉の度胸に感服して、対面した。

「又左——、わしは、これより、北荘を攻める。お許に味方してくれとは、たのまぬ。ただ、中立を守ってくれればそれでよい。いかがだな?」

秀吉は、申し入れた。

「御辺の態度には、兜をぬぐ。承知いたした」

二人は、多くを語る必要はなかった。木下藤吉郎、前田犬千代といった二十歳頃からの親友であった。

その親友でも、この乱世では、敵味方にわかれることは、事情によっては、さけがたいのである。

敵側にまわったからといって、利家を憎悪する秀吉ではなかった。

利家に中立を約束させた秀吉は、まっしぐらに、北荘をめざした。

二

北荘城には、留守兵と敗走帰還した兵、それに非戦闘員を合せて、三千余人しかいなかった。

六万の大軍を率いて、攻め寄せて来た秀吉に対して、なんの迎撃策もなかった。

降服するか？

討死するか？

そのふたつしかなかった。

柴田勝家には、北荘へ遁げかえった時から、後者の覚悟ができていた。

城が、完全に包囲された天正十一年四月二十三日——。

勝家は、天守閣に、一族股肱の臣八十余人を集めて、

「この勝家の力は、ついに羽柴筑前の軍勢の強さに及ばず、かようの次第と相成った。明日は、この天守閣も、焼失するであろう。されば、今夜は、曙《あけぼの》に及ぶまで、酒宴を催して、今生のいとま乞いをいたそうではないか」

と、申し渡した。

一同、粛然として、その言葉をききおわって、頭を下げた。

ただ一人も、降服を主張する者はいなかった。

勝家のかたわらには、夫人お市の方が、坐っていた。

不幸な女性であった。織田信長の妹でありながら、その信長に攻め滅された浅井長政の妻として、小谷城に於て、良人とともに死のうとしたが、修羅十郎太にとどめられて、生きのびたのであった。

お市の方は、兄信長の命令によって、柴田勝家に嫁いだのである。

いま、お市の方は、十一年前の小谷城に於ける悲運と全く同じ状態に置かれていた。

お市の方は、勝家から、

「そなたは、右大臣家のお妹ゆえ、わしとともに相果てることはない。城を出て、筑前の陣営へ参れば、それなりの待遇を受けるであろう。そうするがよい」

と、すすめられると、しずかにかぶりを振り、

「筑前の許へ参れば、わたくしは、筑前の妾にされましょう。あの男の妾にされるのは、思うただけで、肌が粟立ちます。……かような仕儀になるのも、前世の宿業と存じ、いまさら、生きのびようなどと、露ほども考えませぬ。……ともに死のうと仰せ下されませ。よろこんで、お供いたします」

と、こたえていた。

もし、かりに、そこへ再び、修羅十郎太が出現して、説いたとしても、お市の方は、

もはや、肯き入れはしなかったであろう。

ただ――。

お市の方は、浅井長政との間に生れた三人の女児だけは道連れにしたくなかった。

勝家に乞うて、数人の士を供につけて、三人の女児を、城から出してやった。

母と別れる悲しさに、姉妹は泣いたが、お市の方は、泪をこぼさなかった。一人一人のあたまをやさしくなでて、

「幸せにおなりなされ」

と、云ったことであった。

この三人の姉妹が、それぞれ歴史に名をとどめる運命をたどったことは、あまりに有名である。その長女は、豊臣秀吉の愛妾《あいしよう》淀君となり、その次女は、京極高次の夫人となり、その三女は、二代将軍徳川秀忠の正室になった。

お市の方は、わが子三人を生きのびさせると、もはや、この世にのこす未練はなかった。

勝家が取った盃に、お市の方は、酌をしたが、その美しい顔には、臈たけた微笑があった。

三

同じ夜――。

月見砦に於ても、酒宴がひらかれていた。

こちらの方は、死を覚悟した悲愴な感慨をこめたものではなかった。

陽気で、猥雑《わいざつ》であった。

二十人の陣場女郎を迎えたからである。

渓谷をうずめていた羽柴勢が、ひきあげて行ったのは、三日前であった。

陣場女郎群が、その渓谷へ現れたのは、今日であった。

物見の隊士が、彼女たちを発見して、声をかけると、わっと歓声をあげたものだった。

月見砦をめざして、やって来たときいて、隊士は、彼女たちを案内して、かくし路から、砦へともなったのである。

八荒竜鬼隊にとって、この上もない歓迎すべき客たちであった。

「さあ、籤だぞ！　籤びきだ！　女郎は二十人、こっちは百十三人――こいつは、籤できめるよりほかはないぞ。どうだ？」

「よかろう！　今日、明日、明後日――籤の番号順で、抱くのだ。よいな、みんな？」

「心得た。……一番籤から順々に、どの女郎をえらぶか、きめるわけだな？」

「その通り！」

本堂では、隊士一同、わあっとはやしたてた。

「ちょっと、待っておくれ」

於風が、立ち上った。

「わたしは、はずしてもらうよ」

「なに？　例外は、みとめぬぞ」

「わたしは、赤槍天狗に惚れて、ここまでやって来たんだよ。だから、わたしだけは、お前様がたの誰にも、抱かれるわけにいかないのさ」

「於風、お前、しんそこ、副隊長に惚れているのだな？」

竹宮玄蕃が、念を押した。

「本当さ。みんなに、きいておくれ。この月見砦へ行こう、と云い出したのは、わたしなんだからね。わたしは、赤槍天狗に抱かれたくて、やって来たんだよ」

玄蕃は、女郎たちが、於風の言葉にまちがいない、とうなずいたので、

「よし、於風だけは、除く」

と、承知した。

籤がつくられた。百十三人の隊士たちは、敵を迎撃する時のように、目を光らせて、息をのんだ。

本堂裏手には、数棟の断食堂がならんでいた。

内蔵助も十郎太も、それぞれ、自分が起居する堂をきめていた。

十郎太が、自分の堂を出て、内蔵助の堂を、訪ねた。

「内蔵助、秀吉は、この砦の攻撃を中止したが、なぜだか、判るか？」

「むだに兵を減らしたくないからだろう。今日あたり、秀吉は、北荘城を包囲しているに相違あるまい」

「それから、どうなる?」

「北荘は、おそらく、一日で、陥落するだろう」

「たった一日しか、ささえられぬ、とみるのか?」

「籠城の兵数は、せいぜい三四千。これを包囲する羽柴の軍勢は、六万を越えていような」

「柴田勝家殿は、よもや、降参などすまいな」

「全員討死するだろうな」

「すると、残るのは、この月見砦の八荒竜鬼隊だけか」

「そういうことに相成る」

「われらも、全員討死か」

「十郎太――」

内蔵助は、十郎太をじっと見据えて、

「秀吉の前に、跪くのは、いやか?」

「くどいぞ!」

「秀吉は、われらに、月見砦をすてられるように、一兵ものこさずにひきあげて居る。……どうだ、砦をすてる気にはならぬか?」

「すてて、どうする？　隊長は、お主だ。八荒竜鬼隊を、解散して、お主は、秀吉に許しを乞う存念を起したか？」

「いや、そのような気持は、毛頭みじんもない。お主と同じく、わしも、秀吉とは、性分が合わぬ。……ただ、この砦にたてこもって居れば、秀吉は、やがて、北荘城を陥落させた帰途、総攻めして来るのは、必定だ」

「百十余人が、六万の大軍をひき受けて、闘うとは、壮絶だな。古今にあまり例があるまい」

「十郎太、わしは、全員討死の覚悟は、して居らぬぞ」

「六万に攻め寄せられて、生きのこれるはずがあるまい」

「生きのびるのだな、お互いに――」

内蔵助は、微笑して、云った。

「秀吉に、ひと泡噴かせたら、逃げることにしよう、……武辺として、秀吉が、砦をすてるようにあけてくれた道を降りるのは、面目にかかわる。しかし、むざむざ、討死することもあるまい。……この裏の山に、けものみちがあるのを、わしは、さがしあてている。むかし、禅僧らが、山菜を採りに登ったらしく、いまでも、ちゃんと通れる模様だ。山越えは、可能だ」

「そうか、わかった。……秀吉に、ひと泡噴かせるのが、愉しみだな」

十郎太は、にっこりしておいて、起《た》とうとした。

「十郎太」

内蔵助が、呼びとめた。

「なんだ？」

「猿丸を使いとして、どうやら、京都と往復させているらしいが、もしや、お主は、醍醐主馬の名で、由香里姫と文をかわして居るのではないのか？」

「私ごとだ。見ぬふりをしておいてもらおう」

十郎太は、こたえた。内蔵助は、嘆息した。

「お主という男、つきあえばつきあうほど、ふしぎな気象の持主だ、と感服する」

「大うつけのばか者と、おのれでも、時折り、自身をあざけりたくなる」

十郎太は、笑って、出て行った。

## 女郎争い

### 一

天正十一年四月二十四日夜明け——。

羽柴秀吉は、北荘城総攻撃を、全軍に指令した。

天地をどよもす鯨波をききながら、天守閣上では、柴田勝家とその夫人お市の方が、それぞれ心静かに、辞世の一首をしたためていた。

夏の夜の夢路はかなき跡の名を、雲井にあげよ山郭公《ほととぎす》　勝家

さらぬだに打ちぬるほども夏の夜の、夢路をさそふ時鳥かな　お市の方

大手の門は、半刻経たぬうちに、うち破られた。

その門内で、迎撃したのは、一千八百の籠城兵であった。その抵抗は、まさしく鬼神の働きぶりであった、という。

正午、ついに、羽柴勢は、内城へなだれ込んだ。

あますは、天守閣のみとなった。

勝家は、お市の方が、のどを突いて相果てるのを見とどけておいて、

「一同、この勝家の悲運に殉じてくれるか。忝じけないぞ」

八十余人の股肱に、頭を下げた。

「お上、武辺の最期ぶりを、猿めにとくとお見せあれ」

老臣の一人中村文荷斎《なかむらぶんかさい》が、こたえた。

「では、撃って出ようか。……天守に火をかけい」

「かしこまって候」

北荘城天守閣が、猛煙を噴きあげるとともに、主将勝家以下八十余の武者が、飛来する矢玉のまっただ中へ、突進して行った。

その頃あい、月見砦の断食堂では、修羅十郎太が、料紙に向って、筆を走らせていた。


されば、由香里よ。

そなたを恋い慕いたる月日は、天の羽衣をなでつくすほどよりは長く、相見てのちのちぎりは、春の夜の夢の短かさにて、遠くへだたる身は、せかれてつのる想いに、いよいよ燃え狂い居り候。

朝《あした》に起き出て山を包む霧あれば、わが立ち嘆く息と知れ、夕《ゆうべ》に庭に出でて、宵闇せまれば、わが胸のもだえの暗さと想うべし。

うちわびて呼ぶわが声に、恋山彦のこたえぬ山はあらず、互いに通う心の、妹背の道は遠からず、必ず必ず再び相逢うて、この腕《かいな》の中に、そなたを抱かんと、誓い居り申し候得共、戦いはわれに利あらず、明日にも討死つかまつる運命《さだめ》は、さけがたければ、妻恋う鹿は笛に寄るならいにて、今日にも砦を抜け出し、そなたの許に帰らなんと、一途一筋に、想いは、いよよいやまさり居り候。


十郎太が、筆を擱《お》いた折、それを待っていたように、猿丸が、そうっと、入って来た。

「あるじ様、いよいよ、今明日中に北荘は、陥落いたす模様でござるな」

「うむ。もう、いま頃は、城は燃えて居るかも知れぬ」

「では、そろそろ、この砦を退散、ということに相成り申すか?」

「いや、退去はせぬ」

「羽柴軍が、とってかえしたならば、一人残らず討死でござるぞ。……これまで、さまざまの城にたて籠り、最後まで踏みとどまって、闘われ申したが、いずれの時も、退路がござった。しかし、このたびだけは、退路はござらぬ。また、ひしひしと攻め寄せる数万の軍勢の中を突破して、血路をひらくことは、とうてい不可能でござる」

猿丸は、必死の面持であった。

「内蔵助が、裏山に、けものみちを見つけて居る。いざとなれば、そこを遁れて行く」

「しかし……、押し寄せられてからでは、手おくれになりますまいか。敵影のないいまのうちに、渓谷に降りて、落ちのびられるのが……」

「待て、猿丸！　われら八荒竜鬼隊は、柳瀬ことごとくの砦が落ちながらも、ついに、ここだけ、もちこたえたのだ。わざと、秀吉があけてくれた道を遁走するのは、武辺の恥となる。……おれは、内蔵助とともに、秀吉にひと泡噴かせたのちに、砦をすてる、と誓い合ったのだ」

「そ、そんな無謀な！　こちらは、わずか百十余人、敵勢は数万でござるぞ！」

「お前にまで、死ねとは云わぬ。……お前は、これより、この手紙を持参して、京都へ趨《はし》れ」

「ああ、また、恋の使者でござるか」

猿丸は、封じ文の差出人の名が、やはり、『主馬』と記されてあるのを見て、暗然となった。

「猿丸、差出人の名は、主馬でも、文に心をこめたのは、この十郎太だ。それを忘れるな」

「この文を姫様がお読み下さるのが、貴方様の生甲斐であることは、千も万も承知つかまつるが……」

「行け」

「あるじ様、もしこの文を読まれた姫様が、是が非でも、この月見砦へ参る、と申されたならば、いかがなさる？　そうでなくてさえも、姫様が、主馬殿に逢いたい、と口ぐせになされて居るのでござるぞ。これまでは、なんとか、おとどめしたが、あのご気象では、どうしても参る、とほぞをきめられたならば、おとどめすることは叶わぬかも知れ申さぬ」

「この文が最後で、砦は落ち、八荒竜鬼隊は、何処かへ落ちのびた、と伝えるがよい」

「ああ！」

猿丸は、長嘆息した。

二

ちょうど、二棟ばかりへだてた断食堂では、一組の男女が、藁敷きの板の間で、もつれ合っていた。

醍醐主馬と春菜であった。

ともに、半裸体になっていた。

「わたしのそは、男を狂わせる」

かねて、春菜は、はばかりなく高言していたが、どうやら誇張ではなく、主馬は、そのとりこになっていた。

薄くらがりの中で、宙にはねあげた女の白い豊かな下肢は、主馬の腰をはさんで、小止みなく蠢動《しゅんどう》していた。

春菜自身は、無言で、主馬の方が、時折り、必死に精気の放射を怺《こら》えて、「うっ……うっ……」と、呻いていた。

やがて……。

「ほほ……、もうたまらぬかえ？」

春菜が、問うた。

「ま、まだ、果てぬぞ」

「……ならば、乳房を吸うてたもれ」

「うむ、よし」

主馬は、背を丸めると、顔をずらして、ふっくらと盛った隆起を、口にした。

こんどは、春菜が、官能の呻きをもらして、身もだえしはじめた。

下肢が、腰を締めつける。臀部が、せわしく、蓁音をたてる。

「も、もう、たまらぬ！」

主馬が、春菜の身を、渾身の力で抱き締めた――その時、不意に、板戸が、ひき開けられた。

「主馬っ！」

吶号したのは、竹宮玄蕃であった。

主馬は、反射的に、はね起きた。

「おのれ！　ここに、春菜をひき入れて居ったか。……貴様、陣場女郎は、一人の所有物ではないぞ！　全員が、籤びきによって、順番に抱く掟《おきて》を、うぬは、破ったな」

主馬は、あわてて袴をつけながら、

「陣場女郎といえども、女だ。惚れる男もできるぞ。春菜は、おれに惚れた。おれも、この女を、わがものときめた」

「黙れっ！　ここは、明日は討死かも知れぬ砦内だ。砦の掟にそむく奴は、断じて許せぬ！」

「男女の情愛を知らぬお主などに、この気持が判るか」

「主馬！　忘れるな！　貴様は、明智方の間者であったのだぞ。それを副隊長に許されて、隊士に加えられたのではないか。高言をほざく身分ではあるまい」

「春菜は、誓ったのだ、おれの女になると――」

「はたして、そうかな」

玄蕃は、せせらわらうと、

「春菜、主馬がいま申したこと、まことか？」

「………」

春菜は、薄ら笑った。

「主馬、それみろ。春菜は、貴様になど、惚れては居らぬぞ」

「いや、惚れて居る。春菜、云え、わしに惚れて居ると――」

「ほほ……、あたしは、強い男に惚れるのさ。……どうだい、ここで、主馬さん、玄蕃さんと一騎討ちしてみては――」

「よ、よし！」

主馬は、太刀をひっつかんだ。

玄蕃と主馬が、おもてへとび出した時、郡新八郎が、近づいて来た。

「なんだ？」

「果し合いだ」

「なんの理由で――？」

「主馬が、春菜を一人占めにしようとして、掟を犯したからだ」

「なに!? 主馬が――？　……おい、主馬、お主には、京の都に、絶世の美女が、妻として在るではないか」

「ふん――」

主馬は、鼻さきで、せせらわらった。

「あれは、わしのまことの妻ではない」

「なんだと？」

「わしは、知って居るのだ。……修羅十郎太からゆずられた人形にすぎぬ。また、十郎太が、わしの名で、せっせと、由香里の許へ、手紙を送って居ることもな。……わしは、ただの、傀儡《かいらい》よ。十郎太におどらされているぐゝつ人形にすぎぬのだ。由香里が恋うて居るのは、十郎太がつくりあげた架空の男だ。この醍醐主馬ではない。わしが、欲しいのは、生身の、血のかよった女子なのだ」

新八郎も、そう云われてみると、かえす言葉はなかった。由香里から送って来る手紙は、猿丸によって、十郎太に渡されているのであった。

隊士連は、見て見ぬふりをしていたが、そのことを気づいていない者はなかった。

「遠いところにいる美しい女房よりも、手近のところにいる淫売の方がよいのか」

新八郎は、べっと、唾を吐きすてた。

「果し合いをやるならやれ」

三

「来いっ、醍醐主馬！」

「よしっ！」

玄蕃と主馬は、同時に太刀を抜きはなった。

玄蕃は大上段に、主馬は青眼に構え、七八歩の距離を、じりじりと縮めた。

双方ともに、この砦に於ける闘いで、目ざましい働きぶりを示していた。殊に、玄蕃は、敵を斬るたびに、左腕に一筋ずつの入墨をして居り、すでに、二十二筋をならべていた。

主馬もまた、十人以上の敵兵を、おのが白刃に、血ぬらせていた。

郡新八郎はじめ、隊士たちが、馳せ寄って来て、遠巻きにした。

羽柴勢がひきあげて行ってからの砦は、退屈な日々であった。こういう決闘も、刺戟《しげき》のひとつであった。

「主馬！　よいな！　おれが、貴様に勝ったら――その屍骸の前で、思うぞんぶんに、春菜をもてあそんでくれるわ」

「ほざくな！　おのれごときに敗れる醍醐主馬ではない！」

兵法者同士の試合ではなかった。

戦場鍛えの闘いかたであった。

斬るというより、なぐりつける。突きかたにも、振りおろすのも、横なぐりをくれるのも、剣法の仕方とは全くちがって、野獣が跳躍し、滑走するに似た。

と――。

一瞬、刃金が鳴り、火花が散るとともに、主馬の太刀が、なかばから、折れ飛んだ。

「勝ったぞ、主馬。いさぎよく、兜を、ぬげ！」

「く、くそ！」

「屍骸にならなかったのを、幸いと思え。……さあ、抱くぞ！　春菜、そこへ、仰向けに寝ろ！」

玄蕃は、命じた。

「ここでかえ？」

「そうだ！　お前は、陣場女郎だ。……陣場女郎は、一人の所有物ではない証拠を、皆の前で見せてくれるのだ」

明日の生命も測りがたい極限状況下では、人間も、けもののように、羞恥などかなぐりすてて、全裸な本能をむき出してみせるのであった。

「しかたがあるまいよ」

春菜は、むしろを敷くと、その上に仰臥して、自身の手で裾をはぐって、下肢をひらいた。

その時、断食堂へとび込んだ主馬が、槍をつかんで、奔り出て来た。

「玄蕃っ！　太刀が折れたぐらいでは、勝負はついておらぬぞ！　……立ち合えっ！」

穂先を、狙いつけて、肉薄した。

「ばかめ！　この竹宮玄蕃に、勝つ腕前など、おのれにあるか！」

「ほざくなっ！」

猛然と、主馬が突きかけようとした——とたん、

「おろか者ども！」

凄じい一喝が、あびせられた。

隊長の堂明寺内蔵助が、そこに立っていた。

「最後の決戦を前に、味方同士でこれはいったい、なんのていたらくだ！　陣場女郎一人を争って、血眼になるなど、おろかにも程があるぞ！　斯様《かよう》の仕儀をまねくのであれば、陣場女郎どもを一人残らず、砦から追い出すぞ」

きびしくきめつけられて、玄蕃も主馬も、頭をたれた。

「隊長さん——」

女郎の一人が、内蔵助に寄って来た。

「あたしたちはね、この砦に、最後の最後まで、つきあうことにしたのさ」

すると、もう一人が、

「この砦にふみとどまっているのはね、あきないだけじゃないのさ。みんな好きなのさ、竜鬼隊のお歴々がね」

と、云った。

「妙なものさね。こうして、長いあいだ、一緒にいると、情が移っちまって、女房にでもなったような気になるのさ」

「ただ、ちょっと亭主の数が多いだけでね」

一同は、笑い声をたてた。

そういえば、陣場女郎たちは、これまで、傷ついて戻って来た隊士たちの手当には、親身になってつくしてくれたことだった。

「お前らの気持は、うれしいが、やがて、羽柴勢に攻め寄せられたならば、すくなくとも、お前らのうち、半数以上は、死ぬぞ」

内蔵助は、云った。

「ふん、どうせ、婆《ばば》あになるまで生きる気持なんて、みじんもありゃしないさ」

女郎たちのすっぱりと割り切った気持は、内蔵助の胸に、こたえた。

## 十六夜《いざよい》月の下で

### 一

夜が更けていた。

嵯峨野の古びた屋敷は、政変となんのかかわりもなく、むかしと同じ構えを、十六夜の月あかりに、くろぐろとわだかまらせていた。

醍醐大納言家の格式は、そのまま、守られていた。ただ、主人の尚久の姿が、永久に消えはてただけであった。

いまは、あるじは、﨟たけた佳人であった。それに、侍女のしのぶが仕え、召使いたちも以前通りに、それぞれのつとめをはたしていた。

羽柴秀吉は謀叛人の家族に対しては、寛大であった。もし信長であったならば、大納言尚久を殺しただけではあきたらず、その一族ことごとく処刑してしまったであろう。

秀吉は、醍醐尚久が、明智光秀と密謀したときかされても、尚久を堂明寺内蔵助が斬ったと知ると、

「醍醐家には、そのままに、大納言の格式をのこしておけ」

と命じたのである。

成り上り者が、貴族に対して敬意を表した、といえば、それまでであるが、秀吉の真意は、

——公卿に好意を抱かせて、いずれ、自分も右大臣ぐらいの地位をもらってくれよう。

それであったろう。

由香里にとっては、うれしいとりはからいであった。

その由香里は、子刻《ねのこく》（午前零時）をまわったというのに、まだ牀に就かずに、写経をつづけていた。

——今夜あたり、猿丸が、主馬様の手紙を、とどけてくれるのではあるまいか？

その予感がして、待っているのであった。

由香里の予感は、的中した。

雨戸を、ひくく、とんとんとん、と三つ叩く合図があった。

猿丸が来たことを告げる音であった。

「あ――やっぱり！」

由香里は、胸をおどらせて、縁側へ小走りに出ると、雨戸を一枚繰った。

「いくたびもの使い、ご苦労ですね」

「いえ、なんの……。いつものお便りでございます」

猿丸は、封書をさし出した。

「次の間にあがって、待っていてたもれ」

「ここにて、お待ちいたします」

由香里は、居間にもどると、大いそぎで、披いた。

いつもながらの美しい文書の、妻を愛する良人の便りであった。

由香里は、読みすすむうちに、胸を刺される言葉に、ゆきあたらなければならなかった。

「……必ず必ず再び相逢うて、この腕の中に、そなたを抱かんと、誓い居り申し候得共、戦いはわれに利あらず、明日にも討死つかまつる運命は、さけがたければ――」

由香里の胸の動悸は、はやいものとなった。四肢を凍てつかせるような冷たいものが、その鼓動から流れ出た。

「……明日にも討死つかまつる運命は、さけがたければ――」

口のうちで、もう一度、くりかえした由香里は、急に心を決めると、縁側へ出て、庭さきにうずくまる猿丸に、

「そなた、わたくしを、月見砦へ、ともなってたもれ！　わたくし、参ります！」

――さあ、来たぞ！　こう来ると思うていたわい！

猿丸は、顔を伏せたまま、

「姫様、このお手紙が、最後のものでございまする」

と、云った。

「え？　最後の――？」

「左様、月見砦は、もはや陥落いたし、八荒竜鬼隊の方々は、四方へ、ちりぢりに落ちて行かれました」

「では、主馬様は――行方が知れぬ、というのですか？」

「わがあるじとご一緒ならば、行方はすぐに判りますが、他の隊士がたとともに、落ちのびられましたゆえ、どちらへ行かれましたか……」

「猿丸！　そなた、嘘をついているのでは、ありませぬな？　主馬様が、討死したのを、かくして居るのではありませぬな？」

「いいえ、決して、嘘などついては居りませぬ。醍醐主馬様は、おん身にかすり傷ひとつ負われては居りませぬ。……このお手紙を、渡されるにあたり、姫につたえてくれ、一月が三月、あるいは半年さきに相成るかも知れぬが、必ず嵯峨野の屋敷へ帰って行き、

大納言家を継ぐであろう、と申されました」

猿丸は、途みち考えた苦しい嘘を、口にした。

「ああ、よかった！　生きのびていてさえ下されば、あのお方は、きっと、この屋敷へ、おもどりになる！　きっと！」

由香里が、月かげのあかるい夜空へ向って、そう云うのを、猿丸は、そっと、ぬすみ視て、

——さて、どうであろうかな？

と、小さくかぶりを振っていた。

## 二

同じ時刻——。

十郎太が起居している断食堂へ、そっと足音をしのばせて、近づいて来た者があった。

燭台に、まだ灯がともされていた。

十郎太は、仰臥して、後頭で両手を組み、目蓋をふさいでいたが、ねむってはいなかった。

入って来たのは、於風であった。

すっと上ると、十郎太の枕もとへ坐った。

「十さま」

ひくく、呼びかけたが、十郎太は、目蓋をひらこうともしなかった。

「十さま、ねむっておいでではなかろう。わたしの話を、きいてほしいのじゃ」

「なんだ？」

「この於風が、この月見砦へ来たのは、父の怨みをはらしたく、敵討に来たのであったのじゃ」

「………？」

十郎太は、目蓋をひらいて、於風の必死の表情を、見上げた。

「敵はお前様――修羅十郎太じゃ」

「おれが、お前の父を殺した、というのか？」

「よもや、お忘れではあるまい。十年前、お前様は、琵琶湖の多景島へやって来て、湖賊の頭領を斬った」

「うむ」

「あの時、そばに、少女がいたであろうがな」

「いた」

十郎太は、ありありと、あの夜の光景を思い出した。

誘拐された由香里と猿丸を救うためには、頭領を討たずに遁走することは不可能と知った十郎太は、追って来た頭領に向って、身をひるがえしざま、赤柄の長槍を、ぶうんと旋回させたものであった。

頭領は、顔面を、その穂先で真二つにされて、噴水のように血汐をほとばしらせた。

湖賊の住む五棟の小屋が、猿丸の放った火矢によって、燃えあがっていたので、そのあたりは、真昼のあかるさであった。

頭領が、顔面から血噴かせたとたん、すぐそばから、悲鳴があがった。立ちすくんでいたのは、十二三歳の少女であった。

「そうか。あの少女が、お前だったのか」

十郎太は、ふかい感慨をこめて、云った。

「そうですよ。わたしは、目の前で、実父を殺されたんです。この敵はきっと討ってやる、とその時、ほぞをきめたのです」

「妙だな」

「なんです?」

「この天狗面なら、十年経とうが二十年過ぎようが、逢えば、すぐ判る……。お前は、六条柳町の大籬『佐渡島』で、おれを見たとたん、こいつが父の敵と、判ったろう。……討つ機会は、いくらでもあったはずだ。どうして討たなかった?」

「討とうと思いました。お前様が寝ているそばへ近寄って、ふところの短剣へ手をかけたこともあったのです。自分が陣場女郎になったのも、こいつに父を殺されたからなんだ、と怒りに身をふるわせてね」

「しかし、討とうとしなかった」

「討てなかったのです、どうしてだか……」

「……………」

「お前様の寝顔に、なにやら、さびしそうな翳があったせいかも知れません」

「……………」

「でも、わたしは、お前様を討つ気持を、すててはいなかった。だから、ほかの陣場女郎をさそって、この月見砦へ、やって来たのです。どうせ討つなら、合戦のまっただ中で、敵勢に討たせずに、わたし自身の手で——と、わたしは自分に云いきかせていた」

「……………」

「ところが、この月見砦へやって来て、一日一日と過ぎるうちに、わたしは、自分の心の奥底にひそんでいた本当の気持が、お前様を討つことではないのだ、と知ったのです」

「……………」

「実は、わたしは、いつの間にか、女として、お前様を恋い慕《しと》うていたのです」

「……………」

十郎太は、沈黙をつづけている。

於風は、自分一人だけ、しゃべらなければならぬことが、いかにもつらそうであった。

「十さま、なんとか、こたえて下され。わたしは、もう、父の敵を討つ気など、すこしもなくなったのじゃぞえ。……いまは、お前様を、ひとすじに恋い慕うているあわれな女子なのじゃ」

「ね、なんとか、こたえて下され！」

「………」

「わたしは、お前様に、抱いてもらいとうて、こうして、忍んで来たのじゃ。……この月見砦に来てから、わたし一人だけが、ほかの隊士に肌身を与えて居らぬのじゃ。それというのも、わたしが、お前様を恋い慕うていたためなのです」

「………」

「十さま！」

於風は、いきなり、十郎太へ掩いかぶさり、唇を口へ重ねようとした。

三

於風の必死の求愛を、十郎太は、さっとかわして、身を起した。

「於風――」

「十さま、わたしに恥をかかさないでおくれ！」

「恥をかかせはせぬ。しかし、おれは、お前の父親を殺した男だ。契ることは、許されぬ。お前の父親の霊魂が、許してはくれまい」

「いいえ、父親の霊魂など、どうでもよい。わたしは、女子として――恋する女子として、男に抱かれる本当のよろこびを、知りたい！　……のう、十さま、抱いて！」

「………」

「陣場女郎をしていたわたしは、数知れず、男に肌身を許して来た。けど、心を許したことは、ただの一度もなかった。……心を許さなければ、からだも燃えぬ。わたしは、いつも、死んだからだを男に抱かせて来た。男どもが、どのようにもてあそぼうと、わたしは、からだを燃やしたことはなかった。……わたしも、女子なら、ただの一度でよい。身も心も燃やしてみたい。十さま、お願いじゃ。わたしのからだを抱いて下され」

「於風！」

十郎太は、彼女の両手をにぎりしめた。

「きくがよい。お前が、おれを恋い慕うているように、おれもまた、ある女人を、恋慕うて居るのだ」

「それは、どこの誰なのかえ？」

「お前にだけは、教えておこう。醍醐主馬の妻となるおひと――醍醐大納言卿のご息女由香里姫だ」

「他人の女房になる女子を、恋い慕うても、どうにもなるまいに……」

「恋とは因果なものではないか、於風。お前は、父の敵に惚れ、おれは、他人の妻になるひとに惚れて居る」

「………」

「おれがいま、お前を抱いたとて、心は、あのひとの許にとんで行って居る」

「十さま、お前様は、目蓋をとじて、わたしをその姫君と想うて、抱けばよい。な、そうなされ。わたしは、それでも、すこしもかまいませぬ。身も心も燃えます」

「それは、ならぬ。おれは、そういうふうに、自分をいつわり、だますことのできぬ男だ。許せ、於風――」

「いやじゃ！　わたしは、お前様に抱かれたい。抱かれなければ、死んでも死にきれぬ！」

激しい気象をむき出して、於風は、十郎太に、しがみついて来た。

瞬間――。

十郎太の拳が、於風の鳩尾へ、突き入れられた。

於風は、声もなく、気を失った。

十郎太は、ぐったりとなった於風を、牀へ寝かせておいて、おもてへ出た。

本堂わきから、境内へ出た十郎太は、懸崖ぶちの岩の上に、ひとつの人影を見出した。

近づいてみると、腰を据えているのは内蔵助であった。

「どうしたというのだ？」

十郎太が、声をかけると、内蔵助は、

「うむ。さっき、北荘へはしらせていた隊士が、もどって来た。秀吉は、北荘を落すと、次の日には、もう加賀めざして、進んで行ったそうだ」

「それが、どうかしたか？　いずれ、秀吉は、とってかえして来るだろう。あの猿面冠者にひと泡噴かせる誓いは、互いに交して居るではないか」

「十郎太――」

内蔵助は、物静かな声音で、云った。

「人間という奴は、昨日の考えを、今日は一転させることができる。そこが、馬や犬とはちがう点だ」

「お主！　秀吉をおそれる気持を起したのか！」

「いや、そうではない。わしは、ここに生き残った八荒竜鬼隊を、一人も死傷させずに、生きのびさせ、再び、隊旗を、先陣にかかげることを、いま、考えていた」

「つまり、秀吉に降服する、という卑怯な思案ではないか」

「ちがう」

「なに？　どう、ちがうのだ？」

「秀吉に対抗して、天下を争う人物が一人、いることに、わしは、思いあたった」

「だれだ、それは――？」

「三河の徳川家康だ」

「………」

「秀吉は、やがて、必ず、徳川家康と、戦うだろう。まちがいない。われら八荒竜鬼隊は、家康に味方して、秀吉と決戦しては、いかがであろうか。わしは、そのことを考えていた」

「内蔵助、お主が、そうしたければ、そうするがいい。おれは、しかし、まっぴらごめんを蒙る」

「徳川家康をきらいだ、というのか？」

「おれは、生涯にただ一人の武将を、主人に持った。その主人を失ったおれには、もはや、いかなる武将の旗の下にも入る気は、毛頭みじんもない！」

十郎太は、きっぱりと断言した。

## 人それぞれ

一

柴田勝家を滅した羽柴筑前守秀吉に対して、敢然として、真正面から立ち向って来る武将は、もはや、一人もいなかった。

秀吉は北荘城を陥落せしめるや、疾風の勢いで、加賀国へ入った。

文字通り、草葉が、風になびくがごとく、秀吉の進撃するところ、すべての城主が、その前に、頭を下げた。

加賀、能登一円の諸城を、制圧した秀吉に対して、富山の城主佐々成政も、もはや敵ではなかった。佐々成政は、柴田勝家の右腕ともいうべき武将であったが、

「いま、羽柴筑前守に反抗すれば、この富山城は、北荘城と同じ運命をたどることになろう」

と、重臣たちに申し渡し、自ら数騎をひきつれると、秀吉が入った尾山《おやま》城（金沢）におもむいて、敵意のないことを、表示した。

佐々成政でさえ、そのような恭順の態度をみせたのであるから、他の武将らも、天下はもはや秀吉のもの、とみとめざるを得なかった。

越後の上杉景勝も、秀吉が送って来た使者に対して、

「このたびの勝戦、おめでたきかぎりに存ずる」

と、云って、秀吉の幕下に就くことを誓った。

秀吉は、戦わずして、北陸をおのが手中におさめて、五月一日、北荘にひきかえして来た。

人の運命とは、まことに、明日をはかりがたい。

秀吉にとって、主君信長の息子である織田信孝に、明日の運命のはかりがたさが、みられた。信孝は、柴田勝家によって、かしらとして仰がれたために、秀吉勢に岐阜城を攻めたてられ、わずか二十七人を従えただけで、城から脱出し、長良川から舟に乗って

落ちのびた。

ようやく知多《ちた》の宇津美《うつみ》にある小さな砦に、逃げ込んだところへ、兄の織田信雄の使者中川勘右衛門《なかがわかんえもん》が、やって来た。

「柴田勝家殿が滅んだ上からは、総大将たるおん身が、おめおめと生きながらえるのは、武将の恥である。いさぎよく、自害されたい」

その残酷な宣告が、勘右衛門の口からつたえられた。

信孝は、いちどは、わが耳をうたがった。

——わが兄が、弟を殺す意志を持ったのか？

しかし、すぐに、信孝は、

——そうか、これは、秀吉のさしがねだな。

と、合点した。

秀吉にとって、父信長ゆずりの覇気をそなえた信孝が生きていることは、じゃまだったのである。

秀吉は、しかし、自分の手で、主君の息子を殺すのは、世間に対してはばかりがあったので、その兄である織田信雄をそそのかして、信孝を除かせたのである。まことにずるいやりかたであった。

「無念！」

信孝は、その一言を、信雄の使者中川勘右衛門へ投げつけておいて、脇差を抜き、おのが腹へ突き立てた。二十六歳の若さであった。

もし信雄が、異母弟である信孝をさげすまず憎まず、兄弟仲よく力を合せていたならば、こうまで、あっけなく、天下人の地位を、秀吉に奪われなかったに相違ない。

秀吉は、北荘城で、信孝切腹の報をきくと、にやりとして、

「さて、京都へもどるか」

と、云った。

すると、このたび、佐久間盛政の旧領である加賀の二郡（石川・河北）を加封された前田利家が、

「柳瀬には、まだ、ひとつだけ、陥落せぬ砦がござるが……」

と、告げた。

秀吉は、うなずいて、

「存じて居る。堂明寺内蔵助、修羅十郎太が率いる八荒竜鬼隊の守る月見砦であろうがな」

「左様――。いかがなされる？」

「さて、どうしたものか」

「使者をさし向けて、降服をすすめ申そうか？」

「いや――」

秀吉は、かぶりを振った。

「堂明寺内蔵助も修羅十郎太も、只者ではない。……亡君から猿と呼ばれていたわしを、さげすんで居る。殊に、修羅十郎太という赤槍天狗は、わしを毛ぎらいして居る。たとえ、堂明寺内蔵助が、心を変えても、修羅十郎太は、頑として、降服はすまい」

秀吉は、十郎太の性情を、よく看て取っていた。

「攻め落すには、天嶮に拠った月見砦には、一万以上の軍勢をさし向けねばなりますまい。八荒竜鬼隊は、たかが百名あまりとは申せ、一万の寄手をひき受けて、愉しむがごとく、闘う強者ぞろいでござれば、おそらく、千いや二千――それ以上の味方の死傷を覚悟いたさねばなりますまい」

「やむを得まい。すておけば、堂明寺内蔵助は、もしかすると、竜鬼隊を率いて、三河へはしり、徳川家康の幕下に加わるおそれがある」

秀吉は、云った。

秀吉のおそれる武将があるとすれば、それはただ一人――徳川家康であった。

その家康に、八荒竜鬼隊が、旗本として随身することは、秀吉にとって、脅威になる。

「お許、総指揮をとって、二万の兵で、月見砦を、攻め落してくれい」

秀吉は、利家にたのんだ。

## 二

前田利家が大将となって、二万の軍勢が、進んで来る報せは、内蔵助が放っておいた間者によって、ただちに、月見砦へ、もたらされた。

内蔵助自身は、十郎太に打明けた通り、羽柴勢が押し寄せて来る前に、月見砦をすてて、三河へはしり、徳川家康に仕える気持を持っていた。

ところが、十郎太は、あくまでも、秀吉にひと泡噴かせてくれようという決意をかためていた。

——どうするか？

内蔵助は、迷っていた。

隊士全員に、おのが気持を告げて、戦うべきか、砦をすてて三河へはしるべきか、多数決をとることも考えていた。

断食堂にこもった内蔵助は、

——十郎太さえ、承知してくれれば、隊士全員が、従うのだが……。

と、思っていた。

——しかし、十郎太は、断じて、わしの主張するところを、納得すまい。

隊長は自分であり、十郎太は副隊長であるが、もともと、八荒竜鬼隊を組織したのは、十郎太なのであった。

修羅十郎太を除いた八荒竜鬼隊は、存在意義がないようであった。隊士全員も、そう考えているに相違なかった。

十郎太が、三河の徳川家康の幕下に加わるのを反対するかぎり、二万の軍勢に攻めかからせて、死闘し、ついに、八荒竜鬼隊は四散するよりほかはあるまい。

「やむを得ぬか!」

内蔵助は、もう一度十郎太を説いてみたところで、むだだと自分に云いきかせた。

その十郎太は、隣の断食堂で、京都から馳せもどった猿丸から、由香里の返書を受けとっていた。

「猿丸——。月見砦はもはや陥落して、八荒竜鬼隊は、四方へ、散り散りになった、と姫につたえたのだな?」

「たしかに、つたえ申してござる」

「姫は、主馬が討死したのではないか、と心をみだしたであろう」

「醍醐様は、かすり傷ひとつ負わずに、落ちて行かれた、と申し上げて、姫君を安堵させ申した」

「うまく嘘をついたものよ」

十郎太は、微笑して、由香里の手紙をひらいた。

必ず生きて、自分の許へ、もどって来て欲しい。自分がどれほど貴方を愛しているか、という意味の言葉が、美しく、切々と、つづられていた。

猿丸が、十郎太の手紙を京都へはこんで行く毎に、由香里の返書には、恋い慕う気持がつのっていることを、一字一句にこめていた。

そして、これが、最後の返書になったが、なんという一筋に想いつのる女心の哀しさが、行間ににじんでいることだろう。

――宛名は主馬になっているが、姫をこれほどまでに、想いつのらせたのは、おれの手紙なのだ。おれが、想いの限りをうちこめてしたためた文が、あの姫を、恋に心を燃えつくさせているのだ！

十郎太は、由香里の恋文を、くりかえし読みながら、胸が熱くなり、あやうく、泪がにじみ出そうになった。

「あるじ様！」

猿丸が、呼んで、十郎太を、われにかえらせた。

「うむ――？」

「この月見砦は、どうなりますのじゃ？　まこと、陥落いたしますかや？」

「前田利家が大将となって、二万の兵が、押し寄せて来る、という報告が、今朝がた、とどいた」

「二万！」

猿丸は、目をひき剝いた。

「二万を敵として、闘うのでござるか？」

「そうだ」

十郎太は、平然として、うなずいた。

「無茶でござる！　それは、なんとしても、無茶でござる！」

「無謀は承知の上で、闘うのだ」

「なんということを……」

「猿丸！　われら主従は、敗北を承知の上で、合戦買いをして、今日まで生きのびて来たではないか。こういう宿運なのだ、おれとお前は――」

「し、しかし、こんな無茶な戦いは、こんどがはじめてでござる。二万に対するたったの百十余人――なんともはや、古今東西、きいたこともない戦さでござる。全員が討死つかまつるのは、火を見るよりあきらかなのに……」

「おれは、醍醐主馬だけは、生かして、落ちのびさせてやろうと考えている。主馬を、あの姫君の許へ、還してやらねばならぬ」

「あるじ様は、ここにて、討死のお覚悟でござるか？」

「運がよければ、生きのびるだろう。神力も業力に如《し》かず、と申すから、あるいは、満身創痍《そうい》となりながら、一命をとりとめて、逃げることができるかも知れぬ。……そうだ、お前は、物陰から、わしが生きるか死ぬか、しかと、見とどけろ」

「この猿丸は、あるじ様が生きのびられるならば、決して死に申さぬ。もし万が一、討死される場合は、この身も相果て申しまするて」

猿丸は、しかと云《い》いきった。

三

別の断食堂では――。

今宵も、醍醐主馬と春菜が、藁敷きの板の間で、抱き合っていた。もの狂おしい営みがすぎて、二人は、しばらく、死んだように、ぐったりとなっていたが、

「春菜！」

主馬が、急に、身を起して、女をゆさぶった。

「ああ、からだ中が、抜けるように、だるい。……お前が、三度も四度も、責めたてるものだから、わたしは、狂い死しそうになったぞえ」

「春菜！　きけ！　……二人で、こっそり、この砦から脱走しようではないか？」

「なんだって？」

春菜は、けだるく、顔を主馬の膝へのせながら、この言葉に、べつにおどろきもしなかった。

「わしは、討死するなど、まっぴらごめんだ。……この砦へ来て、斬り合い、突き合いをやっているうちに、わしは、さむらいというものが、つくづく、いやになって来た。……合戦などない、どこか遠い山里で、わしは、お前と夫婦になって、静かにくらしたくなって来たんだ」

「陣場女郎を、女房にしようと云い出したのは、お前がはじめてだよ」

「わしは、お前に惚れたんだ！」

「女房にしてくらしているうちに、きっと、わたしが陣場女郎だったことが、お前の心に、ひっかかって来るよ。……陣場女郎は、陣場女郎として、生きるよりほかに、しようがないのさ。皺くちゃ婆あにならないうちに、流れ矢玉をくらって、あの世行き――」

「春菜！　わしは、真剣なのだぞ！」

「ふふ……、でも、お前には、京の都に、天女のようにきれいな恋女房がいる、というじゃないか」

「ちがう！」

「どうちがうのさ？　惚れて惚れられた仲じゃないのかい？」

「いいや、ちがう！　あの姫が、惚れているのは、まことのわしではない。わしの化物なのだ。わしは、知って居るのだ」

「なんのことだい、それァ？」

「いいのだ、わからんでも……。遠い美女よりも、近い魔女――春菜！　わしは、お前のとりこになって居るのだ！　……逃げようではないか。な、承知してくれい」

「すぐ、後悔するよ。さむらいはさむらい、女郎は女郎、それぞれ、分相応に生きなけりゃなるまいさ」

「わしは、刀をすてるのだ。お前を女房にして、平和なくらしをしてみせる！」

「五年前に、そう云ってくれる男がいたら、わたしも、けんめいになって、すがりついただろうけど……」

「いまからでも、おそくはないんだ！　お前は、わし一人のものになるんだ！」

「おそいのさ、もう――、わたしのからだはね、一人の男じゃ、満足できぬように、されてしまっているのさ。……お前は、色男だから、なにも、陣場女郎を女房にせずとも、いくらでも、きれいな生娘を、女房にできるじゃないか。いや、それよりも、一人で、逃げ出して、京の都へ、お帰りよ。恋女房の許へもどれば、たのしいくらしができるじゃないか」

「いや！　わしは、もう、二度と、由香里の前へ姿を現わさん！　わしは、あの赤槍天狗によって、化物にされて居ることを、知って居るのだ。由香里の想っている醍醐主馬は、このわしではないんだ！　くそ！」

「………」

「つくりあげられた化物が、おめおめと、由香里の許へ帰って行けるか。……春菜、わしは、お前と一生一緒にくらすぞ」

「ありがたいけど……、夢だね。夢は、所詮夢でおわることになるだろうさ」

「いいや、夢ではないぞ！　わしは、今夜にも、お前をつれて、この砦から、逃げ出すのだ！」

# 生死の間

## 一

鯨波が、あがった。

懸崖の下方――密林の渓谷をへだてて、その鯨波は、山岳をゆさぶるほどの凄じさで、間断なく、
わああっ！

おおっ！

と、噴きあがって、月見砦へひびいて来た。

「来たぞ、二万の寄手が！」

堂明寺内蔵助と修羅十郎太は、懸崖の縁に、ならび立った。

木立のむこうに、無数の旗が、かかげられるのが、みとめられた。

「八荒竜鬼隊の武力も、高く買われたものだな」

十郎太が、笑った。

内蔵助は、自分に云いきかせるように、

「五日間は、ささえられる」

と、云った。

「こちらが一人討死した時、敵は二十人が討死して居るぞ」

「十郎太、よもや全員を討死させるつもりではあるまいな？」

「生死のほどは、天にまかす。おれは、いま、八荒竜鬼隊が、どれだけ強いか、羽柴勢に見せてくれる——そのことだけしか、考えて居らぬ」

「お主は、生来の武辺だな」

「内蔵助、お主の神算鬼謀の見せどころだ。まず、緒戦で、千人ばかり片づけてくれい」

「うむ」

前田利家が総指揮をとる羽柴軍は、小半刻ののち、まず三千余の先鋒隊が、渓谷を押し渡って来た。

砦側は、ひそとしずまりかえって、むしろその静けさが、攻撃軍には、無気味であった。

「密林の中に、ひそんで居るに相違ないぞ！　心して、進め！」

先鋒隊の隊長大森修理《おおもりしゆり》が、申し渡した。

しかし、密林の中には、伏兵のひそむ気配はなかった。

先鋒隊三千が、のこらず密林へ踏み込んだ、その時であった。

渓流と密林の間に、重なり合った岩の蔭から、ちらちらと、火が燃えた。

いつの間にか、竜鬼隊二十余名が、先鋒隊を密林へ踏み込ませておいて、その背後へまわっていたのである。

携えた松明《たいまつ》に、一斉に、火をつけると、風の迅さで、密林へ躍り込み、松明を投げつけた。

「あっ!」

「おのれっ!」

「計られたぞっ!」

先鋒隊が、愕然となった時は、すでにおそく、灌木《かんぼく》の下から、ぐわっあと、火焔が噴いた。

内蔵助は、あらかじめ、灌木の下に、よく燃える枯枝を敷き、それに油をまいておいたのである。

退路を火焔で断たれた先鋒隊は、狼狽しつつも、しゃにむに、懸崖の下へ突進するよりほかはなかった。

すると——。

懸崖の下の岩蔭からも、松明が、つぎつぎと投げつけられた。

先鋒隊の行手をはばんだのも、火であった。

まず、内蔵助が企ったのは、焼殺陣であった。

前後から火鬼に襲われた先鋒隊は、文字通り火焔地獄に遭《お》うて、密林を狂いまわらなければならなかった。

かろうじて、懸崖の下へ遁れ出た者は、待ち受けた修羅十郎太以下三十余人の刀槍の贄《にえ》になった。

無我夢中で、火だるまになりながら、渓流へとび込んだのは、三百人足らずであった。のみならず、本陣へ遁げもどることのできたのは、わずか百余人であった。

そのうち——。

風向きがかわって、燃える密林は、羽柴勢めがけて、凄じい熱気をあびせかけ、火の粉を降りそそいだ。

前田利家は、一時、ずっと後方へ、退却を命じなければならなかった。

二

火攻めに成功した竜鬼隊は、ただ一人の死傷者も出さず、存分に焼き殺しの快感をあじわった隊士連は、つぎつぎと、砦へ戻って来た。

「やったぞ！」

「ざまをみろ！」

「うわあっ、だ！」

竜鬼隊全員に、陣場女郎を加えて、砦の境内では、狂喜乱舞の勝利の光景を呈した。

郡新八郎が、まず大声で唄いながら、踊りはじめると、たちまち隊士も女郎も、輪になって、手拍子合せて、踊りまわった。

まっかっか、まっかっか

お猿のおいどは、赤おいど
まっかっか、まっかっか
猿面冠者の、小ざかしや
まっかっか、まっかっか
猿智慧、猿真似、猿芝居
まっかっか、まっかっか
天下取ろとは、小ざかしや
まっかっか、まっかっか
猿めも木から落ちるそな
まっかっか、まっかっか

しかし――。

燃える密林を、見下す懸崖縁の内蔵助の顔は、決して、会心の表情ではなかった。

「隊長、どうなされたぞ?」

竹宮玄蕃が、そばへ寄って、けげんの視線を向けた。

「この大勝利、なんぞご不満がござるのか?」

「あの密林を焼きはらったことは、城の内濠を埋めたにひとしい。この砦は、はだかになったのだ」

内蔵助は、投げ出すようにこたえた。

「密林がなくなれば、寄手の動きが、一望の下に見渡せるではござらぬか。されば、隊長は、すでに、次の策略を、考えて居られよう」

玄蕃は、内蔵助を、千早城に拠った楠木正成に比べていた。

——まさに、当代随一の軍師だぞ、隊長は！

玄蕃は、そう思わずには、いられなかった。

その時、十郎太が、最後に砦へ戻って来た。

ひっ携げた赤柄の槍は、その名の通り、敵兵の血汐に塗られていた。

十郎太は、先鋒隊の隊長大森修理を、仕止めて来たのである。おのれ自身、陣羽織も袴も焼けこげていた。

「まず、緒戦は、わがものになったな」

十郎太のよごれた顔が、にやりとした。

おそらく、二十数人を突き刺して来たものであろう。

「十郎太、計略通りの勝利は、これが最初で最後かも知れぬ」

内蔵助は、云った。

「いや、お主の胸中には、第二、第三の計略が成って居ろう」

「対手は、前田利家だ。孫子の兵法を心得て居る。……こちらの火焔陣をくらったことは、意外であったろうが、その失敗を転じて、兵の死傷を最小限にとどめる陣法をとるだろう」

「たとえば――?」

「六韜《りくとう》に、鳥雲の備えというのがある。鳥の集散するごとく、雲の変化するように、隊を五人、十人、二十人、三十人とこまかく分散させて、進んで来て、突如として、一挙に攻めかかって来る陣法だ。この鳥雲の備えをもって、進んで来られると、いまのような多量殺戮《さつりく》は不可能だ。……それに、山岳戦に、最も有利な衡軛《こうやく》の陣も、前田利家は、知っているに相違ない」

「そのような陣法を、破砕する手を、お主が知らぬはずはあるまい」

「知って居る。……知っては居るが、それには、すくなくとも、二千の手勢を必要とする。わずか百十余名では、どうにもならぬ」

そうこたえながら、内蔵助は、踊りまわる隊士と女郎の輪を、眺めやった。

「わしは、この勇猛果敢な強者どもを、むだ死させたくはないのだが……」

十郎太は、そう云う沈痛な面持の内蔵助の横顔を見まもっていたが、

「内蔵助、お主が、この勝利だけをおさめて、砦をすてる、という存念ならば、隊士どもに、はかるがいい。全員が、お主に従って、三河の徳川家康の幕下へはしる、と賛成するならば、おれは、もう、反対はせぬ」

「お主は、どうする?」

「おれか。……おれのことなど、考慮に入れてくれなくともよい」

「そうはいかぬ。八荒竜鬼隊をつくったのは、お主——修羅十郎太だ」

「隊長は、堂明寺内蔵助だ。隊士は、隊長の命令によって動く」

「お主の居らぬ竜鬼隊は、考えられぬ」

「いや、おれは、もともと、合戦買いの一匹狼なのだ。あるいは、猿丸一人を供にして、諸方を流浪するのが、性分に合っている男かも知れぬ。……ただ、おれは、好嫌の情がはげしすぎる。三河の徳川家康は、羽柴秀吉よりも、もっと、きらいな奴だ。しかし、思いめぐらしたところ、八荒竜鬼隊が、この月見砦をすてて、はしるところは、家康の許しかない。……お主が、竜鬼隊の旗をすてたくないのであれば、隊士全員にはかって、そうするよりほかはあるまい」

「うむ」

「おれも、いま考えた。これだけの強者ぞろいの隊を、四散させたくはない、と——」

「十郎太、忝じけない！」

「誤解しないでもらいたい。おれは、お主の考えに賛成しているわけではないのだ。……そうしたければ、そうするがいい、と云っているまでだ。おれ自身は、勝手に、ここで討死するか、また流浪の合戦買いになるか、これから、きめるのだ」

三

凄惨な攻防戦は、それから三日間つづいた。

はたして――。

前田利家は、内蔵助の予想通り、鳥雲の備えをもって、渓谷を渡り、焼きはらわれた密林の跡を踏み越えて、断崖絶壁へとりついて来た。

まず、鉄砲隊を先陣として、撃ちかけて来ておいて、五千以上の軍勢が、いなごのように、よじのぼって来た。

砦をすてるのは、その機をのがしてはならなかった。

しかし――。

八荒竜鬼隊の面々は、隊長堂明寺内蔵助の主張するところを、肯き入れなかった。

かれらは、火焔陣の勝利に酔っていたし、修羅十郎太を除いて、むざむざ落ちのびるなど、武辺の面目にかかわる、といきり立ったのである。

やむなく、内蔵助は、可能な限りの防ぎの策を用いた。

無数の岩石を突き落して、よじのぼって来る敵兵を、押しつぶした。夜陰に乗じて、斬り込みもやった。絶壁に、油を流して、火を放った。

当然――。

味方も、死傷者の数を増した。鉄砲に当って斃れる者、斬り死する者。陣場女郎たちも、三分の一が、死んだ。

「もはや、策は尽きた！」

内蔵助が、十郎太に、そうもらした――宵のことである。

断食堂のひとつでは——。

主馬が、春菜を抱いて、先日と同じ言葉をくりかえしていた。

「春菜！　逃げるのは、今宵しかなくなったぞ！　……わしは、絶対に、討死しとうはないのだ。たのむ！　一緒に、逃げてくれ！」

「逃げる径が、あるのかえ？」

「ある！　あるのだ！　この裏の山に、けものみちがある。……山越えができるのだ。……さ、行こう！」

内蔵助以下、生き残った全員は、いま、本堂に集合して、なにやら評議している最中であった。

明日もう一度闘うか、それとも、砦をすてるか——いずれかを決定しようとしているに相違なかった。

砦をすてることに決定したとしても、主馬は、竜鬼隊とともに、三河へはしるのは、いやだった。

竜鬼隊の隊士でいるかぎり、これからも、戦場で闘わなければならなかった。いずれは、討死する運命となろう。

主馬は、さむらいをやめて、百姓にでも木樵にでもなって平和にくらし、老年まで生きのびたかった。

主馬は、春菜をひきたてると、断食堂を出ようとした。

と――。

戸口を、ひとつの人影が、ふさいだ。

主馬は、ぎょっとなって、一歩退った。

「なんだ、おのれは――？」

主馬は、それが於風であるのを、みとめると、怒鳴った。

「わたしは、醍醐主馬というさむらいが、こんな卑怯者だったとは、いまのいままで、知らなかったよ」

於風は、冷やかに云った。

主馬は、於風とは、主君明智光秀の密命を受けて、はじめて京都へ出て来る途中、連れになって以来の間柄であった。

「そこを除《ど》け！　わしは、この春菜と夫婦になって、どこかの山里で、静かなくらしをするのだ」

「除かないよ。さむらいはさむらいとして、生き、死んでもらいたいものさ。……自分勝手に、逃げ出そうなんて、この於風が、承知しないよ」

「莫迦者！　除かぬと、斬るぞ！」

「斬れるものなら、斬ってみるがいい！　……京都には、あんたは、奥方がいるはずだよ。醍醐大納言のご息女がね。……その奥方を見すてて、陣場女郎を女房にして、かくれ住もうなんて、わらわせるよ。わたしはね、修羅十郎太さんが、あんたとその姫君を夫婦にするために、わざと槍試合に負けたり、裏切り者のあんたの生命を救ったりしているることを、ちゃんと知っているんだよ。その恩も忘れて、こんな身も心もくさった淫売を女房にしようなんて……」

「黙れっ！　修羅十郎太は、わしを利用して、由香里の心をもてあそんでいるだけだ！　わしは、あやつり人形にすぎぬのだ。あいつが、せっせと、わしの名で、由香里へ恋文を送って居るのを、わしが知らぬとでも、思っているのか！」

「だからこそ、あんたは、その奥方のところへかえるべきじゃないか」

「おのれなんぞに、指図は受けぬ！　除け！」

「除くものか！」

主馬は、いきなり、抜刀するや、於風へ斬りつけた。

したたかに、袈裟がけにされて、於風は、よろめき、その場へ、崩折れた。

## 血　路

### 一

脱出可能のそのけものみちに入るには、崩れ落ちた方丈の裏手の、絶壁をよじのぼって行かなければならなかった。

「春菜、よいな、のぼるぞ」

主馬は、絶壁下へ立つと、その高さ、険しさを仰ぎ見て、春菜にというより、自分に云いきかせるように、声音に力をこめた。

「ああ、いいよ」

主馬は、屏風のように直立した岩面へ、とりついた。

痩せはじめていたが、頭上には、明るい月かげがあった。

主馬は、そのあかりをたよりに、手がかり足がかりをさぐって、すこしずつ、登りはじめた。

春菜も、ただの女ではなかった。城が陥落して、逃げ出す時、こういうけんめいなふるまいも数度は経験していた。主馬のあとを、登って行く身軽さは、主馬よりもまさっているようにも見受けられた。

ちょうど、絶壁の中ほどまで登った折であった。

「醍醐主馬！」

鋭い呼び声が、方丈の裏手から、かかった。

ぎょっとなって、頭をまわした主馬は、くろぐろと佇立《ちょりつ》する人影をひとつみとめた。

「陣場女郎をさそって、逃げ出そうというのか、卑怯者め！」

竹宮玄蕃であった。

「わしは、さむらいをすてるのだ。討死など、まっぴらだ！」

「八荒竜鬼隊には、おのれのような卑怯者は一人も居らぬぞ！　明智の間者として入って来たのを、修羅十郎太殿に許されて、隊士に加えられた恩を、忘れたのか！」

「なんとでものしれ！　わしは、さむらいをすてるのだ。殺したり殺されたりする修羅の世界から、おさらばするのだ。すてておけ！」

主馬は、ふたたび、よじ登りはじめた。

すると、玄蕃は、何を考えたか、さっと姿を消した。

——わしは、生きるのだ！　生きのびて、木樵にでも百姓にでもなって、天寿をまっとうしてくれる！

主馬は、胸中で叫んでいた。

もうすぐ、絶壁を登りきることができる——と、仰いだ時であった。

びゅん！

弓弦の音が鳴った。

矢は、主馬の背中を貫いた。

「ああっ！」

絶鳴をあげて、主馬は、絶壁から手をはなした。すぐ下をついて来ていた春菜も、落下する主馬にぶっつかり、悲鳴をほとばしらせた。

男女二人は、石塊のように、絶壁下の岩へころげ落ち、それなり、永久に動かぬものとなった。

「なんだ？」

「どうしたのだ？」

本堂から、隊士や女郎が、どっと、奔り出て来た。

「醍醐主馬と春菜が、脱走しようとした。だから、おれが、仕止めた」

玄蕃が、説明した。

本堂からおくれて出て来た十郎太が、この光景をみとめて、

「松明を――」

と、命じた。

あかあかと照らし出された主馬と春菜の折り重なった死体を、眉宇をひそめて見まもった十郎太は、視線をまわして、

「玄蕃――、どうして、看のがしてやらなんだ？」

と、とがめた。

「卑怯者を仕止めて、なにがわるうござる？」

玄蕃は、むっとなって、云いかえした。

「人それぞれ、生きかたがある。武士であることがいやになった者には、別の道を行かせてもよかったのだ」

「八荒竜鬼隊の隊士には、卑怯のふるまいは、断じて許されぬ、と存ずる。副隊長が、この卑怯者を、なお、かばおうとされる存念は、全く解しかねる！」

「おれは、人間とは、所詮弱いものだ、と考えて居る。主馬は、まこと、春菜に惚れていたのかも知れぬ」

「ばかなっ！」

「お主は、春菜を陣場女郎としか看ていなかったが、主馬は、春菜を一人の女として、愛したのであろう」

「副隊長！　これまで、八荒竜鬼隊で、いくさがこわくなって、脱走を企てた者が、一人も居り申したか！」

十郎太は、それにこたえる代りに、隊士たちを見渡し、

「お主たち、死ぬのはすこしもおそろしくない、と思っている者が、幾人居る？」

と、問うた。

誰も、こたえなかった。

「この修羅十郎太も、死ぬことに対する恐怖心がある。ただ、その恐怖心を抑えているだけだ。お主たちも、そうであろう？　主馬は、正直に、その恐怖心をかくさずに、逃げようとしたのだ」

そう云ってから、十郎太は、猿丸に、

「主馬の遺髪を取って埋葬してやれ。春菜は、女郎たちの手で、葬ってやれ」

と、命じておいて、その場を、去った。

二

断食堂へ入りかけた十郎太は、十数歩むこうに、よろめいて来て、ばったり倒れる人影を、みとめた。

近づいてみると、それは、於風であった。

「おっ！　どうした？」

十郎太は、かかえ起した。

「ああ、十さま」

十郎太は、月あかりにも、はっきりと死相を呈している於風の顔を見下して、そっと抱きあげると、断食堂に入った。

「於風――、お前は、春菜をつれて脱走しようとする主馬を、はばもうとして、斬られたのか？」

「こういう運命だったのですよ、わたしは……」

「父親の敵のこの十郎太に惚れたが、抱いてももらえず、醍醐主馬に斬られるとは、お前も、よほど不運な星の下に生れたものよ」

十郎太は、暗然となった。

「……でも、わたしの最期を、十さまが、看とってくれる。……うれしい！」

十郎太は、いのちの灯の消えかかろうとする於風のからだを、胸のうちに、抱きしめてやった。

「十さま、……あの世は――十万億土というから、遠いのだろうね」

「うむ」

「一人っきりで……、とぼとぼと、歩いて行くのかしらねえ」

「……………」

「さびしいねえ」

於風は、うすれかかる視力を、文字通り必死に、十郎太の顔に集めて、見おさめておこうとした。

十郎太は、なまじのなぐさめの言葉など、口から出せなかった。

ただ、おのが異様の顔を、於風に見おさめさせるよりほかに、すべはなかった。

「あの卑怯者は、春菜と、一緒に、逃げたかしら……」

「うむ」

十郎太は、主馬が、竹宮玄蕃に射殺された、とは告げなかった。

「……考えてみれば、あの醍醐主馬というひとも、可哀そうだった。……あのひとは、云っていた。……京都の姫君が、本当に愛しているのは、自分じゃない、と――。自分は、あやつり人形だ、と云っていた。……あのひとは、その姫君よりも、春菜の方が、よいよかったのだねえ。……可哀そうなひとだった。……ぶじに、逃げてくれれば、よいが……」

「於風、自分を斬った男を、すこしも憎んで居らぬとは、お前の短い生涯の最期は、美しい花でかざられて居るぞ」

「……ふふ、十さま、わたしは、はじめて、心をゆるし、惚れた御仁に、抱かれて、死んでゆくんですよ。……うれしいから、なにもかも、忘れて、……こうしているのが、本当の幸せ……」

その言葉を、この世へのこして、於風は、がっくりと落入った。

十郎太は、そのなきがらを、そっと横たえてやった。

――この女と、ただ一度、男女の契りを、むすんでやるべきであったか？

と、微かな悔いが、胸を嚙んだ。

しばらくして、猿丸が、入って来た。

「お！　於風も、死に申したか」

猿丸は、いたましげに、その死顔を見やった。

「心意気のある女郎でござったに……」

「猿丸！」

十郎太は、宙に双眼を据えて、呼んだ。

「はい」

「生きて、京都へ帰ることができた時、由香里姫には、醍醐主馬が、いかに華々しく闘って、討死したか、お前の口から、語ってきかせるがいい」

「あるじ様！」

「由香里姫の心を傷つけてはならぬ！　恋慕の情は、永遠に美しく咲いていなければならぬのだ。おれとお前が、由香里姫の心の中の花を、散らせぬようにつとめるのだ。それが、なさけというものだ」

「かしこまってござる」

三

払暁——。

前田利家は、再び、鳥雲の備えをもって、総攻撃をしかけて来た。

迎え撃つ八荒竜鬼隊は、すでに、六十余人に減っていた。

もはや、寄手を追いしりぞけることは、不可能であった。

陥落は、時間の問題であった。

堂明寺内蔵助は、砦内の木材をすべて集めて、火をつけると、よじのぼって来る無数の敵兵めがけて、投げつけさせた。

これが、最後の策であった。

「十郎太、もはや、これまでだ」

寄手が、いったん、攻撃を中止して、ほんのわずかの静寂が来た時、内蔵助は、云った。

「内蔵助、隊士どもをひきつれて、砦を退去するがいい」

十郎太は、すすめた。

「お主は、どうするのだ？」

「おれか……、おれは――」

十郎太は、眼下にひしめく大軍を見下して、にやりとした。

「おれは、敵に背中を向けることのできぬ男だ。降りて行って、敵中を突破してみせる」

「血路がひらけるか？」

「亡君も、しばしば、うたわれた。死のうは一定、しのび草には何をしようぞ、一定かたりをのこすよの、と。……赤槍天狗修羅十郎太が、せめて、後の世へのこす語り草に、ただ一騎で、駆け抜けてくれよう」

不敵なその言葉をきいて、内蔵助は、うなずいた。

「十郎太、死ぬなよ。……生きのびて、いずれ、再会の機を得ようぞ」

「うむ。御辺も健在であれ」

再び、静寂は、破れた。

羽柴勢は、こんどこそ、一挙に攻め落すべく、凄じい鯨波をあげて、砦めがけて、襲いかかって来た。

八荒竜鬼隊の抵抗はなかった。

砦内は、ひそとしずまりかえって、むしろ無気味であった。

寄手は、竜鬼隊が、砦をすてた、とは受けとらなかった。必ず、意外の奇策をもって、応じて来るであろう、と思った。

しかし――。

懸崖をのぼりきった先鋒隊は、人影ひとつ見当らぬ砦を眺めて、

「はて？」

脱走路は、どこにもないはずなのに、これは、どうしたことか、といぶかった。

その折――。

懸崖下の、わずかに焼けのこった木立の中から、突如として、長槍をひっさげた武者が一人、すっと出現した。

そのうしろに、影の形に添うように、小者がつき従っていた。

「おっ！　出たぞ！」

二番手の軍勢が、どっとどよめき立った。

武者は、声高らかに、

「八荒竜鬼隊副隊長・修羅十郎太、罷り通る！」

と、叫びざま、疾風を起した。

まことに、その疾駆ぶりは、人ばなれのしたものであった。

行手をはばもうとする士兵が、あっという間に、十数人、赤柄の長槍の贄になって、血煙をあげた。

包囲するいとまなどなかった。

十郎太と猿丸は、密林の焼跡を、飛鳥のごとく掠《かす》め過ぎ、渓谷の岩から岩へ跳び、水飛沫をあげて流れを躍り越えるや、前田利家が陣をかまえた本営のまっただ中へ、突入した。

「やるなっ！」

「討てっ！」

「修羅十郎太だぞ！」

「手柄だっ！」

四方から、躍起の叫びが発しられた。

にもかかわらず、真っ向から、十郎太と互角の闘いをする武士は、一人もいなかった。

阿修羅――まさに、それであり、その速影を、一瞬さえも、停止させることが、かなわなかったのである。

と――。

十郎太は、わずかにひらけた平地の一角に、十数頭の馬が、群れているのをみとめた。

「猿丸！　馬を奪うぞ！」

「おーっ！」

韋駄天《いだてん》と化した主従は、むらがって来る敵兵のまっただ中を、駆け抜けた。

羽柴勢としては、鉄砲も弓矢も使えなかった。味方を殺傷するおそれがあったからである。

鬼神にひとしい、といっても誇張ではない、無謀といえばこれ以上の無謀はない十郎太の突入に出会って、いたずらに、さわぎたて、行手をふさごうとした者どもは、その凄じい勢いに、本能的な恐怖をおぼえて、道をあけたのである。

たちまち——、
主従は、馬の群へ駆け寄ると、それぞれ、ひらりと、うちまたがった。

その時、

「討つな！　行かせい！」

前田利家の下知が、ひびいた。

そのあっぱれな武者ぶりに、利家は、武辺のなさけをかける気になったのである。

一発の銃声も発せず、一矢の飛ぶこともない陣営の中を、二騎は、風の速さで、通り抜け、あっという間に、遠く、消え去った。

# 慟哭

## 一

初夏——。

二つの人影が、松籟《しょうらい》の音の中を、琵琶湖畔を、たどって来た。

「眺めだけは、平和だな」

ひろびろとひろがる、淡い水色へ眸子を投げて、十郎太が、つぶやいた。

月見砦を脱出して、一月余が、過ぎていた。

「あるじ様、また、二人きりにもどりましたな」

猿丸が、感慨をこめて、云った。

「うむ」

十郎太は、渚近い砂地へ出ると、「十余年経った」と、もらした。

「やりなおしでござる」

「やりなおし、か……猿丸、あとは、余生だ」

「冗談ではござらぬ！」

猿丸は、憤然となって、抗議した。

「若は――」と、思わず、むかしの呼びかたをして、「まだ三十を過ぎたばかりではござらぬか！　余生などとは、とんでもない！」

「猿丸――、おれが、再び主取りをするとでも思っているのか」

「名将智将は、まだ、あちらにもこちらにも、居り申す」

「もはや、秀吉の天下人たる地位は、不動のものとなった。これに対抗し得る徳川家康を、おれは虫が好かぬ。となれば、仕えるべき武将が、どこにいる？」

「それは、まァ、目下のところは、そうでござろうが……」

「合戦は、まだ、つづくであろうが、それは、いずれも、猿面冠者を日本の頭領にするためのものだ。……いまさら、秀吉に滅される側に味方しても、しかたがあるまい」

そう云われると、猿丸は、かえす言葉がなかった。

「お前には、ひとつ、やってもらわなければならぬ用件がある。いやな役目だが……」

「醍醐邸へ、参れ、という命令でござるか」

「そうだ」

「まことに、いやな役目でござる」

「やむを得ぬ。……もう一度だけ、姫に、嘘をついてくれ」

「いたしかたござらぬ」

「醍醐主馬の華々しい討死のさまを、姫につたえてくれ」

「さて、どのような討死にいたしましょうかな？」

「柴田勝家を滅した羽柴筑前が、加賀国に入って、北陸一円を征圧したのち、ひきあげて来る途中を、醍醐主馬は、八荒竜鬼隊の残党数十名とともに、奇襲をしかけて、花と散った、とつたえるがいい。亡君明智日向守の無念をはらす覚悟をきめての、あっぱれな討死であった、と——」

「………」

猿丸は、一人の陣場女郎とともに、月見砦から逃亡しようとして、竹宮玄蕃に、矢で射殺された時の主馬の、ぶざまな死にざまを、思いうかべて、押し黙った。

——わがあるじの心根のやさしさも、程がある。

いささか、腹立たしくもあった。

「猿丸、必ず、そうつたえるのだぞ」

そう命じて、十郎太は、懐中から、油紙で包んだ主馬の遺髪を、とり出して、手渡した。

「あるじ様は、どうなされる？　お手前様ご自身が、姫君に、そうつたえなされては、如何でござる？」

「おれは、姫の前に出ると、別の気持がわくおそれがある」

十郎太は、こたえた。由香里に対する愛情は、まさりこそすれ、すこしもうすれてはいないのであった。

十郎太は、由香里と再会するには、もうすこし月日を置きたかった。

「どこで、待っていて下されるかな？」

「おれは、あそこの多景島に行く。噂では、もはや、湖賊は、ほとんど、姿を消したらしいゆえ、湖賊がのこした小屋を、しばらく、仮の住居にしよう」

「ああ！」

猿丸は、思わず長嘆息した。

「なにをなげく？」

「修羅十郎太ともあろう天下一の武辺が、湖賊の小屋などに、かくれ住むとは、あまりになさけのうて……」

「そういうあるじを持ったのを、不運とあきらめろ」

十郎太は、笑った。

猿丸は、十郎太の笑顔が、むかしとすこしも変らぬ明るいものであるのを、いささかのなぐさめにして、別れて行った。

二

十郎太は、湖畔をしばらくひろって行き、やがて、漁師を一人、見つけた。かなりの老爺であった。

「すまぬが、多景島まで、送ってもらえぬか、手間賃ははずむ」

「多景島へ行って、どうなさるのかの？」

老漁師は、けげんそうに、問うた。

「べつに、湖賊になるわけではない。送ってもらえるか？」

十郎太は、金子を与えた。

舟がこぎ出されてから、

「この琵琶湖にはびこっていた賊徒も、いなくなったようだな？」

と、たずねた。

「まだ、すこしは残って居りましょうが……。なにせ、時世が移り変って、この近江に、合戦もなくなりましたゆえ、戦場あとをあさることもできなくなったでのう」

「…………」

「羽柴秀吉様が、京の都で、織田信長様にとってかわられてからは、わしら漁師も、安心して、魚を獲ることができるようになりましたわい」

「…………」

「ご牢人衆は、お見受けしたところ、失礼じゃが、明智様か、柴田様の落人ではありませぬかな？」

「おれの首を、羽柴筑前守の許へ、持参すれば、褒賞の金を、もらえるかも知れぬぞ」

「お前様は、なんという御仁じゃな？」

「赤槍天狗、とおぼえておいてくれればよい。この天狗鼻を、羽柴の軍勢で、知らぬ者は居らぬはずだ」

「この老いぼれに、お前様の首を取れよう道理がない」

舟は、やがて、多景島の舟着場へ、寄せられた。

そこには、走牙と称ばれた湖賊だけが使っている小舟が、ならんでいたものであった。

いまは、一艘も見当らなかった。

曽《かつ》て――。

十郎太は、老漁師に礼を云って、渚へ降りた。

猿丸と由香里を救った十余年前は、宵であったので、ほとんど景色は眺められなかったが、こうして再びやって来てみると、いかにも湖賊の拠る砦にふさわしい島であった。

断崖を切り通した勾配のけわしい坂をゆっくりと登って行きながら、

「生者必滅、会者定離か」

と、つぶやいた。

あれから、おのれの知るどれだけの人が、乱世の中で、世を去って行ったろう。浅井長政も織田信長も明智光秀も、醍醐大納言尚久も、柴田勝家も、お市の方も、主馬も於風も、そして、あまたの無名の兵士たちが、死んでしまっている。

孤独の寂寥《せきりよう》感が、ひしひしと、十郎太の五体を包んだ。

十郎太の、足が停められた。

——ここであったな。

湖賊の頭領——於風の父親を、斬り仆した場所を、十郎太は、見さだめた。

十郎太は、路傍の土を掘ると、その小さな穴へ、持参した於風の遺髪を埋めた。

——許せ、於風！　おれは、お前に、父親の仇を討たせてやることができなかった。お前は、十郎太を討つかわりに、あたら、若い命をすてた。陣場女郎にまでなりさがって、おれの生命を狙っているうちに、逆に、おれに惚れてしまった！

——この修羅十郎太に、しんそこ惚れてくれた女子は、お前だけであった。

——おれは、お前を、一度だけ、抱いてやるべきであった！

――おれは、おれ自身の自我に忠実なあまり、お前に、この世での唯一の女のよろこびを、与えてやらなかった。於風！ 許せ！

十郎太は、小松を両断して、白木の墓標を削りあげると、そこに立てて、合掌した。

長いあいだ、十郎太は、そのままの姿勢を、不動のものとした。

と――。

不意に、背後から、足音消して忍び寄った者が、無言で、槍を突きかけて来た。

無数の死地をくぐり抜けて来た者の、本能のすばやさで、十郎太は、その一撃をかわして、むず、と柄をつかんだ。

突きかけて来たのは、まだ二十歳あまりの、漁師ていの若者であった。

仕損じて、狂気のように双眼を光らせ、肩を喘がせた。

「おれを、修羅十郎太、と知って、討とうとしたのか？」

「…………」

若者は、いたずらに、喘ぐばかりであった。

「そうか」

十郎太は、合点した。

「お前は、おれをここへ送ってくれた老爺の倅だな。父親から話をきいて、討とうという気になったか。おれの首を、羽柴筑前守の前に持参すれば、さむらいに、とりたててもらえる、と考えたか」

「…………」

「漁師よりは、さむらいになる方がいい、というあさはかな野心を起したのであろうが、考えなおすのだな」

「…………」

「武士となって、戦場を馳せめぐり、手柄をたてるには、少年の頃から、心掛けて、兵法修業をせねばならぬ。しかし、たとえ、抜群の腕前をきたえあげたところで、戦場で、必ず生きのこるとは、限らぬ。雑兵に討ちとられるおそれもある。明智光秀の例をみるがいい。……それよりも、漁師として、魚を獲り、女房をもらい、子供をつくり、平穏にくらした方が、どれだけ、幸せか。よく考えろ」

そう云いさとされて、若者は、しだいにうなだれた。

「お前の目の前にいる男は、口はばったいことだが、槍を取っては、何者にもひけをとらぬ自信がある。しかし、見ろ。かぞえきれぬほど戦場を馳せめぐって、人に誇るだけの手柄をたてながら、こうしていまも、無禄の流浪者だ。落人として追われて居る。このみじめなていたらくを、お前のいましめとしてするがいい」

三

次の日の朝――。
嵯峨野の醍醐邸の書院で、猿丸は、由香里の前に、かしこまっていた。

由香里の双眸から、泪があふれ出ていた。

猿丸から、醍醐主馬の壮烈な討死ぶりを、きかされたのである。

主馬は、きっと、この屋敷へもどる、とかたく信じきっていた由香里にとって、その報告は、名状しようのない衝撃であった。

気を失わなかったのが、ふしぎなくらいであった。

報告をききおわりながらも、なおまだ、主馬がこの世から姿を消したとは、思われなかった。

猿丸が、急に、にこにこして、

「いまのお報せは、まっ赤ないつわりでございました。姫様をびっくりさせてさしあげようとの、わるさでございました。お許し下さいませ。主馬様は、明日にも、ここへおもどりでございます」

と、云うのではあるまいか——そんな期待があった。

しかし、猿丸は、顔を伏せて、石地蔵のように身じろぎもせぬのであった。

由香里は、長い無言ののち、ようやく、泪をぬぐって、

「ご苦労でした」

と、云った。

「では、これにて……」

猿丸は、平伏すると、一度も顔をあげないまま、あとへ下った。

由香里は、縁側へ出て、立去る猿丸を見送る気力もなかった。

長い時間が、過ぎた。

由香里の虚脱状態は、なおつづいていた。

侍女のしのぶが、そっと様子を見に来たが、声をかけるのを遠慮して、遠ざかって行った。

ようやく――。

由香里は、幽霊のように、ふらふらと立って、居間へ、もどった。

猿丸から、この前、これが最後のお手紙でございます、と告げられて、渡された主馬（実は十郎太）の恋文を、由香里は、わななく手で、文函から、とり出した。


　されば、由香里よ。

そなたを恋い慕いたる月日は、天の羽衣をなでつくすほどよりは長く、相見てのちのちぎりは、春の夜の夢の短かさにて、遠くへだたる身は、せかれてつのる想いに、いよよ燃え狂い居り候。

朝《あした》に起き出て山を包む霧あれば、わが立ち嘆く息と知れ、夕《ゆうべ》に庭に出でて、宵闇せまれば、わが胸のもだえの暗さと想うべし。

うちわびて呼ぶわが声に、恋山彦のこたえぬ山はあらず、互いに通う心の、妹背の道は遠からず、必ず必ず再び相逢うて、この腕の中に、そなたを抱かんと、誓い居り申し候得共、戦いはわれに利あらず、明日にも討死つかまつる運命は、さけがたければ、妻恋う鹿は笛に寄るならいにて、今日にも砦を抜け出し、そなたの許に帰らなんと、一途一筋に、想いは、いよよいやまさり居り候。

「ああ!」

あふれて来る泪で、手紙の文字が読めなくなった。

泪は、手紙へ、とめどなく、したたり落ちた。

「主馬様!」

由香里は、声をあげて、呼んだ。

「貴方様が……、貴方様が、お亡くなりになったなんて……、ああ、あまりに、むごすぎます! ……主馬様! 貴方様は、どうして、わたくしを、のこして、お亡くなりになったのです! ……いやです! いやです! わたくしは、一人きりになるのは、いや! ……もどって来て下さい! どうか、もどって来て――」

由香里は、手紙を、ひしと胸に抱くと、その場へ俯伏して、慟哭した。

悲しみのすべてを、その哭き声にこめた。

しのぶが、いそいで入って来たが、呼ぶこともはばかって、立ちつくした。

# 流れる歳月

## 一

歳月というものは、流れ過ぎてから、ふりかえってみると、まことに、『光陰、人を待たず』のことわざ通り、早いものである。

十年ひとむかし、というが、その倍の二十年という歳月が、あっ、という間に、流れ過ぎた。

その二十年の間に、天下は、一転し、再転した。

天正十一年、柴田勝家を滅して以来、羽柴筑前守秀吉が、天下を征圧する権力をつかみ、それを不動のものにしてから、これに対抗したのは、ただ一人、徳川家康のみであった。

翌十二年、秀吉は、家康と戦った。家康は、善戦して、秀吉の大軍をしりぞけた。

「家康と、争うのはまずい」

敏感に、そうさとった秀吉は、和睦した。

その間に、秀吉は、関白となり、豊臣の姓を名のっていた。

家康もまた、関白豊臣秀吉となった猿面冠者に、いつまでも対抗することのおろかさを知って、秀吉の申し入れを受けて、和睦した。

秀吉は、一路、天下人になる覇道を、まっしぐらに、進んだ。

秀吉は、九州を攻めて、島津義弘《しまづよしひろ》を屈服せしめ、つづいて、こんどは、大軍を東へ進め、小田原の北条氏政・氏直を攻めた。

小田原城も、やがて、陥落した。

関東一円の諸城も、門をひらいて、降伏した。

秀吉は、家康に、関東を与えた。天正十八年夏のことである。

翌十九年には、秀吉は、関白を、養子秀次《ひでつぐ》にゆずり、太閤と称した。位、人臣を極めたわけである。

太閤秀吉となったのを機会に、秀吉は、朝廷に奏上して、年号をかえた。

天正は、文禄《ぶんろく》と変った。

秀吉の野望は、さらに、大きく、ふくれあがった。

「朝鮮を征圧して、明国《みん》に攻め入ってくれる」

それであった。

しかし、これは、大失敗であった。

侵略者というものは、どのような名目をつけても、どこかに無理があり、その無理が、失敗をまねく。

ジンギスカンもアレキサンダーもそうであり、ナポレオンもそうであり、近くは、ヒットラーもそうであった。

文禄元年春――。

秀吉は、小西行長《こにしゆきなが》を先鋒とし、第二番を加藤清正とし、黒田長政《くろだながまさ》、島津義弘、福島正則《ふくしままさのり》、立花宗茂《たちばなむねしげ》、毛利輝元ら日本中の勇猛の武将を総動員して、朝鮮へ攻め入らせた。

その総勢十万八千七百余人であった。

日本軍は、強かった。京城《けいじょう》を陥落せしめ、進んで、平壌《へいじょう》を占拠した。朝鮮を援けた明軍も、うち破った。

しかし、戦闘が勝ったことは、朝鮮全土をわがものにすることにはならなかった。目に見えぬ朝鮮民衆の抵抗によって、日本軍は、兵糧を手に入れられなくなった。この困窮によって、せっかく占拠した平壌も京城もすてて、撤退せざるを得なかった。

一時的な和平条約が、むすばれた。

この頃から、秀吉は、心身が急速に、おとろえはじめていた。

心身のおとろえとともに、秀吉の言動はいささか狂気じみたものとなった。

養子の関白秀次を疑って、高野山へ送り、切腹せしめたのも、その一例であった。秀次には、なんの罪もなかった。秀吉は、自分で自分の片腕をもいだことになった。

秀吉は、また、天正十四年に築いた、未曽有の規模を誇った京都の大邸宅・聚楽第《じゅらくだい》を、理由もなく、ぶちこわしてしまった。

さらに――。

慶長《けいちょう》二年になると、秀吉は、前の失敗にもこりず、再び、朝鮮へ大軍を送って、征圧しようとした。

武将もその家臣も、そして一般庶民も、この無謀な戦争を、

——狂気の沙汰だ。

と、思わずにはいられなかった。

しかし、秀吉に向って、諫言する者は一人もいなかった。諫言すれば、即座に、切腹を命じられるのが、火を見るよりもあきらかだったからである。

二

ところで——。

天正十二年から慶長三年まで、秀吉を日本はじまって以来の覇者たらしめたるための戦いが、国内及び海外でも、無数にくりひろげられたが、何処の戦場にも、赤槍天狗・修羅十郎太の颯爽たる武者ぶりは、見出されなかった。

十郎太は、秀吉に反抗する武将の許に馳せ参じることをしなかった。

赤槍天狗・修羅十郎太と八荒竜鬼隊の強さは、過去のものとして、忘れ去られようとしていた。

十郎太は、天正十二年から数年間は、琵琶湖の多景島で、孤独なくらしをつづけていた。

書を読むことと、小舟をこぎ出して魚を釣ることに、あけくれたのであった。一度は、十郎太の生命を狙って、手柄にしようとした若い漁師平次《へいじ》が、十郎太に心服して、釣舟の漕ぎ手になり、また小屋の修理その他の世話をしてくれた。

猿丸の方は、多景島と京都を往復して、世の移り変るさまを、十郎太に報告した。

十郎太が、最も気がかりであった由香里が、落飾して尼となり、洛北御室《おむろ》にある小さな草庵《そうあん》に移り住んだのは、天正十四年秋であった。

秀吉が、かねて噂にきいていた絶世の佳人である故醍醐大納言尚久の女《むすめ》を、聚楽第が完成したのを機会に、そこへ迎えようとしたのである。

由香里は、秀吉の妾になることをきらって、尼になったのである。

猿丸から、その報告を受けた十郎太は、

「そうか、ついに、尼になられたか」

と、深い歎息をもらしたことだった。

――いずれは、姫は、落飾されるのではあるまいか？

そんな予感がしていたのである。

もし由香里が、むりやり、聚楽第へ、つれて行かれるようなことがあったならば、十郎太は、一命をなげうって、救い出したに相違ない。

由香里が、秀吉の申し入れを拒絶して、尼になったことは、十郎太を、ほっとさせるとともに、ふかいさびしさをおぼえた。

「姫様は、御室の草庵に移られてから、ぜひ、一度、十郎太殿に逢いたい、と申されて居ります」

猿丸は、告げた。

「逢うには、まだ早い」

「姫様をおなぐさめする御仁は、あるじ様お一人しか居られませぬぞ」

「おのれの五体を流れている血汐は、まだ熱い、姫に逢えば、この血汐が、さわぐだろう。……頭髪に白毛がまじってから、逢うことにいたそう」

十郎太が、そうこたえてから、十年の歳月が流れ過ぎた。

十郎太は、そのあいだに、多景島を去って、山科《やましな》へ移り住んだ。

山科に、無住の古寺があり、猿丸と平次が、そこの庫裡《くり》を、修理して、十郎太を迎えたのである。

そこでは、魚獲りの代りに、畑づくりがなされ、十郎太は、つくった野菜を、猿丸に、御室の草庵にはこばせた。

しかし、自分では、なお、頑固に、足をはこぼうとはしなかった。

今日も――。

十郎太は、ひき抜いた大根を、庫裡の前を流れる小川で、洗いながら、謡曲を、ひくくうたっていた。

おろかやな

心からこそ生死の
海とも見ゆれ真如の月の
春の夜なれど曇りなき……

「あるじ様っ！」

猿丸が、あわただしく、境内へ駆け込んで来た。

「猿面冠者が、とうとう、亡くなりましたぞ！」

「そうか」

十郎太は、感慨ぶかい面持になり、

「秀吉は、六十三であったな。ついに、草履取りからのし上った太閤も、死という敵には、勝てなかったか」

「あるじ様、天下は、再び、戦乱のちまたと相成りましょうぞ。好機でござる。修羅十郎太が、再び、八荒竜鬼隊の旗をかかげて、戦場をまかり通る日が、めぐり来たったのでござる」

「待て、猿丸――」

十郎太は、洗った大根を、猿丸に渡しておいて、庫裡に入った。

居間には、調度ひとつなく、ただ、床の間に、十郎太が彫りあげた一木造りの釈迦如《しゃかによ》来像《らい》が、安置されているだけであった。

この像は、曽て、流浪の途次、室生寺《むろうじ》に立寄って、金堂の本尊を眺め、その美しさに魅了された十郎太が、思い出しつつ、つれづれに、模倣したものであった。

「猿丸、秀吉の後継者として、徳川家康がいる限り、天下はもはや、乱世とはならぬ」

十郎太は、云った。

「し、しかし……、大坂城には、秀吉の遺児秀頼《ひでより》が、居りますわい。これを守って、家康に対抗する武将は、ごまんと居りましょうて」

「どうかな。……家康に対抗する者といえば、せいぜい、石田三成ぐらいのものだろう」

「加藤清正や前田利家が居るではござらぬか！」

「かれらも、すでに、老いて居る。家康とは、老いぶりがちがう。……清正や利家は、秀吉が在世していた上での武将だ。家康は、同じ老人でも、かれらとはちがう。天下を取る執念を持っている。これは、ただの執念ではない。……その執念を、くじく覇気の所有者は、若くなければならぬ。石田三成は、まだ三十代だ。家康に対抗する者があるとすれば、治部少輔《じぶしょうゆう》三成しか居らぬ」

三

はたして——。

十郎太の予言は、的中した。

慶長五年早春のある日の朝であった。

突然、一人の武士が、ただ一騎で、山科の古寺の境内に入って来た。

面貌恰幅が並秀れた偉丈夫であった。

「物申す」

馬から降りて、庫裡の玄関に立つと、大声で、呼んだ。

ちょうど朝餉をとっている折であった。

猿丸が出て行くと、武士は、

「修羅十郎太氏は、ここを仮寓とされて居る、とつたえきいて、おたずねいたした。石田治部少輔三成が家来島左近《しまさこん》が懇談の儀があって、佐和山《さわやま》よりまかり越した、と取り次いでもらいたい」

と、云った。

——そら、来たぞ！

猿丸は、胸をおどらせて、奥へ入ると、来訪者が武名とどろく島左近である、と告げた。

石田三成は、島左近を、軍師として迎えるにあたって、五万石を与えようとした。二十三万石の三成が、五万石をわかとうとしたくらい、島左近は、勇武と智略を兼備した武辺であった。左近は、五万石を辞退して、二万石をもらっていた。

二万石の武辺が、ただ一騎で、訪れて来たのである。

十郎太は、左近を、座敷へ招じた。

座敷といっても、畳はぼろぼろで、壁は崩れてしまっていた。

「虚礼は抜きにさせて頂こう。……わがあるじ石田三成は、修羅十郎太という天下無双の槍の達者の武名をきき、五千石が一万石でもかまわぬゆえ、随身をすすめて参れ、と身共を、つかわされ申した。まげて、ご承諾頂きたい」

島左近は、そう云って、頭を下げた。

十郎太は、微笑して、

「では、いよいよ、治部少輔殿は、徳川内府と、天下を争われますか？」

と、云いあてた。

「徳川内府の所業は、目にあまるものがあり、太閤遺孤《いこ》秀頼様をお守りするわがあるじとしては、肚に据えかね、戦いはさけがたき状況と相成り申した」

「治部少輔殿は、はたして、徳川内府に勝てますか？」

「成算あればこそ、決起いたす」

「言葉を返しますが、徳川内府は、太閤の生前に於ても、すでに、二百五十万石の大封を持ち、官は内大臣、位は正二位。その家臣は、三河譜代の、徳川家のためには、一身をすてるのを、鴻毛《こうもう》の軽きと思うている忠誠の武辺ぞろい。また万石以上をもらってい る者四十余人。……さればこそ、家康が、長久手《ながくて》で、筑前守を敗って以来、豊臣秀吉も、この存在をはばかり、歓心を買っていたものでござろう。……徳川内府の地位・閲歴・声望は、諸将をはるかに、抜いて居り申す。……太閤亡きのち、天下の実権が、内府の手中に帰すのは、必然の勢いと存ずる。それに、なお、対抗して、戦わんと企てるのは、あまりに、無謀と申すものではありますまいか」

「無謀と申せば無謀。しかしながら、天下の形勢のおもむくところ、徳川内府を倒すべし、と考える武将は、二三にとどまらず、上杉景勝、毛利輝元、宇喜多秀家《ひでいえ》、小西行長、大谷吉継《おおたによしつぐ》、長曽我部盛親《もりちか》と、かぞえれば、十指はおろか、二十指以上でござる。……天下を分ける決戦、必ずしも、きちがい沙汰ではござらぬ。……修羅十郎太殿、なにとぞ、わが軍の味方になって頂きとう存ずる」

「それがしは、曽ては、合戦買いの流浪の牢人者でした。敗れると判っている側へ味方したことも、幾度かござるが……」

「それならば、なおのこと、わがあるじに味方して頂きたい。お願いつかまつる」

「はばかりなく、予言させて頂くならば、この決戦は七分三分——徳川家康の方に、勝利の公算があり申す」

「いや、この島左近、五分と五分と看て居り申す」

「さあ、それは、いささか、甘い、と申すもの」

十郎太は、微笑して、

「これまで、敗北側についたおかげで、見通しには、自信がござる。しかし——」

じっと、左近を見かえして、

「お手前ほどの高名の武辺が、わざわざ、供一人連れずに、説きに参られたのが、この十郎太、気に入り申した。お味方つかまつる」

「おお！　忝じけない、五千石を以て、お迎えいたす。勝ったあかつきには、三万石が五万石でも――」

「いや、赤槍天狗には、手勢などお与え下さらぬ方がよろしいのです。供は、ここに居る小者一人で結構。つまり、合戦買いの牢人者として、働き申す」

十郎太は、こたえたことだった。

## 落人再会

一

慶長五年九月十五日――関ケ原《せきがはら》に於ける天下分け目の決戦が、徳川家康の完勝におわったことは、ここに述べるまでもない。
夜来の秋雨がまだ霽《は》れやらぬ辰刻（午前八時）に、双方二十万に及ぶ両軍は、濃霧の中を激突し、未刻《ひつじ》（午後二時）には、終了した。
わずか半日の戦闘であったが、そのたたかいの凄じさは、前代未聞であった。
ところで――。
その前日――十四日のことであった。

大垣城で作戦評議をした石田三成、宇喜多秀家、小西行長の諸将は、城を出て、池尻《いけじり》口《ぐち》に布陣していた。

その先鋒をうけたまわったのは、島左近であった。その陣に、修羅十郎太も、加わっていた。

徳川家康の東軍は、疾風の勢いで、木曽川を渡り、岐阜城を陥いれ、赤坂駅《あかさか》で集合して、その本営を、赤坂駅外の岡山にきめていた。

岡山は、大垣城の西北一里二十余町のところにあった。

しかし、西軍は、家康がまだ岡山の本営に着陣してはいない、と思っていた。奥州《おうしゆう》の上杉景勝を征圧しようとしていた家康が、それほど早く、ひきかえして来るとは、三成以下誰も予測していなかった。

「左近殿」

十郎太が、はるか岡山方面を眺めていて、島左近を呼んだ。

「なにか？」

「岡山に、白旗がひるがえり申した。徳川内府の旗本が、勢ぞろいをしたと思われます。つまり、内府が、着陣した証左と存ずる」

「いや、あの白旗は、たぶん、金森法印《かなもりほういん》が立てたもので、内府が着陣したとみせかける偽策と考える」

左近は、そうこたえたものの、急に、不安をおぼえ、

「こころみに、たたかいをしかけてみるか」

と、肚をきめた。

三成の両翼である島左近と蒲生備中は、五百余の兵を引具して、池尻口の柵を出て、ひそかに進撃した。

大垣と赤坂との間には、株瀬川《くいせ》が流れていた。岡山の東をめぐって、大垣の西を過ぎている。

その株瀬川上流の西方に、東軍の先鋒が、布陣していた。中村一栄《なかむらかずしげ》、有馬豊氏《ありまとようじ》らであった。

島左近と蒲生備中は、この敵陣めがけて、猛烈な銃撃を加えた。

中村一栄の兵は、これに応戦して、柵外へなだれ出て来た。すると、島左近は、わざといつわって、いったん、どうっと退いた。

「追えっ！」

中村勢の侍大将野一色頼母《のいっしきたのも》は、勝に乗じて、一挙に、川を越えて、決着をつけようとした。

その時であった。

突如として、とある松林の中から、赤柄の長槍をひっさげた武者が、魔神にも似た迅さで、出現するや、中村勢の背後を衝き、あっという間に、野一色頼母の胸を刺し貫いた。

その異常な天狗鼻の相貌は、中村勢を、ふるえあがらせた。

「赤槍天狗・修羅十郎太！」

すでに、伝説と化そうとしていた荒武者が、不死鳥のごとく、この戦場に出現したのである。

驚愕と恐怖で、中村勢は、総崩れとなった。あわてて、有馬豊氏の隊が、柵を越え、川を渡って、来援した。

しかし、有馬勢もまた、十郎太の阿修羅の働きの前に、算を乱した。有馬勢の侍大将中島次郎太夫《なかじまじろうたゆう》も、十郎太の槍の贄になり、討死した。

この敗報が、岡山へ着陣した家康の許へもたらされた時は、ちょうど夕餉どきであった。

家康は、思わず、箸を置いて、

「修羅十郎太が、治部少輔に味方したか！」

と、呻くように云った。

そして、ただちに、侍児姓に、

「旗本の陣営から、堂明寺内蔵助を呼べ」

と、命じた。

堂明寺内蔵助は、四年ばかり前、徳川家に召抱えられ、旗本に加わり、三千石を与えられていた。

内蔵助が、本営に入って来ると、家康は、

「修羅十郎太は健在であったな、内蔵助」

と、云った。

内蔵助の耳にもすでに、十郎太の働きぶりがきこえていた。

「十郎太が、石田家に仕えようとは、予測いたしませんでした。おそらく、島左近にくどかれて、仮寓を出たものと存じられます」

「明日の決戦では、十郎太が加わって居る上は、石田の軍勢は、手ごわいぞ。……是非とも、小早川秀秋《ひであき》を、裏切らせなければ相成らぬ。秀秋を、説く役目を、内蔵助、そちに命ずる」

家康は、云った。

二

左様――。

関ケ原の決戦は、筑前金吾《きんご》中納言小早川秀秋が、石田三成を裏切ることによって、徳川家康の率いる東軍に圧勝をもたらした。

夜半、堂明寺内蔵助は、松尾山《まつおやま》に陣を布く小早川秀秋の許へ、ひそかにおもむいて、とうとうと懸河の弁をふるって、説いたのであった。このことを知る者は、敵味方ともほとんどいなかった。

もし、秀秋が裏切らなければ、あるいは、東軍は、退去したかも知れなかった。石田三成勢も、大谷吉継勢も、島津義弘勢も、東軍を浮足立たせる壮烈な闘いぶりを示したのである。

就中《なかんずく》――。

石田三成勢の働きは、後世に伝えのこすべき目ざましさであった。

その先頭に立って、縦横無尽にあばれまわったのが、修羅十郎太であった。

すでに五十の坂にのぼっている者とは思われなかった。

五体四肢が、まるで鋼鉄の発条《ばね》でつくられているかのように、強く軽く、しなやかで、しかも迅かった。

突き、あるいは薙ぐ長槍の業は、目にもとまらぬほどであったし、その突撃するところ、刀槍はもとより、弾丸も矢も避けてしまうかの観があった。

宇喜多勢が崩れ、小西諸隊が敗走しても、なお、石田勢が、黒田、細川、田中の強敵をむこうにまわして、激闘して、午後にいたるも、まだ勝敗が決せず、さらに、藤堂、京極らの手勢が、右側から襲いかかっても、みじんもたじろがず、文字通り決死の抗戦をつづけたのも、修羅十郎太という異相の武辺の獅子奮迅《ししふんじん》の働きがあったからだ、といっても、あながち、誇張ではなかった。

しかし――。

石田勢が、いかに孤軍奮闘しても、所詮は、徒労であった。

「もはや、これまで！」

ついに、石田三成自身が、敗北をみとめて、西北の山間めざして、逃走した。

それと見てとった猿丸が、

「あるじ様っ！　逃げましょうぞ。ここで、討死は、むだでござる！」

と、叫んだ。

「よしっ！　猿丸、つづけ！」

十郎太は、敵将の駿馬を奪い取るや、さっと、うちまたがりざま、馬腹を蹴った。

黒田勢のまっただ中を、突破したのであった。

すでに、十郎太の鬼神にひとしい働きを、存分に思い知らされていた黒田家の士卒は、ふかい畏怖《いふ》をもって、かれのために、道を空けた。

その夜――。

十郎太と猿丸は、京都へ潜入していた。

「あるじ様、しばらくの間、比叡山の奥にでも、ひそんでいては、いかがでござる？」

猿丸は、すすめたが、十郎太は、

「いや、どうせ、追われる身となったからは、天運にまかせることにいたそう。山野を、こそこそと逃げかくれるよりは、堂々と、洛中に、寓居《ぐうきょ》をかまえてくれよう」

と、こたえたことだった。

あれだけあばれまわって、東軍をなやました上から、家康が、

「修羅十郎太を探索して、召捕って断罪にせよ」

と命じたならば、もはや、日本中に、身をかくす場所はあるまい、と十郎太には、思われるのであった。

——どうせ、召捕られるか、斬り死するのであれば、この修羅十郎太にふさわしい処《ところ》をえらんでくれよう。

不敵な決意をしたのであった。

「むざむざ、見つけられに参るようなものでござる」

猿丸にも、落人詮議はきびしかろう、と予測がついた。

「猿丸——、どういうわけか、おれは、はじめて、御室の草庵をたずねたくなったのだ」

「おっ！　それは——」

猿丸は、歓喜の叫びをあげた。

「あそここそ、かくれ家としては、最もふさわしい場所でござる！」

「思いちがえるな、猿丸——、おれは、姫に逢いに行くのだ。かくまってもらうために行くのではない」

「そ、そんな……」

「おれは、女人に救いをもとめるほど、性根がくさっては居らぬ。まして、由香里姫に、助けてもらうなど、死んでも、できぬ！」

十郎太は、きっぱりと、云った。

——やれやれ！　わがあるじの頑固さは、死ぬまでなおるまい。

猿丸は、そっと首をすくめたことであった。

三

洛北御室の草庵では——。

尼となった由香里は、小女ひとりにかしずかれて、ひっそりとくらしていた。

侍女として長年仕えてくれていたしのぶは、縁あって町方の禁裏御用の呉服商人に嫁いで、いまでは二人の子供を持っていた。

小女は、しのぶが、亭主にたのんで、さがしてくれたのである。

朝夕、醍醐主馬の位牌に向って誦経《ずきよう》し、あとは写経や花づくりにあけくれる単調な日々であった。

五日に一度ぐらいの割で、猿丸が、食物をとどけてくれるので、台所の不自由はなかった。十郎太がつくった野菜など、由香里にとって、この上もなく有難い贈りものであった。

ところが——。

先々月、猿丸が、訪れて、

「まことに申しわけない次第でございますが、しばらく、おうかがいできぬことに相成りました」

と、告げたのであった。

「十郎太殿が、また、どこかへ長い旅へお出になるのですか？」

由香里が、訊ねると、猿丸は、顔を伏せて、

「徳川内府殿と石田治部少輔殿と——東西手切れになる噂は、姫様のお耳にも、もう入っていると存じます」

と、云った。

由香里は、

「では……十郎太殿は、また、戦場へ出る決意をなされたのですか？」

「治部少輔殿の謀臣島左近殿が、単身にて、山科の寓居をたずねておいでになり、是非、味方に、と説かれ、わがあるじは、出盧《しゆつろ》の肚をきめられたのでございます」

「そうですか。……やはり、十郎太殿は、生れながらの武辺でしたのね」

由香里は、うなずいたのであった。

別離を告げに、十郎太自身が、たずねて来てくれぬことが、すこしばかり不満であったが、由香里は、それを口にはしなかった。

「ご武運のほどを、お祈りいたします」

由香里は、門口まで、猿丸を見送った。

その日以来——、

由香里は、十郎太のためにも、心から祈りをこめた。

時折りたずねて来るしのぶの口から、天下の形勢を、きかされて、いよいよ、東西両軍が、天下を分ける決戦をすると、知った由香里は、

——十郎太殿は、さぞかし、あっぱれなお働きをなさるであろう。

と思ったものの、いちまつの不安をおぼえずにはいられなかった。

すでに、修羅十郎太といえども、五十の坂にさしかかって、昔日の勇猛ぶりを発揮できるかどうか？

——ごぶじで、お帰りになればよいが……。

いま——。

由香里にとって、逢うことなく長い歳月が過ぎているが、修羅十郎太が健在でいてくれることが、唯一の頼りになっていたのである。

……その宵。

写経をしながら、ともすれば、由香里の心は、みだれがちであった。

昨日たずねて来たしのぶが、

「いよいよ、今明日うちにも、決戦が行われる由にございます」

と、きかされていたからである。

その戦場が何処か知らぬが、由香里は、十郎太が、その戦場で、阿修羅の闘いをする光景を想像して、ずっと、おちつかずにいたのであった。

と――。

庭に人の立つ気配をおぼえて、由香里は、はっとなった。

いそいで、雨戸を開けた。

由香里は、月下にくろぐろと佇立する長槍を携えた具足姿を見出して、歓喜の叫びをあげた。

「ああ！」

「十郎太！」

「どうやら生きてもどり着き申した」

十郎太は、その場へ膝を折った。

「さ、どうぞ、内へ――」

由香里は、いざなった。

「いや、追われている落人の身なれば、ご挨拶だけにいたして、すぐ、おいとまつかまつる」

「そ、そんなことを申されずに……」

「月かげを映されたそのお顔は、むかしのままに、お美しゅうござる。安堵いたしました。ひと目だけお目にかかれば、これで、思いのこすことはござらぬ」

「十郎太殿！　ただの片刻のかたらいさえも、できませぬか？」

「姫様――、この修羅十郎太、いささか、戦場であばれすぎて、徳川内府の怒りを買って居る模様です。追手の探策は、きびしいと存じます。ご迷惑をおかけするのは、心苦しゅうござるゆえ、このままおいとまつかまつる。……もし、詮議をまぬがれて、身が安全になったあかつきには、あらためて、お目もじに参上いたします。……左様、もはや、この年齢では、再び戦場へ出ることもござるまいし、徳川内府が天下人になった上は、これからは、御世泰平を迎え申そう。この槍をすてて、隠棲するさいわいが得られたならば、一月毎と申さず、十日が五日毎でも、おうかがいつかまつる。……ごめん！」

十郎太は、ふかぶかと頭を下げると、はや、踵をまわしていた。

## 啼《な》け、ほととぎす

### 一

慶長八年――春。

徳川家康は、征夷大将軍となり、右大臣に任じた。

もはや――。

天下に、徳川家康に、対抗する武将は、ただ一人もいなかった。

徳川幕府の礎《いしずえ》は、不動のものとなった。

関ケ原に於て、家康と闘った西軍の諸将の仕末は、ことごとく、ついた。

石田三成、小西行長、安国寺恵瓊《あんこくじえけい》は、のこらず処刑され、宇喜多秀家は、遠島になり、長束正家《なつかまさいえ》は、自害した。

西軍総大将格に推されていた毛利輝元は、安芸《あき》、備中、備後、因幡《いなば》、伯耆《ほうき》、出雲《いずも》、隠岐《おき》、石見《いわみ》の諸国を削られ、わずかに防長《ぼうちょう》二州を与えられることで許された。

ただ一人、島津義弘だけは、関ケ原役の勇猛無比な闘いぶりをみとめられて、薩摩国を安堵するを得た。というよりも、鹿児島は、あまりに遠方にあり、家康は、これを征伐するのに、大軍をさし向けなければならなかったので、多くの士兵を喪うことのおろかさを知ったからである。

西国の強雄長曽我部盛親は、二十二万二千石（実収五十万石）を召し上げられて、上京柳ノ辻に隠棲して、浪々の境涯に落ちた。真田《さなだ》昌幸《まさゆき》・幸村《ゆきむら》父子は、信州の領土を剝奪されて、高野山麓北谷の九度山《くどやま》に、逼塞《ひっそく》した。

上杉景勝は、百万石の封土を召し上げられて、米沢《よねざわ》三十万石に落された。当然、全領土を奪いあげられる運命にあったが、軍師直江《なおえ》山城守兼続《やましろのかみかねつぐ》の巧妙な工作によって、上杉家を存続することができた。

さらに――。

西軍に味方して、大いに働いた武辺に対する詮議探索の手は、八方にのびて、武名のある人々が、つぎつぎと召捕られて、首を刎ねられた。

ふしぎであった。

石田三成に味方して、あれほど阿修羅の働きをした修羅十郎太には、何故か、追及の手はのびなかった。

十郎太は、逃げもかくれもしなかった。

悠々として、洛中に、くらしていたのである。

その住いは、嵯峨野にある元醍醐大納言尚久の別邸であった。

由香里にたのまれて、思い出多いその屋敷を、仮寓としたのである。

もとより――。

猿丸と二人きりのわび住いなので、建物も庭も手入れがゆきとどかず、幽霊屋敷同様になっていた。

しかし、それが、かえって、十郎太主従のすまいには、ふさわしかった。

十郎太のこの三年間の日課といえば、晴耕雨読、そして、十日に一度、御室の草庵をおとずれて、尼となった由香里に、世間の移りかわりのさまを、報らせて、ひとときをすごすことであった。

十郎太は、おのれの老いの衰えが身にこたえるようになっていたが、相変らず、博学多識は衰えず、面白おかしく告げる世間話は、由香里にとって、この上もない唯一の愉しみとなっていた。

某日――。

庭さきの一木桜が、らんまんと咲きほこった午後、珍しい客が、訪れた。

海北友松であった。その画名は、天下にきこえるほど、高くなっていたが、相変らず、粗末な身なりをしていた。頭髪は、全くの銀色になり、飄乎《ひょうこ》たる態度は、むかしとすこしも変らなかった。

友松が訪れた時、十郎太は、どこかへ、ぶらりと出かけて、留守であった。

友松は、猿丸のすすめる酒を受けて、ほろ酔いになり、興にまかせて、扇面に、さらさらと、絵筆を走らせていた。

「猿丸、つまらぬものだが、手土産代りに、赤槍天狗殿に、さし上げてくれ」

「忝じけのう存じます。いま、天下随一の名人とほまれの高い海北友松様の絵を頂戴できるとは、あるじも、大よろこびでございます、……もう、おっつけ戻りましょうほどに、いましばらく、お待ち下さいますまいか？」

「いや、よいよい、べつにとりたてて用事があるわけではない。十日あまり前、羅城門趾《あと》の辻で、ばったりめぐり逢うて、ここに仮住いされていることをきき、ちょっと、花見がてら立ち寄ったまでのこと。……また、いずれ、たずねて参ろう」

二

友松が、酔歩まんさんと、謡曲を口ずさみつつ、立ち去ってから、ほどなく——。

扇面の絵を、眺めていた猿丸は、一瞬、神経をひきしめた。

なにさま、徳川家に恨みを買っている落人である。

人の気配が、庭さきにあるのを察知して、床の間にたてかけてある仕込みの杖《つえ》を、把った。

——刺客か？

いつ、徳川家の暗殺者が、襲撃して来るか、この三年間、一日も油断していなかった猿丸である。

猿丸は、幾度も、十郎太に、薩摩あたりに落ちのびて、落人探索が打切りになるまで、待たれては如何であろう、とすすめたが、十郎太は、肯き入れなかったのである。

猿丸は、庭へ跳んだ。

「その竹藪の蔭にひそむのは、何者だ？」

誰何《すいか》した。

「おれだよ、猿丸——」

編笠をかぶった武士が、現れた。

猿丸は、編笠がとられるのを視て、

「おお、隊長様——」

と、目をみはった。

堂明寺内蔵助であった。内蔵助もすでに、頭髪に多く霜を置き、顔面の皺を深いものにしていたが、徳川家旗本大身たる貫禄をそなえて、押しも押されもせぬ偉丈夫ぶりであった。

「幾年ぶりかな。月見砦以来か」

「……なんとまあ、今日は、珍しいお客ばかりがおみえになる日でござる。つい、いままで、海北友松様が、おみえでございました」

「知って居る。先程から、物蔭で、その様子を眺めて居った」

「それならば、お逢い下されればよろしかったのに……。さ、どうぞ、お上り下され」

内蔵助は、座敷に坐ると、荒れはてた様子を見渡し、

「盛年、重ねて来らず、歳月は人を待たず、か。月見砦を退去して、もう二十数年の月日が過ぎたな」

「隊長様は、徳川家に随身なさった由、ご立派におなりでござる」

「十郎太は、どうだ、相変らず、頑固か？」

「いやもう、頑固の上に、つむじ曲り、……月見砦の負け戦以来、どこのお大名のさそいも、一切断っていたくせに、あろうことか、関ケ原の合戦には、石田三成殿に味方してしまったものだから、ごらんの通りの落魄ぶりでござる」

「関ケ原の戦場での働きは、鬼神にひとしかった、と耳にして居る」

「負ける側にばかり味方する、というのは、いったい、どういう虫の居所でございましょうかねえ。……なにしろ、天下人になる御仁を、きらうのだから、話になりませぬわい。太閤秀吉をきらい、徳川内府殿に、背を向けて、石田側についたんだから……、い

まじゃ、大きな鼻も、こっそりかくす落人ぐらし。いつ、徳川家の刺客が襲って来るか、毎日、おちついては居れませぬわい」

「お前は、そのような十郎太の、従者となって、三十余年も仕えていながら、いささかの悔いもないのか」

「ありませんね。わがあるじは、修羅十郎太以外に、一人もござらぬ。……ただ、口惜しいのは、わがあるじが、あれだけの無双の達人で、器量も衆を抜いて居るのに、ついに、ぱっと花を咲かせる機会にめぐまれずに、老いたことが、なんとも、なさけない次第でござる」

「わしも、そう思う。修羅十郎太ほどの武辺が、このような廃屋でうもれてしまうのは、なんとしても、惜しい」

「しかしね、隊長様、あるじは、近頃は、生来の頑固さに、さらに輪をかけて、いやもう、なみたいていの意地っ張りではございませぬぞ。人の忠告など、一切、耳に入れようとはしませぬわい」

猿丸が、そう云った時、崩れた土塀から、十郎太が、たっつけに軽衫《かるさん》姿の無腰で、ふらりと戻って来た。

「風もないのに花が散る。……散りぬれば、あとはあくたになる花を、思い知らずにまどう蝶《ちょう》かな、か。……さて、この十日の間は、どうやら、あのおかたに語る話題は、かなりあるようだ」

独語しながら、庭さきに来て、十郎太は、座敷に坐っている人物を見出した。

「おお！」

十郎太は、内蔵助の堂々たる恰幅をみとめた。

「互いに、むかしの面だましいだけは、のこして居るのう、十郎太」

「いや、お主は、貫禄を増したが、この十郎太は、ごらんの通りの零落ぶりだ」

「お主の、関ケ原でのめざましい働きぶりは、後世までの語り草になろう」

「お主は、すでに徳川家康にやとわれて、旗本きっての地位を得ているそうだな」

「戦場で、お主を敵として、闘わなかったのは、さいわいであった」

「内蔵助、一献汲もうか」

「うむ。頂戴しよう」

十郎太は、内蔵助の態度を看ているうちに、来訪して来た真意を、ほぼ察知した。

三

「猿丸――」

十郎太は、呼んだ。

「はい。酒の用意をつかまつります」

「旧い親友の来訪だ。いかに落魄の身でも、せいぜい、馳走せずばなるまい。肴を求めて参れ」

「かしこまりました」

「ついでに、御室の蓮華院へ寄って、あのかたに、今日は、都合がわるくて、もしかすれば、おうかがい出来ぬかも知れませぬ、と言伝てして来てくれ」

「へえ、これは珍しいこともあるものだ。この三年間、十日に一度、ただの一日も、雨の日でも風の日でも、おかよいなされて居ったのに——」

猿丸は、首をかしげた。

内蔵助が、不審げに、

「お主が、十日に一度、通うところとは？」

「いや、なに、世すて人の暇つぶしさ」

猿丸が、酒膳をはこんでおいて、出て行こうとすると、十郎太は、

「ゆるりと行って参れ」

と、云った。

それから、まず内蔵助の盃へ酒をつぎ、自分のへもついだ。

「久闊——」

十郎太が、盃を把りあげると、内蔵助が、

「ちょっと、待て、盃を交すのは——」

と云った。

十郎太は、薄ら笑って、

「お主が、来訪した意《こころ》は、判って居る。……おれが、この洛中に住みながら、落人詮議を一度も受けなかったのは、お主が、徳川内府に乞うて、さしとめたからであろう」

「十郎太、こちらの頼みを看てとったならば、話しやすい。……どうだ、この内蔵助と、もう一度、八荒竜鬼隊を再建せぬか」

「徳川家に随身してか」

「そうだ」

「おれが、徳川内府という狸爺さんを、嫌悪して居ることは、お主は、百も承知のはずだぞ」

「しかし、もはや、天下は、徳川家のものだ」

「いまだ、大坂城には、太閤秀吉遺孤である右大臣秀頼が健在だ」

「十郎太！」

内蔵助は、眼光を鋭いものにした。

「お主は、大坂城に入る心算ではあるまいな？」

「徳川家康が、もし大坂城を攻めるようなことがあれば、あるいは、負け戦さに味方する癖のついているおれは、入るかも知れぬ」

「十郎太！　わしが、今日、訪れたのは、その儀だ。……修羅十郎太を、大坂城に入らせるな。これが主君の命令だ」

それをきくと、十郎太は、微笑した。

「もし、肯かなければ、落人として討ち取って参れ、と命じられて来たか」

「十郎太！　よく、考えろ」

「内蔵助、月見砦に於て、お主とおれは、道が二つに分れた。もはや、同じ道を歩むことは、不可能だ」

「たのむ！　十郎太、家康公は、きびしいお方だ。味方にあらずんば敵、事理をあいまいにすてては置かれぬ」

「西軍の残党狩りのきびしさ、残忍さは、充分に耳にして居る」

「ならば、十郎太！」

「ははは……、堂明寺内蔵助も、徳川家康の家来になると、どうやら立身出世主義になったようだな。……お主は、すでに、この屋敷を、五十人以上の手練者で、包囲しているようだ。おれが、はねつけるのを承知の上で、討ち取りに参ったのであろう。……いずれ、討手は、お主が命じられるもの、と予感はしていた」

「十郎太！　考えなおせ！」

十郎太は、それにこたえる代りに、盃を把りあげると、内蔵助に、

「飲もうではないか」

「う、うむ」

内蔵助も、盃を把った。

「どうやら、これが、今生の別離、名残りの酒になったな」

「うむ」

「二十余年前、八荒竜鬼隊が、京都御所を守護して、あばれまわっていた頃がなつかしい。あれが、青春というものであった」

「十郎太！」

「往時、茫々、夢のごとし、か」

十郎太と内蔵助は、盃の酒を飲み干した。

次の瞬間――。

内蔵助は、その盃を、ぱっと、庭の沓石へたたきつけて、粉みじんに砕いた。

十郎太の方は、膝で割った。

これが、戦国の親しい友が、敵味方に分れて、決闘する作法であった。

十郎太は、内蔵助が、さきに庭へ降り立つのを見てから、やおら、立って、なげしの赤柄の槍を、手にした。

この長槍で、突き殺した敵は、かぞえきれぬ。

いま、二十余年の親友と、闘うために、使うのであった。

「行くぞ、十郎太！」

内蔵助は、太刀を抜きはなって、身構えた。

十郎太は、ゆっくりと長槍を、ひとしごきして、ぴたりと穂先を、内蔵助の胸に狙いつけた。

もうその折――。

土塀を越え、竹藪をくぐり抜けて、五十余人の刺客が、じりじりと、迫り寄っていた。

みなぎる殺気におびえたように、ほととぎすが、鋭い啼声をのこして、空へ飛び去った。

## 散る花のように

### 一

洛北御室の尼寺蓮華院の境内には、彼岸桜の老樹があった。

源平時代のむかしから、京洛に春の来たことを告げて、一番はやく、濃艶《のうえん》に咲きほこるのであった。

その満開も過ぎて、風もないのに、ひとひら、ふたひら、ちらちらと散りはじめたその日――。

どこかへ出かけて、もどって来た様子の老いた院主《いんじゅ》が、うら若い尼僧をしたがえて、ゆっくりと、古びた石段をのぼって、山門をくぐって来た。

「おや――?」

若い尼僧が、南隅の方を見やって、小首をかしげた。

「未刻（午後二時）というのに、あの御仁のお姿が見えませぬ」

「そうよの」

院主も、眉宇をひそめた。

その南隅の草庵に、いまは妙香《みようこう》と名のる由香里が、ひっそりとくらしていた。

そして、今日は、その草庵を、修羅十郎太が訪れているはずであった。ちょうど、十日目であった。

この三年間、修羅十郎太は、十日毎に——たとえ、それが雪や雨の日であろうとも——午すぎに、訪れて来て、由香里に、ひととき世間話をきかせてゆくならわしができていた。

時には、院主や若い尼僧も、十郎太の話をききに、そばへ寄ることもあった。十郎太の話は、面白かった。話術の絶妙さは、この静かな尼寺に、時ならぬはなやかな笑い声をわかせるのであった。

世俗と隔絶したくらしをしている尼僧たちに、この十日間、世間ではどんな出来事が起ったか——その話題をもたらしてくれる、唯一の訪問者が、十郎太だったのである。

院主は、その単層入母屋《いりもや》造りの草庵に近づいた。

妙香——由香里は、絵絹をひろげて、弥勒《みろく》菩薩を描いた。もうほぼ完成していた。三月以上も、かかったのである。

「妙香どの、ご苦労をおかけいたしました。もうすぐ、弥勒堂に、その尊い御像が、かけられます」

院主は、微笑して、云った。本堂裏手に、弥勒堂があったが、そこに安置されてあった弥勒菩薩が、何者かに盗み去られて久しかった。

院主は、由香里に、菩薩像を描いてくれるように、たのんだのである。由香里は、関ケ原役の起る前、数年間、海北友松を、東寺に近い仮寓に三日毎にたずねて行って、絵を習い、いまでは、素人の域を脱していた。

「このようなつたない筆の御像で、よろしいのでしょうか」

「とんでもない！　そのお顔の尊さ、お姿の美しさ、豊麗な彩色は、衣の襞ひとつにも、心がうばわれまする。友松殿がおみえになったら、さぞ、三嘆なされましょう。——ところで……」

院主は、不審げに、

「今日は、修羅十郎太殿が、まだ、おいでなされませぬな」

「はい。先刻、猿丸が参り、よんどころない用事があって、今日は、もしかすれば、うかがえぬかも知れぬ、と伝言してゆきました」

「十郎太殿が、参られぬのは、今日がはじめてですね」

「よほど大切な用向きがあるものと存じます」

「では、明日にも、その御像を、御堂にかけて下さいますすまいか」

院主は、立ち去った。

由香里は、菩薩像を、緋毛氈の上から持ちあげて、壁にかけてみた。まだ気に入らぬ箇所が二つ三つあり、別の色彩を加えねばなるまい、とじっと、いつまでも、見入っていた。

二

陽ざしがななめになり、影が濃くなった頃あい、由香里は、草庵の縁側へ出た。

――もうすぐ、この桜花も散る！

なんとはない、しめった感慨が、胸にわいた。花が散り、野は緑につつまれ、やがて、炎暑が来て、それをしのぐと、そこはかとなくわびしい秋を迎える。そして、きびしい木枯しが襲って来て、雪を降らせ、人々は、その寒気に堪える。

そうやって、一年一年と、歳月が過ぎて行くのである。

「……あれから、もう二十余年！」

由香里は、そっと、口にした。

長い長い月日であったようでもあり、また、つい昨日のことでもあったような気がする。

由香里は、満開をすぎて、散りはじめた彼岸桜を、眺めやりながら、咲く花のいのちの短かさに、胸がかすかに痛んだ。

と――。

ゆっくりと、石段をのぼって来る足音が、きこえた。

「しのぶかしら？」

商家の女房になったしのぶは、ひまをみて、絵道具やその他、由香里が必要とする日常の品をとどけてくれるのであった。

ちょうど、その折、暮六つの鐘の音が、遠くから、ひびいて来た。

由香里は、すっと、山門の下に登り立った者をみとめて、眉宇をひそめた。

それは、具足に身がためした十郎太の武者姿であった。

金銀一枚まじりの小札《こざね》の具足に、鍬形《くわがた》打った兜をいただき、緋の陣羽織をつけ、赤柄の長槍を立てていた。

堂々として、立派であった。

「十郎太殿！」

由香里は、目をみはって、思わず、庭へ降り立った。

「姫！　やはり、十郎太は、やって来ましたよ。来なければなりませんでした」

「どうなされたのですか、そのいでたちは——？」

「ははは……、思い出したのですよ、今日という日が、十郎太の初陣の日であったことを——」

「そうでしたの。……そのお姿を拝見すると、禁裏を守護なされていた頃の、八荒竜鬼隊を、思い出します」

「では、ひとつ、二十余年ぶりに、竜鬼隊が武者ぶりを、ひとさし舞うて、お目にかけ申そう」
十郎太は、境内の中央に進み出ると、その長槍を、空高く、ほうり上げて、落ちて来るのを、つかんだ。とたんに、よろよろ、とよろけたが、すぐ、ピタリと身構えた。
これやこれ、八荒竜鬼隊
いざ見よや、この旗の下
ますらおが花咲ける武者振りを
いざ聞けや、この旗の下
もののふが、勇々しき雄叫びを
豪快に、勇壮に、長槍を舞わせつつ、踊る姿には、しかし、なぜか、生気が乏しく、歌う声に、息切れがあった。
いざ行かむ、この旗の下
千万の大敵も、ものかは
そこまで唄った時、十郎太は、大きくよろめき、かろうじて、槍を杖にし、それにすがって、倒れるのをふせいだ。
「十郎太殿！」
由香里が、はっとなって、
「貴方、もしやおからだのお加減が、わるいのではありませんか？」

と、問うた。

「いいや、さすがの赤槍天狗も、老齢という敵には勝てぬ、という次第でござる。なんでもありません。ご心配ご無用。……お笑い下さるか、年甲斐もない、こんな思いつきを――」

「どうして、笑ったりなどいたしましょう。……でも、貴方は、世をかくれ住むお身の上、そのような、あまり目立ついでたちで、外をお歩きになっては、いけませぬ」

「いいや、いいのです。……もう人目をはばかり、こそこそと、編笠でこの天狗鼻をかくしたりしなくてもいいのです。堂々と胸を張り、大手を振って、自慢の鼻もたかだかと、洛中洛外を、のし歩いても、もう、かまわぬことになり申した。左様――、千万の大敵も、ものかは、凜々しく、勇々しく、精一杯に着飾って、修羅十郎太が出陣するのです。今日という日、たった、いまから……」

由香里は、けげんなままに、

「十郎太殿、今日は、いつもとご様子がちがっておいでですよ。まるで、高い熱にでもうかされているような……、やはり、お加減が――」

と、云いかけて、そばへ寄ろうとした――とたん、

「寄るな！　寄ってはならぬ！」

十郎太が、叫んだ。

由香里は、立ちすくんだ。

「あ――これは、ご無礼。お許しを……。それがしとしたことが、つい、うろたえて……、つまりは、おのれのありのままの、みにくい姿を、貴女に見られたくなかったからです。遠くはなれてご覧《ろう》じろ、凜々しい若武者とも見え申す。……ははは、これは、いささか、図々しいか」

十郎太は、そう云って、桜樹から十歩ばかりはなれた花見石に、腰を下し、咲く花を、仰いだ。

「花が散る、か。美しく咲いて、美しさを失わぬうちに、散ってゆく。いさぎよいことだ……。おれには、ついに、美しく花咲く時は、めぐり来なかったが……、せめて、散り際だけは、美しくありたいものよ」

「十郎太殿、なんだか、ほんとうに、今日は、妙ですよ。なにやら、悲しそうな気色を、おみせになっていて……」

「冗談ではない。それがしは、十日毎に、ここへ、うかがうのが、うれしく、愉しいのですから。……では、はじめますか、この十日間の、世はさまざま噂の聞き書き――」

「うけたまわりましょう」

「三月三日、雛の節句、右大臣征夷大将軍源氏の長者・徳川家康公、参内。牛車兵杖《ぎっしゃひょうじょう》を許さる。同じく、五日、家康公、江戸城内に文庫を建て、『古事記』『吾妻鏡』『六韜三略』など、数百の書を納む。武威をひろめるにとどまらず、奨学の慮《おもんぱか》りあるは、褒むべきかな狸おやじ」

「また、そんな皮肉を――」

「然るになんぞ、西にありては、十日、豊臣秀頼公、大坂城内に、花見の宴を催す。母公淀の方、装い美々しく、化粧《けはい》また厚く、いままさに絶えなんとする豊家をよそに、驕《おご》りいよいよ高く、色香ますます深し。狂い咲きとも申すべし」

「まあ！　十郎太殿！」

「同じく十二日、播州《ばんしゅう》牢人宮本武蔵《みやもとむさし》、洛北蓮台野《れんだいの》に於て、室町兵法所吉岡《よしおか》道場の当主吉岡清十郎《せいじゅうろう》と、試合をして、これに、勝つ」

「そんな試合が、ございましたの」

「然り、而うして……、然り、而うして……」

そこまで、云いかけて、十郎太は、烈《はげ》しく咳込んで、絶句した。

三

「十郎太殿！」

由香里が、駆け寄った。

黄昏の色が、しだいに濃くなっていた。

「どうなされたのです？」

「いや、なんでもござらぬ」

「なんでもなくはありませぬ。お顔の色が、まっ青です。それに、この汗……。やっぱり、ご病気だったのですね。それを、むりして、おいでになって――」

「近江柳瀬の月見砦のいくさの古傷が……、時折り、痛むのです……。大事ござらぬ。ご懸念無用――」

十郎太に、そう云われた時、由香里は、ふっと、遠くへ、眼眸を置いた。

「近江柳瀬、月見砦……。あのたたかいでは、わたくしも、この胸に、深い傷を受けました。貴方と、同様に、いまも、その古傷が、疼きまする」

「姫……」

十郎太は、由香里をじっと見やった。

「貴女は、醍醐主馬の、最後の便りを、いつも、その胸に抱いている、と申されましたな?」

「ええ、ここに、お守り袋に入れて――」

「いつか、それがしに、読ませると、申されましたな?」

「申しました」

「その手紙……いま、ここで、……読ませて頂きたい」

由香里は、十郎太のなにやら真剣な気魄に押されて、胸の守り袋から、古い手紙を取り出して、手渡した。

受けとる十郎太の指は、かすかにわなないていた。

「ああ……これか……。よろしいのですな、読んでも……?」

「どうぞ、お読みあそばして——」

十郎太は、手紙をひろげた。

「されば、由香里よ。……そなたを、恋い慕いたる月日は、天の羽衣を、なでつくすよりは、長く、相見て、のちのちぎりは、春の夜の、短かさにて、遠くへだたる身は、せかれて、つのる想いに、いよよ燃え狂い居り候……」

由香里は、もう百回以上も読みかえしていたのでその一字一句すべて、おぼえていた。

しかし、あらためて、十郎太から、読まれると、泪がにじんで来た。

と——一瞬。

由香里は、はっとなった。

「十郎太殿！　……いま、どうして、お読みになれますの？　この宵闇の暗さの中で……。いいえ！　読んではいない！」

由香里は、血汐がわきたつ感動で、

「十郎太殿！　貴方だったのですね、月見砦から、幾度も手紙を書き送って、下さったのは？」

と、叫んだ。

「いや、ちがう！」

十郎太は、かぶりを振った。

「いいえ、そうなのです。いま、今という今、わたくしには、はじめて判りました。言葉だけではなく文字だけではなく、語られた心、記された想い——みんな、十郎太殿、貴方のものだったのです。……ああ！　どうしよう！　わたくしは、まちがっていました！……まことの恋は、貴方とわたくしの心のあいだに、生れていたのでした！」

その折——。

猿丸が、夢中で、石段を馳せのぼって、境内へとび込んで来た。

「おお！　やっぱり、ここに！　……なんということを！　無茶だ！　乱暴だ！　めちゃめちゃだっ！」

「どうしたのですか、猿丸？」

「わがあるじは、大怪我をしていなさるのでござる！　……斬られていなさるのだ！　一命にかかわる深傷を負うて……」

「ま！　な、なんということを——」

猿丸が、旧醍醐邸へ帰って来てみると、十郎太は、全身朱にそまって、庭に仆れていたのである。猿丸が、かりの手当をして、医師を呼びに走り出て行き、戻ってみると、十郎太の姿は、消えていたのであった。

と——。

十郎太が、ゆっくりと身を起し、槍を杖にした。

「そうだ、まだ残って居り申した、噂の聞き書きが……。慶長八年、弥生二日、修羅十郎太、暗殺に斃る」

「十郎太殿っ！」

「あるじ殿っ！」

由香里と猿丸が、すがりつこうとした刹那、十郎太は、ぱっと、五六歩奔った。

「来たな！　死神め！」

叫びざま、槍を構えた。

「ええい、待て、死神め！　……見そこなうなよ、死神！　槍術に於て天下無比の達人、学を究め、書を読み、歌の道に通じ、風流を知って、雅びの心を持つ。美しき歌を詠む口で、打てばひびく毒舌を弄し、色事には縁なき道化、さてはまた、一筋の恋に殉ずる合戦買いの牢人者修羅十郎太が、十万億土への旅立ちだぞ！　そんな、おんぼろ乗物などに乗って行けるか。天下無比の駿馬に、金覆輪《きんぷくりん》の鞍を置け！　先ぶれの毛槍を振って旗をかざせ！」

十郎太は、目に見えぬ死神に向って、槍をくり出した。

「死神め、無理にも、おれを連れて行く気か。……なに？　手向っても無駄だと？　百も承知よ。……だがな、おれは、古今稀なるつむじまがりだ。負けると知っても、闘う男だぞ！」

十郎太は、滅茶滅茶に、槍をふりまわし、突きまくった。挙句、がくっと、片膝ついた。

猿丸と由香里が、寄ろうとすると、十郎太は、びゅんと、槍を大きく旋回させた。

「寄るな！　……誰にも、助けてもらうまい！　……わかった！　おれの負だ！　……ようし、持って行け、おれの、何も、かも——。命の火までも、取りあげろ！　……しかしな、死神め、おのれが、どうしても、奪いとれぬものが、おれにはひとつだけあるぞ。そいつを、おれは、あの世とやらへ持って行くのだ。この胸に、しっかり抱いて、誰にも渡さずにな」

どうっと、棒倒しになる十郎太を、猿丸が、背後から、支えた。

由香里が、前から、すがりついて、問うた。

「なんなのです、それは——？」

「それはな……、それは、この修羅十郎太の、心意気だ」

それが、この世にのこした十郎太の最後の言葉であった。

# 解説

細谷正充

戦後の歴史時代小説を語るうえで、欠かせぬ作家が何人かいる。そのひとりがシバレンの愛称で親しまれた柴田錬三郎だ。大ヒット作「眠狂四郎《ねむりきょうしろう》」シリーズを筆頭に、昭和三十年代から五十年代にかけて、ひたすら歴史時代小説を執筆し、斯界《しかい》を牽引《けんいん》した。常にエンターテインメントに徹した作品を愛読する人は、今も多い。

そんな読者にとって、一年に一度のお楽しみが、集英社文庫で作者の作品が刊行されることである。もちろん過去の作品の復刊だが、新刊で買い、読めることが堪《たま》らなく嬉《うれ》しい。今年（二〇二三年）も、そのお楽しみの季節がやってきた。今回刊行されるのは、有名な戯曲「シラノ・ド・ベルジュラック」の翻案といえる戦国小説『花の十郎太』だ。

海外作品の翻案が、日本の時代小説に果たした役割は大きい。一例を挙げると、『地下鉄サム』や『怪傑ゾロ』で知られるアメリカの作家ジョンストン・マッカレーの『双生児の復讐』だ。長谷部史親《はせべふみちか》の『欧米推理小説翻訳史』の「ジョンストン・マッカレー」の項を見ると、雑誌連載されたこの作品は、本国で単行本化される前の大正十三年に前半部分が日本で刊行されたそうだ。そして続けて、

「これが早くも、同じ大正十三年の末から新聞に連載された前田曙山《まえだしよざん》の代表作『落花の舞』に影響を及ぼしている。そして三上於菟吉《みかみおときち》の最初の時代長篇《ちようへん》『敵討日月双紙《かたきうちじつげつそうし》』（大正十四年）は、兄弟が父の仇《かたき》である六人の有力者に復讐するという基本プロットの類似性のゆえに、明らかに『双生児の復讐』に立脚していることを示し、この設定は後年の代表作『雪之丞《ゆきのじよう》変化《へんげ》』（昭和九年）でもいささかのヴァリエーションを伴って踏襲された。また下村悦夫《しもむらえつお》の代表作『悲願千人斬』（大正十四年）にも同様の趣向が見られる」

と書いている。他にも、山手樹一郎《やまてきいちろう》の最初の長篇『桃太郎侍』が、アンソニー・ホープの『ゼンダ城の虜《とりこ》』をモチーフとしていることは、よく知られている。また、野村胡堂《のむらこどう》の『南海の復讐王』を始め、アレクサンドル・デュマの『モンテ・クリスト伯』も、幾つかの時代小説のモチーフになっている。もちろん海外作品を翻案したり、モチーフにしたりしたとはいえ、それぞれの物語は作者なりの肉付けがなされており、独自の魅力を放っている。本書も、そのような作品だ。

ちなみに本書以前にも、「シラノ・ド・ベルジュラック」の翻案はあった。大正十五年には、額田六福《ぬかだろつぷく》が翻案した、幕末の京都を舞台にした「白野弁十郎《しらのべんじゆうろう》」が、沢田正二郎《さわだしようじろう》主演で上演。後に、月形龍之介《つきがたりゆうのすけ》主演で映画化された。また、昭和三十四年には、戦国時代を舞台にした、稲垣浩《いながきひろし》監督の『或《あ》る剣豪の生涯』が公開されている。主演は三《み》船敏郎《ふねとしろう》であった。

このような形で、日本人に受容されてきた「シラノ・ド・ベルジュラック」とは、どのような話なのか。少し説明をしておこう。戯曲のタイトルになっている、シラノ・ド・ベルジュラックは実在人物だ。十七世紀のフランス人で、三十年戦争の時代を生きた。軍人として活躍していたが、重傷を負い、文筆生活を送る。残された作品はいろいろあるが、世界初のSFといわれる『月世界旅行記』が有名だ。

そのシラノをモデルにしたのが、エドモン・ロスタンの戯曲「シラノ・ド・ベルジュラック」だ。シラノを、多彩な才能があるが鼻の大きな醜貌の持ち主と設定。幼馴染《おさななじみ》の従妹《いとこ》ロクサーヌが好きだが、彼女はシラノの友人の美男クリスチャンに恋している。またクリスチャンも、ロクサーヌに一目惚《ひとめぼ》れした。自分の心に蓋をしたシラノは、あまり賢くないクリスチャンの代役になり、ひそかにロクサーヌに愛の言葉を捧げる。クリスチャンと共に戦場に送られると、恋文の代筆をする。ところがロクサーヌが戦場に慰問にきて、彼女が愛しているのが恋文を通じての創られた人物像であることを、クリスチャンが知ってしまう。絶望したクリスチャンは無茶をして戦死。その後、修道院に入ったロクサーヌを慰めるために、シラノは定期的に彼女のもとに通った。歳月を経て、敵対者によって重傷を負わされたシラノは、最期のときに恋文を読む。そこでロクサーヌは、自分が好きになっていた相手がシラノだったと気づくのだった。という粗筋を踏まえて、本書の内容に触れていこう。

本書『花の十郎太』は、「週刊明星」一九七〇年六月二十日号から七二年七月二十三日号にかけて連載。単行本は、一九七二年八月に集英社から刊行された。主人公の修羅十郎太は、飛騨の豪族・修羅館の嫡子だった。しかし父親が亡くなると、有能だが俗物の猿丸を従者にして、あてのない旅に出る。文武両道で赤柄の槍《やり》を使う十郎太は、豪放《ごうほう》磊落《らいらく》な快男児だ。しかし大鼻の持ち主であり、これがコンプレックスになっている。性格も偏屈だ。そのせいだろうか。牢人者として「合戦買い」で戦に参加するときは、負ける方に付くことが多い。

そんな十郎太が、勝ち側の織田軍に所属してしまった夕月城攻めで、たまたま城主の祖父を訪ねてきていた、公家の娘の由香里を助ける。この由香里がロクサーヌだ。また別の場所の騒動で、由香里の複従姉妹の醍醐主馬という少年を助ける。こちらがクリスチャンである。他にも幾つもの合戦や騒動の渦中で十郎太が躍動。織田信長の小姓で、後に十郎太が作った〝八荒竜鬼隊〟を託される堂明寺内蔵助。十郎太に琵琶湖の湖賊の父を殺され、やがて陣場女郎として登場する於風。憎の昇天坊。さらに多数の実在人物が絡まり、起伏に富んだ物語が繰り広げられる。シバレン・マジックといいたくなる、人物の巧みな出し入れは、本書でも健在だ。

さて、ポンポンと時間を飛ばす作者は、六年の歳月を経て、十郎太と由香里を再会させる。美しく成長した由香里こそが、自分の求める美女だと確信した十郎太は、彼女を迎え入れられる地位を築こうと、今まで二度にわたり仕官を断った信長の配下になる。

とはいえ不羈奔放《ふきほんぽう》な性格は変わらない。八荒竜鬼隊の副隊長として、信長の天下取りを助ける。だが、主馬と由香里が似合いの美男美女であり、なおかつ互いを思い合っていることを知った。かくして十郎太は、主馬と由香里のカップルを誕生させるのだった。

ここで思い出すのが、物語の前半にあった織田と浅井の戦いだ。織田に攻撃される浅井に十郎太は味方しているのだが、その理由は、小谷城城主の浅井長政と正室のお市の方が美男美女だったからだ。大鼻のコンプレックスがあるため、美しい存在に憧れずにはいられないのである。このエピソードがあるから、自分が恋心を抱く由香里を、主馬と一緒にさせようとすることが、無理なく受け入れられるのだ。

という三角関係のストーリーと並行して、由香里の父親が明智光秀に叛乱《はんらん》を起こさせようとする動きが描かれていく。そう、信長の勢力伸張から本能寺の変に至るまでの流れと、その後の歴史の動きも、がっちりと綴《つづ》られているのだ。そんな時代の激流の中を、自由に泳いでいく十郎太の活躍が痛快至極である。八荒竜鬼隊結成の切っかけになった、数十人で織田軍四万を相手にした籠城戦。塚原卜伝から奥儀「一の太刀」を伝授された剣豪大名・北畠具教との対決。陣場女郎たちに頼まれた、娘たちの救出。赤柄の槍を唸《うな》らせる、十郎太の豪快な戦いに血が騒ぐのである。

しかし十郎太は、完璧なヒーローではない。大鼻のコンプレックスが、時に噴出する。そもそも彼が美女を求める理由も、コンプレックスと分かちがたく結びついている。堂明寺内蔵助に「天下を取るより、美女を妻にしたい、というのか？」と聞かれ、

「左様、その通り。この天狗面が、絶世の美女を手に入れようと、恋つのって居るのは、お主が天下取りの野望を燃やすのよりも、至難のわざだて。みにくく生れついたがゆえに、おれは絶世の美女を恋する。……恋せずば、人のまことは知られまじ物のあわれはこれよりぞ知る」

といっているではないか。コンプレックスが十郎太の人物像に陰を与え、魅力を深める。それと同時に事態をややこしくして、ストーリーを面白くしているのである。

さらに醍醐主馬の描き方も、注目すべきものがある。明智光秀に仕える彼は、武芸は熱心に学んだが、文化的なことには疎く、雅《みやび》な心もない。それが悪いわけではないが、終盤の追い詰められた状況の中で、底の浅さが露呈する。「シラノ・ド・ベルジュラック」のクリスチャンとは違っているが、主馬が堕落の果てに死んでいく姿には説得力があった。物語の流れは原典に沿いながら、自己流の改良がなされている。ストーリーテラーである作者の面目躍如というべきだろう。

そしてラストも原典に沿いながら、十郎太の最期の言葉を通じて、彼の生き方を力強く表現する。どんな場面でも己を貫くことは、平凡な人には無理だ。だが、どうしても譲れないことがあったときは、十郎太と同じ〝心意気〟を持って、何事にもぶつかっていきたいものである。

なお、ファンには周知の事実だが、作者の創作姿勢を鮮やかに示した言葉に、「花も実もある絵空事」がある。戦国の世に、修羅十郎太というキャラクターを投げ込み、その生涯を痛快に描いた本書は、まさにそのような作品だ。これぞ、鼻も実《じつ》もある快男児の、花も実《み》もある絵空事なのである。

（ほそや・まさみつ　文芸評論家）

本作品には、一部不適切と思われる表現や用語が含まれておりますが、故人である作家独自の世界観や作品が発表された時代性を重視し、原文のままといたしました。これらの表現にみられるような差別や偏見が過去にあったことを真摯に受け止め、今日そして未来における人権問題を考える一助にしたいと存じます。

（集英社　文庫編集部）

この作品は一九七二年八月に集英社より刊行され、一九八六年十二月に文庫化されたものを再編集したものです。

初出「週刊明星」一九七〇年六月二十日～七二年七月二十三日号

集英社文庫
柴田錬三郎の本

眠狂四郎独歩行
上・下

内腿に葵の御紋の刺青をもつ女が襲われる。幕府転覆を狙う風魔一族と幕府精鋭の争いに巻き込まれていく狂四郎。色気と殺気に満ちたエンタメの極致。

集英社文庫
柴田錬三郎の本

眠狂四郎虚無日誌

上・下

次代将軍家慶乱心の謎を探る狂四郎だが、鉄砲で撃たれ手負いに。仲間の協力と犠牲により敵の本拠に迫る。決着後に訪れるのは虚無か、それとも……。

# 集英社文庫
# 柴田錬三郎の本

## 眠狂四郎無情控

上・下

異邦の美女・千華と共に、太閤の遺産百万両を探す騒動に巻き込まれた狂四郎が敵と激しい戦いを繰り広げる！　時代を超え屹立する伝奇活劇の最高峰。

# 集英社文庫　目録（日本文学）

篠田節子　介護のうしろから「がん」が来た！
司馬遼太郎　歴史と小説
司馬遼太郎　手掘り日本史
柴田錬三郎　柴錬水滸伝 われら梁山泊の好漢(一)(二)(三)
柴田錬三郎　英雄三国志一 義軍立つ
柴田錬三郎　英雄三国志二 覇者の命運
柴田錬三郎　英雄三国志三 三国鼎立
柴田錬三郎　英雄三国志四 出師の表
柴田錬三郎　英雄三国志五 攻防五丈原
柴田錬三郎　英雄三国志六 夢の終焉
柴田錬三郎　われら九人の戦鬼(上)(下)
柴田錬三郎　新篇 眠狂四郎京洛勝負帖
柴田錬三郎　新編 剣豪小説集 梅一枝
柴田錬三郎　徳川三国志
柴田錬三郎　新編 武将小説集 男たちの戦国
柴田錬三郎　花は桜木 柴錬の「大江戸」時代小説短編集

柴田錬三郎　チャンスは三度ある
柴田錬三郎　眠狂四郎異端状
柴田錬三郎　貧乏同心御用帳
柴田錬三郎　御家人斬九郎
柴田錬三郎　真田十勇士(一) 運命の星が生れた
柴田錬三郎　真田十勇士(二) 烈風は凶雲を呼んだ
柴田錬三郎　真田十勇士(三) ああ！ 輝け真田六連銭
柴田錬三郎　眠狂四郎孤剣五十三次(上)(下)
柴田錬三郎　眠狂四郎独歩行(上)(下)
柴田錬三郎　眠狂四郎殺法帖(上)(下)
柴田錬三郎　眠狂四郎虚無日誌(上)(下)
柴田錬三郎　眠狂四郎無情控(上)(下)
柴田錬三郎　おらんだ左近
柴田錬三郎　花の十郎太
地曳いく子　50歳、おしゃれ元年。
地曳いく子 槇村さとる　ババア上等！ 大人のおしゃれDO! & DON'T!

地曳いく子　若見えの呪い
地曳いく子 槇村さとる　ババアはツラいよ！ 55歳からの「人生エベレスト期」サバイバルBOOK
地曳いく子　ババア上等！ 番外編 地曳いく子のお悩み相談室
島尾敏雄　島の果て
島﨑今日子　安井かずみがいた時代
島崎藤村　初恋―島崎藤村詩集
島田明宏　ダービーパラドックス
島田明宏　キリングファーム
島田明宏　ジョッキーズ・ハイ
島田明宏　絆 走れ奇跡の子馬
島田明宏　ノン・サラブレッド
島田明宏　ファイナルオッズ
島田裕巳　0《ゼロ》葬――あっさり死ぬ
島田雅彦　自由死刑
島田雅彦　カオスの娘
島田雅彦　英雄はそこにいる 呪術《シャーマン》探偵ナルコ

集英社文庫

花《はな》の十郎太《じゅうろうた》

2023年6月25日　第1刷　　定価はカバーに表示してあります。

著　者　柴田錬三郎《しばたれんざぶろう》

発行者　樋口尚也

発行所　株式会社　集英社
東京都千代田区一ツ橋2-5-10　〒101-8050
電話　【編集部】03-3230-6095
【読者係】03-3230-6080
【販売部】03-3230-6393（書店専用）

印　刷　図書印刷株式会社

製　本　図書印刷株式会社

フォーマットデザイン　アリヤマデザインストア　　マークデザイン　居山浩二



ISBN978-4-08-744543-5 C0193